Anne - Marie

BESTSELLER

Biblioteca

ARTURO PÉREZ-REVERTE

La tabla de Flandes

DeBOLS!LLO

Diseño de la portada: Equipo de diseño editorial
Ilustración de la portada: Minuca Sostres

Novena edición en este formato: abril, 2007

Printed in Spain – Impreso en España

ISBN: 978-84-9759-265-9 (vol. 406/1)
Depósito legal: B. 23.546 - 2006

Impreso en Liberdúplex, S. L. U.
Sant Llorenç d'Hortons (Barcelona)

P 8 9 2 6 5 4

A Julio y Rosa, abogados del Diablo.
Y a Cristiane Sánchez Azevedo.

I. Los secretos del maestro Van Huys

«Dios mueve al jugador, y éste la pieza. ¿Qué Dios
detrás de Dios la trama empieza?»

J. L. Borges

Un sobre cerrado es un enigma que tiene otros enigmas en su interior. Aquel era grande, abultado, de papel manila, con el sello del laboratorio impreso en el
ángulo inferior izquierdo. Y antes de abrir la solapa,
mientras lo sopesaba en la mano buscando al mismo
tiempo una plegadera entre los pinceles y frascos de
pintura y barniz, Julia estaba muy lejos de imaginar
hasta qué punto ese gesto iba a cambiar su vida.

En realidad, conocía ya el contenido del sobre. O,
como descubrió más tarde, creía conocerlo. Quizá por
eso no sintió nada especial hasta que extrajo las copias
fotográficas y las extendió sobre la mesa para mirarlas
vagamente aturdida, reteniendo el aliento. Fue entonces cuando comprendió que *La partida de ajedrez* iba
a ser algo más que simple rutina profesional. En su oficio menudeaban los hallazgos insospechados en cuadros, muebles o encuadernaciones de libros antiguos.
Seis años restaurando obras de arte incluían una larga
experiencia en trazos y correcciones originales, retoques y repintes; incluso falsificaciones. Pero nunca,
hasta aquel día, una inscripción oculta bajo la pintura
de un cuadro: tres palabras desveladas por la fotografía
con rayos X.

Cogió el arrugado paquete de cigarrillos sin filtro y
encendió uno, incapaz de apartar los ojos de las copias
fotográficas. No cabía duda alguna, puesto que todo
estaba allí, en los positivos de las placas radiológicas

de 30 x 40. El diseño original de la pintura, una tabla flamenca del siglo XV, se apreciaba nítidamente en su detallado dibujo con *verdaccio*, igual que las vetas de la madera y las junturas encoladas de los tres paneles de roble que formaban la tabla, soporte de los sucesivos trazos, pinceladas y veladuras que el artista había ido aplicando hasta crear su obra. Y en la parte inferior, aquella frase escondida que la radiografía sacaba a la luz cinco siglos después, con los caracteres góticos destacando nítidamente en el blanco y negro de la placa:

QUIS NECAVIT EQUITEM.

Julia sabía latín suficiente para traducirlo sin diccionario: *Quis*, pronombre interrogativo, quién. *Necavit* procedía de *neco*, matar. Y *equitem* era el acusativo singular de *eques*, caballero. Quién mató al caballero. Con interrogación, que el uso del *quis* hacía evidente, dándole un cierto aire de misterio a la frase:

¿QUIÉN MATO AL CABALLERO?

Como mínimo, era desconcertante. Dio una larga chupada al cigarrillo y lo sostuvo entre los dedos de la mano derecha, mientras con la izquierda reordenaba las radiografías sobre la mesa. Alguien, quizás el mismo pintor, había planteado en el cuadro una especie de acertijo, que después cubrió con una capa de pintura. O tal vez lo hizo otra persona, más tarde. Quedaba aproximadamente un margen de quinientos años para establecer la fecha, y esa idea hizo que Julia sonriese para sus adentros. Podía resolver la incógnita sin demasiada dificultad. Después de todo, aquel era su trabajo.

Cogió las radiografías y se puso en pie. La luz grisácea que entraba por la gran claraboya del techo abuhardillado iluminaba directamente el cuadro, encajado en un caballete. *La partida de ajedrez*, óleo sobre tabla pintado en 1471 por Pieter van Huys... Se detuvo frente a él, observándolo durante un largo rato. Era una escena doméstica pintada con minucioso realismo cuatrocentista; un interior de aquellos con los que, aplicando la innovación del óleo, los grandes maestros flamencos habían sentado las bases de la pintura moderna. El motivo principal lo constituían dos caballeros de mediana edad y noble aspecto, a uno y otro lado del tablero de ajedrez sobre el que se desarrollaba una partida. En segundo plano, a la derecha y junto a una ventana ojival que enmarcaba un paisaje, una dama vestida de negro leía un libro, puesto sobre el regazo. Completaban la escena los concienzudos detalles propios de la escuela flamenca, registrados con una perfección que rayaba en lo maniático: los muebles y adornos, el enlosado blanco y negro del suelo, el dibujo de la alfombra, incluso cierta pequeña grieta en el muro, o la sombra de un minúsculo clavo en una de la vigas del techo. El tablero y las piezas de ajedrez habían sido ejecutados con idéntica precisión, del mismo modo que las facciones, manos y ropas de los personajes, cuyo realismo contribuía a la extraordinaria calidad del acabado con la viveza de los colores, apreciable a pesar del oscurecimiento producido por la oxidación del barniz original con el paso del tiempo.

Quién mató al caballero. Julia miró la radiografía que sostenía en la mano y después el cuadro, sin apreciar en éste, a simple vista, el menor rastro de la inscripción oculta. Un examen más detenido, con lupa binocular de 7 aumentos, tampoco aportó nada nuevo. Corrió entonces la gran persiana del tragaluz, oscureciendo la habitación para acercar al caballete un trípode con lámpara Wood, de luz negra. Aplicados a un cuadro, sus rayos ultravioletas hacían fluorescentes los materiales, pinturas y barnices más antiguos, y dejaban en oscuro o negro los modernos, descubriendo así repintes y retoques aplicados *después* de su creación. Pero la luz negra no reveló más que una superficie fluorescente plana que incluía la parte de la inscripción cubierta. Eso significaba que ésta había sido tapada por el propio artista, o en fecha inmediatamente posterior a la realización de la pintura.

Hizo girar el interruptor de la lámpara, descubrió la claraboya, y la luz acerada de la mañana otoñal vino a derramarse de nuevo sobre el caballete y el cuadro, llenando el estudio atestado de libros, anaqueles con pinturas y pinceles, barnices y disolventes, instrumentos de ebanistería, marcos y herramientas de precisión, tallas antiguas y bronces, bastidores, cuadros apoyados en el suelo y vueltos hacia la pared sobre una valiosa alfombra persa manchada de pintura, y, en un rincón, encima de una cómoda Luis XV, un equipo de alta fidelidad rodeado de pilas de discos: Dom Cherry, Mozart, Miles Davis, Satie, Lester Bowie, Michael Edges, Vivaldi... Desde la pared, un espejo veneciano de marco dorado le devolvió a Julia, ligeramente empañada, su propia imagen: cabello cortado a la altura de los hombros, leves cercos soñolientos bajo los ojos grandes y oscuros, aún sin maquillar. Atractiva como una modelo de Leonardo, solía decir César cuando, como ahora, el espejo enmarcaba en oro su rostro, *ma piu bella*. Y aunque César podía ser considerado más perito en efebos que en *madonnas*, Julia sabía que esa afirmación era rigurosamente cierta. A ella misma le gustaba mirarse en aquel espejo de marco dorado porque le transmitía la sensación de hallarse al otro lado de una puerta mágica que, salvando el tiempo y el espacio, devolviera su imagen con la encarnadura de una belleza renacentista italiana.

Sonrió al pensar en César. Siempre sonreía al hacerlo, desde que era niña. Una sonrisa tierna; a menudo cómplice. Después dejó las radiografías sobre la mesa, apagó el cigarrillo en un pesado cenicero de bronce firmado por Benlliure y fue a sentarse frente a la máquina de escribir:

«La partida de ajedrez»:
Óleo sobre tabla. Escuela flamenca. Fechado en 1471.
Autor: Pieter van Huys (1415-1481).
Soporte: Tres paneles fijos de roble, ensamblados por falsas lengüetas.
Dimensiones: 60 x 87 cm. (Tres paneles idénticos de 20 x 87.) Espesor de la tabla: 4 cm.

Estado de conservación del soporte:
No es necesario enderezado. No se observan daños por acción de insectos xilófagos.

Estado de conservación de película pictórica:
Buena adhesión y cohesión del conjunto estratigráfico. No hay alteraciones de color. Se aprecian craqueladuras de edad, sin que se observen cazoletas ni escamas.

Estado de conservación de película superficial:
No se aprecian huellas de exudación de sales ni manchas de humedad. Excesivo oscurecimiento del barniz, debido a oxidación; la capa debe ser sustituida.

La cafetera silbaba en la cocina. Julia se levantó y fue a servirse una taza grande, sin leche ni azúcar. Volvió con ella en una mano, secándose la otra, húmeda, en el holgado jersey masculino que llevaba puesto sobre el pijama. Bastó una leve presión de su dedo índice para que las notas del *Concierto para laúd y viola de amor*, de Vivaldi, brotaran en el estudio, deslizándose entre la luz gris de la mañana. Bebió un sorbo de café espeso y amargo que le quemó la punta de la lengua. Después fue a sentarse, con los pies desnudos sobre la alfombra, para seguir tecleando el informe:

Inspección U.V. y radiológica:
  No se detectan cambios importantes, arrepentimientos ni repintes posteriores. Los rayos X descubren una inscripción velada de época, en caracteres góticos, que figura en copias fotográficas adjuntas. No se aprecia en exploración convencional. Puede ser descubierta sin daño para el conjunto mediante eliminación de la capa de pintura en el lugar donde la cubre.

Extrajo la hoja de papel del rodillo de la máquina y la introdujo en un sobre, adjuntando dos radiografías. Bebió el resto del café, todavía caliente, y se dispuso a fumar otro cigarrillo. Frente a ella, en su caballete, ante la dama que leía abstraída junto a la ventana, los dos jugadores continuaban una partida de ajedrez que duraba cinco siglos, descrita sobre la tabla por Pieter van Huys de modo tan riguroso y magistral que las piezas parecían estar fuera del cuadro, con relieve propio, como el resto de los objetos allí reproducidos. La sensación de realismo era tan intensa que conseguía plenamente el efecto buscado por los viejos maestros flamencos: la integración del espectador en el conjunto pictórico, persuadiéndolo de que el espacio desde donde contemplaba la pintura era el mismo que el

contenido en el interior de ésta; como si el cuadro
fuese un fragmento de la realidad, o la realidad un
fragmento del cuadro. Contribuían a ello la ventana
pintada en el lado derecho de la composición, con un
paisaje exterior *más allá* de la escena, y un espejo redondo y convexo pintado en el lado izquierdo, en la
pared, que reflejaba los escorzos de los jugadores y el
tablero de ajedrez, deformados por la perspectiva
desde el punto de vista del espectador, situado *más
acá* de la escena, consiguiendo así el asombroso efecto de integrar los tres planos: ventana, habitación, espejo, en un solo ambiente. Como si el espectador
–pensó Julia– estuviera reflejado entre ambos jugadores, dentro del cuadro.

Se levantó, acercándose al caballete, y tras cruzar los
brazos observó la pintura otro largo rato, inmóvil, sin
más gesto que nuevas chupadas al cigarrillo, cuyo
humo le hacía entornar los párpados. Uno de los jugadores, el de la izquierda, aparentaba unos treinta y cinco años. Tenía el pelo castaño tonsurado a la altura de
las orejas, al modo medieval, la nariz fuerte y aguileña,
y una grave concentración en el semblante. Vestía una
túnica ajubonada, cuyo rojo bermellón había resistido
admirablemente el paso del tiempo y la oxidación del
barniz. Llevaba al cuello el Toisón de Oro, y a la altura de su hombro derecho relucía un artístico broche
cuya filigrana estaba definida hasta el último detalle,
incluido un minúsculo reflejo de luz en sus piedras
preciosas. El personaje apoyaba un codo, el izquierdo,
y una mano, la derecha, en la mesa junto al tablero.
Sostenía entre los dedos una de las piezas que se hallaban fuera de aquél: un caballo blanco. Junto a su cabeza, en caracteres góticos, una inscripción identificativa:
FERDINANDUS OST. D.

El otro jugador era más delgado y rondaba los cuarenta años. Tenía la frente despejada y el cabello casi negro, en el que se apreciaban las finísimas pinceladas de blanco de plomo que encanecían parte de sus sienes. Eso, unido a su expresión y compostura, le daba un aire de prematura madurez. El perfil era sereno y digno, y en vez de llevar lujosas ropas de corte, como el otro, vestía un sencillo coselete de cuero y, sobre los hombros, alrededor del cuello, un gorjal de acero pulido que le daba inequívoco aire militar. Se inclinaba más sobre el tablero que su adversario, con gesto de estudiar fijamente el juego, ajeno en apariencia a cuanto había a su alrededor, cruzados los brazos sobre el borde de la mesa. La concentración era visible en las leves arrugas verticales de su ceño fruncido. Miraba las piezas como si planteasen un difícil problema cuya resolución reclamara hasta el último de sus pensamientos. Su inscripción era *RUTGIER AR. PREUX*.

La dama estaba junto a la ventana, alejada en el espacio interior del cuadro respecto a los jugadores, en una acentuada perspectiva lineal que la situaba en un horizonte más alto. El terciopelo negro de su vestido, al que una sabia dosificación de veladuras blancas y grises daba volumen en los pliegues, parecía avanzar hacia el primer plano. Su realismo rivalizaba con el concienzudo dibujo del filo de la alfombra, la precisión con que había sido pintado hasta el último de los nudos, junturas y vetas de la vigas del techo, o el enlosado de la sala. Inclinándose sobre el cuadro para apreciar mejor los efectos, Julia sintió un estremecimiento de admiración profesional. Sólo un maestro como Van Huys podía haber sacado aquel partido al negro de un ropaje: color a base de ausencia de color con el que muy pocos se hubieran atrevido tan a fondo, y, sin embargo, tan real que parecía a punto de escucharse el suave roce de terciopelo sobre el escabel con almohadillas de cuero repujado.

Miró el rostro de la mujer. Bella y muy pálida, al gusto de la época, con una toca de gasa blanca bajo la que recogía, peinado en las sienes, su abundante cabello rubio. Por las mangas holgadas del vestido asomaban los brazos cubiertos de damasco gris claro, con manos largas y finas sosteniendo un libro de horas. La luz de la ventana arrancaba, en la misma línea de claridad, idéntico destello metálico al cierre abierto del libro y al anillo de oro que era el único adorno de sus manos. Tenía los ojos bajos que se adivinaban azules, con aire de modesta y serena virtud, expresión característica en los retratos femeninos de su tiempo. La luz procedía de dos puntos, la ventana y el espejo, y envolvía a la mujer en el mismo ambiente que a los dos jugadores de ajedrez, aunque manteniéndola en un discreto aparte, más acentuados en ella los escorzos y las sombras. Le correspondía la inscripción *BEATRIX BURG. OST. D.*

Julia retrocedió dos pasos y contempló el conjunto. Una obra maestra, sin duda, con documentación acreditada por expertos. Eso significaba una alta cotización en la subasta de Claymore, el próximo enero. Tal vez la inscripción oculta, con la apropiada documentación histórica, hiciera subir el valor del cuadro. Un diez por ciento para Claymore, un cinco para Menchu Roch, el resto para el propietario. A deducir el uno por ciento del seguro y los honorarios de restauración y limpieza.

Se desnudó, metiéndose bajo la ducha con la puerta abierta y la música de Vivaldi acompañándola entre el vapor del agua. La restauración de *La partida de aje-*

drez para su puesta en el mercado podía reportarle un beneficio razonable. A los pocos años de terminada su licenciatura, Julia se había granjeado ya una sólida reputación en el ambiente de los restauradores de arte más solicitados por museos y anticuarios. Metódica y disciplinada, pintora de cierto talento a ratos libres, tenía fama de enfrentarse a cada obra con un acusado respeto al original, posición ética que no siempre compartían sus colegas. En la difícil y a menudo incómoda relación espiritual que se establecía entre cualquier restaurador y *su* obra, en la áspera batalla planteada entre conservación y renovación, la joven poseía la virtud de no perder de vista un principio fundamental: una obra de arte nunca era devuelta, sin grave perjuicio, a su estado primitivo. Julia opinaba que el envejecimiento, la pátina, incluso ciertas alteraciones de colores y barnices, desperfectos, repintes y retoques, se convertían, con el paso del tiempo, en parte tan sustancial de una obra de arte como la obra en sí misma. Tal vez por eso, los cuadros que pasaban por sus manos salían de éstas no revestidos de nuevos e insólitos colores y luces pretendidamente originales –*cortesanas repintadas*, los llamaba César–, sino matizados con una delicadeza que integraba las huellas del tiempo en el conjunto de la obra.

Salió del cuarto de baño envuelta en un albornoz, con el cabello húmedo goteándole sobre los hombros, y encendió el quinto cigarrillo de la jornada mientras se vestía ante el cuadro: zapatos de tacón bajo y cazadora de piel sobre la falda tableada color castaño. Después echó un vistazo satisfecho a su imagen en el espejo veneciano y, vuelta de nuevo hacia los dos severos jugadores de ajedrez, les guiñó un ojo, provocativa, sin que ninguno se diera por enterado ni alterase el grave semblante. *Quién mató al caballero*. La frase, como si de un acertijo se tratara, daba vueltas en su cabeza cuando metió en el bolso su informe sobre el cuadro y las fotografías. Después conectó la alarma electrónica e introdujo con doble vuelta la llave en la cerradura de seguridad. *Quis necavit equitem*. Fuera lo que fuese, aquello había de tener algún sentido. Repitió en voz baja las tres palabras al bajar la escalera, mientras deslizaba los dedos sobre el pasamanos guarnecido de latón. Estaba realmente intrigada por el cuadro y la inscripción oculta; pero no se trataba sólo de eso. Lo desconcertante era que sentía, también, una singular aprensión. Como cuando era niña y, al final de la escalera de su casa, reunía el valor necesario para asomar la cabeza al interior del desván oscuro.

—Reconoce que es una belleza. *Quattrocento* puro.

Menchu Roch no se refería a una de las pinturas expuestas en la galería que llevaba su apellido. Los ojos claros, excesivamente maquillados, miraban los anchos hombros de Max, que conversaba con un conocido en la barra de la cafetería. Max, un metro ochenta y cinco, espaldas de nadador bajo la bien cortada tela de su chaqueta, llevaba el pelo largo y recogido bajo la nuca en una breve coleta rodeada por cinta de seda oscura, y se movía con gestos lentos y flexibles. Menchu deslizó sobre él una mirada valorativa antes de mojar los labios en el borde empañado de la copa de martini, con satisfacción de propietaria. Era su último amante.

—*Quattrocento* puro —repitió saboreando las palabras al mismo tiempo que la bebida—. ¿No te recuerda esos maravillosos bronces italianos?

Julia asintió con desgana. Eran viejas amigas, pero

seguía sorprendiéndole aquella facilidad de Menchu para dar aires equívocos a toda referencia vagamente artística.

—Cualquiera de esos bronces, me refiero a los originales, te saldría más barato.

Menchu soltó una risita cínica.

—¿Más barato que Max?... De eso no te quepa duda —suspiró excesivamente mientras mordisqueaba la aceituna del martini—. Al menos, Miguel Ángel los esculpía desnuditos. No tenía que vestirlos con la American Express.

—Nadie te obliga a firmar sus facturas.

—Ahí está el morbo, cariño —la galerista parpadeó, lánguida y teatral—. En que nadie me obliga. O sea.

Y terminó su copa, procurando —lo hacía aposta, por pura provocación— levantar ostensiblemente el meñique. Más cerca de los cincuenta que de los cuarenta, Menchu opinaba que el sexo latía en cualquier rincón, incluso en los más sutiles matices de una obra de arte. Tal vez por eso era capaz de situarse ante los hombres con la misma actitud calculadora y rapaz que desplegaba al evaluar las posibilidades de una pintura. Entre sus conocidos, la propietaria de la galería Roch tenía fama de no haber dejado pasar nunca la ocasión de hacerse con un cuadro, un hombre o una dosis de cocaína que despertaran su interés. Aún se podía considerar atractiva, aunque era difícil pasar por alto lo que, en vista de su edad, César definía, mordaz, como *anacronismos estéticos*. Menchu no se resignaba a envejecer, entre otras cosas porque no le apetecía en absoluto. Y, tal vez a modo de desafío ante sí misma, contraatacaba con una calculada vulgaridad, extensiva a la elección de maquillaje, vestidos y amantes. Por lo demás, para confirmar su idea de que un marchante de arte o un anticuario no eran sino traperos cualificados, solía presumir de una incultura que estaba lejos de ser cierta, embarullaba a propósito las citas y se mofaba abiertamente del ambiente más o menos selecto en el que se desenvolvía su vida profesional. Alardeaba de todo ello con la misma naturalidad con que sostenía haber tenido el más intenso orgasmo de su vida masturbándose ante una reproducción catalogada y numerada del David de Donatello; episodio que César, con su refinada crueldad casi femenina, citaba como el único detalle de *auténtico* buen gusto que Menchu Roch había tenido en su vida.

–¿Qué hacemos con el Van Huys? –preguntó Julia.

Menchu miró de nuevo las radiografías que estaban sobre la mesa, entre su copa y el café de su amiga. Tenía los ojos maquillados de azul y llevaba un vestido azul demasiado corto. Sin que mediase mala intención, Julia pensó que habría estado francamente guapa veinte años antes. De azul.

–Todavía no lo sé –dijo la galerista–. En Claymore se comprometen a subastar el cuadro tal y como está… Habrá que ver si esa inscripción lo revaloriza.

–¿Te imaginas?

–Me encanta. Igual has tumbado el patito de la feria, sin saberlo.

–Consúltalo con el propietario.

Menchu metió las radiografías en el sobre y cruzó las piernas. Dos jóvenes que bebían aperitivos en la mesa contigua dirigieron furtivas miradas de interés a sus muslos bronceados. Julia se agitó en el asiento con una punzada de irritación. Solía divertirle la espectacularidad con que Menchu planificaba sus efectos especiales de cara al público masculino, pero a veces el habitual despliegue se le antojaba excesivo. Aquellas

–miró el Omega cuadrado que llevaba en la cara interior de la muñeca izquierda– no eran horas para exhibir lencería fina.

–El propietario no es problema –explicaba Menchu–. Se trata de un viejecito encantador que va en silla de ruedas. Y si descubriendo la inscripción aumentamos sus beneficios, le parecerá muy bien... Tiene dos sobrinos que son dos sanguijuelas.

En la barra, Max continuaba la conversación; pero, consciente de su deber, se volvía de vez en cuando para dedicarles una espléndida sonrisa. Hablando de sanguijuelas, se dijo Julia, aunque procuró no comentarlo en voz alta. Tampoco es que a Menchu le hubiera importado mucho, pues profesaba un admirable cinismo a la hora de considerar cuestiones masculinas; pero Julia tenía un acusado sentido de las conveniencias que le impedía ir demasiado lejos.

–Quedan dos meses para la subasta –dijo, ignorando a Max–. Es un margen demasiado justo, si tengo que eliminar el barniz, descubrir la inscripción y barnizar de nuevo... –meditó sobre ello–. Además, reunir documentación sobre el cuadro y los personajes y redactar un informe va a llevarme tiempo. Convendría tener pronto ese permiso del propietario.

Asintió Menchu. Su frivolidad no se extendía al ámbito profesional, donde se movía con la sagacidad de una rata sabia. En aquella transacción actuaba como intermediaria, pues el dueño del Van Huys desconocía los mecanismos del mercado. Era ella quien negociaba la subasta con la sucursal en Madrid de la casa Claymore.

–Lo telefonearé hoy mismo. Se llama don Manuel, tiene setenta años, y le encanta tratar con una chica guapa, como él dice, que tanto sabe de negocios.

Había algo más, apuntó Julia. Si la inscripción descubierta se relacionaba con la historia de los personajes retratados, Claymore jugaría con eso, aumentando el precio de salida. Quizá Menchu pudiera conseguir más documentación útil.

–No gran cosa –la galerista fruncía la boca, haciendo memoria–. Todo te lo di con el cuadro, así que búscate la vida, hija. A tu aire.

Julia abrió el bolso y se entretuvo más tiempo del necesario para encontrar el paquete de tabaco. Por fin sacó despacio un cigarrillo y miró a su amiga.

–Podríamos consultar con Álvaro.

Menchu enarcó las cejas. Petrificada se quedaba, anunció en el acto, cual mujer de Noé, o de Lot, o de quien fuera aquel idiota que se aburría en Sodoma. O salidificada; o como se dijera o dijese.

–Así que ya me contarás –la voz le enronquecía de expectación; olfateaba emociones fuertes–. Porque Álvaro y tú...

Dejó la frase en el aire con gesto de súbita y exagerada pesadumbre, como cada vez que se refería a problemas de los demás, a quienes le gustaba considerar indefensos en materia sentimental. Julia sostuvo su mirada, imperturbable.

–Es el mejor historiador de arte que conocemos –se limitó a decir–. Y eso nada tiene que ver conmigo, sino con el cuadro.

Menchu puso cara de reflexionar gravemente y después movió la cabeza de arriba abajo. Era asunto de Julia, claro. Asunto íntimo, tipo querido diario y cosas así. Pero en su lugar, ella se abstendría. *In dubio pro reo*, como aseguraba el pedante de César, la vieja clueca. ¿O era *in pluvio*?

–Te aseguro que de Álvaro estoy curada.

–Hay dolencias, guapita, que no se curan nunca. Y un año no es nada. Tango.

Julia no pudo evitar una mueca burlona dirigida hacia sí misma. Hacía un año que Álvaro y ella habían concluido una larga relación, y la galerista estaba al corriente. La propia Menchu dictó en alguna ocasión, sin proponérselo, la sentencia final que explicaba el nudo del asunto. Algo por el estilo de que en última instancia, hija, un hombre casado suele terminar pronunciándose a favor de su legítima. Porque los trienios acumulados entre lavar calzoncillos y parir terminan decidiendo la batalla: «Y es que ellos son así –concluía Menchu con la nariz pegada a la rayita blanca, entre aspiración y aspiración–: asquerosamente leales, en el fondo. Snif. Los hijoputas.»

Julia exhaló una densa bocanada de humo y se entretuvo en apurar despacio el resto del café, procurando que la taza no gotease. Había sido muy amargo aquel final, tras las últimas palabras y el ruido de una puerta al cerrarse. Y lo siguió siendo después, al recordar. O en las tres o cuatro ocasiones en que Álvaro y ella se volvieron a encontrar casualmente, en conferencias o museos, comportándose con ejemplar entereza. –«Te veo muy bien, cuídate mucho» y cosas así–. A fin de cuentas ambos se preciaban de ser gente civilizada que, aparte de un fragmento de pasado, tenía en común el arte como materia objetiva de trabajo. Gente de mundo, en tres palabras. Adultos.

Comprobó que Menchu la observaba, maliciosamente interesada, relamiéndose con la perspectiva de nuevos tejemanejes amorosos en los que terciar como asesora táctica. La galerista siempre se quejaba de que, tras la ruptura con Álvaro, los esporádicos episodios sentimentales de su amiga apenas merecían comentarios: «Te puritanizas, cariño —no se cansaba de repetir— y eso es aburridísimo. Lo que necesitas es el retorno de la pasión, de la vorágine»... Desde ese punto de vista, la sola mención de Álvaro parecía ofrecer interesantes posibilidades.

Julia se daba cuenta de todo eso, sin sentirse irritada. Menchu era Menchu, y había sido así desde el principio. Los amigos no se escogen, ellos te escogen a ti; o se los rechaza, o se los acepta sin reservas. Era algo que también había aprendido de César.

El cigarrillo se consumía, así que lo aplastó en el cenicero. Después le sonrió a Menchu, sin ganas.

—Álvaro da igual. Lo que me preocupa es el Van Huys —dudó un momento buscando las palabras mientras intentaba aclarar sus ideas—. Hay algo fuera de lo común en ese cuadro.

Menchu se encogió de hombros con aire absorto, como si pensara en otra cosa.

—Tómalo con calma, niña. Un cuadro sólo es tela, madera, pintura y barniz... Lo que importa es cuánto deja en el bolso cuando cambia de manos —miró los anchos hombros de Max y parpadeó complacida—. Lo demás son historias.

Durante todos y cada uno de los días pasados junto a él, Julia creyó que Álvaro respondía al más riguroso estereotipo de su profesión; y eso era extensivo a su aspecto e indumentaria: agradable, rozando la cuarentena, chaquetas de mezclilla inglesas, corbatas de punto. Además fumaba en pipa, lo que era rizar el rizo, hasta el extremo que, al verlo entrar en el aula por primera vez —*El arte y el hombre* era el tema de su conferencia aquel día— ella había tardado un buen cuarto de hora en prestar atención a sus palabras, negándose a aceptar que un tipo con semejante aspecto de joven catedrático pudiera ser, en efecto, un catedrático. Después, cuando Álvaro se despidió hasta la semana siguiente y todos salieron al pasillo, ella se le había acercado del modo más natural del mundo, con plena conciencia de lo que iba a ocurrir: la repetición eterna de una poco original historia, el clásico enredo profesor-alumna, asumido todo eso incluso antes de que Álvaro girase sobre sus talones, ya junto a la puerta, para sonreírle a Julia por primera vez. Había algo en todo aquello –o al menos así lo decidió la joven cuando sopesaba los pros y los contras de la cuestión–, que poseía un carácter inevitable, con ribetes de *fatum* deliciosamente clásico, de caminos trazados por el Destino, punto de vista al que tan aficionada era desde que, en el colegio, había traducido los brillantes enredos familiares de aquel griego genial, Sófocles. Sólo más tarde se decidió a comentarlo con César, y el anticuario, que desde años atrás –la primera vez Julia llevaba todavía calcetines y trenzas– oficiaba de confidente en episodios de índole sentimental, se limitó a encogerse de hombros, criticando en tono calculadamente superficial la escasa originalidad de una historia que había servido ya de empalagoso argumento, querida, para trescientas novelas y otras tantas películas, sobre todo –mueca despectiva– francesas y norteamericanas: «Lo que convendrás conmigo, princesa, arroja sobre el tema luces de auténtico horror»… Pero nada más. Por parte de César no hubo ni reproches serios ni paternales advertencias que nunca, eso lo sabían ambos perfectamente, servirían para nada. César no tenía hijos ni los iba a tener jamás, pero poseía un don especial a la hora de abordar ese tipo de situaciones. En algún momento de su vida, el anticuario adquirió la certeza de que nadie es capaz de escarmentar en cabeza ajena, y de que, en consecuencia, la única actitud digna y posible de un tutor –a fin de cuentas, él ejercía como tal– era sentarse junto al objeto de sus cuidados, cogerle la mano y escuchar, con benevolencia infinita, la relación evolutiva de los amores y dolores, mientras la naturaleza seguía su curso inevitable y sabio.

«–En materia sentimental, princesita –solía decir César–, no hay que ofrecer nunca consejos ni soluciones... Sólo un pañuelo limpio en el momento oportuno.»

Y fue lo que hizo cuando todo hubo terminado, la noche en que llegó ella, todavía con el cabello húmedo y movimientos de sonámbula, y se durmió sobre sus rodillas. Pero todo eso ocurrió mucho después de aquel primer encuentro en el pasillo de la facultad, donde no se registraron variaciones importantes sobre el guión previsto. El ritual prosiguió por caminos trillados y predecibles, aunque insospechadamente satisfactorios. Julia había tenido otras aventuras antes, pero jamás sintió, hasta la tarde en que Álvaro y ella se encontraron por primera vez en la estrecha cama de un hotel, la necesidad de decir *te quiero* de aquella forma dolorosa, desgarrada, escuchándose a sí misma, con feliz estupor, palabras que siempre antes se había negado a pronunciar, y en un tono desconocido, que se parecía mucho a un gemido o un lamento. Así, una mañana que amaneció con el rostro hundido sobre el pecho de Álvaro, tras apartarse con sigilo el cabello desordenado que le cubría el rostro, miró largo rato su perfil dormido, con el suave latir del corazón contra la mejilla, hasta que él, abriendo los ojos, sonrió al encontrar su mirada. En ese momento, Julia supo con absoluta certeza que lo amaba, y supo también que conocería otros amantes, sin volver a experimentar nunca lo que sentía por aquél. Y veintiocho meses más tarde, vividos y calculados casi día a día, llegó el momento de despertar dolorosamente de aquel amor y pedirle a César que extrajera del bolsillo su famoso pañuelo. «Ese terrible pañuelo –había citado, teatral como siempre, medio en broma pero perspicaz como una Casandra, el anticuario– que agitamos al decirnos adiós para siempre»... Aquella, en esencia, había sido la historia.

Un año bastaba para cauterizar las heridas, pero no los recuerdos. Unos recuerdos a los que, por otra parte, Julia no tenía intención de renunciar. Había madurado con razonable rapidez y ese proceso moral cristalizó también con la creencia –extraída sin complejos de las profesadas por César– de que la vida es una especie de restaurante caro donde siempre terminan pasando la factura, sin que por ello sea forzoso renegar de lo que se ha saboreado con felicidad o placer. Ahora, Julia meditaba sobre eso mientras observaba a Álvaro, que abría libros sobre la mesa y tomaba notas en fichas rectangulares de cartulina blanca. Apenas había cambiado físicamente, aunque entre el cabello le despuntaban ya algunas canas. Sus ojos seguían siendo tranquilos e inteligentes. En otro tiempo había amado esos ojos y las manos finas y largas, de uñas redondas y pulidas. Las observó mientras los dedos hacían pasar páginas de libros o sostenían la estilográfica y, muy a su pesar, escuchó un lejano rumor de melancolía que, tras breve análisis, decidió aceptar como razonable. Ya no suscitaban en ella los sentimientos de antaño; pero aquellas manos habían acariciado su cuerpo. Hasta el menor de sus gestos, tacto y calor, le quedaba aún impreso en la piel. Su huella no la habían borrado otros amores.

Procuró controlar el latido de sus sentimientos. Por nada del mundo estaba dispuesta a ceder bajo la tentación de los recuerdos. Además, la cuestión era secundaria; no había ido allí a resucitar nostalgias, así que se esforzó por mantener fija su atención en las palabras de su ex amante, no en él. Tras los primeros cinco embarazosos minutos, Álvaro la había mirado con ojos reflexivos, intentando calcular la importancia de lo que, después de tanto tiempo, la llevaba de nuevo allí. Sonreía con afecto, como un viejo amigo o compañero de disciplina, relajado y atento, poniéndose a su disposición con aquella tranquila eficacia, llena de silencios y concienzudas reflexiones en voz baja, que tan familiar resultaba para ella. Sólo hubo, aparte de la sorpresa inicial, un breve desconcierto en su mirada cuando Julia planteó la cuestión del cuadro –excepto la existencia de la inscripción oculta, que Menchu y ella habían decidido guardar en secreto–. Álvaro confirmó conocer bien el pintor, la obra y su período histórico, aunque ignoraba que fuese a salir a subasta y que Julia se encargara de la restauración. Lo cierto es que no tuvo que recurrir a las fotografías en color que la joven llevaba consigo; parecía familiarizado con la época y los personajes. En ese momento buscaba una fecha, siguiendo con el índice las líneas impresas de un viejo tomo de historia medieval, concentrado en su tarea y ajeno en apariencia a la pasada intimidad que, sin embargo, Julia sentía flotar entre ambos como el sudario de un fantasma. Pero quizás a él le ocurre lo mismo, pensó. Tal vez desde el punto de vista de Álvaro también ella parecía demasiado lejana; indiferente.

–Aquí lo tienes –dijo él en ese momento, y Julia se aferró al sonido de su voz como a un madero en un naufragio, sabiendo con alivio que no podía hacer dos

cosas al mismo tiempo: recordarlo antes y escucharlo
ahora. Comprobó, sin pena alguna, que la nostalgia
quedaba atrás, a la deriva, y su consuelo tuvo que ser
tan visible que él la miró, sorprendido, antes de orien-
tar de nuevo su atención a la página del libro que tenía
entre las manos. Julia echó un vistazo al título: *Suiza,
Borgoña y los Países Bajos en los siglos XIV y XV*.

—Mira —Álvaro señalaba un nombre en el texto.
Después trasladó el índice hasta la fotografía del cuadro que ella tenía sobre la mesa, a su lado—. *FERDI-
NANDUS OST. D.* es la inscripción identificativa del
jugador de la izquierda, el que viste de rojo. Van Huys
pintó *La partida de ajedrez* en 1471, así que no cabe la
menor duda. Se trata de Fernando Altenhoffen, duque
de Ostenburgo, *Ostenburguensis Dux*, nacido en 1435
y muerto en... Sí, eso es. En 1474. Tenía unos treinta y
cinco años cuando posó para el pintor.

Julia había cogido una ficha de la mesa y apuntaba
los datos.

—¿Por dónde caía Ostenburgo?... ¿Alemania?

Álvaro negó con la cabeza antes de abrir un atlas
histórico, indicando uno de los mapas.

—Ostenburgo era un ducado que correspondía,
aproximadamente, a la Rodovingia de Carlomagno...
Estaba aquí, en los confines francoalemanes, entre Lu-
xemburgo y Flandes. Durante los siglos quince y dieciséis, los duques ostenburgueses intentaron mantenerse independientes, pero terminaron absorbidos
primero por Borgoña y después por Maximiliano de
Austria. La dinastía de los Altenhoffen se extinguió
precisamente con este Fernando, último duque de Ostenburgo, que juega al ajedrez en el cuadro... Si lo deseas puedo sacar fotocopias.

—Te lo agradezco.

–No tiene importancia –Álvaro se echó hacia atrás en el sillón, extrajo de un cajón del escritorio una lata de tabaco y procedió a llenar la pipa–. Por lógica, la dama que está junto a la ventana, con la inscripción *BEATRIX BURG. OST. D.* sólo puede ser Beatriz de Borgoña, duquesa consorte. ¿Ves?... Beatriz se casó con Fernando Altenhoffen en 1464, cuando tenía veintitrés años.

–¿Por amor? –preguntó Julia con sonrisa indefinible, mirando la fotografía. Álvaro también sonrió brevemente, algo forzado.

–Sabes que pocos matrimonios de este género se realizaban por amor... La boda fue un intento del tío de Beatriz, Felipe el Bueno, duque de Borgoña, por estrechar la alianza con Ostenburgo frente a Francia, que intentaba anexionarse ambos ducados –miró a su vez la fotografía y se puso la pipa entre los dientes–. Fernando de Ostenburgo tuvo suerte, porque era muy bella. Al menos eso dicen los *Anales borgoñones* de Nicolás Flavin, el más importante cronista de la época. Tu Van Huys parece compartir esa opinión. Por lo visto ya la habían pintado antes, porque hay un documento, citado por Pijoan, según el cual Van Huys fue durante algún tiempo pintor de corte en Ostenburgo... Fernando Altenhoffen le asigna en el año 1463 una pensión de cien libras al año, pagaderas la mitad por San Juan y la otra mitad por Navidad. En el mismo documento figura el encargo de pintar el retrato de Beatriz, que entonces era todavía prometida del duque, *bien au vif*.

–¿Hay otras referencias?

–Muchísimas. Van Huys llegó a ser alguien importante –Álvaro extrajo una carpeta de un fichero–. Jean Lemaire, en su *Couronne Margaridique*, escrita en honor de Margarita de Austria, gobernadora de los Países Bajos, cita a Pierre de Brugge (Van Huys), Hughes de Gand (Van der Goes) y Dieric de Louvain (Dietric Bouts) junto al que califica de rey de los pintores flamencos, Johannes (Van Eyck). En el poema dice, literalmente: «*Pierre de Brugge, qui tant eut les traits utez*», que tan limpios hizo los trazos... Cuando esto se escribió, hacía veinticinco años que Van Huys había muerto –revisó detenidamente otras fichas–. Tienes citas más antiguas. Por ejemplo, en inventarios del Reino de Valencia consta que Alfonso V el Magnánimo poseía obras de Van Huys, Van Eyck y otros maestros ponentinos, todas ellas perdidas... También lo menciona en 1454 Bartolomeo Fazio, íntimo familiar de Alfonso V, en su libro *De viribus illustris*, aludiendo a él como «*Pietrus Husyus, insignis pictor*». Otros autores, sobre todo italianos, lo llaman «*Magistro Piero Van Hus, pictori in Bruggia*». Dispones de una cita de 1470, en la que Guido Rasofalco menciona un cuadro suyo que tampoco ha llegado hasta nosotros, una Crucifixión, como «*Opera buona di mano di un chiamato Piero di Juys, pictor famoso in Fiandra*». Y otro autor italiano, anónimo, se refiere a un cuadro de Van Huys que sí se ha conservado, *El caballero y el Diablo*, precisando que «*A magistro Pietrus Juisus magno et famoso flandesco fuit depictum*»... Puedes añadir que lo citan en el siglo dieciséis Guicciardini y Van Mander, y en el diecinueve James Weale en sus libros sobre grandes pintores flamencos –recogió las fichas, introduciéndolas cuidadosamente en la carpeta, y devolvió ésta al fichero. Después se echó hacia atrás en el sillón y miró a Julia, sonriente–. ¿Satisfecha?

–Mucho –la joven lo había anotado todo, y ahora hacía balance. Al cabo de un momento levantó la cabeza y se apartó el cabello de la cara, mirando a Álva-

ro con curiosidad–. Es para pensar que tenías preparada la lección... Estoy literalmente deslumbrada.

La sonrisa del catedrático se difuminó un poco, y
sus ojos eludieron los de Julia. Parecía que una de las
fichas que tenía sobre la mesa hubiese atraído de pronto su atención.

–Es mi trabajo –dijo. Y ella no pudo averiguar si su
tono era distraído o evasivo. Sin saber muy bien por
qué, eso la hizo sentirse vagamente incómoda.

–Pues sigues siendo muy bueno en tu trabajo... –lo
observó unos segundos, con curiosidad, antes de volver a sus notas–. Tenemos referencias abundantes del
autor y de dos de los personajes... –se inclinó sobre la
reproducción del cuadro y puso un dedo sobre el segundo jugador–. Nos falta éste.

Ocupado en encender su pipa, Álvaro tardó en responder. Tenía el ceño fruncido.

–Es difícil determinarlo con exactitud –dijo entre
una bocanada de humo–. La inscripción no es muy ex-
plícita, aunque basta para emitir una hipótesis: *RUT-
GIER AR. PREUX...* –hizo una pausa y contempló
la cazoleta de la pipa como si esperase hallar en ésta
confirmación a su idea–. Rutgier puede ser Roger, Rogelio o Rugiero; diversas formas, hay al menos diez
variantes, de un nombre común en la época... Preux
puede ser apellido o nombre de familia, en cuyo caso
estaríamos en un callejón sin salida, pues no hay constancia de ningún Preux cuyos hechos mereciesen figu-
rar en las crónicas. Sin embargo, *preux* se utilizaba
también en la alta Edad Media como adjetivo honorable, incluso como sustantivo, en la acepción de valien-
te, caballeresco. A Lanzarote y a Roldán, por ponerte
dos ejemplos ilustres, se les menciona de ese modo...
En Francia e Inglaterra, al armar a alguien le recorda-

ban la fórmula *soyez preux*; es decir: sed leal, esforzado. Era un título selecto, con el que se distinguía a la flor y nata de la caballería.

Sin percatarse de ello, por hábito profesional, Álvaro había adoptado un tono persuasivo, casi docente, como solía ocurrir tarde o temprano cuando una conversación giraba en torno a temas de su especialidad. Julia se dio cuenta con cierta turbación; aquello agitaba viejos recuerdos, olvidados rescoldos de una ternura que había ocupado un lugar en el tiempo y en el espacio, en la conformación de su carácter tal y como era ahora. Residuos de otra vida y otros sentimientos, a los que una meticulosa labor de zapa y destrucción había amortiguado, relegándolos como un libro puesto en una estantería para que el polvo lo cubra, sin intención de volver a abrirlo, pero que a pesar de todo sigue estando ahí.

Frente a eso, Julia lo sabía, sólo contaban los recursos. Mantener la mente ocupada en relación con lo inmediato. Hablar, inquirir detalles aunque fuesen innecesarios. Inclinarse sobre la mesa, aparentando concentración en la tarea de tomar notas. Pensar que estaba ante un Álvaro distinto, lo que, sin duda, era cierto. Convencerse de que todo lo demás había ocurrido en época remota, en lejano tiempo y lugar. Comportarse, sentir, como si los recuerdos no perteneciesen a ambos, sino a otras personas de las que una vez habían oído hablar y cuya suerte les trajera sin cuidado.

Una solución era encender un cigarrillo, y Julia lo hizo. El humo del tabaco al penetrar en sus pulmones la reconciliaba consigo misma, le concedía pequeñas dosis de indiferencia. Lo hizo con movimientos pausados, recreándose en el mecánico ritual. Después miró a Álvaro, lista para continuar.

–¿Cuál es la hipótesis, entonces? –el tono de su voz pareció satisfactorio, y aquello la hizo sentirse mucho más tranquila–. Según lo veo, si Preux no fuera el apellido, la clave estaría quizás en la abreviatura *AR*.

Álvaro se mostró de acuerdo. Entornados los ojos por el humo de su pipa, buscó en las páginas de otro libro hasta dar con un nombre.

–Mira esto. Roger de Arras, nacido en 1431, el mismo año que los ingleses queman a Juana de Arco en Rouen. Su familia está emparentada con los Valois que reinan en Francia, y nace en el castillo de Bellesang, muy cerca del ducado de Ostenburgo.

–¿Puede tratarse del segundo jugador?

–Puede. *AR*. sería, perfectamente, abreviatura de Arras. Y Roger de Arras, eso sí está en todas las crónicas de la época, combate en la guerra de los Cien Años junto al rey de Francia Carlos VII. ¿Ves?... Participa en la conquista de Normandía y Guyena a los ingleses, lucha en 1450 en la batalla de Formigny y tres años después en la de Castillon. Mira el grabado. Podría ser uno de éstos, tal vez el guerrero con la celada cubierta que, en mitad de la refriega, ofrece su caballo al rey de Francia, a quien le han matado el suyo, y sigue peleando a pie...

–Me asombras, profesor –lo miraba sin ocultar su sorpresa–. Esa bonita imagen del guerrero en la batalla... Siempre te oí decir que la imaginación es el cáncer del rigor histórico.

Álvaro se echó a reír de buena gana.

–Considéralo una licencia extracátedra, en honor a ti. Es imposible olvidar tu afición a transgredir el puro dato. Recuerdo que cuando tú y yo...

Enmudeció, inseguro. La alusión había ensombrecido el gesto de Julia. Los recuerdos estaban fuera de lugar aquel día; al comprobarlo, Álvaro dio marcha atrás.

—Lo siento —dijo en voz baja.

—No importa —Julia apagó bruscamente el cigarrillo aplastándolo en el cenicero, y se quemó los dedos con la brasa—. En el fondo es culpa mía —lo miró con más serenidad—. ¿Qué hay de nuestro guerrero?

Con visible alivio Álvaro se internó rápidamente por aquel terreno. Roger de Arras, aclaró, no había sido sólo un guerrero. También fue muchas otras cosas. Por ejemplo, espejo de caballeros. Modelo del noble medieval. Poeta y músico en sus ratos libres. Muy apreciado en la corte de sus primos los Valois. Así que lo de *preux* le sentaba a medida, como un guante.

—¿Alguna relación con el ajedrez?

—No hay constancia.

Julia tomaba notas, entusiasmada con la historia. Se detuvo de pronto y miró a Álvaro.

—Lo que no entiendo —dijo, mordiendo el extremo del bolígrafo— es qué haría entonces ese Roger de Arras en un cuadro de Van Huys, jugando al ajedrez con el duque de Ostenburgo…

Álvaro se removió en el sillón con aparente embarazo, como si de pronto lo hubiera asaltado alguna duda. Chupó su pipa en silencio mientras miraba la pared a espaldas de Julia, con aire de estar librando algún tipo de batalla interior. Por fin torció la boca en una cauta sonrisa.

—Lo que puede hacer exactamente, aparte de jugar al ajedrez, es algo que ignoro —levantó las palmas de las manos hacia arriba, dando a entender que se hallaba en el límite de sus conocimientos, aunque Julia tuvo la seguridad de que la miraba ahora con cierta insólita prevención, como si una idea que no se decidía a formular le diera vueltas en la cabeza–. Lo que sí sé –añadió por fin–, y lo sé porque también viene en los libros, es que Roger de Arras no murió en Francia, sino en Ostenburgo –tras una pequeña vacilación señaló la fotografía del cuadro–. ¿Te has fijado en la data de esa pintura?

–Mil cuatrocientos setenta y uno –respondió intrigada–. ¿Por qué?

Álvaro exhaló humo lentamente y añadió un sonido seco, parecido a una breve risa. Ahora miraba a Julia como si pretendiera leer en sus ojos la respuesta a una pregunta que no se decidía a plantear.

–Hay algo que no funciona –dijo por fin–. O esa data está mal, o las crónicas de la época mienten, o ese caballero no es el *Rutgier Ar. Preux* del cuadro... –cogió un último libro, una reproducción anastática de la *Crónica de los duques de Ostenburgo*, y lo puso ante ella después de hojearlo durante un rato–. Esto fue escrito a finales del siglo quince por Guichard de Hainaut, un francés contemporáneo de los hechos que narra, y que se basa en testimonios directos... Según Hainaut, nuestro hombre falleció el día de reyes de 1469; dos años antes de que Pieter van Huys pintara *La partida de ajedrez*. ¿Comprendes, Julia?... Roger de Arras jamás pudo posar para ese cuadro, porque cuando se pintó ya estaba muerto.

La acompañó hasta el aparcamiento de la facultad y le entregó la carpeta con las fotocopias. Casi todo estaba dentro, dijo. Referencias históricas, una actualización de las obras catalogadas de Van Huys, bibliografía... Prometió enviarle a casa una relación cronológica y algunos papeles más, en cuanto tuviera un rato disponible. Después se la quedó mirando, con la pipa en la boca y las manos en los bolsillos de la chaqueta, como si aún tuviese algo que decir y dudara si debía hacerlo. Esperaba, añadió tras corta vacilación, haber sido útil.

Julia asintió, aún confusa. Los detalles de la historia que acababa de conocer se agitaban en su cabeza. Y había algo más.

—Estoy impresionada, profesor... En menos de una hora has reconstruido la vida de los personajes de un cuadro que no habías estudiado nunca, antes.

Álvaro apartó un segundo la mirada, dejándola vagar por el campus. Después torció el gesto.

—Esta pintura no me era completamente desconocida —ella creyó rastrear en su voz una nota de duda, y eso la inquietó, aun sin saber por qué. Así que prestó más atención a sus palabras—. Entre otras cosas, hay una fotografía en un catálogo del Prado de 1917... *La partida de ajedrez* estuvo expuesta allí, en calidad de depósito, unos veinte años. Desde principios de siglo hasta que en 1923 la reclamaron los herederos.

—No lo sabía.

—Pues ya lo sabes —se concentró en la pipa, que parecía a punto de apagarse. Julia lo miraba de soslayo. Conocía a aquel hombre, o lo había conocido en otro tiempo, demasiado bien como para saber que algo importante lo incomodaba. Algo que no se decidía a expresar en voz alta.

—¿Qué es lo que no me has contado, Álvaro?

Permaneció inmóvil, chupando la pipa con mirada absorta. Después se volvió lentamente hacia ella.

—No sé lo que quieres decir.

—Quiero decir que todo cuanto se relacione con ese cuadro es importante —lo miró con gravedad—. Me juego mucho en esto.

Vio que Álvaro mordía la boquilla de la pipa, indeciso, y después iniciaba un gesto ambiguo.

–Me pones en un compromiso. Tu Van Huys parece estar de moda últimamente.

–¿De moda? –se volvió tensa y alerta como si la tierra fuese a moverse bajo sus pies–. ¿Quieres decir que alguien te ha hablado de él antes que yo?

Álvaro mostraba ahora una sonrisa incierta, como lamentando haber dicho demasiado.

–Es posible.

–¿Quién?

–Ese es el problema. No estoy autorizado a decírtelo.

–No seas absurdo.

–No lo soy. Es la verdad –y le dirigió una mirada que reclamaba indulgencia.

Julia respiró hondo, intentando colmar el extraño vacío que sentía en el estómago; en alguna parte latía una señal de alarma. Pero Álvaro estaba hablando de nuevo, así que permaneció atenta, en busca de un indicio. Le interesaba echarle un vistazo a ese cuadro, si Julia no tenía inconveniente. Y también a ella.

–Puedo explicártelo todo –concluyó–. En su momento.

Podía tratarse de un truco, pensó la joven, pues era capaz de organizar todo aquel teatro como pretexto para verla una vez más. Se mordió el labio inferior, agitada. El cuadro disputaba lugar, adentro, con sensaciones y recuerdos que nada tenían que ver con lo que la había llevado allí.

–¿Cómo está tu mujer? –preguntó en tono casual, cediendo a un oscuro impulso. Después levantó un poco los ojos, con malicia, para comprobar que Álvaro se había erguido, incómodo.

–Está bien –fue la seca respuesta. Parecía muy ocupado en mirar la pipa que tenía entre los dedos, como si no la reconociese–. En Nueva York, preparando una exposición.

Un recuerdo fugaz acudió a la memoria de Julia: una mujer rubia, atractiva, vestida con un traje sastre de color castaño, que bajaba de un automóvil. Apenas quince segundos de imagen imprecisa a duras penas retenida, pero que habían marcado, nítidos como un corte de bisturí, el final de su juventud y el resto de su vida. Creía recordar que ella trabajaba para un organismo oficial; algo relacionado con un departamento de cultura, con exposiciones y viajes. Durante un tiempo, eso había facilitado las cosas. Álvaro jamás habló de ella, y Julia tampoco; pero ambos sintieron siempre su presencia entre uno y otro, como un fantasma. Y aquel fantasma, quince segundos de un rostro entrevisto por casualidad, había terminado ganando la partida.

–Espero que os vayan bien las cosas.

–No van mal. Quiero decir que no van mal del todo.

–Ya.

Dieron unos pasos, en silencio y sin mirarse. Por fin, Julia chasqueó la lengua e inclinó la cabeza sonriéndole al vacío.

–Bueno, eso ya no importa mucho... –se paró frente a él, con los brazos en jarras y una mueca traviesa en la boca–. ¿Qué opinas de mí, ahora?

La miró de arriba abajo, inseguro, con los ojos entornados. Reflexionando.

–Te veo muy bien... De veras.

–¿Y cómo te sientes?

–Un poco turbado... –sonrió melancólico, el aire

contrito–. Y me pregunto si hace un año tomé la decisión correcta.

–Eso es algo que ya ignorarás siempre.

–Nunca se sabe.

Aún era atractivo, se dijo Julia con una punzada de angustia e irritación que le conmovió las entrañas. Miró sus manos y sus ojos, sabiendo que caminaba al filo de algo que le hacía sentir repulsa y atracción al tiempo.

–Tengo el cuadro en casa –respondió con cautela, sin comprometerse a nada, mientras intentaba ordenar sus ideas; quería asegurarse de la firmeza tan dolorosamente adquirida, pero al mismo tiempo intuía los riesgos, la necesidad de mantenerse en guardia frente a los sentimientos y los recuerdos. Además, y por encima de todo, estaba el Van Huys.

Aquel razonamiento sirvió, al menos, para aclararle las ideas. Así que estrechó la mano que le tendía, sintiendo en su contacto la torpeza de quien no está seguro del terreno que pisa. Eso la animó, produciéndole un júbilo oculto y maligno. Entonces, con impulso calculado y reflejo a un tiempo, le deslizó un rápido beso en la boca –un adelanto a fondo perdido, para inspirar confianza– antes de abrir la portezuela y meterse en el pequeño Fiat blanco.

–Si quieres ver el cuadro, ven a verme –dijo con aire equívocamente casual, mientras hacía girar la llave de encendido–. Mañana por la tarde. Y gracias.

Tratándose de él, eso sería suficiente. Lo vio quedarse atrás por el retrovisor, agitando la mano reflexivo y confuso, con el campus y el edificio de ladrillo de la facultad a su espalda. Sonrió para sus adentros al pasar con el automóvil bajo un semáforo en rojo. Morderás el anzuelo, profesor –pensaba–. Ignoro por qué, pero alguien, en alguna parte, está intentando jugar una mala pasada. Y tú vas a decirme quién, o dejaré de llamarme Julia.

Sobre la mesita que tenía al alcance de la mano, el cenicero estaba repleto de colillas. Tumbada en el sofá, a la luz de una pequeña lámpara, leyó hasta muy tarde. Poco a poco, la historia del cuadro, el pintor y sus personajes, tomaban consistencia entre sus manos. Leía con avidez, impulsada por el afán de saber, con los sentidos en tensión, atenta al menor indicio, a la clave de aquella misteriosa partida de ajedrez que, en el caballete colocado frente al sofá, en la semioscuridad del estudio, seguía desarrollándose frente a ella, entre las sombras:

»... *Desvinculados en 1453 del vasallaje a Francia, los duques de Ostenburgo intentaron mantener un difícil equilibrio entre Francia, Alemania y Borgoña. La política ostenburguesa despertó el recelo de Carlos VII de Francia, temeroso de que el ducado fuera absorbido por la pujante Borgoña, que pretendía erigirse en reino independiente. En aquel torbellino de intrigas palaciegas, de alianzas políticas y pactos secretos, los temores franceses aumentaron a causa del matrimonio (1464) entre el hijo y heredero del duque Wilhelmus de Ostenburgo, Fernando, con Beatriz de Borgoña, sobrina de Felipe el Bueno y prima del futuro duque borgoñón Carlos el Temerario.*

De esa forma, en la corte ostenburguesa se alinearon frente a frente, en aquellos años cruciales para el futuro de Europa, las posturas de dos facciones irreconciliables: el partido borgoñón, favorable a la integración en

el ducado vecino, y el partido francés que conspiraba
por la reunificación con Francia. El enfrentamiento
entre esas dos fuerzas iba a caracterizar el turbulento
gobierno de Fernando de Ostenburgo hasta su muerte,
en 1474...

Puso la carpeta en el suelo y se incorporó sentada en
el sofá, rodeando las rodillas con los brazos. El silencio era absoluto. Estuvo así, inmóvil, durante un rato,
y luego se levantó, acercándose al cuadro. *Quis Neca-*
vit Equitem. Pasó un dedo, sin tocar la superficie del
óleo, por el lugar donde estaba la inscripción oculta,
cubierta por las sucesivas capas de pigmento verde con
que Van Huys había representado el paño que cubría
la mesa. Quién mató al caballero. Con los datos sumi-
nistrados por Álvaro, la frase cobraba una dimensión
que allí, en el cuadro apenas iluminado por la pequeña
lámpara, parecía siniestra. Inclinando el rostro hasta
acercarse lo más posible a *RUTGIER AR. PREUX*,
Roger de Arras o no, Julia tuvo la certeza de que la
inscripción se refería a él. Era, sin duda, una especie de
acertijo; pero la desconcertaba el papel que el ajedrez
jugaba en todo aquello. *Jugaba*. Tal vez se tratara sólo
de eso, de un juego.

Sintió una incómoda exasperación, igual que cuando se veía obligada a recurrir al bisturí para eliminar
un barniz rebelde, y cruzó las manos tras la nuca, cerrando los ojos. Al abrirlos encontró de nuevo el perfil del caballero desconocido, pendiente de la partida,
fruncido el ceño en grave concentración. Tenía un aire
agradable; sin duda había sido un hombre atractivo. El
aspecto era noble, con un aura de dignidad hábilmen-
te resaltada por el artista en los fondos que rodeaban
la figura. Además, la posición de su cabeza ajustaba

exactamente con la intersección de las líneas que, en pintura, constituían la *Sección Áurea*, la ley de composición pictórica que, para dar equilibrio a las figuras de un cuadro, usaban como patrón los pintores clásicos desde los tiempos de Vitrubio...

El descubrimiento la estremeció. Según las reglas, si al pintar el cuadro Van Huys hubiese pretendido realzar la figura del duque Fernando de Ostenburgo –a quien sin duda por calidad le correspondía ese honor– lo hubiera situado en el punto de intersección áurea, no a la izquierda de la composición. Lo mismo podía decirse de Beatriz de Borgoña, que ocupaba, además, un segundo plano, junto a la ventana y a la derecha. Luego era razonable creer que quien presidía aquella misteriosa partida de ajedrez no eran los duques, sino *RUTGIER AR. PREUX*, posiblemente Roger de Arras. Pero Roger de Arras estaba muerto.

Fue hasta una de las estanterías llenas de libros sin apartar la vista del cuadro, mirándolo por encima del hombro como si, al volver la cabeza, alguien fuera a moverse en él. Maldito Pieter van Huys, dijo casi en voz alta, planteando acertijos que le quitaban el sueño quinientos años después. Cogió el tomo de la *Historia del Arte* de Amparo Ibáñez dedicado a la pintura flamenca y fue a sentarse en el sofá, con él sobre las rodillas. Van Huys, Pieter. Brujas 1415-Gante 1481... Encendió el enésimo cigarrillo.

»... Aunque no desdeña el bordado, la joya y el mármol del pintor de corte, Van Huys es esencialmente burgués por el ambiente familiar de sus escenas y por su mirada positiva, a la que nada escapa. Influido por Jan Van Eyck, pero sobre todo por su maestro Roberto Campin, a quienes mezcla sabiamente, es la *suya una tranquila mirada flamenca sobre el mundo, un análisis sereno de la realidad. Pero, siempre partidario del simbolismo, sus imágenes también contienen lecturas paralelas (el frasco de cristal cerrado o la puerta en el muro como indicios de la virginidad de María en su* Virgen del Oratorio, *el juego de sombras que se funden en el hogar de* La familia de Lucas Bremer, *etc.). La maestría de Van Huys se plasma en los personajes y objetos delimitados mediante contornos incisivos, y en su aplicación a los problemas más arduos de la pintura de la época, como la organización plástica de la superficie, el contraste sin ruptura entre penumbra doméstica y claridad del día, o las sombras que cambian según la materia sobre la que se posan.*

Obras conservadas: Retrato del orfebre Guillermo Walhuus *(1448) Metropolitan Museum, Nueva York.* La familia de Lucas Bremer *(1452) Galería de los Uffizi, Florencia.* La Virgen del Oratorio *(circa 1455) Museo del Prado, Madrid.* El cambista de Lovaina *(1457) Colección privada, Nueva York.* Retrato del comerciante Matías Conzini y su esposa *(1458) Colección privada, Zurich.* El retablo de Amberes *(circa 1461) Pinacoteca de Viena.* El caballero y el Diablo *(1462) Rijksmuseum, Amsterdam.* La partida de ajedrez *(1471) Colección privada, Madrid.* El descendimiento de Gante *(circa 1478) Catedral de San Bavon, Gante.*

A las cuatro de la madrugada, con la boca áspera por el café y el tabaco, Julia había terminado su lectura. La historia del pintor, el cuadro y los personajes se tornaba por fin casi tangible. Ya no eran simples imágenes sobre una tabla de roble, sino seres vivos que habían llenado un tiempo y un espacio entre la vida y la muerte. Pieter van Huys, pintor. Fernando Altenhoffen y su esposa, Beatriz de Borgoña. Y Roger de Arras. Porque Julia había dado con la prueba de que el caballero del cuadro, el jugador que estudiaba la posición de las piezas de ajedrez con la atención taciturna de aquel a quien le iba la vida en ello, era efectivamente Roger de Arras, nacido en 1431 y muerto en 1469, en Ostenburgo. De eso no le cabía la menor duda, como tampoco de que el misterioso lazo que lo vinculaba a los otros personajes y al pintor era aquel cuadro, ejecutado dos años después de su muerte. Una muerte cuya minuciosa descripción tenía ahora sobre las rodillas, en una página fotocopiada de la *Crónica* de Guichard de Hainaut:

»... *De esta forma, en la Epifanía de los Santos Reyes de aquel año de mil cuatrocientos y sesenta y nueve, cuando micer Ruggier d'Arras paseaba a la anochecida como solía junto al foso llamado de la Puerta Este, un ballestero apostado le pasó el pecho de parte a parte con un virote. Quedó en el sitio el señor d'Arras pidiendo a voces confesión, mas cuando acudieron en su socorro expirado había el alma por el grande boquete de la herida. Espejo de caballeros y cumplido gentilhombre, la muerte de micer Ruggier fue harto sentida por la facción que en Ostenburgo era partidaria de la Francia, a la que se le decía afecto. Por tal luctuoso hecho alzáronse voces acusando del crimen a la gente partidaria de la casa de Borgoña. Otros atribuyeron la infame muerte a intriga de lances de amor, a los que harto aficionado era el desventurado señor d'Arras. Incluso afirmóse que el pro-*

pio duque Fernando salía oculto fiador del golpe por tercero interpuesto, a causa de que micer Ruggier habría osado querella de amores con la duquesa Beatriz. Y la sospecha de tamaño baldón lo acompañó al duque hasta su muerte. Y así finó el triste caso sin que los asesinos fueren nunca hallados, diciéndose en pórticos y mentideros que escaparon protegidos por mano poderosa. Y así quedó aplazada la justicia para la mano de Dios. Y micer Ruggier era hermoso de cuerpo y de figura a pesar de las guerras batalladas al servicio de la corona de Francia, antes de allegarse a Ostenburgo al servicio del duque Fernando, con quien se había criado en su mocedad. Y fue llorado por muchas damas. Y tenía la edad de treinta y ocho años y todo su vigor cuando fue muerto...»

Julia apagó la lámpara y permaneció a oscuras con la cabeza apoyada en el respaldo del sofá, observando el punto luminoso de la brasa del cigarrillo que sostenía en la mano. No le era posible ver el cuadro frente a ella, pero tampoco lo necesitaba. Tenía impresos en la retina y en la mente hasta el último detalle de la tabla flamenca; podía verla con los ojos abiertos en la oscuridad.

Bostezó, frotándose la cara con las palmas de las manos. Sentía una mezcla de fatiga y euforia, una curiosa sensación de triunfo incompleto, pero excitante; como el presentimiento, adquirido en mitad de una larga carrera, de que es posible alcanzar la meta. Había logrado levantar una punta del velo, y aún quedaban muchas cosas por averiguar; pero una era clara como la luz: en aquel cuadro no había capricho ni azar, sino cuidadosa ejecución de un plan preconcebido, de un objetivo que se resumía en la pregunta oculta *¿quién* *mató al caballero?*, que alguien, por conveniencia o miedo, había tapado o mandado tapar. Y fuera lo que fuese, Julia iba a averiguarlo. En aquel momento, fumando en la oscuridad, aturdida de vigilia y cansancio, con la mente poblada de imágenes medievales, de trazos pictóricos bajo los que silbaban flechas de ballesta disparadas por la espalda y al anochecer, la joven no pensaba ya en restaurar el cuadro, sino en reconstruir su secreto. Tendría cierta gracia, se dijo a punto de ser vencida por el sueño, que cuando todos los protagonistas de aquella historia no eran sino esqueletos reducidos a polvo en sus tumbas, ella consiguiera dar respuesta a la pregunta que un pintor flamenco llamado Pieter van Huys lanzaba, como un desafiante enigma, a través del silencio de cinco siglos.

II. Lucinda, Octavio, Scaramouche

«Se diría que está trazado como un enorme tablero
de ajedrez –dijo Alicia al fin.»

L. Carroll

La campanilla de la puerta se puso a repicar cuando Julia entró en la tienda de antigüedades. Bastaron unos pasos por el interior para que se viera envuelta en una sensación acogedora, de paz familiar. Sus primeros recuerdos se confundían con aquella suave luz dorada entre muebles de época, tallas y columnas barrocas, pesados bargueños de nogal, marfiles, tapices, porcelanas y cuadros de oscura pátina, desde los que personajes enlutados y graves contemplaron, años atrás, sus juegos infantiles. Muchos objetos habían sido vendidos entretanto, sustituyéndolos otros; pero el efecto de las habitaciones abigarradas, la claridad que se difumina sobre las piezas antiguas expuestas en armonioso desorden, permanecían inalterables. Como los colores de las delicadas figuras en porcelana de *La Commedia dell'Arte* firmadas por Bustelli: una Lucinda, un Octavio y un Scaramouche que eran orgullo de César, y también diversión favorita de Julia cuando niña. Quizá por eso el anticuario no había querido nunca desprenderse de ellas, y aún las conservaba en una vitrina al fondo, junto a la vidriera emplomada abierta al patio interior de la tienda, donde solía sentarse a leer –Stendhal, Mann, Sabatini, Dumas, Conrad– en espera del campanilleo que anunciase la llegada de un cliente.

–Hola, César.

–Hola, princesita.

César tenía más de cincuenta años –Julia nunca lo-

gró arrancarle la confesión de su edad exacta– y unos
ojos azules risueños y burlones, semejantes a los de un
chico travieso que hallara su mayor placer en llevar la
contraria al mundo en que se le obligaba a vivir. Tenía
el pelo blanco, ondulado con esmero –ella sospechaba
que se lo teñía desde años atrás– y conservaba una excelente figura, quizás algo ensanchada en las caderas,
que sabía vestir con trajes de exquisito corte, a los que
sólo podía reprocharse, en rigor, ser un poco atrevidos
para su edad. Jamás usaba corbata, ni siquiera en los
más selectos acontecimientos sociales, sino magníficos
pañuelos italianos anudados bajo el cuello abierto de la
camisa, invariablemente de seda, con sus iniciales ci-
fradas en hilo azul o blanco bajo el corazón. Por lo demás, se hallaba en posesión de una de las más amplias
y depuradas culturas que Julia había conocido en su
vida, y en nadie como en él se afirmaba el principio de
que la extrema cortesía, en las personas de clase superior, es la más alta expresión de desdén hacia los demás. En el entorno del anticuario, y tal vez el concepto fuese extensivo a la Humanidad entera, Julia era la
única persona que gozaba de aquella cortesía, sabién-
dose a salvo del desdén. Porque, desde que tuvo uso
de razón, el anticuario había sido para ella una curiosa
combinación de padre, confidente, amigo y director
espiritual, sin ser exactamente ninguna de esas cosas.

–Tengo un problema, César.

–Perdón. *Tenemos* un problema, en tal caso. Así que
cuéntamelo todo.

Y Julia se lo contó. Sin omitir nada, ni siquiera la
inscripción oculta, que el anticuario acogió con un
simple movimiento de cejas. Estaban sentados junto a
la vidriera emplomada, y César atendía ligeramente inclinado hacia ella, cruzada la pierna derecha sobre la

izquierda, con una mano, que lucía un valioso topacio montado en oro, caída con negligencia sobre el reloj Patek Philippe de la otra muñeca. Era aquel distinguido gesto suyo, no calculado, o quizá no lo fuera desde hacía ya mucho tiempo, el que con tanta facilidad cautivaba a los jovencitos con inquietudes y en busca de sensaciones refinadas, pintores, escultores o artistas en agraz, que César solía apadrinar con devoción y constancia, justo es reconocerlo, que iba más allá de la duración, nunca prolongada, de sus relaciones sentimentales.

«–La vida es breve y la belleza efímera, princesita –era una melancolía burlona la que asomaba a los labios de César al adoptar, casi en un susurro aquel tono de confidencia–. Y sería injusto poseerla eternamente... Lo hermoso es enseñar a volar a un gorrioncillo, porque en su libertad va implícita tu renuncia... ¿Captas lo delicado de la parábola?»

Julia –como había reconocido en voz alta una vez que él la acusó, entre halagado y divertido, de estarle haciendo una escena de celos– sentía ante aquellos gorrioncillos que revoloteaban alrededor de César una inexplicable irritación, que sólo su afecto por el anticuario, y la conciencia razonada de que éste gozaba de perfecto derecho a vivir su propia vida, le impedían exteriorizar. Como Menchu apuntaba con su habitual falta de tacto: «Lo tuyo, hija, parece un complejo de Electra travestida de Edipo, o viceversa...» Y es que, a diferencia de César, las parábolas de Menchu podían llegar a ser abrumadoramente explícitas.

Cuando Julia terminó de contar la historia del cuadro, el anticuario permaneció en silencio, valorando todo aquello. Después movió la cabeza en señal de asentimiento. No parecía impresionado –en materia de arte, y a aquellas alturas, pocas cosas lo impresionaban–, pero el brillo burlón de sus ojos había dejado paso a un relámpago de interés.

–Fascinante –dijo, y Julia supo en el acto que podía contar con él. Desde que era niña, aquella palabra fue siempre incitación a la complicidad y a la aventura tras la pista de un secreto: el tesoro de los piratas oculto en un cajón de la cómoda isabelina –que él terminó vendiendo al Museo Romántico– o la imaginaria historia de la dama vestida de encajes y atribuida a Ingres cuyo amante, oficial de húsares, murió en Waterloo gritando su nombre en plena carga de caballería... De esta forma, llevada de la mano por César, Julia había vivido cien aventuras bajo cien vidas distintas; e invariablemente, en todas y cada una de ellas, aprendió con él a valorar la belleza, la abnegación y la ternura, así como el delicado y vivísimo placer que podía extraerse de la contemplación de una obra de arte, en la traslúcida textura de una porcelana, en el humilde reflejo de un rayo de sol sobre una pared, descompuesto por el cristal puro en su bella gama de colores.

–Lo primero –estaba diciendo César– es echarle un vistazo a fondo a ese cuadro. Puedo ir a tu casa mañana por la tarde, sobre las siete y media.

–De acuerdo –lo miró con prevención–. Pero es posible que también esté Álvaro.

Si el anticuario estaba sorprendido, no lo dijo. Se limitó a fruncir los labios en una mueca cruel.

–Delicioso. Hace tiempo que no veo a ese cerdo, así que me encantará arrojarle dardos envenenados, envueltos en delicadas perífrasis.

–Por favor, César.

–No te preocupes, querida. Seré benévolo, dadas las circunstancias... Herirá mi mano, sí, mas sin derramar sangre sobre tu alfombra persa. Que por cierto, necesita una limpieza.

Lo miró, enternecida, y puso sus manos sobre las de él.

—Te amo, César.

—Lo sé. Es normal; le pasa a casi todo el mundo.

—¿Por qué odias tanto a Álvaro?

Era una pregunta estúpida, y él la miró con suave censura.

—Te hizo sufrir —respondió gravemente—. Si me autorizases, sería capaz de sacarle los ojos y echárselos a los perros, por los polvorientos caminos de Tebas. Todo muy clásico. Tú podrías hacer el coro; te imagino bellísima con un peplo, levantando los brazos desnudos hacia el Olimpo, y los dioses roncando allá arriba, absolutamente borrachos.

—Cásate conmigo. En el acto.

César tomó una de sus manos y la besó, rozándola con los labios.

—Cuando seas mayor, princesita.

—Ya lo soy.

—Todavía no. Pero cuando lo seas, Alteza, osaré decirte que te amaba. Y que los dioses, al despertar, no me lo quitaron todo. Sólo mi reino —pareció meditar—. Lo que, bien pensado, es una bagatela.

Era un diálogo íntimo y lleno de recuerdos, de claves compartidas, tan viejo como su amistad. Quedaron en silencio, acompañados por el tic-tac de los relojes centenarios que, en espera de un comprador, seguían desgranando el paso del tiempo.

—En resumen —dijo César al cabo de un instante—. Si he entendido bien, se trata de resolver un asesinato.

Julia lo miró sorprendida.

—Es curioso que digas eso.

–¿Por qué? Se trata de algo así. Que ocurriese en el siglo quince no cambia las cosas...

–Ya. Pero esa palabra, asesinato, lo pone todo bajo una luz más siniestra –le sonrió inquieta al anticuario–. Puede que estuviese anoche demasiado cansada para verlo de ese modo, pero hasta ahora había tomado la cosa como un juego; algo semejante a descifrar un jeroglífico... Una especie de asunto personal. De amor propio.

–¿Y?

–Pues que llegas tú con toda naturalidad, hablando de resolver un asesinato *real*, y yo acabo de comprender... –se detuvo un momento con la boca abierta, como asomándose al borde de un abismo–. ¿Te das cuenta? Alguien asesinó o hizo asesinar a Roger de Arras el día de Reyes de mil cuatrocientos sesenta y nueve. Y la identidad del asesino está en el cuadro –se incorporó en la silla, empujada por su propia excitación–. Podríamos aclarar un enigma de cinco siglos... Tal vez la razón por la que una pequeña parte de la historia de Europa discurrió de una forma y no de otra... ¡Imagínate la cotización que *La partida de ajedrez* puede alcanzar en la subasta, si conseguimos probar todo eso!

Se había levantado y apoyaba las manos sobre el mármol rosa de un velador. Sorprendido al principio y admirado después, asentía el anticuario.

–Millones, querida –confirmó con un suspiro arrancado por la evidencia–. Muchos millones –meditó, convencido–. Con la publicidad adecuada, Claymore puede triplicar o cuadruplicar el precio de salida en la subasta... Un tesoro, ese cuadro tuyo. De veras.

–Tenemos que ver a Menchu. En seguida.

César negó con un gesto, adoptando un aire de enfurruñada reserva.

–Ah, eso sí que no, amor. Ni hablar del peluquín. A

mí no me mezcles en historias con tu Menchu... Yo desde la barrera, lo que quieras, como mozo de estoques.

–No seas bobo. Te necesito.

–Y estoy a tu disposición, querida. Pero no me obligues a codearme con esa Nefertiti restaurada y sus proxenetas de turno, vulgo chulos. Esa amiga tuya me produce jaqueca –se indicó una sien–. Exactamente aquí. ¿Ves?

–César...

–De acuerdo, me rindo. *Vae victis.* Veré a tu Menchu.

Lo besó sonoramente en las bien rasuradas mejillas, oliendo su aroma a mirra. César compraba los perfumes en París y los pañuelos en Roma.

–Te amo, anticuario. Mucho.

–Coba. Pura coba. A mí me la vas a dar tú, a mis años.

Menchu también compraba sus perfumes en París, pero eran menos discretos que los de César. Llegó con una oleada de *Rumba* de Balenciaga precediéndola como un heraldo por el vestíbulo del Palace, apresurada y sin Max.

–Tengo noticias –se tocó la nariz con un dedo antes de sentarse y aspiró breve y entrecortadamente. Había hecho una escala técnica en los lavabos y aún tenía algunas minúsculas motas de polvo blanco pegadas al labio superior; Julia sabía que esa era la causa de su aire pizpireto y lúcido–. Don Manuel nos espera en su casa para tratar el asunto.

–¿Don Manuel?

–El dueño del cuadro, mujer. Pareces lela. Mi viejecito encantador.

Pidieron cócteles suaves, y Julia puso a su amiga al

corriente de los resultados de la investigación. Menchu
abría ojos como platos, calculando porcentajes.

–Eso cambia las cosas –contaba rápidamente con los
dedos, de uñas lacadas en rojo sangre, sobre el mante-
lito de hilo del velador–. Mi cinco por ciento se queda
corto, así que voy a hacerle una faena a los de Claymore: del quince por ciento de comisión sobre el precio que el cuadro alcance en la subasta, siete y medio
para ellos, y siete y medio para mí.

–No aceptarán. Está muy por debajo de su beneficio habitual.

Menchu se echó a reír con el borde de su copa entre los dientes. Sería eso o nada. Sotheby's o Christie's
estaban a la vuelta de la esquina, y lanzarían aullidos
de placer ante la perspectiva de hacerse con el Van
Huys. Iba a ser lo tomas o lo dejas.

–¿Y el dueño? Tal vez tu viejecito tenga algo que
decir. Imagínate que decide tratar directamente con
Claymore. O con otros.

Menchu hizo una mueca astuta.

–No puede. Me firmó un papelito –señaló su falda
corta, que descubría generosamente las piernas enfun-
dadas en medias oscuras–. Además vengo en uniforme
de campaña, como ves. Mi don Manuel entrará por el
aro, o me meto a monja –cruzó y descruzó las piernas
en honor de la clientela masculina del hotel, como si
pretendiese comprobar el efecto, antes de fijar su atención en la copa de cóctel, satisfecha–. En cuanto a ti…

–Yo quiero el uno y medio de tu siete y medio.

Menchu puso el grito en el cielo. Eso era mucho dinero, dijo escandalizada. Tres o cuatro veces más de lo
acordado por la restauración. Julia la dejó protestar
mientras sacaba del bolso un paquete de Chesterfield
y encendía un cigarrillo.

–No me has entendido –aclaró mientras expulsaba el humo–. Los honorarios por mi trabajo se le deducirán directamente a tu don Manuel del precio que se consiga en la subasta... El otro porcentaje es adicional: de tu beneficio. Si el cuadro se vende en cien millones, siete y medio serán para Claymore, seis para ti, y uno y medio para mí.

–Hay que ver –Menchu movía la cabeza, incrédula–. Y parecías tan modosa tú, con tus pincelitos y barnices. Tan inofensiva.

–Ya ves. Dios dijo hermanos, pero no primos.

–Me horrorizas, lo juro. He cobijado un áspid en mi seno izquierdo, como Aida. ¿O fue Cleopatra?... No sabía que se te daba tan bien eso de los porcentajes.

–Ponte en mi lugar. A fin de cuentas, el asunto lo he descubierto yo –agitó los dedos ante la nariz de su amiga–. Con estas manitas.

–Te aprovechas de que tengo el corazón blando, pequeño ofidio.

–Lo que tienes es la cara muy dura.

Suspiró Menchu, melodramática. Era quitarle el pan de la boca a su Max, pero podía llegarse a un acuerdo. La amistad era la amistad, entre otras cosas. En ese momento miró hacia la puerta del bar y puso cara de intriga. Por cierto. Hablando del ruin de Roma.

–¿Max?

–No seas desagradable. Max no es ruin, es un cielo –hizo un movimiento con los ojos, invitándola a observar con disimulo–. Acaba de entrar Paco Montegrifo, de Claymore. Y nos ha visto.

Montegrifo era director de la sucursal de Claymore en Madrid. Alto y atractivo, en torno a la cuarentena, vestía con la estricta elegancia de un príncipe italiano. Su raya de pelo era tan correcta como sus corbatas, y al sonreír mostraba una amplia hilera de dientes, demasiado perfectos para ser auténticos.

–Buenos días, señoras. Que feliz casualidad.

Permaneció en pie mientras Menchu hacía las presentaciones.

–He visto algunos de sus trabajos –le dijo a Julia, cuando supo que era ella quien se ocupaba del Van Huys–. Sólo tengo una palabra: perfectos.

–Gracias.

–Por favor. No cabe duda de que *La partida de ajedrez* estará a la misma altura –mostró de nuevo la blanca fila de dientes en una sonrisa profesional–. Tenemos grandes esperanzas puestas en esa tabla.

–Nosotras también –dijo Menchu–. Más de lo que se imagina.

Montegrifo debió de percibir algún tono especial en el comentario, pues sus ojos castaños se pusieron alerta. Nada tonto, pensó Julia en el acto, mientras el subastador hacía un gesto en dirección a una silla libre. Lo aguardaban unas personas, dijo; pero podían esperar un par de minutos.

–¿Me permiten?

Hizo una seña negativa al camarero que se acercaba y tomó asiento frente a Menchu. Su cordialidad permanecía intacta, pero ahora podía percibirse en ella cierta cauta expectación, como si se esforzara en captar una nota lejana y discordante.

–¿Hay algún problema? –preguntó con calma.

La galerista negó con la cabeza. Ningún problema, en principio. Nada de qué inquietarse. Pero Montegrifo no parecía inquieto; sólo cortésmente interesado.

–Tal vez –concluyó Menchu tras un titubeo– debamos replantear las condiciones del acuerdo.

Siguió un silencio embarazoso. Montegrifo la miraba como podía mirar, en mitad de una puja, a un cliente incapaz de mantener la compostura.

–Señora mía, Claymore es una casa muy seria.

–No me cabe duda –respondió Menchu con aplomo–. Pero una investigación realizada sobre el Van Huys revela datos importantes que revalorizan la pintura.

–Nuestros tasadores no encontraron nada de eso.

–La investigación ha sido posterior al peritaje de sus tasadores. Los hallazgos… –aquí Menchu pareció otra vez dudar un instante, lo que no pasó desapercibido– no están a la vista.

Montegrifo se volvió hacia Julia con aire reflexivo. Sus ojos estaban fríos como el hielo.

–¿Qué ha encontrado usted? –preguntó suavemente, como un confesor que invitara a descargar la conciencia.

Julia miraba a Menchu, indecisa.

–No creo que yo…

–No estamos autorizadas –intervino Menchu, a la defensiva–. Al menos hoy. Antes tenemos que recibir instrucciones de mi cliente.

Montegrifo movió despacio la cabeza. Después, con pausado gesto de hombre de mundo, se puso lentamente en pie.

–Me hago cargo. Discúlpenme.

Pareció a punto de añadir algo, pero se limitó a mirar a Julia con curiosidad. No tenía aspecto preocupado. Sólo al despedirse manifestó su esperanza –lo hizo sin apartar los ojos de la joven, aunque sus palabras estuvieran dirigidas a Menchu– de que el hallazgo, o lo que fuera, no alterase el compromiso establecido. Después, tras ofrecer sus respetos, se alejó entre las mesas, yendo a sentarse al otro extremo de la sala, a la mesa ocupada por una pareja de aspecto extranjero.

Menchu miraba su copa con aire contrito.

–He metido la pata.

–¿Por qué? Tarde o temprano tiene que enterarse.

–Ya lo sé. Pero tú no conoces a Paco Montegrifo –bebió un sorbo de cóctel mientras miraba al subastador a través de la copa–. Ahí donde lo ves, con sus modales y su buena planta, si conociera a don Manuel iría corriendo a enterarse de lo que ocurre, para dejarnos fuera.

–¿Tú crees?

Menchu soltó una risita sarcástica. El currículum de Paco Montegrifo no encerraba secretos para ella:

–Tiene labia y tiene clase, carece de escrúpulos y es capaz de oler un negocio a cuarenta kilómetros –chasqueó la lengua con admiración–. También dicen que exporta ilegalmente obras de arte, y que es un artista sobornando párrocos rurales.

–Aún así, causa buena impresión.

–De eso vive. De causar buena impresión.

–Lo que no entiendo, con esos antecedentes, es por qué no has ido a otro subastador…

La galerista se encogió de hombros. Que conociera su vida y milagros no tenía nada que ver. La gestión en Claymore era impecable.

–¿Te has acostado con él?

–¿Con Montegrifo? –soltó una carcajada–. No, hija. Está lejos de ser mi tipo.

–Yo lo encuentro atractivo.

–Es que estás en la edad, guapita. Yo prefiero los canallas sin pulir, como Max, que siempre parecen a punto de darle a una un par de bofetadas… Son mejores en la cama y, a la larga, salen mucho más baratos.

–Ustedes, por supuesto, son demasiado jóvenes.

Bebían café en torno a una mesita de laca china, junto a un mirador lleno de plantas verdes y frondosas. En un viejo gramófono sonaba la *Ofrenda musical* de Bach. A veces don Manuel Belmonte se interrumpía como si ciertos compases atrajeran de pronto su atención, y tras escuchar un poco tamborileaba con los dedos un ligero acompañamiento sobre el brazo niquelado de su silla de ruedas. Tenía la frente y el dorso de las manos moteados por las manchas pardas que imprime la vejez. En las muñecas y en el cuello se le anudaban gruesas venas azuladas.

–Eso tuvo que ocurrir hacia el año cuarenta, o cuarenta y algo... –añadió el anciano, y sus labios secos y agrietados modularon una sonrisa triste–. Fueron malos tiempos y vendimos casi todos los cuadros. Recuerdo sobre todo un Muñoz Degrain y un Murillo. Mi pobre Ana, que en paz descanse, nunca se repuso de lo del Murillo. Una virgen preciosa, pequeñita, muy parecida a las del Prado... –Entornó los ojos, como si intentase rescatar aquella pintura de entre sus recuerdos–. La compró un militar que después fue ministro... García Pontejos, creo recordar. Supo aprovechar bien la situación, el grandísimo sinvergüenza. Nos pagó cuatro perras gordas.

–Imagino que fue penoso desprenderse de todo eso –Menchu utilizaba un tono adecuadamente comprensivo; sentada frente a Belmonte, ofrecía una generosa vista de sus piernas. El inválido asintió con gesto resignado, que databa de años atrás. Un gesto de los que sólo se aprenden a costa de las propias ilusiones.

–No hubo más remedio. Incluso las amistades y la familia de mi mujer nos hicieron el vacío después de la guerra, cuando perdí la dirección de la Orquesta de Madrid. Era la época del estás conmigo o contra mí... Y yo no estaba con ellos.

Se detuvo unos instantes, y su atención pareció desplazarse hacia la música que sonaba en un ángulo de la habitación, entre pilas de viejos discos presididos por grabados, en marcos gemelos, con las efigies de Schubert, Verdi, Beethoven y Mozart. Un momento después miraba de nuevo a Julia y Menchu con un parpadeo de sorpresa, como si retornara de lejos y no esperase encontrarlas todavía allí.

—Después vino mi trombosis, y las cosas se complicaron aún más. Por suerte nos quedaba la herencia de mi mujer, que nadie podía arrebatarle. Y pudimos conservar esta casa, algunos muebles y dos o tres buenos cuadros, entre ellos *La partida de ajedrez* —miró con melancolía el hueco en la pared principal del salón, el clavo desnudo, la huella rectangular del marco sobre el empapelado, y se acarició el mentón, donde algunos pelos blancos habían escapado a la cuchilla de afeitar—. Esa pintura siempre fue mi favorita.

—¿De quién heredaron el cuadro?

—De una rama lateral, los Moncada. Un tío abuelo. Ana era Moncada de segundo apellido. Uno de sus antepasados, Luis Moncada, fue intendente de Alejandro Farnesio, allá por el mil quinientos y pico... el tal don Luis debía de ser aficionado al arte.

Julia consultó la documentación que estaba sobre la mesa, junto a las tazas de café.

—«*Adquirido en 1585...*» dice aquí. «*Posiblemente Amberes, cuando la capitulación de Flandes y Brabante...*»

El anciano asintió con la cabeza e hizo una mueca evocadora, como si hubiera sido testigo del suceso.

—Sí. Posiblemente botín de guerra en el saqueo de la

ciudad. Los tercios de cuya intendencia cuidaba el antepasado de mi mujer no eran de esa gente que llama a la puerta y firma un recibo.

Julia hojeaba los documentos.

—No existen referencias anteriores a ese año —comentó—. ¿Recuerda alguna historia familiar sobre el cuadro? Tradición oral o algo así. Cualquier pista nos vale.

Belmonte negó con la cabeza.

—No, que yo conozca. A *La partida de ajedrez*, la familia de mi mujer se refirió siempre como *La tabla de Flandes* o *La tabla Farnesio*, sin duda para no perder la memoria de su adquisición... Incluso figuró con esos nombres durante los casi veinte años que estuvo cedida en depósito al Museo del Prado, hasta que el padre de mi mujer recobró el cuadro en el año veintitrés gracias a Primo de Rivera, amigo de la familia... Mi suegro siempre tuvo el Van Huys en gran estima, pues era aficionado al ajedrez. Por eso, cuando pasó a manos de su hija, nunca quise venderlo.

—¿Y ahora? —indagó Menchu.

Permaneció un rato en silencio el anciano, contemplando su taza como si no hubiese oído la pregunta.

—Ahora las cosas son diferentes —las miró con lúcida parsimonia, primero a Menchu y luego a Julia; parecía estar burlándose de sí mismo—. Yo soy un auténtico trasto; eso salta a la vista —se golpeó las piernas medio inválidas con las palmas de las manos—. Mi sobrina Lola y su marido se ocupan de mí, y yo debo corresponder de algún modo. ¿No les parece?

Menchu murmuró una excusa. No había pretendido ser indiscreta. Esos eran asuntos de familia, naturalmente.

—No hay nada que disculpar, no se preocupe —Belmonte hizo un gesto de tolerancia alzando dos dedos; algo parecido a una absolución–. Es normal. Ese cuadro vale dinero, y colgado en casa no sirve de nada. Y mis sobrinos dicen que no les irá mal una ayudita. Lola tiene la pensión de su padre; pero el marido, Alfonso... –miró a Menchu e hizo un gesto que reclamaba comprensión–. Usted ya lo conoce: no ha trabajado en su vida. En cuanto a mí... –la sonrisa burlona retornó a los labios del anciano–. Si les dijera lo que he de pagar a Hacienda cada año, por tener esta casa en propiedad y vivir en ella, se echarían a temblar.

–Es un buen barrio –apuntó Julia–. Y una buena casa.

–Sí, pero mi pensión es ridícula. Por eso he ido vendiendo poco a poco pequeños recuerdos... El cuadro será un respiro.

Se quedó pensativo, moviendo lentamente la cabeza, aunque no abatido en exceso; más bien parecía divertirse con aquello, como si hubiera matices humorísticos que sólo él era capaz de apreciar. Julia se dio cuenta cuando sacaba un cigarrillo del paquete, al tropezar con su mirada socarrona. Tal vez lo que a primera vista no era sino un vulgar expolio a cargo de sobrinos sin escrúpulos, significaba para él un curioso experimento de laboratorio sobre la codicia familiar: –«tío esto y tío lo otro, nos tienes aquí como esclavos y tu pensión apenas llega para cubrir gastos; estarías mejor en una residencia con gente de tu edad. Una lástima, con esos cuadros inútilmente colgados en la pared...»–. Ahora, con el señuelo del Van Huys, Belmonte debía sentirse a salvo. Incluso recobraba la iniciativa después de largos años de humillaciones. Podía ajustarles bien las cuentas a los sobrinos, gracias al cuadro.

Le ofreció el paquete de cigarrillos y él vaciló, con sonrisa agradecida.

–No debería –dijo–. Lola sólo me permite un café con leche y un pitillo al día…

–Al diablo Lola –respondió la joven, con una espontaneidad que la sorprendió a ella misma. Menchu la miró sobresaltada; pero el anciano no parecía molesto. Por el contrario, le dirigió a Julia una mirada en la que ella creyó ver un brillo cómplice inmediatamente apagado. Entonces alargó los dedos huesudos para coger un cigarrillo.

–Respecto al cuadro –dijo Julia, inclinada sobre la mesa para dar fuego a Belmonte– hay un imprevisto…

El anciano aspiró el humo con placer, reteniéndolo en los pulmones el mayor tiempo posible, y la miró con los ojos entornados.

–¿Un imprevisto bueno o malo?

–Bueno. Bajo la pintura ha aparecido una inscripción original. Restaurarla aumentará el valor del cuadro –se echó hacia atrás en la silla, sonriendo–. Usted decide.

Belmonte miró a Menchu y después a Julia, como si efectuara alguna secreta comparación o dudase entre dos lealtades. Finalmente pareció tomar partido, pues, dándole otra larga chupada al cigarrillo, apoyó las manos en las rodillas con expresión satisfecha.

–Además de guapa, usted parece muy lista –le dijo a Julia–. Estoy seguro de que incluso le gusta Bach.

–Me encanta.

–Explíqueme de qué se trata, por favor.

Y Julia se lo explicó.

–Hay que ver –Belmonte movía la cabeza, después de un silencio largo e incrédulo–. Tantos años mirando ese cuadro ahí, día tras día, y nunca imaginé… –le dirigió una breve ojeada al hueco con la marca del Van Huys en la pared y entornó los párpados en una sonrisa placentera–. Así que el pintor era aficionado a los acertijos...

–Eso parece –respondió Julia.

Belmonte señaló el gramófono que seguía sonando en un rincón.

–No es el único –dijo–. Las obras de arte conteniendo juegos y claves ocultas eran habituales, antes. Ahí tienen a Bach, por ejemplo. Los diez cánones de su *Ofrenda* son de lo más perfecto que compuso, y, sin embargo, no dejó ninguno de ellos escrito de cabo a rabo... Lo hizo de forma deliberada, como si se tratara de adivinanzas que proponía a Federico de Prusia... Un ardid musical frecuente en la época. Consistía en escribir un tema, acompañándolo de algunas indicaciones más o menos enigmáticas, y dejar que el canon basado en ese tema fuese descubierto por otro músico o ejecutante. A fin de cuentas, pues de un juego se trataba, por otro jugador.

–Muy interesante –comentó Menchu.

–No saben hasta qué punto. Bach, como muchos artistas, era un tramposo. Constantemente recurría a trucos para engañar al auditorio: triquiñuelas con notas y letras, ingeniosas variaciones, fugas insólitas y, sobre todo, gran sentido del humor... Por ejemplo, en una de sus composiciones a seis voces introdujo a hurtadillas su propio nombre, repartido entre dos de las voces más altas. Pero estas cosas no ocurrían sólo en la música: Lewis Carroll, que era matemático y escritor además de gran aficionado al ajedrez, solía introducir acrósticos en sus poemas... Hay modos muy inteligentes de ocultar cosas en la música, en los poemas y en las pinturas.

–De eso no cabe duda –respondió Julia–. Los símbolos y las claves ocultas aparecen con frecuencia en el arte. Incluso en el arte moderno... El problema es que no siempre disponemos de las claves para descifrar esos mensajes; sobre todo los antiguos –ahora fue ella quien miró pensativa el hueco de la pared–. Pero con *La partida de ajedrez* tenemos algunos puntos de partida. Podemos intentarlo.

Belmonte se echó hacia atrás en su silla de ruedas y movió la cabeza, clavados en Julia sus ojos socarrones.

–Téngame al corriente –dijo–. Le aseguro que nada me causaría mayor placer.

Se despedían en el vestíbulo cuando llegaron los sobrinos. Lola era una mujer descarnada y seca, de unos treinta años largos, con el pelo rojizo y ojos pequeños y rapaces. Mantenía el brazo derecho, enfundado en la manga de un abrigo de piel, alrededor del izquierdo de su marido: un tipo moreno y delgado algo más joven, cuya calvicie prematura quedaba atenuada por un intenso bronceado. Incluso sin la alusión del anciano, respecto a que su sobrino político no había trabajado en la vida, Julia hubiera adivinado que éste se encuadraba por méritos propios entre los aficionados a vivir con el mínimo esfuerzo. Sus facciones, a las que ligeros abolsamientos bajo los párpados daban un aire de disipación, tenían un gesto taimado, levemente cínico, que la boca grande y expresiva, casi zorruna, no se molestaba en desmentir. Vestía un blazer azul de botones dorados, sin corbata, y era el suyo el aspecto inequívoco de quien reparte extenso tiempo libre entre cafeterías de lujo a la hora del aperitivo y bares nocturnos de moda, sin que la ruleta o los naipes encierren secretos para él.

–Mis sobrinos Lola y Alfonso –dijo Belmonte y se saludaron sin entusiasmo por parte de la sobrina, pero con evidente interés en lo que se refería al marido, quien retuvo la mano de Julia algo más de lo necesario, mientras le dirigía, de pies a cabeza, una ojeada de experto. Después se volvió hacia Menchu, a la que saludó por su nombre. Parecían viejos conocidos.

–Han venido por el cuadro –dijo Belmonte.

El sobrino chasqueó la lengua.

–El cuadro, naturalmente. Tu famoso cuadro.

Se les puso al corriente de la nueva situación. Con las manos en los bolsillos Alfonso sonreía mirando a Julia.

–Si se trata de aumentar el valor del cuadro, o de lo que sea –le dijo–, me parece una noticia excelente. Puede volver por aquí cuando quiera, a traernos sorpresas así. Nos encantan las sorpresas.

La sobrina no compartía la satisfacción de su marido.

–Tenemos que discutir eso –dijo, enojada–… ¿Quién garantiza que no estropearán el cuadro?

–Sería imperdonable –apostilló Alfonso, sin apartar los ojos de Julia–. Pero no creo que esta joven fuese capaz de hacernos una cosa así.

Lola Belmonte dirigió a su marido una ojeada impaciente.

–Tú no te metas. Esto es cosa mía.

–Te equivocas, cariño –la sonrisa de Alfonso se hizo más ancha–. Tenemos régimen de gananciales.

–Te digo que no te metas.

Alfonso se volvió lentamente hacia ella. El gesto zorruno se había acentuado, endureciéndose. Ahora la sonrisa parecía una hoja de cuchillo, y Julia pensó, al comprobarlo, que tal vez el sobrino político fuese menos inofensivo de lo que parecía a primera vista. No debe de ser cómodo, se dijo, tener asuntos pendientes con un tipo capaz de sonreír así.

–No seas ridícula... Cariño.

Había de todo menos ternura en aquel *cariño*, y Lola Belmonte parecía saberlo mejor que nadie; la vieron contener a duras penas la humillación y el despecho. Menchu dio un paso al frente, resuelta a entrar en liza.

–Ya lo hemos hablado con don Manuel –anunció–. Y está de acuerdo.

Ese era otro aspecto de la cuestión, meditó Julia, que iba de sorpresa en sorpresa. Porque, desde su silla de ruedas, el inválido había observado la escaramuza con las manos cruzadas sobre el regazo; como espectador voluntariamente al margen de una cuestión a cuyo debate, sin embargo, asistiera con malicioso interés de *voyeur*.

Curiosos personajes, pensó la joven. Curiosa familia.

–En efecto –confirmaba el anciano sin dirigirse a nadie en particular–. Yo estoy de acuerdo. En principio.

La sobrina se retorció las manos con largo tintineo de pulseras. Parecía angustiada; o furiosa. Quizás ambas cosas a la vez.

–Pero tío, eso hay que hablarlo. Yo no dudo de la buena voluntad de estas señoras...

–Señoritas –terció el marido sin dejar de sonreírle a Julia.

–Señoritas o lo que sean –a Lola Belmonte le costaba articular las palabras, ofuscada por su propia irritación–. Debieron consultarnos también a nosotros.

–Por mi parte –dijo el marido– tienen todas las bendiciones.

Menchu estudiaba descaradamente a Alfonso y parecía a punto de decir algo, pero no lo hizo. Después miró a la sobrina.

—Ya oye a su esposo.

—Me da igual. La heredera soy yo.

Desde la silla de ruedas, Belmonte levantó irónicamente una de sus manos descarnadas, como si pidiera permiso para intervenir.

—Todavía sigo vivo, Lolita... Lo que heredes llegará a su debido tiempo.

—Amén —dijo Alfonso.

La barbilla huesuda de la sobrina apuntó hacia Menchu de un modo venenoso, y durante un momento Julia creyó que se les iba a echar encima. Realmente podía ser peligrosa, con sus uñas largas y aquel aire de pájaro rapaz, hasta el punto de que se dispuso a hacerle frente mientras su corazón bombeaba adrenalina. Julia no tenía una especial forma física; pero cuando era niña había aprendido de César algunos trucos sucios, muy útiles para matar piratas. Por fortuna, la violencia de la sobrina se limitó a su mirada, y al modo en que, dando media vuelta, abandonó el vestíbulo.

—Tendrán noticias mías —dijo. Y el furioso taconeo se perdió pasillo adentro.

Las manos en los bolsillos, Alfonso sonreía con plácida serenidad.

—No deben tomárselo a mal —se volvió hacia Belmonte—. ¿Verdad, tío?... Ahí donde la ven, Lolita es oro puro... Un pedazo de pan.

El inválido asintió con la cabeza, distraído; era evidente que pensaba en otra cosa. El rectángulo vacío de la pared parecía atraer su atención, como si allí se enmarcaran signos misteriosos que sólo él era capaz de leer con sus ojos cansados.

–Así que conocías al sobrino –dijo Julia, apenas estuvieron en la calle.

Menchu, que miraba el escaparate de una tienda, hizo un gesto afirmativo.

–Hace tiempo –dijo, inclinándose para comprobar el precio de unos zapatos–. Tres o cuatro años, creo.

–Ahora me explico lo del cuadro… El negocio no te lo propuso el viejo, sino él.

Menchu sonrió, aviesa.

–Premio para ti, guapita. No te equivocas. Tuvimos lo que tú, tan recatada, llamarías un *affaire*… De eso hace tiempo, pero cuando se le ocurrió lo del Van Huys tuvo el detalle de pensar en mí.

–¿Y por qué no se encargó de negociarlo directamente?

–Porque nadie se fía de él, incluido don Manuel… –se echó a reír–. Alfonsito Lapeña, más conocido por *El Timbas*, debe dinero hasta al limpiabotas. Ya hace unos meses escapó por los pelos de ir a la cárcel. Un asunto de cheques sin fondos.

–¿Y de qué vive?

–De su mujer, de dar sablazos a los incautos, y de la poca vergüenza que tiene.

–Y confía en el Van Huys para salir de apuros.

–Sí. Está loco por convertirlo en montoncitos de fichas sobre un tapete verde.

–Parece un pájaro de cuenta.

–Lo es. Pero tengo debilidad por los golfos, y Alfonso me cae bien –se quedó pensativa un instante–. Aunque tampoco sus aptitudes técnicas, que yo recuerde, sean para darle una medalla. Es… ¿Cómo te diría yo? –reflexionó en busca de la definición adecuada–. Muy poco imaginativo, ¿entiendes? Ni punto de comparación con Max. Monótono, ya sabes: del tipo hola y adiós. Pero te ríes mucho con él. Cuenta unos deliciosos chistes guarros.

—¿Lo sabe la mujer?

—Supongo que se lo huele, porque tonta no es. Por eso mira con esa cara. La muy perra.

III. Un problema de ajedrez

> «El noble juego tiene sus abismos en los que muchas veces un alma noble ha desaparecido.»
>
> *Un antiguo maestro alemán*

—Yo creo —dijo el anticuario— que se trata de un problema de ajedrez.

Hacía media hora que cambiaban impresiones frente al cuadro. César de pie, apoyado en la pared con un vaso de ginebra y limón pulcramente sostenido entre los dedos pulgar e índice. Menchu ocupaba el sofá con aire lánguido. Julia se mordía una uña sentada en la alfombra con el cenicero entre las piernas. Los tres miraban la pintura como si estuviesen frente a un aparato de televisión. Los colores del Van Huys oscurecían ante sus ojos, a medida que se iba extinguiendo la última luz del atardecer por la claraboya del techo.

—¿Alguien puede encender algo? —sugirió Menchu—. Tengo la sensación de estarme quedando ciega poco a poco.

César accionó el interruptor que tenía a su espalda, y una luz indirecta, reflejada en las paredes, devolvió vida y color a Roger de Arras y a los duques de Ostenburgo. Casi al mismo tiempo, en el reloj de pared sonaron ocho campanadas al compás del largo péndulo de latón dorado. Julia movió la cabeza, acechando en la escalera ruido de pasos inexistentes.

—Álvaro se retrasa —dijo, y vio a César hacer una mueca.

—Por muy tarde que llegue ese filisteo —murmuró el anticuario— siempre llegará demasiado pronto.

Julia le dirigió una mirada de reproche.

–Prometiste ser correcto. No lo olvides.

–No lo olvido, princesa. Reprimiré mis impulsos homicidas, sólo merced a la devoción que te profeso.

–Te lo agradeceré eternamente.

–Eso espero –el anticuario miró su reloj de pulsera como si no confiase en el de pared, viejo regalo suyo–. Pero ese cerdo no es muy puntual, que digamos.

–César.

–Vale, queridísima. Ya me callo.

–No, no te calles –Julia señaló el cuadro–. Estabas diciendo que se trata de un problema de ajedrez...

César asintió. Hizo una pausa teatral para mojar los labios en la bebida, secándoselos después con un pañuelo de inmaculada blancura que extrajo del bolsillo.

–Verás... –Miró también a Menchu y suspiró levemente–. Veréis. Existe en la inscripción oculta un detalle en el que no habíamos caído hasta ahora, al menos yo. *Quis necavit equitem* se traduce, efectivamente, por la pregunta: *¿quién mató al caballero?* Lo que, según los datos de que disponemos, puede interpretarse como un acertijo sobre la muerte, o el asesinato, de Roger de Arras... Sin embargo –César hizo un gesto de prestidigitador que extrae una sorpresa de su chistera–, esa frase puede traducirse también con matiz diferente. Que yo sepa, la pieza de ajedrez que nosotros conocemos por *caballo* se llamaba *caballero* en la Edad Media... Incluso hoy en muchos países europeos sigue siendo así. En inglés, por ejemplo, la pieza es literalmente *knight*: caballero –miró pensativo el cuadro, juzgando la solvencia de su razonamiento–. Quizá la pregunta, entonces, no sea quién mató al caballero, sino quién mató al caballo... O, formulada en términos ajedrecísticos: *¿Quién se comió el caballo?*

Quedaron en silencio, meditando. Por fin habló Menchu.

–Una lástima, nuestro cuento de la lechera –su mueca traslucía la decepción–. Hemos montado toda esta película de una simple bobada...

Julia, que miraba fijamente al anticuario, movió la cabeza.

–Nada de eso; el misterio sigue existiendo. ¿No es cierto, César?... Roger de Arras fue asesinado *antes* de que se pintara el cuadro –se incorporó indicando un ángulo de la tabla–. ¿Veis? La fecha de ejecución de la pintura está aquí: *Petrus Van Huys fecit me, anno MCDLXXI*... Eso quiere decir que, dos años después del asesinato de Roger de Arras, Van Huys pintó, haciendo un ingenioso juego de palabras, un cuadro en el que figuraban la víctima y el verdugo –vaciló un momento, pues se le acababa de ocurrir una nueva idea–. Y, posiblemente, el móvil del crimen: Beatriz de Borgoña.

Menchu estaba confusa, pero excitadísima. Se había movido hasta el borde del sofá y miraba la tabla flamenca con ojos muy abiertos, como si la viera por primera vez.

–Explícate, hija. Me tienes en ascuas.

–Según sabemos, Roger de Arras pudo ser asesinado por varias razones; y una de ellas habría sido un supuesto romance entre él y la duquesa Beatriz... La mujer vestida de negro que lee junto a la ventana.

–¿Quieres decir que el duque lo mató por celos?

Julia hizo un gesto evasivo.

–Yo no quiero decir nada. Me limito a sugerir una posibilidad –indicó con un gesto el montón de libros, documentos y fotocopias que tenía sobre la mesa–. Tal vez el pintor quiso llamar la atención sobre el crimen... Es posible que eso lo decidiera a pintar el cuadro, o quizá lo hizo por encargo –encogió los hombros–. Jamás lo sabremos con certeza, pero hay algo que sí está claro: este cuadro contiene la clave del asesinato de Roger de Arras. Lo prueba la inscripción.

–Inscripción *tapada* –matizó César.

–Más a mi favor.

–Supongamos que el pintor tuviera miedo de haber sido demasiado explícito... –sugirió Menchu–. Tampoco en el siglo XV podía ir acusándose a la gente así, por las buenas.

Julia miró el cuadro.

–Puede que Van Huys se asustara de haber reflejado la cosa con excesiva claridad.

–O alguien lo hizo después –sugirió Menchu.

–No. Yo también pensé en eso, y además de mirarlo con luz negra hice un análisis estratigráfico, tomando una muestra con bisturí para estudiarla al microscopio –cogió de la mesa una hoja de papel–. Ahí lo tenéis, por capas sucesivas: soporte de madera de roble, una preparación muy delgada con carbonato de calcio y cola animal, blanco de plomo y óleo como imprimación, y tres capas con blanco de plomo, bermellón y negro marfil, blanco de plomo y resinato de cobre, barniz, etcétera. Todo idéntico al resto: las mismas mezclas, los mismos pigmentos. Fue Van Huys en persona quien tapó la inscripción, poco después de haberla escrito. De eso no cabe duda.

–¿Entonces?

–Siempre teniendo en cuenta que nos hallamos sobre una cuerda floja de cinco siglos, estoy de acuerdo con César. Es muy posible que la clave esté en la partida de ajedrez. En cuanto a lo de comerse el caballo, ni siquiera se me había ocurrido... –miró al anticuario–. ¿Qué opinas tú?

César se apartó de la pared para sentarse en el otro extremo del sofá, junto a Menchu, y después de beber un pequeño sorbo de su vaso cruzó las piernas.

–Opino lo mismo, querida. Creo que al dirigir nuestra atención del caballero al caballo, el pintor pretende plantearnos la pista principal... –apuró delicadamente el contenido de su vaso para dejarlo, tintineando el hielo, sobre la mesita que tenía al lado–. Cuando pregunta quién se comió el caballo nos obliga a estudiar la partida... Ese retorcido Van Huys, de quien empiezo a creer que tenía un sentido del humor bastante peculiar, nos está invitando a jugar al ajedrez.

A Julia se le iluminaron los ojos.

–Juguemos, entonces –exclamó, volviéndose hacia el cuadro. Aquellas palabras arrancaron otro suspiro al anticuario.

–Eso quisiera yo. Pero esto rebasa mis habilidades.

–Vamos, César. Tú debes conocer el ajedrez.

–Frívola suposición la tuya, cariñito... ¿Me has visto jugar alguna vez?

–Nunca. Pero todo el mundo tiene idea de eso.

–En este asunto hace falta algo más que una simple idea sobre cómo mover las piezas... ¿Te has fijado bien? Las posiciones son muy complicadas –se echó hacia atrás en el sofá, teatralmente abatido–. Incluso yo tengo ciertas enojosas limitaciones, amor. Nadie es perfecto.

En ese momento llamaron a la puerta.

–Álvaro –dijo Julia, y corrió a abrir.

No era Álvaro. Regresó con un sobre traído por un

mensajero; contenía varias fotocopias y una cronología escrita a máquina.

–Mirad. Por lo visto ha decidido no venir, pero nos manda esto.

–Tan grosero como siempre –murmuró César, con desdén–. Podía haber telefoneado para disculparse, el canalla –se encogió de hombros–. Aunque en el fondo me alegro… ¿Qué nos manda el infame?

–No te metas con él –lo reconvino Julia–. Ha tenido que trabajar mucho para ordenar estos datos.

Y se puso a leer en voz alta.

PIETER VAN HUYS Y LOS PERSONAJES RETRATADOS EN «LA PARTIDA DE AJEDREZ». CRONOLOGÍA BIOGRÁFICA:

1415: Pieter van Huys nace en Brujas (Flandes). Actual Bélgica.

1431: Nace Roger de Arras en el castillo de Bellesang, en Ostenburgo. Su padre, Fulco de Arras, es vasallo del rey de Francia y está emparentado con la dinastía reinante de los Valois. Su madre, cuyo nombre no se ha conservado, pertenece a la familia ducal ostenburguesa, los Altenhoffen.

1435: Borgoña y Ostenburgo rompen su vasallaje con Francia. Nace Fernando Altenhoffen, futuro duque de Ostenburgo.

1437: Roger de Arras se ha criado en la corte ostenburguesa como compañero de juegos y estudios del futuro duque Fernando. Al cumplir dieciséis años acompaña a su padre Fulco de Arras en la guerra que Carlos VII de Francia sostiene contra Inglaterra.

1441: Nace Beatriz, sobrina de Felipe el Bueno, duque de Borgoña.

1442: Se estima que hacia esta época realiza Pieter van Huys sus primeras pinturas tras haberse relacionado en Brujas con los hermanos Van Eyck y en Tournai con Roberto Campin, sus maestros. No se conserva ninguna obra suya de este período hasta:

1448: Van Huys pinta el Retrato del orfebre Guillermo Walhuus.

1449: Roger de Arras se distingue en la conquista de Normandía y Guyena a los ingleses.

1450: Roger de Arras combate en la batalla de Formigny.

1452: Van Huys pinta La familia de Lucas Bremer. *(Su mejor cuadro conocido.)*

1453: Roger de Arras combate en la batalla de Castillon. El mismo año se imprime en Nuremberg su Poema de la rosa y el caballero *(se conserva un ejemplar en la Biblioteca Nacional de París).*

1455: Van Huys pinta su Virgen del oratorio. *(Sin fecha, pero que los expertos datan hacia esta época.)*

1457: Muere Wilhelmus Altenhoffen, duque de Ostenburgo. Le sucede su hijo Fernando, que acaba de cumplir veintidós años. Uno de sus primeros actos habría sido llamar a su lado a Roger de Arras. Presumiblemente, éste permanece en la corte de Francia, ligado al rey Carlos VII por juramento de lealtad.

1457: Van Huys pinta El cambista de Lovaina.

1458: Van Huys pinta Retrato del comerciante Matías Conzini y su esposa.

1461: Muerte de Carlos VII de Francia. Supuestamente liberado de su compromiso de lealtad con el monarca francés, Roger de Arras regresa a Ostenburgo. Hacia la misma época, Pieter van Huys termina el Retablo de Amberes *y se instala en la corte ostenburguesa.*

1462: Van Huys pinta El caballero y el Diablo. Fotografías del original (Rijksmuseum de Amsterdam) permiten aventurar que el caballero que posó para ese retrato podría ser Roger de Arras, aunque el parecido entre ese personaje y el de La partida de ajedrez no sea rigurosamente exacto.

1463: Compromiso oficial de Fernando de Ostenburgo con Beatriz de Borgoña. En la embajada ante la corte borgoñona figuran Roger de Arras y Pieter van Huys, enviado para pintar el retrato de Beatriz, que realiza ese año. (El retrato, citado en la crónica de los esponsorios y en un inventario de 1474, no se ha conservado hasta nuestros días.)

1464: Boda ducal. Roger de Arras preside la comitiva que conduce a la novia desde Borgoña a Ostenburgo.

1467: Muere Felipe el Bueno y accede al gobierno de Borgoña su hijo Carlos el Temerario, primo de Beatriz. La presión francesa y borgoñona aviva las intrigas en la corte ostenburguesa. Fernando Altenhoffen intenta mantener un difícil equilibrio. El partido profrancés se apoya en Roger de Arras, que posee gran ascendiente sobre el duque Fernando. El partido borgoñón se sostiene gracias a la influencia de la duquesa Beatriz.

1469: Roger de Arras es asesinado. Se culpa oficiosamente a la facción borgoñona. Otros rumores aluden a una relación amorosa entre Roger de Arras con Beatriz de Borgoña. La intervención de Fernando de Ostenburgo no es probada.

1471: Dos años después del asesinato de Roger de Arras, Van Huys pinta La partida de ajedrez. Se ignora si en esa época el pintor reside todavía en Ostenburgo.

1474: Muere Fernando Altenhoffen sin descendencia. Luis XI de Francia intenta imponer los viejos derechos de su dinastía sobre el ducado, lo que empeora las ten-

sas relaciones franco-borgoñonas. El primo de la du-
quesa viuda, Carlos el Temerario, invade el ducado,
derrotando a los franceses en la batalla de Looven.
Borgoña se anexiona Ostenburgo.

1477: Carlos el Temerario muere en la batalla de
Nancy. Maximiliano I de Austria se hace con la heren-
cia borgoñona, que pasará a su nieto Carlos (futuro
emperador Carlos V) y acabará perteneciendo a la mo-
narquía española de los Habsburgo.

1481: Muere Pieter van Huys en Gante, cuando tra-
baja en un tríptico sobre el descendimiento destinado a
la catedral de San Bavon.

1485: Beatriz de Ostenburgo muere recluida en un
convento de Lieja.

Durante un buen rato nadie se atrevió a abrir la boca.
Las miradas de cada cual iban de uno a otro, y de ellos
al cuadro. Al cabo de un silencio que parecía eterno,
César movió la cabeza.

–Confieso –dijo en voz baja– que estoy impresionado.

–Todos lo estamos –añadió Menchu.

Julia dejó los documentos sobre la mesa y se apoyó
en ella.

–Van Huys conocía bien a Roger de Arras –señaló
los papeles–. Quizás eran amigos.

–Y pintando ese cuadro, le ajustó las cuentas a su
asesino –opinó César–... Todas las piezas encajan.

Julia se acercó a la biblioteca, dos paredes cubiertas
de estantes de madera que se curvaban bajo el peso de
desordenadas hileras de libros. Se detuvo frente a ella
un momento, con los brazos en jarras, y después extrajo un grueso volumen ilustrado. Hojeó rápidamen-

te las páginas, hasta dar con lo que buscaba, y fue hasta el sofá a sentarse entre Menchu y César, con el libro –*El Rijksmuseum de Amsterdam*– abierto sobre las rodillas. La reproducción del cuadro no era muy grande, pero se distinguía perfectamente al caballero, vestido de armadura y con la cabeza descubierta, cabalgando por la falda de una colina en cuya cima había una ciudad amurallada. Junto al caballero, y en amigable conversación, iba el Diablo, jinete en un penco negro y descarnado, señalando con su derecha la ciudad hacia la que parecían dirigirse.

–Podría ser él –contestó Menchu, comparando las facciones del caballero representado en el libro con las del jugador de ajedrez en el cuadro.

–Y podría no ser –apuntó César–. Aunque, desde luego, hay cierto parecido –se volvió hacia Julia–. ¿Cuál es la fecha de ejecución?

–Mil cuatrocientos sesenta y dos.

El anticuario hizo un rápido cálculo.

–Eso significa nueve años antes de *La partida de ajedrez*. Puede ser la explicación. El jinete acompañado por el Diablo es más joven que en el otro cuadro.

Julia no respondió. Estudiaba la reproducción fotográfica del libro. César la miró preocupado.

–¿Qué pasa?

La joven movía la cabeza despacio, como si temiese, con algún gesto brusco, espantar espíritus esquivos que hubiese costado trabajo convocar.

–Sí –dijo con el tono de quien no tiene más remedio que rendirse a lo evidente–. Como coincidencia, es excesiva.

Y señaló con el dedo la fotografía.

–No veo nada especial –dijo Menchu.

–¿No? –Julia sonreía para sí misma–. Mira el escudo del caballero... En la Edad Media, cada noble lo decoraba con su emblema... Dime qué opinas tú, César. ¿Qué hay pintado en ese escudo?

El anticuario suspiró, pasándose una mano por la frente. Estaba tan asombrado como Julia.

–Escaques –dijo sin vacilar–. Cuadros blancos y negros –levantó la vista hacia la tabla de Flandes y la voz pareció estremecérsele–. Como los de un tablero de ajedrez.

Dejando el libro abierto sobre el sofá, Julia se puso en pie.

–Aquí no hay casualidad que valga –cogió una lupa de gran aumento antes de acercarse al cuadro–. Si el caballero acompañado por el Diablo que pintó Van Huys en mil cuatrocientos sesenta y dos es Roger de Arras, eso significa que, nueve años después, el artista escogió el tema de su escudo de armas como clave maestra de la pintura en la que, supuestamente, representó su muerte... Incluso el suelo de la habitación donde sitúa a los personajes está ajedrezado en blanco y negro. Eso, además del carácter simbólico del cuadro, confirma que el jugador del centro es Roger de Arras... Y todo este tinglado, efectivamente, se articula en torno al ajedrez.

Se había arrodillado ante la pintura, y durante un rato estudió a través de la lupa, una por una, las piezas representadas sobre el tablero y sobre la mesa. También dedicó su atención al espejo redondo y convexo que, desde el ángulo superior izquierdo del cuadro, en la pared, reflejaba, deformado por la perspectiva, el tablero y el escorzo de ambos jugadores.

–César.

–Dime, querida.

–¿Cuántas piezas tiene el juego de ajedrez?

–Hum… Dos por ocho, dieciséis de cada color. Eso hace treinta y dos, si no me equivoco.

Julia contó con el dedo.

–Están las treinta y dos. Se pueden identificar perfectamente: peones, reyes, caballos… Unos dentro de la partida y otros fuera.

–Esas son las piezas ya comidas –César se había arrodillado junto a ella, e indicó una de las piezas situadas fuera del tablero, la que Fernando de Ostenburgo sostenía entre los dedos–. Un caballo fue comido; uno sólo. Un caballo blanco. Los otros tres, uno blanco y dos negros, están aún dentro del juego. Así que el *Quis necavit equitem* se refiere a él.

–¿Quién se lo comió?

El anticuario hizo una mueca.

–Esa pregunta es precisamente el *quid* de la cuestión, amor –sonrió, igual que cuando ella era una cría sentada en sus rodillas–. Hasta ahora hemos averiguado muchas cosas: quién peló el pollito, quién lo guisó… Pero ignoramos quién fue el malvado que se lo comió.

–No has respondido a mi pregunta.

–No siempre tengo maravillosas respuestas a mano.

–Antes sí las tenías.

–Antes podía mentir –la miró con ternura–. Ahora has crecido, y ya no puedo engañarte con facilidad.

Julia le puso una mano sobre el hombro, como cuando, quince años atrás, pedía que inventase para ella la historia de un cuadro, o una porcelana. En su voz quedaba un eco de la misma súplica infantil.

–Necesito saberlo, César.

–La subasta será dentro de dos meses –dijo Menchu a su espalda–. No queda mucho tiempo.

–Al diablo la subasta –respondió Julia. Seguía mirando a César como si éste tuviera en sus manos la solución. El anticuario volvió a suspirar despacio y sacudió ligeramente la alfombra antes de sentarse en ella, cruzando las manos sobre las rodillas. Su ceño estaba fruncido y se mordía la punta de la lengua pequeña y rosada, pensativo.

—Tenemos unas claves con las que empezar —dijo al cabo de un rato—. Pero disponer de claves no es suficiente; lo que cuenta es cómo utilizarlas —miró el espejo convexo que, pintado en el cuadro, reflejaba los jugadores y el tablero—. Estamos acostumbrados a creer que un objeto cualquiera y su imagen en un espejo contienen una misma realidad, pero eso no es cierto —señaló con un dedo el espejo pintado—. ¿Veis? Ya, a simple vista, comprobamos que la imagen está invertida. Y en el tablero, el sentido de la partida es a la *inversa*, luego ahí también lo está.

—Me estáis dando un terrible dolor de cabeza —dijo Menchu, emitiendo un gemido—. Eso es demasiado complejo para mi encefalograma plano, así que voy a beber algo… —fue hasta el mueble bar y se sirvió una generosa porción del vodka de Julia. Pero, antes de coger el vaso, extrajo de su bolso una piedra pulida y plana de ónice, una cánula de plata y una pequeña cajita, y preparó una fina raya de cocaína—. Se abre la farmacia. ¿Alguien se anima?

Nadie respondió. César parecía absorto en el cuadro, ajeno a lo demás, y Julia se limitó a fruncir el ceño con reprobación. Encogiendo los hombros, Menchu se inclinaba para aspirar por la nariz, rápida y precisa, en dos tiempos. Cuando se incorporó sonreía, y el azul de sus ojos era más luminoso y ausente.

César se había acercado al Van Huys, cogiendo a Julia por el brazo como si le aconsejara ignorar a Menchu.

–La simple idea –dijo, como si en la habitación estuviesen solos Julia y él– de que algo en el cuadro puede ser real y algo puede no serlo, ya nos hace caer en una trampa. Los personajes y el tablero están incluidos dos veces en la pintura, y una es, de algún modo, *menos real* que la otra. ¿Comprendes?... Aceptar ese hecho nos hace meternos a la fuerza en la habitación del cuadro, y borra los límites entre lo real y lo pintado... La única forma de evitarlo sería distanciarnos hasta no ver otra cosa que manchas de color y piezas de ajedrez. Pero hay demasiadas inversiones por medio.

Julia observó el cuadro y después, volviéndose, señaló el espejo veneciano que colgaba de la pared, al otro lado del estudio.

–Ahí no –respondió–. Si usamos otro espejo para mirar el cuadro, quizá podamos reconstruir la imagen original.

César la miró largamente, en silencio, meditando sobre lo que acababa de escuchar.

–Eso es muy cierto –dijo por fin, y su aprobación se tradujo en una sonrisa de aliento–. Pero me temo, princesa, que las pinturas y los espejos crean mundos demasiado inconsistentes, que pueden ser entretenidos para mirar desde fuera, pero nada cómodos si hay que moverse en su interior. Para eso hace falta un especialista; alguien capaz de ver el cuadro de forma diferente a como lo vemos nosotros... Y me parece que sé dónde encontrarlo.

A la mañana siguiente, Julia telefoneaba a Álvaro, sin que nadie respondiese a la llamada. Tampoco tuvo más suerte al intentar localizarlo en casa, así que puso a Lester Bowie en el tocadiscos y café a hervir en la cocina, estuvo un largo rato bajo la ducha y se fumó un par de cigarrillos. Después, con el pelo húmedo y su viejo jersey sobre las piernas desnudas, bebió café y se puso a trabajar en el cuadro.

La primera fase de la restauración consistía en eliminar toda la capa de barniz original. El pintor, sin duda preocupado por defender su obra frente a la humedad de los fríos inviernos septentrionales, había aplicado un barniz graso, disuelto en aceite de linaza. La solución era correcta, pero nadie, ni siquiera un maestro como Pieter van Huys, podía impedir en el siglo XV que un barniz graso amarillease en quinientos años, amortiguando la viveza de los colores originales.

Julia, que había realizado pruebas con varios disolventes en un ángulo de la tabla, preparó una mezcla de acetona, alcohol, agua y amoníaco, dedicándose a la tarea de ablandar el barniz con tampones de algodón que manejaba mediante pinzas. Empezó por las zonas de mayor consistencia, con sumo cuidado, dejando para el final las más claras y débiles. A cada momento se detenía para revisar los tampones de algodón, al acecho de restos de color, asegurándose de que no arrastraba con el barniz parte de la pintura que había debajo. Trabajó sin descanso durante toda la mañana, mientras acumulaba colillas en el cenicero de Benlliure, deteniéndose sólo unos instantes para, con los ojos entornados, observar la marcha del proceso. Poco a poco, al desaparecer el barniz envejecido, la tabla recobraba la magia de sus pigmentos originales, casi todos tal y como habían sido mezclados en la paleta del viejo maestro flamenco: siena, verde de cobre, blanco de plomo, azul ultramar... Julia veía renacer bajo sus dedos aquel prodigio con respeto reverencial, como si ante sus ojos se desvelase el más íntimo misterio del arte y de la vida.

A mediodía telefoneó César, y quedaron en verse
por la tarde. Julia aprovechó la interrupción para ca-
lentar una pizza, hizo más café y comió frugalmente,
sentada en el sofá. Observaba con atención las craqueladuras que el envejecimiento del cuadro, la luz y las
dilataciones de la madera habían ido imprimiendo en
la capa pictórica. Eran especialmente visibles en las
carnaciones de los personajes, rostros y manos, y en
colores como el blanco de plomo, mientras que dismi-
nuían en los tonos oscuros y el negro. El vestido de
Beatriz de Borgoña, sobre todo, con su efecto de volumen en los pliegues, parecía tan intacto que daba la
impresión de apreciarse la suavidad del terciopelo si se
pasaba un dedo por él.

Resultaba curioso, pensó Julia, que cuadros de factura reciente aparecieran cubiertos de grietas al poco
tiempo de terminados, con craqueladuras y cazoletas
causadas por el uso de materiales modernos o procedi-
mientos artificiales de secado; mientras la obra de los
maestros antiguos, que cuidaban hasta la obsesión su
trabajo con técnicas artesanales, resistía el paso de los
siglos con más dignidad y belleza. En aquel momento,
Julia experimentaba una viva simpatía por el viejo y
concienzudo Pieter van Huys, a quien evocó en su taller medieval, mezclando arcillas y experimentando
aceites, en busca del matiz para la veladura exacta; em-
pujado por el afán de imprimir en su obra el sello
de la eternidad, más allá de su propia muerte y de la de
aquellos a quienes con sus pinceles fijaba sobre una
modesta tabla de roble.

Siguió desbarnizando después de comer la parte inferior de la tabla, donde se hallaba la inscripción oculta. Allí trabajó con sumo cuidado, procurando no al-
terar el verde de cobre, mezclado con resina para

impedir que oscureciese con el tiempo, que Van Huys había utilizado al pintar el paño que cubría la mesa; un paño cuyos pliegues extendiera más tarde, con el mismo color, para tapar la inscripción latina. Todo ello, eso lo sabía perfectamente Julia, planteaba un problema ético, además de las normales dificultades técnicas... ¿Era lícito, respetando el espíritu de la pintura, descubrir la inscripción que el propio autor había decidido tapar?... ¿Hasta qué punto un restaurador podía permitirse traicionar el deseo de un artista, plasmado en su obra con la misma solemnidad que si se tratase de un testamento?... Incluso la cotización del cuadro, una vez probada mediante radiografías la existencia de la inscripción y hecho público el suceso, ¿sería más alta con la leyenda cubierta, o al desnudo?

Por suerte, se dijo a modo de conclusión, en todo aquello no era sino una asalariada. La decisión debían tomarla el propietario, Menchu y ese tipo de Claymore, Paco Montegrifo; ella haría lo que se decidiera. Aunque bien meditada la cuestión, si en su mano estuviese preferiría dejar las cosas como estaban. La inscripción existía, su texto era conocido y resultaba innecesario sacarlo a la luz. A fin de cuentas, la capa de pintura que la había cubierto durante cinco siglos formaba también en el cuadro parte de su historia.

Las notas de su saxo llenaban el estudio, aislándola de todo. Pasó con suavidad el tampón empapado en disolvente por el contorno de Roger de Arras, junto a la nariz y la boca, y se ensimismó una vez más en la contemplación de los párpados bajos, de los finos trazos que revelaban leves arrugas en torno a los ojos, de la mirada absorta en la partida. En ese punto la joven dejó correr la imaginación tras el eco de los pensamientos del desventurado caballero. Flotaba en ellos un rastro de amor y muerte, como los pasos del Destino en el misterioso ballet jugado por las piezas blancas y negras sobre los escaques del tablero; sobre su propio escudo de armas, traspasado por un virote de ballesta. Y brillaba en la penumbra una lágrima de mujer, en apariencia absorta en un libro de horas —¿o se trataba del *Poema de la rosa y el caballero?*—; de una sombra silenciosa rememorando junto a la ventana días de luz y juventud, metal bruñido, colgaduras y pasos firmes sobre el enlosado de la corte borgoñona; el yelmo bajo el brazo y la frente erguida del guerrero en el cenit de su fuerza y de su fama, embajador altivo de aquel otro con quien razones de Estado aconsejaban desposarla. Y el murmullo de las damas, y el grave semblante de los cortesanos, y el propio rubor ante aquella mirada serena, al oír su voz, templada en las batallas con ese aplomo singular que sólo se encuentra en quienes han gritado alguna vez el nombre de Dios, de su rey o de su dama, cabalgando contra el enemigo. Y el secreto de su corazón en los años que vinieron después. Y la Silenciosa Amiga, la Última Compañera, afilando paciente su guadaña, tensando una ballesta en el foso de la Puerta Este.

Los colores, el cuadro, el estudio, la grave música del saxo que vibraba a su alrededor, parecían dar vueltas en torno a Julia. Hubo un momento en que dejó de trabajar para, cerrados los ojos, aturdida, respirar hondo, acompasadamente, intentando alejar el súbito pavor que la había estremecido un instante, cuando creyó, por efecto de la perspectiva del cuadro, estar *dentro de él*, como si la mesa y los jugadores hubiesen quedado bruscamente a su izquierda y ella se precipitara hacia adelante, a través de la habitación reproducida en la pintura, en dirección a la ventana abierta junto a la que leía Beatriz de Borgoña. Como si le bastara inclinar el cuerpo para asomarse sobre el alféizar y ver qué había debajo, al pie del muro: el foso de la Puerta Este, donde Roger de Arras había sido asaeteado por la espalda.

Tardó en serenarse, y no lo consiguió hasta que, con un cigarrillo en la boca, rascó un fósforo. Le costó acercar la llama al extremo, pues la mano le temblaba como si acabara de tocar el rostro de la Muerte.

–No es más que un club de ajedrez –dijo César mientras subían por la escalera–. El club Capablanca.

–¿Capablanca? –Julia miró con recelo la puerta abierta. Al fondo se veían mesas con hombres inclinados sobre ellas y espectadores formando grupos alrededor.

–José Raúl Capablanca –aclaró el anticuario con el bastón bajo el brazo, mientras se quitaba el sombrero y los guantes–. Según dicen, el mejor jugador de todos los tiempos… El mundo está lleno de clubs y torneos que llevan su nombre.

Entraron en el local, dividido en tres grandes salas con una docena de mesas; en casi todas se desarrollaban partidas. Había un rumor peculiar en el ambiente, ni ruido ni silencio: una especie de murmullo suave y contenido, algo solemne, como el de la gente cuando llena una iglesia. Algunos jugadores y curiosos miraron a Julia con extrañeza, o desaprobación. El público era exclusivamente masculino. Olía a humo de tabaco y madera vieja.

–¿Las mujeres no juegan al ajedrez? –preguntó Julia.

César, que le había ofrecido su brazo antes de entrar en el local, pareció meditar sobre aquello.

–La verdad es que ni se me había ocurrido –dijo a modo de conclusión–. Pero es evidente que aquí, no. Tal vez en casa, entre zurcido y cocido.

–Machista.

–Ese es un horrible retruécano, querida. No seas odiosa.

Los recibió en el vestíbulo un caballero amable y locuaz, de cierta edad, calva prominente y bigote recortado con esmero. César se lo presentó a Julia como señor Cifuentes, director de la Sociedad Recreativa José Raúl Capablanca.

–Quinientos socios de cuota –matizó ufano el aludido, mostrándoles los trofeos, diplomas y fotografías que adornaban las paredes–. También organizamos un torneo de ámbito nacional… –se detuvo ante la vitrina donde estaban expuestos varios juegos de ajedrez más viejos que antiguos–. Bonitos, ¿verdad?… Por supuesto, aquí usamos exclusivamente el modelo Staunton.

Se había vuelto hacia César como esperando su aprobación, y el anticuario se vio obligado a componer un gesto de circunstancias.

–Por supuesto –dijo, y Cifuentes le sonrió con simpatía.

–¿Madera, eh? –precisó–. Nada de plástico.

–Faltaría más.

Cifuentes se volvió hacia Julia, complacido.

–Tendría que ver esto un sábado por la tarde –echó a su alrededor una mirada de satisfacción, como una gallina que pasara revista a sus polluelos–. Hoy es un día normal: aficionados que salen del trabajo y se dan una vuelta antes de cenar, jubilados que dedican la tarde entera… Un ambiente muy agradable, como ven. Muy…

–Edificante –dijo Julia, un poco al buen tuntún. Pero a Cifuentes le pareció apropiado el término.

–Edificante, eso es. Y como pueden comprobar, hay bastantes jóvenes... Aquel de allí es algo fuera de serie. Con diecinueve años ha escrito un estudio de cien páginas sobre las cuatro líneas de la apertura Nimzoindia.

–No me diga. Nimzoindia, vaya... Suena –Julia buscó desesperadamente una palabra– definitivo.

–Bueno, tal vez definitivo sea demasiado –reconoció Cifuentes con honestidad–. Pero es importante.

La joven miró a César en demanda de auxilio, pero éste se limitó a enarcar una ceja, cortésmente interesado en el diálogo. Se inclinaba hacia Cifuentes con las manos sosteniendo bastón y sombrero cruzadas a la espalda, y parecía divertirse horrores.

–Yo mismo –añadió el ajedrecista, señalándose el pecho con el pulgar a la altura del primer botón del chaleco– aporté hace años mi granito de arena...

–No me diga –comentó César, y Julia lo miró inquieta.

–Como lo oye –el director sonreía, con forzada modestia–. Una subvariante de la defensa Caro-Kann, con el sistema de dos caballos. Ya saben: caballo tres alfil dama... La *variante Cifuentes* –miró a César, esperanzado–. Tal vez hayan oído hablar de ella.

–No le quepa la menor duda –respondió el anticuario con perfecta sangre fría.

Cifuentes sonrió, agradecido.

–Crean que no exagero al decir que en este club, o sociedad recreativa, como prefiero llamarlo, se dan cita los mejores jugadores de Madrid, y tal vez de España... –pareció recordar algo–. Por cierto, tengo localizado al hombre que necesitan –miró alrededor hasta que se le iluminó el rostro–. Sí, allí está. Acompáñenme, por favor.

Lo siguieron por una de las salas, hacia las mesas del fondo.

–No ha sido fácil –aclaró Cifuentes mientras se acercaban– y he pasado el día dándole vueltas al tema... A fin de cuentas –se volvió a medias hacia César, con gesto de excusa– usted me pidió que le recomendase el mejor.

Se detuvieron a poca distancia de una mesa en la que dos hombres mantenían una partida, observados por media docena de curiosos. Uno de los jugadores tamborileaba suavemente con los dedos a un lado del tablero, sobre el que se inclinaba con una expresión grave que Julia consideró idéntica a la que Van Huys había pintado en los jugadores del cuadro. Frente a él, sin que el repiqueteo de su oponente sobre la mesa pareciera molestarle en absoluto, el otro jugador permanecía inmóvil, ligeramente recostado sobre el respaldo de la silla de madera, con las manos en los bolsillos del pantalón y la barbilla hundida sobre la corbata. Resultaba imposible saber si sus ojos, fijos en el tablero, estaban concentrados en el estudio de éste o absortos en alguna idea ajena a la partida.

Los espectadores mantenían un silencio reverencial, como si lo que allí se decidía fuese cuestión de vida o muerte. Ya quedaban pocas piezas sobre el tablero, tan mezcladas que era imposible, para los recién llegados, averiguar quién jugaba con blancas y quién con negras. Al cabo de un par de minutos, el que tamborileaba con los dedos usó la misma mano para avanzar un alfil blanco, interponiéndolo entre su rey y una torre negra. Consumado el movimiento lanzó una breve mirada a su adversario, antes de sumirse de nuevo en la contemplación del tablero y reanudar el suave tamborileo.

Un prolongado murmullo de los espectadores acompañó la jugada. Julia se acercó más y pudo ver cómo el otro ajedrecista, que no había cambiado de postura al mover su adversario, fijaba su atención en el alfil interpuesto. Permaneció así durante un rato y después, con gesto tan lento que fue imposible saber hasta el final a qué pieza se dirigía, movió un caballo negro.

–Jaque –dijo, y recobró su anterior inmovilidad, ajeno al rumor de aprobación que surgió a su alrededor.

Sin que nadie se lo dijese, Julia supo en ese instante que aquel era el hombre que César había pedido conocer y Cifuentes les recomendaba; así que lo observó con atención. Debía de tener poco más de cuarenta años, era muy delgado y de mediana estatura. Se peinaba hacia atrás, sin raya, con grandes entradas en las sienes. Tenía las orejas grandes, la nariz ligeramente aquilina, y sus ojos oscuros se hallaban profundamente instalados en el interior de las cuencas, como si contemplasen el mundo con desconfianza. Estaba lejos de poseer el aire de inteligencia que Julia creía indispensable en un ajedrecista; su expresión era más bien de indolente apatía, una especie de fatiga íntima y desprovista de interés hacia cuanto se hallaba a su alrededor. Tenía, pensó decepcionada la joven, el aspecto de un hombre que, aparte de realizar jugadas correctas sobre un tablero de ajedrez, no espera gran cosa de sí mismo.

Sin embargo –o tal vez precisamente a causa de ello, del tedio infinito que se traslucía en su expresión imperturbable– cuando el rival desplazó su rey una casilla hacia atrás, y él alargó despacio la mano derecha hacia las piezas, el silencio se hizo diáfano y perfecto en aquel rincón de la sala. Julia, quizá porque era ajena a

lo que ocurría, intuyó sorprendida que los espectadores no apreciaban al jugador; que éste no gozaba entre
ellos de la menor simpatía. Leyó en sus rostros que
aceptaban a regañadientes su superioridad ante un tablero, pues como aficionados no podían sustraerse a la
necesidad de comprobar sobre los cuadros blancos y
negros la evolución precisa, lenta e implacable de las
piezas que movía. Pero en el fondo –y de eso acababa
la joven de adquirir una inexplicable certeza– todos
ellos acariciaban en su interior la esperanza de estar
presentes cuando aquel hombre hallara la horma de su
zapato, cometiendo el error que lo destrozase ante un
adversario.

–Jaque –repitió el jugador. Su movimiento había
sido en apariencia simple, limitándose a hacer que un
modesto peón avanzase una casilla. Pero su rival dejó
de tamborilear con los dedos y los apoyó en la sien,
como para calmar un molesto latido. Después desplazó otra casilla su rey blanco, esta vez hacia atrás y en
diagonal. Parecía disponer de tres casillas como refu-
gio, pero por alguna razón que a Julia se le escapaba,
escogió aquella. Un susurro de admiración surgido en
las inmediaciones parecía indicar la oportunidad del
movimiento, pero su adversario no se inmutó.

–Ahí hubiera sido mate –dijo, y no había el menor
asomo de triunfo en su tono; sólo la comunicación de
un hecho objetivo al oponente. Tampoco había condo-
lencia. Pronunció aquellas palabras antes de mover
pieza alguna, como si considerase innecesario acompa-
ñarlas con una demostración práctica. Y entonces, casi
con desgana, sin dedicar el mínimo interés a la mirada
de incredulidad de su adversario y de buena parte de
los espectadores, trajo, como si viniera de muy lejos,
un alfil a través de la diagonal de casillas blancas que

cruzaba el tablero de parte a parte, y lo situó en las inmediaciones del rey enemigo, sin amenazarlo directamente. Entre el rumor de comentarios que estalló en torno a la mesa, Julia dirigió al juego una ojeada confusa; no conocía gran cosa de ajedrez, pero sí lo elemental para saber que un jaque mate implicaba amenaza directa sobre el rey. Y aquel rey blanco parecía a salvo. Miró a César en espera de una aclaración, y después a Cifuentes. El director sonreía bonachón, moviendo admirado la cabeza.

–Habría sido mate en tres jugadas, en efecto... –le informó a Julia–. Hiciera lo que hiciera, el rey blanco no tenía escapatoria.

–Entonces no entiendo nada –dijo ella–. ¿Qué ha pasado?

Cifuentes emitió una risita contenida.

–Ese alfil blanco era el que podía haber dado el golpe de gracia; aunque, hasta que movió, ninguno de nosotros fue capaz de verlo... Ocurre, sin embargo, que ese caballero, a pesar de saber perfectamente cual es la jugada, no quiere desarrollarla. Ha movido el alfil para mostrarnos la combinación correcta, pero situándolo a propósito en una casilla incorrecta, donde esa pieza resulta inofensiva.

–Sigo sin comprender –dijo Julia–. ¿Es que no quiere ganar la partida?

El director del club Capablanca se encogió de hombros.

–Eso es lo curioso... Hace cinco años que viene aquí, es el mejor ajedrecista que conozco, pero no lo he visto ganar ni una sola vez.

En este momento, el jugador levantó los ojos y su mirada encontró la de Julia. Todo su aplomo, toda la seguridad desplegada en el juego, parecían haberse desvanecido. Era como si, al concluir la partida y volver la vista al mundo que lo rodeaba, aquel hombre se viera desprovisto de los atributos que le aseguraban la envidia y respeto de los demás. Sólo entonces reparó Julia en su corbata vulgar, en la chaqueta marrón con arrugas en la espalda y abolsada en los codos, en el mentón mal afeitado sobre el que azuleaba una barba rasurada a las cinco o seis de la mañana, antes de coger el metro, o el autobús, para ir al trabajo. Incluso la expresión de sus ojos se había apagado, tornándose opaca y gris.

–Les presento –dijo Cifuentes– al señor Muñoz. Jugador de ajedrez.

IV. El tercer jugador

«Entonces, Watson –dijo Holmes–. ¿No resulta curioso comprobar cómo, a veces, para conocer el pasado, es preciso conocer antes el futuro?»

R. Smullyan

–Es una partida real –opinó Muñoz–. Algo extraña, pero lógica. Acaban de mover negras.

–¿Seguro? –preguntó Julia.

–Seguro.

–¿Cómo lo sabe?

–Lo sé.

Estaban en el estudio de la joven, frente al cuadro iluminado por todas las luces disponibles en la habitación. César en el sofá, Julia sentada en la mesa, Muñoz de pie ante el Van Huys, aún algo perplejo.

–¿Quiere una copa?

–No.

–¿Un cigarrillo?

–Tampoco. Yo no fumo.

Flotaba cierto embarazo. El ajedrecista parecía incómodo, con la arrugada gabardina puesta y abotonada, como si se reservara el derecho a despedirse de un momento a otro, sin dar explicaciones. Conservaba un aire huraño, desconfiado; no había sido fácil llevarlo hasta allí. Al principio, cuando César y Julia le plantearon la cuestión, Muñoz puso una cara que no precisaba comentarios; los tomaba por un par de chiflados. Después adoptó una actitud suspicaz, a la defensiva. Que lo disculparan si ofendía, pero toda aquella historia de asesinatos medievales y una partida de ajedrez pintada en un cuadro era demasiado extraña. Y aunque fuese cierto lo que le contaban, no comprendía muy bien en qué se relacionaba él con todo aquello. A fin de cuentas –lo repitió como si de ese modo estableciera las debidas distancias– sólo era un contable. Un oficinista.

–Pero usted juega al ajedrez –le había dicho César con la más seductora de sus sonrisas. Acababan de cruzar la calle, sentándose en un bar, junto a una máquina tragaperras que, a intervalos, los aturdía con su monótona musiquilla caza-incautos.

–Sí, ¿y qué? –no había desafío, sino indiferencia en la respuesta–. Mucha gente lo hace. Y no veo por qué yo precisamente...

–Dicen que es el mejor.

El ajedrecista le dirigió a César una mirada indefinible. Tal vez lo fuera, creyó leer Julia en aquel gesto, pero eso no tenía nada que ver con el asunto. Ser el mejor no significaba nada. Se podía ser el mejor, igual que se podía ser rubio o tener los pies planos, sin que eso llevara implícita la obligación de ir por ahí demostrándoselo a la gente.

–Si fuera lo que usted dice –respondió al cabo de un instante– me presentaría a torneos y cosas así. Y no lo hago.

–¿Por qué?

Muñoz le echó un vistazo a su taza de café vacía antes de encogerse de hombros.

–Porque no. Para eso hay que tener ganas. Quiero decir ganas de ganar... –los miró como si no estuviese muy seguro de que entendieran sus palabras–. Y a mí me da lo mismo.

–Un teórico –comentó César, con gravedad en la que Julia detectó oculta ironía.

Muñoz sostuvo la mirada del anticuario con aire reflexivo, como si se esforzara por encontrar la respuesta idónea.

–Tal vez –dijo por fin–. Por eso no creo serles de mucha utilidad.

Hizo el gesto de levantarse, interrumpido apenas iniciado, cuando Julia alargó una mano, poniéndosela en el brazo. Fue un contacto breve, con angustiosa premura que más tarde, a solas, César calificaría, enarcando una ceja, como de oportunísima femineidad, querida, la dama que solicita ayuda sin excederse en los términos, evitando que el pájaro volase. Él, César, no habría sabido hacerlo mejor; sólo hubiera articulado un gritito de alarma en absoluto apropiado a las circunstancias. El caso es que Muñoz miró un momento hacia abajo, fugazmente, la mano que Julia ya retiraba, y permaneció sentado mientras sus ojos se deslizaban por la superficie de la mesa, deteniéndose en la contemplación de sus propias manos, de uñas no muy limpias, inmóviles a uno y otro lado de la taza.

–Necesitamos su ayuda –dijo Julia en voz baja–. Se trata de algo importante, se lo aseguro. Importante para mí y para mi trabajo.

El ajedrecista ladeó un poco la cabeza antes de mirarla, no directamente, sino a la barbilla; como temiendo que dirigirse a sus ojos estableciera entre ambos un compromiso que no estaba dispuesto a asumir.

–No creo que me interese –respondió por fin.

Julia se inclinó sobre la mesa.

–Plantéeselo como una partida distinta a las que ha jugado hasta ahora... Una partida que, esta vez, valdría la pena ganar.

–No veo por qué iba a ser distinta. En el fondo siempre es la misma partida.

César se impacientaba.

–Le aseguro, mi querido amigo –el anticuario traicionaba su irritación dándole vueltas al topacio en su mano derecha– que no consigo explicarme su extraña apatía... ¿Por qué juega, entonces, al ajedrez?

El jugador meditó un poco. Después su mirada volvió a deslizarse sobre la mesa, pero esta vez no se detuvo en la barbilla de César, sino que fue directamente a sus ojos.

–Quizá –respondió con calma– por la misma razón que usted es homosexual.

Parecía que un viento helado acabara de congelar la mesa. Julia encendió un cigarrillo con precipitación, literalmente aterrada por la inconveniencia que Muñoz había formulado sin énfasis ni agresividad alguna. Por el contrario, el ajedrecista miraba al anticuario con una especie de atención cortés, como si, en el curso de un diálogo convencional, aguardase la réplica de un interlocutor respetable. Había una total ausencia de intención en aquella mirada, interpretó la joven. Incluso cierta inocencia, como un turista que, sin percatarse, transgrede las normas locales con su torpeza forastera.

César se limitó a inclinarse un poco hacia Muñoz, con aire interesado y una sonrisa de diversión bailándole en la boca fina y pálida.

–Mi querido amigo –dijo con suavidad–. Por su tono y semblante, deduzco que no tiene nada que objetar a lo que yo, humildemente, podría encarnar de una u otra forma... De idéntico modo, imagino, que nada tenía que objetar contra el rey blanco, o contra el jugador al que se enfrentaba hace un rato allá arriba, en el club. ¿No es cierto?

–Más o menos.

El anticuario se volvió hacia Julia.

–¿Te das cuenta, princesa? Todo está en orden; no

hay motivo de alarma... Este cielo de hombre sólo pretendía sugerir que él no juega al ajedrez sino porque su naturaleza contiene ya el juego en sí –la sonrisa de César se acentuó, condescendiente–. Algo *terriblemente* relacionado con problemas, combinaciones, ensueños... En comparación con eso ¿qué puede suponer un prosaico jaque mate? –se echó hacia atrás en la silla mirando los ojos de Muñoz, que lo observaban imperturbables–. Yo se lo voy a decir. No supone nada –levantó las palmas de las manos, como si invitara a que Julia y el ajedrecista comprobasen la realidad de sus palabras–. ¿No es verdad, amigo mío?... Sólo un desolador punto final, un forzado retorno a la realidad –arrugó la nariz–. A la verdadera existencia: la rutina de lo común y lo cotidiano.

Cuando César terminó de hablar, Muñoz estuvo un rato en silencio.

–Tiene gracia –entornaba los ojos en algo parecido a una insinuación de sonrisa que no conseguía asentársele en la boca–. Es exactamente eso, supongo. Pero nunca lo había oído decir en voz alta.

–Celebro iniciarlo en la materia –respondió César con intención, y con una risita que le valió una reprobadora mirada de Julia.

El ajedrecista había perdido parte de su seguridad. Ahora parecía un poco desconcertado.

–¿Usted también juega al ajedrez?

César soltó una breve carcajada. Insoportablemente teatral esa mañana, pensó Julia; como cada vez que disponía de un público apropiado.

–Sé mover las piezas, como todo el mundo. Pero es un juego que no me da frío ni calor... –dirigió a Muñoz una mirada repentinamente seria–. Yo a lo que juego, mi estimadísimo amigo, es a esquivar cada día los jaques de la vida, que no es poco –movió la mano con desgana y delicadeza, en un gesto que abarcaba a ambos–. Y como usted, querido, como todos, necesito también mis pequeños trucos para ir tirando.

Muñoz miró hacia la puerta de la calle, aún confuso. La luz del local le daba un aire fatigado, acentuando las sombras en sus ojos, que parecían más hundidos. Con las grandes orejas asomando sobre el cuello de la gabardina, la nariz grande y el rostro huesudo, parecía un perro desgarbado y flaco.

–De acuerdo –dijo–. Llévenme a ver ese cuadro.

Y allí estaban, aguardando el veredicto de Muñoz. Su incomodidad inicial por hallarse en una casa desconocida en presencia de una guapa joven, un anticuario de ambiguas aficiones y un cuadro de equívoca apariencia, parecía desvanecerse conforme la partida de ajedrez representada en la pintura se apoderaba de su atención. Durante los primeros minutos la había estado observando inmóvil y en silencio, algo apartado y con las manos a la espalda, en postura idéntica, observó Julia, a la de los curiosos que miraban, en el club Capablanca, el desarrollo de las partidas ajenas. Y, por supuesto, era exactamente eso lo que hacía. Al cabo de un rato, durante el que nadie dijo una palabra, pidió lápiz y papel, y tras otra breve reflexión se apoyó en la mesa para trazar un croquis de la partida, levantando de vez en cuando los ojos para observar la posición de las piezas.

–¿De qué siglo es la pintura? –preguntó. Había dibujado un cuadrado, dividiéndolo en sesenta y cuatro casillas mediante rayas verticales y horizontales.

–Finales del quince –respondió Julia.

Muñoz fruncía el entrecejo.

–El dato de la fecha es importante. Por esa época,

las reglas del ajedrez ya eran casi las mismas que ahora. Pero hasta entonces el movimiento de algunas piezas resultaba distinto... La reina, por ejemplo, sólo podía desplazarse en diagonal a una casilla vecina, y más tarde saltar tres. Y el enroque del rey no se conoció hasta la Edad Media –dejó el dibujo un momento para observar con más atención–. Si quien desarrolló esa partida lo hizo con reglas modernas, tal vez podamos resolverla. Si no, será difícil.

–Fue en la actual Bélgica –apuntó César–. Hacia mil cuatrocientos setenta.

–No creo que haya problema, entonces. Al menos, no insoluble.

Julia se levantó de la mesa para acercarse al cuadro, observando la posición de las piezas pintadas.

–¿Cómo sabe que acaban de mover las negras?

–Salta a la vista. Basta observar la disposición de las piezas. O los jugadores –Muñoz señaló a Fernando de Ostenburgo–. Ese de la izquierda, el que juega con negras y mira hacia el pintor, o hacia nosotros, está más relajado. Incluso distraído, como si su atención se dirigiera a los espectadores en vez de al tablero... –señaló a Roger de Arras–. El otro, sin embargo, estudia una jugada que acaban de hacerle. ¿No ven cómo se concentra? –volvió a su croquis–. Hay, además, otro método para averiguarlo; en realidad vamos a trabajar con él. Se llama análisis retrospectivo.

–¿Análisis qué?

–Retrospectivo. Partiendo de una posición determinada en el tablero, reconstruir la partida hacia atrás para comprobar cómo se llegó a esa situación... Una especie de ajedrez al revés, para que me entiendan. Por inducción: se empieza por los resultados y se llega a las causas.

–Como Sherlock Holmes –comentó César, visiblemente interesado.

–Algo así.

Julia se había vuelto hacia Muñoz y le dedicaba una
mirada incrédula. Hasta aquel momento, el ajedrez no
había significado otra cosa para ella que un juego de
reglas algo más complicadas que el parchís, o el domi-
nó, que sólo requería mayor concentración e inteligencia. Por eso la impresionaba tanto la actitud de
Muñoz respecto al Van Huys. Era evidente que aquel
espacio pictórico en tres planos –espejo, salón, ventana– en donde se planteaba el momento registrado por
Pieter van Huys, un espacio en el que ella misma había llegado a sentir vértigo a causa del efecto óptico
creado por el talento del artista, resultaba para Muñoz
–que hasta ese momento lo desconocía casi todo respecto al cuadro, e ignoraba buena parte de sus inquietantes connotaciones– un espacio familiar al margen
del tiempo y los personajes. Un espacio en el que parecía moverse a sus anchas como si, haciendo abstrac-
ción del resto, el ajedrecista fuera capaz de asumir en
el acto la posición de las piezas, integrándose con pasmosa naturalidad en el juego. Y además, a medida que
se concentraba en *La partida de ajedrez*, Muñoz se iba
despojando de su perplejidad inicial, de la reticencia y
confusión mostradas en el bar, y volvía a parecerse al
jugador impasible y seguro bajo cuya apariencia ella lo
vio por primera vez en el club Capablanca. Como si
bastara la presencia de un tablero para que aquel hombre huraño, indeciso y gris, recobrase la seguridad y la
confianza.

–¿Quiere decir que es posible jugar hacia atrás, hasta el principio, la partida de ajedrez que hay pintada en
el cuadro?

Muñoz hizo uno de aquellos gestos suyos que no comprometían a nada.

–No sé si hasta el principio... Pero supongo que podremos reconstruir unas cuantas jugadas –miró el cuadro, como si acabase de verlo bajo una nueva luz, y luego se dirigió a César–. Imagino que eso es exactamente lo que pretendía el pintor.

–Es usted quien debe averiguarlo –respondió el anticuario–. La perversa pregunta es quién se comió un caballo.

–El caballo blanco –puntualizó Muñoz–. Sólo hay uno fuera del tablero.

–Elemental –dijo César, y añadió, con una sonrisa–. Querido Watson.

El ajedrecista ignoró la broma o no quiso darse por enterado; el humor no parecía ser uno de sus rasgos. Julia se acercó al sofá, sentándose junto al anticuario, fascinada como una chiquilla ante un excitante espectáculo. Muñoz ya había terminado el croquis y se lo mostraba.

–Esta –explicó– es la posición representada en el cuadro:

–... Como ven, he asignado unas coordenadas a cada una de las casillas, para facilitarles la localización de las piezas. Visto así, desde la perspectiva del jugador de la derecha...

–Roger de Arras –apuntó Julia.

–Roger de Arras o como se llame. El caso es que, visto el tablero desde esa posición, numeramos del uno al ocho las casillas en profundidad, y le adjudicamos una letra, de la A a la H, a las casillas en horizontal –las indicó con el lápiz–. Hay otras clasificaciones más técnicas, pero tal vez se perderían.

–¿Cada signo corresponde a una pieza?

–Sí. Son signos convencionales, unos negros y otros blancos. Aquí debajo he anotado la identificación de cada uno:

♔	REY	♕	REINA
♗	ALFIL	♘	CABALLO
♖	TORRE	♙	PEÓN

–... De esa forma, aunque se tengan escasos conocimientos de ajedrez, es fácil comprobar que el rey negro, por ejemplo, está en la casilla A-4. Y que en F-1, por ejemplo, hay un alfil blanco... ¿Comprende?

–Perfectamente.

Muñoz les mostró otros signos que había dibujado a continuación.

–Hasta ahora nos hemos ocupado de las piezas que hay dentro del tablero; pero para analizar la partida es imprescindible saber las que están fuera. Las ya comidas –miró el cuadro–. ¿Cómo se llama el jugador de la izquierda?

–Fernando de Ostenburgo.

–Pues don Fernando de Ostenburgo, que juega con negras, le ha comido a su adversario las siguientes piezas blancas:

♗ ♘ ♙ ♙

–... Es decir: un alfil, un caballo y dos peones. Por su parte, el tal Roger de Arras le ha comido estas piezas a su contrincante:

♟ ♟ ♟ ♟ ♜ ♝

–... Que suman cuatro peones, una torre y un alfil –Muñoz se quedó pensativo mirando el croquis–. Vista así la partida, el jugador blanco le lleva ventaja a su oponente: torre, peones, etcétera. Pero, si he entendido bien, esa no es la cuestión, sino quién se comió el caballo. Evidentemente una de las piezas negras, lo que suena a perogrullada; pero aquí hay que ir paso a paso, desde el principio –miró a César y a Julia como si aquello requiriese una disculpa–. No hay nada más engañoso que un hecho obvio. Ese es un principio lógico aplicable al ajedrez: lo que parece evidente no siempre resulta ser lo que de verdad ha ocurrido o está a punto de ocurrir... Resumiendo: esto significa que hemos de averiguar cuál de las piezas negras que están dentro o fuera del tablero, se comió al caballo blanco.

–O quién mató al caballero –matizó Julia.

Muñoz hizo un gesto evasivo.

–Eso ya no es cosa mía, señorita.

–Puede llamarme Julia.

–Pues no es cosa mía, Julia... –observó el papel que contenía el croquis como si en él tuviese apuntado el guión de una charla de la que hubiera perdido el hilo–.

Creo que me han hecho venir para que les diga qué pieza se comió al caballo. Si en esa averiguación ustedes dos sacan conclusiones o descifran un jeroglífico, estupendo –los miró con más firmeza, lo que ocurría a menudo al final de una parrafada técnica, como si extrajera dosis de aplomo de sus conocimientos–. En todo caso, es algo de lo que deben ocuparse ustedes. Yo estoy de visita. Sólo soy un jugador de ajedrez.

César lo encontró razonable.

–No veo inconveniente –el anticuario miró a Julia–. Él da los pasos y nosotros los interpretamos... Trabajo en equipo, querida.

Ella encendió otro cigarrillo, asintiendo mientras aspiraba el humo, demasiado interesada para detenerse en detalles de forma. Puso su mano sobre la de César, notando el latido suave y regular del pulso bajo la piel de su muñeca. Después cruzó las piernas sobre el sofá.

–¿Cuánto tardaremos en resolverlo?

El ajedrecista se rascó el mentón mal afeitado.

–No sé. Media hora, una semana... Depende.

–¿De qué?

–De muchas cosas. De lo que sea capaz de concentrarme. También de la suerte.

–¿Puede empezar ahora mismo?

–Claro que sí. Ya he empezado.

–Pues adelante.

Pero en aquel momento sonó el teléfono, y la partida de ajedrez tuvo que ser aplazada.

Mucho más tarde, Julia afirmó haber presentido de qué se trataba; pero ella misma reconoció que esas cosas es fácil afirmarlas *a posteriori*. También llegó a decir que en aquel instante tomó conciencia del modo tan terrible en que se estaba complicando todo. En realidad, como supo pronto, las complicaciones habían empezado mucho antes, anudándose de forma irreversible; aunque hasta entonces no llegaron a salir a la luz en su aspecto más desagradable. En rigor se podía decir que comenzaron en 1469, cuando aquel ballestero mercenario, oscuro peón cuyo nombre jamás retuvo la posteridad, tensó la cuerda engrasada de su arma antes de apostarse junto al foso del castillo de Ostenburgo a esperar, con paciencia de cazador, el paso del hombre por cuya piel sonaba, en su bolsa, un tintineo de oro.

Al principio el policía no resultó excesivamente desagradable, dadas las circunstancias y dado que era policía; aunque el hecho de pertenecer al Grupo de Investigación de Arte no parecía distinguirlo demasiado de sus compañeros de oficio. Como mucho, la relación profesional con el mundo en el que desempeñaba su trabajo le había dejado, tal vez, cierta afectación en la forma de decir buenos días o tome asiento, y en el criterio a la hora de anudarse la corbata. También hablaba despacio, sin agobiar en exceso, y asentía a menudo con la cabeza sin venir a cuento, aunque Julia no logró averiguar si ese tic se debía a una actitud profesional destinada a inspirar confianza en sus interlocutores, o al deseo de fingir encontrarse al cabo de la calle. Por lo demás era bajo y grueso, vestía de marrón y llevaba un curioso bigote mejicano. En cuanto al arte en sí, el inspector jefe Feijoo se consideraba, modestamente, un aficionado: coleccionaba navajas antiguas.

Todo eso lo averiguó Julia en un despacho de la comisaría del Paseo del Prado, en los cinco minutos que siguieron a la narración, por parte de Feijoo, de algunos detalles macabros sobre la muerte de Álvaro. Que el profesor Ortega hubiese aparecido en su bañera con el cráneo fracturado al resbalar mientras tomaba una ducha, era bastante lamentable. Tal vez por eso el inspector parecía estar pasando tan mal rato como Julia mientras narraba las circunstancias en que el cadáver había sido descubierto por la mujer de la limpieza. Pero lo penoso del asunto –y aquí Feijoo buscó las palabras antes de mirar compungido a la joven, como si la invitase a considerar la triste condición humana– era que el examen forense revelaba ciertos inquietantes detalles: era imposible determinar con exactitud si la muerte había sido accidental o provocada. Dicho en otras palabras, cabía la posibilidad –el inspector repitió dos veces *posibilidad*– de que la fractura de la base del cráneo hubiera sido causada por el impacto de otro objeto sólido que nada tuviese que ver con la bañera.

–¿Quiere decir –Julia se había apoyado en la mesa, incrédula– que alguien pudo matarlo mientras se duchaba?

El policía compuso un gesto con el que, sin duda, pretendía disuadirla de ir demasiado lejos.

–Sólo he mencionado esa eventualidad. La inspección ocular y la primera autopsia coinciden en la teoría del accidente, en líneas generales.

–¿En líneas generales?... ¿De qué me está hablando?

–De lo que hay. Ciertos detalles, como el tipo de fractura, la posición del cadáver... Cuestiones técnicas que prefiero ahorrarle, pero que nos causan perplejidad, dudas razonables.

–Eso es ridículo.

–Casi coincido con usted –el bigote mejicano adoptó la forma de un condolido acento circunflejo–. Pero de confirmarse, el panorama iba a resultar distinto: el profesor Ortega habría sido asesinado de un golpe en la nuca... Después, tras desnudarlo, alguien pudo meterlo bajo la ducha con los grifos abiertos, para fingir un accidente... En estos momentos se está realizando un nuevo estudio forense bajo la posibilidad de que el fallecido hubiese recibido dos golpes en vez de uno: el primero para derribarlo, y el segundo para asegurarse de que estaba muerto. Naturalmente –se echó hacia atrás en la silla, cruzó las manos y observó a la joven con placidez– no son más que hipótesis.

Julia seguía mirando a su interlocutor como quien se cree objeto de una broma pesada. Se negaba a registrar cuanto acababa de oír, incapaz de establecer una relación directa entre Álvaro y lo que Feijoo sugería. Sin duda, susurraba una voz oculta en su interior, aquello era una errónea distribución de papeles, como si le estuviesen hablando de una persona distinta. Resultaba absurdo imaginar a Álvaro, el que ella había conocido, asesinado de un golpe en la nuca como un conejo, desnudo, con los ojos abiertos bajo el chorro de agua helada. Era una estupidez. Se preguntó si el propio Álvaro habría tenido tiempo de encontrar el lado grotesco a todo aquello.

–Imaginemos por un momento –dijo, tras reflexionar un poco– que la muerte no hubiera sido accidental... ¿Quién podía tener razones para matarlo?

–Esa es, como dicen en las películas, muy buena pregunta... –los incisivos del policía aprisionaron su labio inferior, en una mueca de cautela profesional–. Si he de serle sincero, no tengo la menor idea –hizo una breve pausa con aire demasiado honesto para ser auténtico, pretendiendo insinuar que ponía, sin reservas, todas sus cartas sobre la mesa–. En realidad, confío en su colaboración para esclarecer el asunto.

–¿En la mía? ¿Por qué?

El inspector miró a Julia con deliberada lentitud, de

arriba abajo. Ya no era amable, y su gesto traslucía cierto grosero interés, como si intentase establecer una suerte de equívoca complicidad.

–Usted vivió con el fallecido una relación... Disculpe, pero el mío es un desagradable oficio –a juzgar por la sonrisa de suficiencia que le asomaba bajo el mostacho, no parecía desagradarle mucho en ese momento el oficio que desempeñaba. Metió la mano en el bolsillo para sacar una caja de fósforos con el nombre de un conocido restaurante de cuatro tenedores y encendió, con gesto que pretendía ser galante, el cigarrillo que Julia acababa de ponerse en la boca–. Quiero decir una, ejem, historia. ¿Es correcto el dato?

–Es correcto –Julia exhaló el humo, entornando los ojos, incómoda y furiosa. Una historia, acababa de decir el policía, resumiendo con simpleza un trozo de su vida cuya cicatriz aún latía. Y sin duda, pensó, ese tipo gordo y vulgar, con ridículo bigote, sonreía por dentro mientras valoraba de un vistazo la calidad del género. La amiguita del difunto no está mal, iba a comentar con sus colegas, cuando bajara a tomarse una cerveza al bar de la Brigada. No me importaría hacerle un favor.

Pero otros aspectos de su propia situación la preocupaban más. Álvaro muerto. Tal vez asesinado. Absurdo o no, ella estaba en una comisaría de policía, y había demasiados puntos oscuros, que no alcanzaba a comprender. Y no comprender ciertas cosas podía ser muy peligroso.

Sentía todo el cuerpo en tensión, concentrado y atento, a la defensiva. Miró a Feijoo, que ya no se mostraba compasivo ni bonachón. Todo era cuestión de tácticas, se dijo. Intentando ser ecuánime, decidió que tampoco el inspector tenía razones para mostrarse considerado. No era sino un policía, torpe y vulgar como cualquier otro, que hacía su trabajo. A fin de cuentas, meditó mientras intentaba plantearse la situación desde el punto de vista de su interlocutor, ella era lo que aquel individuo tenía a mano: la ex amiguita del difunto. El único hilo del que tirar.

–Pero esa historia es vieja –añadió, dejando caer la ceniza en el cenicero, inmaculadamente limpio y lleno de clips metálicos, que Feijoo tenía sobre la mesa de escritorio–. Hace ya un año que terminó... Usted debería saberlo.

El inspector apoyó los codos en la mesa, inclinándose hacia ella.

–Sí –dijo, casi confidencial, como si ese tono fuese prueba irrefutable de que, a aquellas alturas, ambos eran ya viejos asociados y él se hallaba por completo de su parte. Después sonrió, y parecía referirse a un secreto que estaba dispuesto a guardar celosamente–. Pero se entrevistó con él hace tres días.

Julia disimuló su sorpresa mirando al policía con el gesto de quien acababa de oír una solemne estupidez. Naturalmente, Feijoo había estado haciendo preguntas en la facultad. Cualquier secretaria o conserje podía habérselo contado. Pero tampoco se trataba de algo que necesitara ocultar.

–Fui a pedirle ayuda sobre un cuadro de cuya restauración me ocupo estos días –le sorprendió que el policía no tomara notas, y supuso que aquello formaba parte de su método: la gente habla con más libertad cuando cree que sus palabras se desvanecen en el aire–. Estuvimos charlando cerca de una hora en su despacho, como parece saber perfectamente. Incluso quedamos citados para después, pero ya no volví a verlo.

Feijoo daba vueltas a la caja de fósforos entre los dedos.

–¿De qué hablaron, si no es entrometerme demasiado?... Confío en que sabrá hacerse cargo, disculpando este género de preguntas... hum, personales. Le aseguro que son pura rutina.

Julia lo miró en silencio mientras daba una chupada al cigarrillo, y después negó lentamente con la cabeza.

–Usted parece tomarme por idiota.

El policía entornó los párpados, enderezándose un poco en el asiento.

–Disculpe, pero no sé a qué viene...

–Yo le diré a qué viene –aplastó con violencia el cigarrillo en el montoncito de clips, sin apiadarse de la pesadumbre con que el otro siguió su gesto–. Yo no tengo el menor inconveniente en contestar a sus preguntas. Lo que pasa es que, antes de continuar, voy a pedirle que me diga si Álvaro se cayó en la bañera o no.

–Realmente –Feijoo parecía cogido de través– no cuento con indicios...

–Entonces la conversación está de más. Pero si cree que hay algo turbio en esa muerte, e intenta tirarme de la lengua, quiero saber ahora mismo si me está interrogando como sospechosa... Porque de ser así, o salgo inmediatamente de esta comisaría o pido un abogado.

El policía levantó las palmas de las manos, conciliador.

–Eso sería prematuro –sonrió torcidamente mientras se removía en la silla como si estuviese otra vez buscando las palabras–. Lo oficial, hasta ahora, es que el profesor Ortega sufrió un accidente.

–¿Y si sus maravillosos forenses terminan decidiendo lo contrario?

–En ese caso... –Feijoo hizo un gesto impreciso–. Usted no sería más sospechosa que cualquiera de las personas relacionadas con el fallecido. Imagínese la lista de candidatos...

–Ese es el problema. Que no consigo imaginar a nadie capaz de matar a Álvaro.

–Bueno, esa es su opinión. Yo lo veo de otra forma: alumnos suspendidos, colegas celosos, amantes despechadas, maridos intransigentes... –había estado contando con el pulgar sobre los dedos de una mano y dejó el gesto en el aire cuando le faltaron dedos–. No. Lo que ocurre es que, y eso tendrá que reconocerlo, su testimonio es muy valioso.

–¿Por qué? ¿Me sitúa en el apartado de amantes despechadas?

–No iré tan lejos, señorita. Pero usted se vio con él horas antes de que se rompiera el cráneo... O se lo rompieran.

–¿Horas? –esta vez Julia sí estaba realmente desconcertada–. ¿Cuándo murió?

–Hace tres días. El miércoles, entre las dos de la tarde y las doce de la noche.

–Eso es imposible. Debe de haber un error.

–¿Un error? –la expresión del comisario había cambiado. Ahora miraba a Julia con abierta desconfianza–. No hay error posible. Es el dictamen forense.

–Tiene que haberlo. Un error de veinticuatro horas.

–¿Por qué cree eso?

–Porque el jueves por la tarde, al día siguiente de mi conversación con él, me envió a casa unos documentos que yo le había pedido.

–¿Qué tipo de documentos?

–Sobre la historia del cuadro en que trabajo.

–¿Los recibió por correo?

–Por mensajero, aquella misma tarde.

–¿Recuerda la agencia?

–Sí. Urbexpress. Y fue el jueves, alrededor de las ocho... ¿Cómo se explica eso?

Bajo el bigote, el policía emitió un resoplido escéptico.

–No se explica. El jueves por la tarde, Álvaro Ortega llevaba veinticuatro horas muerto, así que no pudo hacer ese envío. Alguien... –Feijoo hizo una breve pausa, para que Julia asimilase la idea–. Alguien tuvo que hacerlo por él.

–¿Alguien? ¿Qué alguien?

–Quien lo mató, si es que lo mataron. El hipotético asesino. O *la* asesina –el policía miró a Julia con curiosidad–. No sé por qué atribuimos de buenas a primeras una personalidad masculina a quien comete un crimen... –pareció caer en la cuenta de algo–. ¿Había alguna carta, o una nota que acompañara ese informe supuestamente enviado por Álvaro Ortega?

–Sólo documentos; pero es lógico pensar que los envió él... Estoy segura de que hay un error en todo esto.

–Nada de errores. Murió el miércoles, y usted recibió esos documentos el jueves. Salvo que la agencia retrasara la entrega...

–No. De eso estoy segura. La fecha era del mismo día.

–¿Había alguien con usted aquella tarde? Quiero decir un testigo.

–Dos: Menchu Roch y César Ortiz de Pozas.

El policía se la quedó mirando. Su sorpresa parecía sincera.

–¿Don César? ¿El anticuario de la calle del Prado?

–El mismo. ¿Lo conoce?

Feijoo aún dudó antes de hacer un gesto afirmativo. Lo conocía, dijo. Por motivos de trabajo. Pero ignoraba que fuesen amigos.

–Pues ya ve.

–Ya veo.

El policía tamborileó con el bolígrafo sobre la mesa. Parecía repentinamente incómodo, y tenía motivos. Como Julia supo al día siguiente de labios del propio César, el inspector jefe Casimiro Feijoo estaba lejos de ser un funcionario modelo. Su relación profesional con el mundillo del arte y las antigüedades le permitía, cada fin de mes, redondear con ingresos extraordinarios la nómina policial. De vez en cuando, al recuperar una partida de piezas robadas, alguna de ellas desaparecía por la puerta falsa. Ciertos intermediarios de confianza participaban en estas operaciones, dándole un porcentaje de los beneficios. Y, piruetas de la vida, César era uno de ellos.

–De todas formas –dijo Julia, que aún ignoraba el currículum de Feijoo– supongo que tener dos testigos no prueba nada. Los documentos me los podría haber enviado yo misma.

Feijoo asintió sin comentarios, aunque ahora en su mirada se traslucía mayor prevención. También un nuevo respeto que no respondía, como Julia comprendió más tarde, sino a razones prácticas.

–La verdad –dijo al fin– es que todo este asunto resulta muy extraño.

Julia miraba al vacío. Desde su punto de vista, aquello dejaba ya de parecer extraño, para convertirse en siniestro.

–Lo que no entiendo es quién podía estar interesado en que yo recibiera esos documentos.

Feijoo, con los incisivos mordiéndole el labio inferior, sacó una libreta del cajón. El mostacho le colgaba flácido y preocupado mientras parecía analizar los pros y los contras de la situación. Saltaba a la vista el escaso entusiasmo que sentía al verse envuelto en aquel embrollo.

—Esa —murmuró, tomando con desgana las primeras notas—. Esa es, señorita, también, otra buena pregunta.

Se detuvo en el umbral, sintiéndose observada con curiosidad por el policía uniformado que vigilaba la puerta. Al otro lado de los árboles de la avenida, la fachada neoclásica del museo se iluminaba con potentes reflectores ocultos en los jardines cercanos, entre los bancos, las estatuas y las fuentes de piedra. Caía una llovizna apenas perceptible, suficiente para reflejar en el asfalto las luces de los vehículos y la alternancia rigurosa del verde, ámbar y rojo de los semáforos.

Julia se subió el cuello de la cazadora de piel y caminó por la acera, escuchando el eco de sus pasos en los portales vacíos. El tráfico era escaso, y sólo a ratos los faros de un coche la iluminaban desde atrás, proyectando su silueta larga y estrecha, primero extendida ante sus pies y luego más corta, oscilante y fugitiva hacia un lado, a medida que el ruido del motor crecía a su espalda hasta rebasarla, aplastada y desvanecida la sombra contra la pared mientras el coche, ahora dos puntos rojos y otros dos gemelos sobre el asfalto mojado, se alejaba calle arriba.

Se detuvo en un semáforo. En espera del verde buscó otros verdes en la noche, y los encontró en las luces fugitivas de los taxis, en semáforos que parpadeaban a lo largo de la avenida, en el neón lejano, compartido con azul y amarillo, de una torre de cristal en cuyo último piso, de ventanas iluminadas, alguien limpiaba o trabajaba a aquellas horas. Se encendió el verde y Julia cruzó buscando ahora rojos, más abundantes en la noche de una gran ciudad; pero se interpuso el destello azul de un coche de la policía que pasaba a lo lejos, sin que Julia llegase a escuchar la sirena, silencioso como una imagen muda. Rojo automóvil, verde semáforo, azul neón, azul destello... Esa sería, pensó, la gama de colores para interpretar aquel extraño paisaje, la paleta necesaria en la ejecución de una pintura que podría llamarse, irónicamente *Nocturno*, a exponer en la galería Roch aunque, sin duda, Menchu se haría explicar el título. Todo adecuadamente combinado con tonos de negro: negro oscuridad, negro tiniebla, negro miedo, negro soledad.

¿Sentía realmente miedo? En otras circunstancias, la cuestión hubiera sido buen tema de discusión académica; en la grata compañía de un par de amigos, en una habitación cómoda y caldeada, frente a una chimenea y con una botella a medio vaciar. El miedo como factor inesperado, como conciencia estremecedora de una realidad que se descubre en un momento concreto, aunque siempre haya estado ahí. El miedo como final demoledor de la inconsciencia, o como ruptura de un estado de gracia. El miedo como pecado.

Sin embargo, caminando entre los colores de la noche, Julia era incapaz de considerar como cuestión académica lo que sentía. Había experimentado antes, por supuesto, otras manifestaciones menores de lo mismo: El cuentakilómetros que rebasa lo razonable mientras el paisaje desfila rápidamente a derecha e izquierda y la raya intermitente del asfalto parece una rápida sucesión de balas trazadoras, como en las películas de guerra, engullida por la voraz panza del automóvil. O la sensación de vacío, de hondura insondable y azul, al arrojarse de la cubierta de un barco en mar profunda y nadar, sintiendo cómo el agua resbala sobre la piel desnuda, con la desagradable certeza de que cualquier tipo de tierra firme está demasiado lejos de los pies.

Incluso esos otros terrores inconcretos que forman parte de una misma durante el sueño, para establecer duelos caprichosos entre la imaginación y la razón, y a los que, casi siempre, basta un acto de voluntad para reducir al recuerdo, o al olvido, con sólo abrir los párpados hacia las sombras familiares del dormitorio.

Pero aquel miedo, que Julia acababa de descubrir, era diferente. Nuevo, insólito, desconocido hasta entonces, sazonado por la sombra del Mal con mayúscula, inicial de aquello que está en el origen del sufrimiento y del dolor. El Mal capaz de abrir el grifo de una ducha sobre el rostro de un hombre asesinado. El Mal que sólo puede pintarse con negro de oscuridad, negro tiniebla, negro soledad. El Mal con M de miedo. Con M de matar.

Matar. Era sólo una hipótesis, se dijo mientras observaba en el suelo su propia sombra. La gente resbala en las bañeras, rueda escaleras abajo, se salta un semáforo y muere. También los forenses y los policías se pasan de listos de vez en cuando, por deformación profesional. Todo eso era cierto; pero alguien le había enviado a ella el informe de Álvaro cuando Álvaro llevaba veinticuatro horas muerto. Eso no era una hipótesis: los documentos estaban en su propia casa, en un cajón. Y aquello sí era real.

Se estremeció antes de mirar sobre sus pasos para ver si la seguían. Y aunque no esperaba descubrir a nadie, vio, efectivamente, a alguien. Que la siguiese o no a ella, eso era difícil de establecer; pero una silueta caminaba a unos cincuenta metros, iluminada a intervalos cuando cruzaba los espacios de luz que, reverberando en la fachada del museo, pasaban entre las copas de los árboles.

Julia miró al frente, siguiendo su camino. Todos sus

músculos contenían la necesidad imperiosa de correr, como cuando era niña y cruzaba el portal oscuro de su casa, antes de subir a saltos la escalera y llamar a la puerta. Pero se impuso la lógica de una mente acostumbrada a la normalidad. Salir corriendo, por el mero hecho de que alguien caminara en su misma dirección, cincuenta metros atrás, no sólo era desproporcionado, sino ridículo. Sin embargo, reflexionó después, pasear tranquilamente por una calle sólo a medias iluminada, con un potencial asesino a la espalda, por muy hipotético que fuese, no sólo era también desproporcionado, sino suicida. El debate entre ambos pensamientos ocupó su atención durante unos instantes en los que, ensimismada, relegó el miedo a un razonable segundo plano para decidir que su imaginación podía jugarle una mala pasada. Inspiró hondo, mirando atrás de reojo mientras se burlaba de sí misma, y en ese momento pudo observar que la distancia entre ella y el desconocido se había acortado unos metros. Entonces volvió a sentir miedo. Tal vez a Álvaro lo habían asesinado *realmente*, y quien hizo eso le había mandado después el informe sobre el cuadro. Se establecía un vínculo entre *La partida de ajedrez*, Álvaro, Julia y el presunto, posible o lo que diablos fuera, asesino. Estás hasta el cuello en esto, se dijo, y ya no fue capaz de encontrar pretextos para reírse de su propia inquietud. Miró a su alrededor, buscando alguien a quien acercarse en demanda de ayuda, o simplemente para colgarse de su brazo y rogarle que la acompañara lejos de allí. También pensó regresar a la comisaría, pero aquello planteaba una dificultad: el desconocido se interponía justo en mitad del camino. Un taxi, tal vez. Pero no había ninguna lucecita verde –verde esperanza– a la vista. Entonces sintió la boca tan seca que la lengua se le pegaba al paladar. Calma, se dijo. Conserva la calma, estúpida, o estarás realmente en peligro. Y consiguió reunir la calma suficiente, justo para echar a correr.

Un quejido de trompeta, desgarrado y solitario. Miles Davis en el tocadiscos y la habitación en penumbra, sólo iluminada por un pequeño flexo orientado, desde el suelo, hacia el cuadro. Tic-tac del reloj en la pared, con un leve reflejo metálico cada vez que el péndulo alcanzaba su máxima oscilación a la derecha. Un cenicero humeante, un vaso con restos de hielo y vodka sobre la alfombra, junto al sofá; y sobre éste, Julia, con las piernas encogidas, rodeadas por los brazos, un mechón de pelo cayéndole sobre la cara. Sus ojos, de pupilas dilatadas, fijos ante sí, miraban la pintura sin verla exactamente, enfocados hacia algún punto ideal situado más allá de la superficie, entre ésta y el paisaje entrevisto al fondo, a mitad de camino entre los dos jugadores de ajedrez y la dama sentada junto a la ventana.

Había perdido la noción del tiempo que llevaba sin cambiar de postura, sintiendo la música moverse suavemente en su cerebro junto a los vapores del vodka; el calor de sus muslos y rodillas desnudas entre los brazos. A veces, una nota de trompeta emergía con mayor intensidad entre las sombras y ella movía despacio la cabeza a uno y otro lado, siguiendo el compás. Te amo, trompeta. Eres, esta noche, mi única compañía, apagada y nostálgica como la tristeza que rezuma mi alma. Y aquel sonido se deslizaba por la habitación oscura y también por la otra, iluminada, donde los jugadores seguían su partida, para salir por la ventana de Julia, abierta sobre el resplandor de las farolas que iluminaban la calle, allá abajo. Donde tal vez alguien, en la sombra proyectada por un árbol o un portal, miraba hacia arriba, escuchando la música que salía también por la otra ventana, la pintada en el cuadro, hacia el paisaje de suaves verdes y ocres en que despuntaba, apenas esbozada por un finísimo pincel, la minúscula aguja gris de un lejano campanario.

V. El misterio de la dama negra

«Ahora ya sabía que había entrado en el país malvado, pero no conocía las reglas del combate.»

G. Kasparov

Octavio, Lucinda y Scaramouche los observaban con sus ojos de porcelana pintada, en respetuoso silencio y perfecta inmovilidad, tras el cristal de la urna. La luz de la vidriera emplomada, descompuesta en rombos de color, arlequineaba la chaqueta de terciopelo de César. Nunca Julia había visto a su amigo tan silencioso y quieto, tan parecido a una de las estatuas, bronce, terracota y mármol, situadas un poco por aquí y por allá, entre cuadros, cristales y tapices, en su tienda de antigüedades. En cierto modo ambos, César y Julia, parecían formar parte del decorado, más propio del abigarrado escenario de una farsa barroca que del mundo real donde pasaban la mayor parte de su existencia. César tenía un aspecto especialmente distinguido –al cuello un pañuelo de seda color burdeos y entre los dedos su larga boquilla de marfil– y adoptaba una pose visiblemente clásica, casi goethiano en el contraluz multicolor, una pierna sobre la otra, caída con estudiada negligencia una mano encima de la que sostenía la boquilla, el pelo sedoso y blanco en el halo de luz dorada, roja y azul de la vidriera. Julia vestía una blusa negra con cuello de encaje, y su perfil veneciano iba a reflejarse en un gran espejo que escalonaba en profundidad muebles de caoba y arquetas de nácar, gobelinos y telas, columnas que se retorcían en espirales bajo desconchadas tallas góticas e, incluso, el gesto resignado y vacío de un gladiador de bronce, desnudo y caído de espaldas sobre sus armas, incorporado sobre un codo mientras aguardaba el veredicto, pulgar arriba o pulgar abajo, de un emperador invisible y omnipotente.

—Estoy asustada —confesó, y César hizo un movimiento a medio camino entre la solicitud y la impotencia. Un leve gesto de magnánima e inútil solidaridad, la mano que transparentaba delicadas venas azules suspendida en el aire, entre la luz dorada. Un gesto de amor consciente de sus limitaciones, expresivo y elegante, como el de un cortesano dieciochesco hacia una dama a la que venera cuando entrevé, al final de la calle por la que a ambos los conduce la fúnebre carreta, asomar la sombra de la guillotina.

—Quizá sea excesivo, querida. O al menos prematuro. Nadie ha demostrado todavía que Álvaro no resbalase en la bañera.

—¿Y los documentos?

—Confieso que no encuentro explicación.

Julia inclinó la cabeza hacia un lado, y las puntas del cabello le rozaron el hombro. Se hallaba absorta en inquietantes imágenes interiores.

—Esta mañana, al despertarme, lo hice rogando que todo no fuese más que una lamentable confusión...

—Tal vez lo sea —el anticuario reflexionó sobre aquello—. Que yo sepa, los policías y los forenses sólo son honrados e infalibles en las películas. Y tengo entendido que, ya, ni siquiera eso.

Sonrió ácidamente, con desgana. Julia lo miraba sin prestar demasiada atención a sus palabras.

—Álvaro asesinado... ¿Te das cuenta?

—No te atormentes, princesa. Esa es sólo una rebuscada hipótesis policial... Y por otra parte, no deberías pensar tanto en él. Se acabó, se fue. De todas formas ya se había ido antes.

–No de ese modo.

–Igual da un modo que otro. Se fue y basta.

–Es demasiado horrible.

–Sí. Pero no ganas nada con darle vueltas y vueltas.

–¿No? Muere Álvaro, me interrogan, siento que estoy vigilada por alguien a quien le interesa mi trabajo en *La partida de ajedrez*... Y te sorprende que le dé vueltas. ¿Qué otra cosa puedo hacer?

–Muy sencillo, hijita. Si las cosas te preocupan hasta ese punto, puedes devolverle el cuadro a Menchu. Si crees realmente que la muerte de Álvaro no fue accidental, cierra tu casa durante un tiempo y haz un viaje. Podemos pasar dos o tres semanas en París; tengo mucho que hacer allí... El caso es alejarte hasta que todo haya pasado.

–¿Qué está ocurriendo?

–No lo sé, y eso es lo peor. Que no tenemos la menor idea. Como a ti, lo de Álvaro tampoco me preocuparía de no mediar ese asunto de los documentos... –la miró, sonriendo con embarazo–. Y confieso que me inquieta, porque no tengo madera de héroe... Podría ser que alguno de nosotros, sin saberlo, haya abierto una especie de caja de Pandora...

–El cuadro –confirmó Julia, estremeciéndose–. La inscripción oculta.

–Sin duda. Todo empieza por ahí, según parece.

Ella volvió el rostro hacia su imagen en el espejo y se miró largamente, como si no reconociera a la joven de cabellos negros que la observaba en silencio desde sus ojos grandes y oscuros, con leves cercos impresos por el insomnio sobre la piel pálida de los pómulos.

–Tal vez quieran matarme, César.

Los dedos del anticuario se crisparon en torno a la boquilla de marfil.

–No mientras yo viva –dijo, y su continente equívoco y pulcro traslucía una resolución agresiva; la voz se le había quebrado en un tono agudo, casi femenino–. Puedo tener todo el miedo del mundo, querida. Y tal vez más. Pero a ti nadie te hará daño mientras yo pueda evitarlo.

Julia no tuvo más remedio que sonreír, enternecida.

–¿Qué podemos hacer? –preguntó tras un silencio.

César inclinaba el rostro, considerando seriamente la cuestión.

–Me parece prematuro hacer nada… Aún ignoramos si Álvaro murió accidentalmente o no.

–¿Y los documentos?

–Estoy seguro de que alguien, en alguna parte, dará una respuesta a esa pregunta. La cuestión, supongo, reside en si quien te hizo llegar el informe es también responsable de la muerte de Álvaro, o si una cosa nada tiene que ver con la otra…

–¿Y si se confirma lo peor?

César tardó un rato en responder.

–En ese caso, sólo veo dos opciones. Las clásicas, princesita: huir o seguir adelante. Puesto en el dilema, supongo que votaría por huir; pero eso no significa gran cosa… Sabes que, si me lo propongo, puedo llegar a ser endiabladamente pusilánime.

Ella había cruzado las manos sobre la nuca, bajo el cabello, y reflexionaba mirando los ojos claros del anticuario.

–¿Y de veras huirías así, antes de saber lo que está ocurriendo?

–De veras. Ya sabes que la curiosidad mató al gato.

–No es eso lo que me enseñaste cuando era una cría, ¿recuerdas?… Jamás hay que salir de una habitación sin registrar los cajones.

–Sí; pero entonces nadie andaba por ahí resbalando en las bañeras.

–Eres un hipócrita. En el fondo te mueres por saber lo que pasa.

El anticuario hizo un mohín de reproche.

–Decir que me *muero*, cariño, es de pésimo gusto, dadas las circunstancias… Precisamente lo que no me apetece nada es morir, ahora que soy casi anciano y tengo adorables jovencitos que alivian mi vejez. Tampoco deseo que mueras tú.

–¿Y si decido seguir, hasta enterarme de lo que pasa con ese cuadro?

César frunció los labios e hizo vagar su mirada, como si ni siquiera hubiese considerado esa alternativa.

–¿Por qué habías de hacerlo? Dame una buena razón.

–Por Álvaro.

–No me vale. Álvaro ya no importaba hasta ese punto; te conozco lo bastante como para saberlo… Además, según lo que has contado, él no jugaba limpio en este asunto.

–Entonces por mí –Julia cruzó los brazos, desafiante–. A fin de cuentas, se trata de mi cuadro.

–Oye, creí que estabas asustada. Eso dijiste antes.

–Y lo estoy. Me hago pipí de miedo.

–Entiendo –César apoyó la barbilla sobre sus dedos enlazados, en los que relucía el topacio–. En la práctica –añadió tras una breve reflexión– se trata de buscar el tesoro. ¿No es eso lo que intentas decir?… Como en los viejos tiempos, cuando sólo eras una cría testaruda.

–Como en los viejos tiempos.

–Qué horror. ¿Tú y yo?

–Tú y yo.

–Olvidas a Muñoz. Lo hemos enrolado a bordo.

–Tienes razón. Muñoz, tú y yo, naturalmente.

César hizo una mueca. En sus ojos saltaba una chispa divertida.

–Habrá que enseñarle, entonces, la canción de los piratas. No creo que la sepa.

–Yo tampoco lo creo.

–Estamos locos, chiquilla –el anticuario miraba a Julia con fijeza–. ¿Te das cuenta?

–Qué más da.

–Esto no es un juego, querida… Esta vez no.

Ella sostuvo su mirada, imperturbable. Realmente estaba muy bella, con aquel brillo de resolución que el espejo reflejaba en sus ojos oscuros.

–Qué más da –repitió en voz baja.

César movió indulgente la cabeza. Después se levantó y el haz de rombos luminosos resbaló por su espalda hasta el suelo, a los pies de la joven, mientras él iba hacia el fondo de la sala, al rincón donde tenía su despacho. Durante unos minutos se afanó en la caja fuerte empotrada en el muro, bajo un viejo tapiz de escaso valor, una mala copia de *La dama y el unicornio*. Cuando regresó, traía un envoltorio en las manos.

–Toma, princesa, para ti. Un regalo.

–¿Un regalo?

–Eso he dicho. Feliz no-cumpleaños.

Sorprendida, Julia retiró la envoltura de plástico y después el paño engrasado, sopesando en la palma de la mano la pequeña pistola de metal cromado y cachas de nácar.

–Es una Derringer antigua, así que no necesitas licencia de armas –explicó el anticuario–. Pero funciona como si fuese nueva, y está preparada para disparar balas de calibre cuarenta y cinco. Apenas abulta y puedes llevarla en el bolsillo… Si durante los próximos días alguien se acerca o ronda tu casa –la miró fijamente, sin el menor rastro de humor en sus ojos cansados– me harás el favor de levantar ese chisme, así, y volarle la cabeza. ¿Recuerdas?... Como si fuese el mismísimo capitán Garfio.

Apenas llegó a casa, Julia tuvo tres llamadas telefónicas en media hora. La primera fue de Menchu, preocupada tras haber leído la noticia en los periódicos. Según la galerista, nadie mencionaba otra versión que el accidente. Julia comprobó que la muerte de Álvaro tenía a su amiga sin cuidado: lo que la inquietaba eran posibles complicaciones que alterasen el acuerdo con Belmonte.

La segunda llamada la sorprendió. Era una invitación de Paco Montegrifo para cenar aquella noche y hablar de negocios. Julia aceptó y quedaron citados a las nueve en Sabatini. Después de colgar el teléfono se quedó un rato pensativa, buscando explicación a tan repentino interés. De relacionarse con el Van Huys, lo correcto era que el subastador hablara con Menchu, o que las citase a las dos juntas. Así lo había dicho durante la conversación; pero Montegrifo dejó bien claro que se trataba de algo cuyo interés se limitaba a ellos dos, solos.

Reflexionó mientras se cambiaba de ropa, encendía un cigarrillo y tomaba asiento frente al cuadro para seguir eliminando la capa de barniz envejecido. Aplicaba los primeros toques de algodón cuando sonó por tercera vez el teléfono que estaba en el suelo, sobre la alfombra.

Tiró del cable, acercando el aparato, y descolgó el auricular. Durante los quince o veinte segundos que siguieron se mantuvo atenta sin oír absolutamente nada, a pesar de los inútiles «diga» que pronunció con creciente exasperación hasta que, intimidada, decidió guardar silencio. Se mantuvo así, conteniendo el aliento algunos segundos más, y después colgó el teléfono, bajo una sensación de pánico oscuro, irracional, que llegó igual que una ola inesperada. Miró el aparato sobre la alfombra como si se tratara de un animal venenoso, negro y reluciente, y se estremeció con un movimiento involuntario que la hizo derramar, volcándolo con el codo, un frasco de trementina.

Aquella tercera llamada no contribuía a serenarle el ánimo. Así que cuando sonó el timbre de la calle permaneció inmóvil al otro extremo de la habitación, mirando la puerta cerrada hasta que el tercer timbrazo la hizo reaccionar. Desde que salió por la mañana de la tienda de antigüedades, Julia se había burlado anticipadamente, una docena de veces, del gesto que hizo a continuación. Pero ya no sentía el menor deseo de sonreírse a sí misma cuando, antes de abrir, se detuvo un instante, justo el tiempo necesario para sacar del bolso la pequeña Derringer, amartillarla y metérsela en el bolsillo del pantalón tejano. A ella no la iban a poner a remojo en una bañera.

Muñoz sacudió el agua de su gabardina y se detuvo, torpe, en el vestíbulo. La lluvia le había pegado el pelo al cráneo y goteaba aún en su frente y punta de la nariz. En el bolsillo, envuelto en la bolsa de unos grandes almacenes, llevaba un tablero de ajedrez plegable.

–¿Tiene la solución? –preguntó Julia, apenas hubo cerrado la puerta a su espalda.

El jugador hundió la cabeza entre los hombros, con gesto a medio camino entre la disculpa y la timidez. Se le veía incómodo, inseguro en casa ajena, y que Julia fuera joven y atractiva no parecía mejorar la situación.

–Todavía no –miró desolado el charquito de agua que, goteando de la gabardina, se formaba a sus pies–. Acabo de salir del trabajo... Ayer quedamos en vernos aquí a esta hora –dio dos pasos y se detuvo, como si dudara entre quitarse o no la gabardina. Julia extendió una mano y él se la quitó por fin. Después siguió a la joven al estudio.

–¿Cuál es el problema? –preguntó ella.

–No lo hay. En principio –Muñoz observó el estudio como la vez anterior, sin curiosidad; parecía buscar un punto de apoyo que le permitiese ajustar su comportamiento a las circunstancias–. Es una cuestión de reflexión y de tiempo, nada más. Y no hago otra cosa que pensar en ello.

Estaba con el tablero plegable en las manos, en el centro de la habitación. Julia vio cómo se fijaba en el cuadro; no necesitó seguir la dirección de su mirada para saber dónde se dirigía. La expresión había cambiado; de huidiza se tornaba firme, con fascinada intensidad. Igual que un hipnotizador sorprendido por sus propios ojos en un espejo.

Muñoz dejó el ajedrez sobre la mesa y fue hacia el cuadro. Lo hizo de una forma peculiar; directamente hacia la parte en que estaban pintados el tablero y las piezas, como si el resto, habitación y personajes, no estuviera allí. Se inclinó para estudiarlos con atención, mucho más intensamente que el día anterior. Y Julia comprendió que, al decir «no hago otra cosa que pensar en ello», no había exagerado lo más mínimo. La forma en que observaba aquella partida era la de un hombre ocupado en resolver algo más que un problema ajeno.

Al cabo de una larga contemplación se volvió hacia Julia.

–Esta mañana he reconstruido las dos jugadas anteriores –dijo sin jactancia; más bien como disculpa por lo que parecía considerar un pobre resultado–. Después encontré un problema... Algo relacionado con la posición de los peones, que es insólita –señaló las piezas pintadas–. No se trata de una partida convencional.

Julia estaba decepcionada. Cuando abrió la puerta, viendo a Muñoz empapado y con su tablero en el bolsillo, estuvo a punto de creer la respuesta al alcance de la mano. Naturalmente, el ajedrecista ignoraba la urgencia, las implicaciones de aquella historia. Pero no era ella quien iba a contárselo, aún.

–Las demás jugadas nos dan igual –dijo–. Sólo hay que descubrir qué pieza se comió al caballo blanco.

Muñoz movió la cabeza.

–Le dedico todo el tiempo de que dispongo –titubeó un poco, como si decir aquello rozase ya la confidencia–. Llevo los movimientos en la cabeza, jugándolos hacia adelante y hacia atrás... –vaciló de nuevo, para terminar curvando los labios en media sonrisa dolorida y distante–. Hay algo extraño en esa partida...

–No sólo es la partida –las miradas de ambos convergieron en la pintura–. Lo que pasa es que César y yo la vemos como parte del cuadro, incapaces de encontrar nada más –Julia reflexionó sobre lo que acababa de decir–... Cuando tal vez el resto del cuadro no sea más que un complemento de la partida.

Muñoz asintió levemente, y Julia tuvo la impresión de que tardaba una eternidad en hacerlo. Aquellos gestos lentos, como si invirtiese en ellos mucho más tiempo del necesario, parecían estar en relación directa con su forma de razonar.

–Se equivoca al decir que no ve nada. Lo está viendo todo, aunque sea incapaz de interpretarlo... –el ajedrecista indicó el cuadro con el mentón, sin moverse–. Yo creo que la cuestión se reduce a un problema de puntos de vista. Lo que tenemos aquí son niveles que se contienen unos a otros: una pintura contiene un suelo que es un tablero de ajedrez, que a su vez contiene personajes. Esos personajes juegan con un tablero de ajedrez que contiene piezas... Y todo, además, reflejado en ese espejo redondo de la izquierda... Si le gusta complicar las cosas, puede añadir otro nivel: el nuestro, desde el que contemplamos la escena, o las sucesivas escenas. Y, puestos a enredar más el asunto, el nivel desde donde el pintor nos imaginó a nosotros, espectadores de su obra...

Había hablado sin pasión, con gesto ausente, igual que si recitara una monótona descripción cuya importancia consideraba relativa y en la que sólo se detenía para satisfacer a otros. Julia resopló, aturdida.

–Es curioso que usted lo vea así.

El jugador movió otra vez la cabeza, inexpresivo, sin apartar los ojos del cuadro.

–No sé de qué se extraña. Yo veo ajedrez. No una partida, sino varias. Que en el fondo son la misma.

–Demasiado complejo para mí.

–No crea. Ahora nos movemos en un nivel del que podemos conseguir mucha información: la partida del tablero. Una vez resuelta, podremos aplicar las conclusiones al resto del cuadro. Es simple cuestión de lógica. De lógica matemática.

–Nunca pensé que las matemáticas tuvieran que ver con esto.

–Tienen que ver con todo. Cualquier mundo imaginable, como ese cuadro, se rige por las mismas leyes que el mundo real.

–¿Incluso el ajedrez?

–Especialmente el ajedrez. Pero los pensamientos de un jugador discurren por nivel distinto al de un aficionado: su lógica no permite ver las posibles movidas inadecuadas, porque las descarta automáticamente... Igual que un matemático de talento nunca estudia los recorridos falsos hacia el teorema que busca, mientras que la gente menos dotada tiene que trabajar así, esforzándose de error en error.

–¿Y usted no comete errores?

Muñoz apartó despacio los ojos del cuadro y miró a la joven. En el apunte de sonrisa que pareció perfilarse en sus labios no había indicios de humor alguno.

–En ajedrez, nunca.

–¿Cómo lo sabe?

–Al jugar, uno se enfrenta a infinidad de situaciones posibles. A veces se resuelven usando reglas simples, y a veces hacen falta otras reglas para decidir qué reglas simples hay que aplicar... O surgen situaciones desconocidas, y entonces es necesario imaginar nuevas reglas que incluyan o descarten las anteriores... Un error sólo se comete al elegir una u otra regla: al optar. Y yo sólo muevo cuando he descartado todas las reglas no válidas.

–Me asombra tanta seguridad.

–No sé por qué. Precisamente por eso me escogieron a mí.

Sonó el timbre de la puerta, anunciando a César con un paraguas chorreante y los zapatos empapados, maldiciendo contra el tiempo y la lluvia.

–Odio el otoño, querida, te lo juro. Con sus nieblas, humedades y demás puñetitas –suspiró mientras estrechaba la mano de Muñoz–. A partir de cierta edad, algunas estaciones terminan por parecerse horriblemente a la parodia de uno mismo… ¿Puedo servirme una copa? Qué tontería. Claro que puedo.

Se sirvió él mismo una generosa porción de ginebra, hielo y limón, y cinco minutos después se reunía con ellos. Muñoz desplegaba el ajedrez de bolsillo.

—Aunque no he llegado al movimiento del caballo blanco —explicó el jugador— supongo que les interesará conocer los progresos que hemos hecho hasta ahora… —reconstruyó con las pequeñas piezas de madera la posición que tenían en el cuadro. Julia observó que lo hacía de memoria, sin consultar el Van Huys ni el croquis que se había llevado la noche anterior, y que ahora sacaba del bolsillo y ponía a un lado, sobre la mesa—. Si quieren, puedo explicarles el razonamiento que he seguido hacia atrás.

—Análisis retrospectivo —dijo César, interesado, mientras mojaba los labios en su bebida.

—Eso es —respondió el ajedrecista—. Y vamos a utilizar el mismo sistema de notación que les expuse ayer —se inclinó hacia Julia con el croquis en la mano, indicándole la localización sobre el tablero:

–... Según están dispuestas las piezas –continuó Muñoz– y teniendo en cuenta que acaban de mover negras, lo primero es averiguar cuál de las piezas negras ha realizado ese último movimiento –señaló con la punta de un lápiz en dirección al cuadro, después indicó el croquis y finalmente la situación reproducida en el tablero real–. Para conseguirlo resulta más fácil descartar las piezas negras que *no* han podido mover porque están bloqueadas, o por la posición que ocupan... Es evidente que ninguno de los tres peones negros A7, B7 o D7 ha movido, porque todos siguen aún en las posiciones que ocupaban al empezar el juego... El cuarto y último peón, A5, tampoco ha podido mover, bloqueado como está entre un peón blanco y su propio rey negro... También descartamos el alfil negro de C8, todavía en su posición inicial de juego, porque el alfil se mueve en diagonal, y en sus dos posibles salidas diagonales hay peones de su mismo bando que aún no han movido... En cuanto al caballo negro de B8, no movió tampoco, pues sólo habría podido llegar ahí desde A6, C6 o D7, y esas tres casillas ya están ocupadas por otras piezas... ¿Comprenden?

–Perfectamente –Julia seguía la explicación inclinada sobre el tablero–. Eso demuestra que seis de las diez piezas negras no han podido mover...

–Más de seis. La torre negra que está en C1 es evidente que tampoco, pues mueve en línea recta y sus tres casillas contiguas se encuentran ocupadas... Eso hace siete piezas negras cuyo movimiento en la última jugada hay que descartar por imposible. Pero también podemos descartar el caballo negro D1.

–¿Por qué? –se interesó César–. Podría provenir de las casillas B2 o E3...

–No. En cualquiera de las dos, ese caballo habría estado dando jaque al rey blanco que tenemos en C4; lo que en ajedrez retrospectivo podríamos llamar *jaque imaginario*... Y ningún caballo o pieza que tenga a un rey en jaque abandona el jaque voluntariamente; esa es una jugada imposible. En vez de retirarse, comería al rey enemigo, concluyendo la partida. Semejante situación no puede darse nunca, por lo que deducimos que el caballo D1 tampoco movió.

–Eso –Julia no levantaba los ojos del tablero– reduce las posibilidades a dos piezas, ¿no?... –las tocó con un dedo–. El rey o la reina.

–Cierto. Esa última jugada sólo pudieron hacerla el rey o la reina, a la que los jugadores llamamos *dama* –Muñoz estudió la disposición del tablero y después hizo un gesto hacia el rey negro, sin llegar a tocarlo–. Analicemos primero la posición del rey, que mueve una casilla en cualquier dirección. Eso significa que sólo pudo haber ido a su actual posición, en A4, desde B4, B3 o A3... en teoría.

Lo de B4 y B3 es evidente hasta para mí –comentó César–. Ningún rey puede estar en casilla contigua a otro rey. ¿Es eso?

–En efecto. En B4 el rey negro habría estado en jaque de torre, rey y peón blanco. Y en B3, en jaque de torre y rey. Posiciones imposibles.

–¿Y no pudo venir de abajo, de A3?

–De ningún modo. Tendría jaque del caballo blanco situado en B1, que por su posición no es un recién llegado, sino que lleva ahí varias jugadas –Muñoz los miró a ambos–. Se trata, pues, de otro caso de jaque imaginario que demuestra que el rey no ha movido.

–Luego el último movimiento –razonó Julia– lo ha hecho la reina, perdón, la dama negra...

El ajedrecista hizo un gesto que no comprometía a nada.

–Eso es lo que, en principio, suponemos –dijo–. En pura lógica, cuando eliminamos todo lo imposible, lo que queda, por improbable o difícil que parezca, tiene forzosamente que ser cierto... Lo que pasa es que, además, en este caso podemos demostrarlo.

Julia miró al jugador con nuevo respeto.

–Es increíble. De novela policíaca.

César frunció los labios.

–Me temo, querida, que es exactamente de lo que se trata –levantó los ojos hacia Muñoz–. Continúe, Holmes –añadió con una sonrisa amable–. He de confesar que nos tiene con el alma en vilo.

Muñoz curvó ligeramente un extremo de la boca, sin humor, por mero reflejo cortés. Saltaba a la vista que su atención la acaparaba el tablero. Tenía los ojos más hundidos en las cuencas y un brillo febril en ellos: la expresión de alguien absorto en imaginarios espacios abstractos que sólo él era capaz de ver.

–Estudiemos –sugirió– los posibles movimientos de la dama negra, situada en la casilla C2... No sé si sabe usted, Julia, que la dama es la pieza más poderosa del juego; puede mover cualquier número de casillas en cualquier dirección, con los movimientos de todas las otras piezas menos el caballo... La dama negra, según vemos, tiene cuatro casillas posibles como origen de su movimiento: A2, B2, B3 y D3. A estas alturas, usted misma sabe ya por qué no ha podido venir de B3, ¿verdad?

–Creo que sí. –Julia frunció el ceño, concentrándose–. Imagino que nunca habría abandonado un jaque al rey blanco...

–Exacto. Nuevo caso de jaque imaginario, que descarta B3 como posible origen... ¿Y qué me dice de la casilla D3? ¿Cree que la dama negra pudo venir de ahí, por ejemplo, huyendo de la amenaza del alfil blanco que está en F1?

Julia consideró durante un buen rato aquella posibilidad. Por fin su rostro se iluminó.

–No pudo, por la misma razón que antes –exclamó, sorprendida de haber llegado ella sola a aquella conclusión–. En D3, la dama negra habría estado dándole uno de esos jaques imaginarios al rey blanco, ¿verdad?... Por eso no pudo venir de ahí –se volvió hacia César–. ¿No es maravilloso? En mi vida había jugado antes al ajedrez...

Muñoz indicaba ahora con el lápiz la casilla A2.

–El mismo caso de jaque imaginario lo tendríamos si la dama hubiese estado aquí, por lo que también queda descartada esa casilla.

–Salta a la vista –dijo César– que sólo pudo venir de B2.

–Es posible.

–¿Cómo que es posible? –el anticuario estaba confuso e interesado a un tiempo–. Parece evidente, diría yo.

–En ajedrez –respondió Muñoz– hay pocas cosas que puedan ser calificadas de evidentes. Observe las piezas blancas de la columna B. ¿Qué habría ocurrido si la reina hubiese estado en B2?

César se acarició la barbilla, reflexionando.

–Se habría visto amenazada por la torre blanca que está en B5... Sin duda, por eso movió a C2, para escapar de la torre.

–No está mal –concedió el ajedrecista–. Pero eso es sólo una posibilidad. De todas formas, la causa por la que movió aún no es importante para nosotros... ¿Recuerdan lo que les dije antes? Eliminado lo imposible, cuanto nos queda tiene forzosamente que ser cierto.

Luego, recapitulando, si: *a)* movieron negras, *b)* nueve de las diez piezas negras que hay en el tablero no pudieron mover, *c)* la única pieza que pudo mover es la dama, *d)* tres de los cuatro hipotéticos movimientos de la dama son imposibles... Resulta que la dama negra hizo el único movimiento posible: pasó de la casilla B2 a la C2, y *tal vez* movió huyendo de la amenaza de las torres blancas que están en las casillas B5 y B6... ¿Lo ven claro?

—Clarísimo —respondió Julia, y César fue de la misma opinión.

—Eso significa —continuó Muñoz— que hemos conseguido dar el primer paso en este ajedrez a la inversa que estamos jugando. La posición siguiente, es decir, la anterior, ya que vamos hacia atrás, sería ésta:

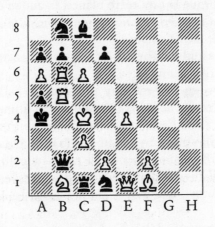

—¿Ven?... La dama negra se encuentra todavía en B2, antes de desplazarse a C2. Así que ahora tendremos que averiguar la jugada de las blancas que ha obligado a la dama a efectuar ese movimiento.

—Está claro que movió una torre blanca —dijo César–. La que está en B5... Pudo venir de cualquier casilla situada en la fila horizontal 5, la muy pérfida.

–Tal vez –repuso el ajedrecista–. Pero eso no justifica completamente la huida de la dama.

César parpadeó, sorprendido.

–¿Por qué? –Sus ojos iban del tablero a Muñoz, y de éste al tablero–. Está claro que la reina huyó ante la amenaza de la torre. Usted mismo lo ha dicho hace un instante.

–Dije que *tal vez* huyó de las torres blancas, pero en ningún momento afirmé que fuese un *movimiento* de la torre blanca a B5 el que hizo huir a la dama.

–Me pierdo –confesó el anticuario.

–Pues observe bien el tablero... No importa qué movimiento haya hecho la torre blanca que ahora está en B5, porque la otra torre blanca, la que se encuentra en B6, *ya le habría estado dando jaque a la dama negra antes*, ¿se da cuenta?

César estudió de nuevo el juego, esta vez durante un par de largos minutos.

–Insisto en que me doy por vencido –dijo al fin, desmoralizado. Se había bebido hasta la última gota de su ginebra con limón mientras Julia, a su lado, fumaba un cigarrillo tras otro–. Si no fue la torre blanca la que movió a B5, entonces todo el razonamiento se viene abajo... Estuviera donde estuviese la pieza, esa antipática reina tuvo que mover antes, pues el jaque era anterior...

–No –contestó Muñoz–. No forzosamente. La torre pudo, por ejemplo, comerse una pieza negra en B5.

Animados por aquella perspectiva, César y Julia estudiaron el juego con renovados ánimos. Al cabo de otro par de minutos, el anticuario levantó el rostro para dirigirle a Muñoz una ojeada de respeto.

–Eso es –dijo, admirado–. ¿No lo ves, Julia?... Una pieza negra en B5 cubría a la reina de la amenaza que supone la torre blanca que está en la casilla B6. Al ser comida esa pieza negra por la otra torre blanca, la reina quedó bajo su amenaza directa –miró de nuevo a Muñoz buscando confirmación–. Tiene que ser eso... No hay otra posibilidad –estudió de nuevo el tablero, dubitativo–. Porque no la hay, ¿verdad?

–No lo sé –respondió honestamente el jugador de ajedrez, y a Julia se le escapó un desesperado «santo Dios» al escuchar aquello–. Usted acaba de formular una hipótesis, y en ese caso siempre se corre el riesgo de distorsionar los hechos para que se ajusten a la teoría, en vez de procurar que la teoría se ajuste a los hechos.

–¿Entonces?

–Pues exactamente eso. Hasta ahora sólo podemos considerar como hipótesis que la torre blanca se haya comido una pieza negra en B5. Falta comprobar si hay otras variantes y, en ese caso, descartar todas las que son imposibles –el brillo de sus ojos se tornaba opaco, y parecía más cansado y gris al hacer un gesto indefinible con las manos, a medio camino entre la justificación y la incertidumbre. La seguridad que desplegó durante la explicación de las jugadas se había desvanecido; ahora se mostraba otra vez huraño y torpe–. A eso me refería –sus ojos evitaron encontrarse con los de Julia– cuando le dije que tropecé con problemas.

–¿Y el siguiente paso? –preguntó la joven.

Muñoz observaba las piezas con aire resignado.

–Supongo que un lento y enojoso estudio de las seis piezas negras que hay fuera del tablero... Intentaré averiguar cómo y dónde pudo ser comida cada una de ellas.

–Eso puede llevar días –dijo Julia.

–O minutos, depende. A veces, la suerte o la intuición echan una mano –le dirigió una larga mirada al tablero y después al Van Huys–. Pero hay algo de lo que no me cabe la menor duda –dijo tras reflexionar un instante–. Quien pintó ese cuadro, o concibió el problema, tenía un modo muy peculiar de jugar al ajedrez.

–¿Cómo lo definiría usted? –quiso saber Julia.

–¿A quién?

–Al jugador que no está ahí… Al que se acaba de referir hace un momento.

Muñoz miró la alfombra y después el cuadro.

En sus ojos había un punto de admiración, pensó ella. Tal vez el respeto instintivo de un ajedrecista hacia un maestro.

–No sé –dijo en voz baja, evasivo–. Quienquiera que fuese, era muy retorcido… Todos los buenos jugadores lo son, pero ese tenía algo más: una capacidad especial para tender pistas falsas, trampas de todo tipo… Y disfrutaba con ello.

–¿Es posible? –preguntó César–. ¿Podemos realmente averiguar el carácter de un jugador por su forma de comportarse ante un tablero?

–Yo creo que sí –respondió Muñoz.

–En ese caso, ¿qué más piensa usted del que ideó esa partida, teniendo en cuenta que lo hizo en el siglo quince?

–Yo diría… –Muñoz contemplaba el cuadro, absorto–. Yo diría que jugaba al ajedrez de un modo diabólico.

VI. De los tableros y los espejos

«Y dónde está el final, lo descubrirás cuando llegues a él.»

Balada del Viejo de Leningrado

Cuando regresó al coche, Menchu se había puesto al volante, pues estaban en doble fila. Julia abrió la puerta del pequeño Fiat y se dejó caer en el asiento.

–¿Qué han dicho? –preguntó la galerista.

No respondió en seguida; aún tenía demasiadas cosas en qué pensar. Con la mirada perdida en el tráfico que discurría calle abajo, sacó un cigarrillo del bolso, se lo puso en los labios y presionó el encendedor automático del salpicadero.

–Ayer estuvieron aquí dos policías –dijo por fin–. Haciendo las mismas preguntas que yo –al sonar el *clic* del encendedor, lo aplicó al extremo del cigarrillo–. Según el encargado, el sobre lo trajeron el mismo jueves, a primera hora de la tarde.

Menchu tenía las manos crispadas sobre el volante, blanqueándole los nudillos entre el reflejo de las sortijas.

–¿Quién lo trajo?

Julia exhaló lentamente el humo.

–Según el encargado, una mujer.

–¿Una mujer?

–Eso ha dicho.

–¿Qué mujer?

–Mediana edad, bien vestida, rubia. Con impermeable y gafas de sol –se volvió hacia su amiga–. Podrías haber sido tú.

–Eso no tiene gracia.

–No. La verdad es que no la tiene –Julia emitió un largo suspiro–. Pero según esa descripción pudo ser cualquiera. No dejó nombre ni dirección; limitándose a dar los datos de Álvaro como remitente. Pidió entrega rápida y se fue. Eso es todo.

Se internaron por el tráfico de los bulevares. Otra vez amenazaba lluvia, y algunas minúsculas gotitas chispeaban ya sobre el parabrisas. Menchu hizo un ruidoso cambio de marchas y arrugó la nariz, preocupada.

–Oye, esto lo coge Agatha Christie y hace un novelón.

Julia torció la boca, sin humor.

–Sí, pero con un muerto de verdad –se llevó el cigarrillo a los labios mientras imaginaba a Álvaro, desnudo y mojado. Si hay algo peor que morir, pensó, es hacerlo de un modo grotesco, con gente que llega y te mira cuando estás muerto. Pobre diablo.

–Pobre diablo –repitió en voz alta.

Se detuvieron ante un paso de peatones. Menchu dejó de observar el semáforo para dirigirle a su amiga una ojeada inquieta. Le preocupaba, dijo, ver a Julia metida en semejante embrollo. Ella misma, sin ir más lejos, no las tenía todas consigo, así que había roto una de sus normas de obligado cumplimiento, instalando a Max en casa hasta que se aclarasen las cosas. Y Julia debería seguir su ejemplo.

–¿Llevarme a Max?... No, gracias. Prefiero arruinarme sola.

–No empieces con lo mismo, guapita. No seas pesada –el semáforo cambiaba a verde y Menchu puso una marcha, acelerando–. Sabes perfectamente que no me refería a él... Además, es un cielo.

–Un cielo que te chupa la sangre.

–No sólo la sangre.

–Haz el favor de no ser ordinaria.

–Ya salió sor Julia del Santísimo Sacramento.

–A mucha honra.

–Mira. Max será lo que quieras, pero también es tan guapo que me pongo mala cada vez que lo miro. Como la Butterfly esa con su Corto Maltés, cof, cof, entre tos y tos... ¿O era Armando Duval? –insultó a un peatón que cruzaba e hizo deslizarse el Fiat, con indignados bocinazos, por el reducido espacio que quedaba entre un taxi y un humeante autobús–. Pero, hablando en serio, no me parece prudente que sigas viviendo sola... ¿Y si hay un asesino de verdad, que decide meterse ahora contigo?

Julia encogió los hombros, malhumorada.

–¿Y qué quieres que haga?

–Pues no sé, mujer. Irte a vivir con alguien. Si quieres, hago un sacrificio: despacho a Max, y te vienes conmigo.

–¿Y el cuadro?

–Lo traes, y sigues trabajando en mi casa. Me aprovisiono bien de conservas, coca, vídeos cochinos y bebidas alcohólicas, y nos atrincheramos allí las dos, como en Fort Apache, hasta que nos libremos del cuadro. Por cierto, dos cosas. Primera: he concertado una ampliación del seguro, por si las moscas...

–¿De qué moscas hablas? El Van Huys lo tengo a buen recaudo, en casa, bajo siete llaves. La instalación de seguridad me costó una fortuna, acuérdate. Aquello es como el Banco de España, pero en pobre.

–Nunca se sabe –empezaba a llover en serio, y Menchu puso en marcha el limpiaparabrisas–... Lo segundo es que no le digas a don Manuel ni una palabra de todo esto.

–¿Por qué?

–Pareces boba, hija. Es justo lo que necesita la sobrinita Lola para estropearme el negocio.

–Nadie ha relacionado todavía el cuadro con Álvaro.

–Y que Dios te oiga. Pero la policía tiene muy poco tacto, y pueden haberse puesto en contacto con mi cliente. O con la zorra de su sobrina… En fin. Esto se complica una barbaridad. Tentada estoy de transferirle el problema a Claymore, cobrar mi comisión y punto.

La lluvia en los cristales hacía desfilar una sucesión de imágenes desenfocadas y grises, creando un paisaje irreal en torno al automóvil. Julia miró a su amiga.

–Por cierto –dijo–. Esta noche ceno con Montegrifo.

–Qué me dices.

–Como lo oyes. Está interesadísimo en hablar conmigo de negocios.

–¿Negocios?… De paso, querrá jugar a papás y mamás.

–Telefonearé para contártelo.

–No pegaré ojo hasta entonces. Porque ése también se ha olido algo. Te apuesto la virginidad de mis tres próximas reencarnaciones.

–Te he dicho que no seas ordinaria.

–Y tú no me traiciones, monina. Soy tu amiga, recuerda. Tu amiga íntima.

–Fíate y no corras.

–Te apuñalo, oye. Como a la Carmen de Merimée.

–Vale. Pero te has saltado un semáforo en rojo. Y como el coche es mío, después las multas me toca pagarlas a mí.

Miró por el retrovisor, viendo otro coche, un Ford azul de cristales oscuros, que pasaba tras ellas a pesar de estar cerrado el semáforo, aunque un instante después desapareció, girando a la derecha. Creía recordar el mismo coche aparcado al otro lado de la calle, también en doble fila, cuando salió de la agencia de mensajeros. Pero resultaba difícil saberlo, con todo aquel tráfico, y la lluvia.

Paco Montegrifo era de esos tipos que dejan los calcetines negros para chóferes y camareros y se deciden, desde que tienen uso de razón, por los de color azul marino muy oscuro. Vestía de un gris también oscuro e impecable, y el corte de su traje a medida, con el primer botón cuidadosamente desabrochado en cada uno de los puños de la chaqueta, parecía extraído de las páginas de una revista de alta moda masculina. Camisa de cuello Windsor, corbata de seda y un pañuelo que asomaba discretamente por el bolsillo superior, definían su apariencia perfecta cuando se levantó de una butaca del vestíbulo y fue al encuentro de Julia.

—Válgame Dios —dijo mientras le estrechaba la mano; una blanca sonrisa resplandecía en agradable contraste con su piel tostada—. Está usted deliciosamente guapa.

Aquella introducción marcó el tono de la primera parte. Él admiró sin reservas el vestido de terciopelo negro, ceñido, que vestía Julia, y después tomaron asiento en una mesa reservada junto al ventanal desde el que podían contemplar una panorámica nocturna del Palacio Real. A partir de ese momento, Montegrifo desplegó una adecuada panoplia de miradas no impertinentes pero sí intensas, y sonrisas seductoras. Tras el aperitivo, y mientras un camarero preparaba los entremeses, el director de Claymore pasó a emitir breves preguntas como oportuno pie a inteligentes respuestas que escuchaba, los dedos cruzados bajo la barbilla y la boca entreabierta, con expresión gratamente absorta que, de paso, le permitía lanzar destellos con la luz de las velas reflejada en su dentadura.

La única referencia al Van Huys antes de los postres consistió en la cuidadosa elección por parte de Montegrifo de un Borgoña blanco para acompañar el pescado. En honor del arte, dijo con gesto vagamente cómplice, y eso le dio ocasión de iniciar una breve charla sobre los vinos franceses.

—Es una cuestión —explicó mientras los camareros seguían afanándose en torno a la mesa— que evoluciona curiosamente con la edad... Al principio uno se siente acérrimo partidario del Borgoña tinto o blanco: el mejor compañero hasta que se cumplen treinta y cinco años... Pero después, y sin renegar del Borgoña, hay que pasarse al Burdeos: un vino para adultos, serio y apacible. Sólo a partir de los cuarenta se es capaz de sacrificar una fortuna por una caja de Petrus o de Château d'Yquem.

Probó el vino, mostrando su aprobación con un movimiento de cejas, y Julia supo apreciar la exhibición en lo que valía, dispuesta a seguir el juego con naturalidad. Hasta disfrutó de la cena y la banal conversación, decidiendo que, en otras circunstancias, Montegrifo habría sido una agradable compañía con su voz grave, aquellas manos bronceadas y el discreto aroma a agua de colonia, cuero fino y buen tabaco. Incluso a pesar de su costumbre de acariciarse la ceja derecha con el dedo índice y mirar de soslayo, de vez en cuando, su propia imagen reflejada en el cristal de la ventana.

Siguieron hablando de cualquier cosa menos del cuadro, incluso después de terminar ella su rodaja de salmón a la Royale y de ocuparse él, utilizando exclusivamente el tenedor de plata, de su lubina Sabatini. Un auténtico caballero, explicó Montegrifo con una sonrisa que le restaba solemnidad al comentario, no recurría jamás a la pala del pescado.

–¿Y cómo quita las espinas? –se interesó Julia.

El subastador sostuvo su mirada, imperturbable.

–Nunca voy a restaurantes donde sirven el pescado con espinas.

A los postres, ante una taza de café que pidió, como ella, solo y muy fuerte, Montegrifo sacó una pitillera de plata y escogió cuidadosamente un cigarrillo inglés. Después miró a Julia como se mira a alguien que es objeto de toda nuestra solicitud, antes de inclinarse hacia ella.

–Quiero que trabaje para mí –dijo en voz baja, como si temiera que alguien pudiese oírlo desde el Palacio Real.

Julia, que se llevaba a los labios uno de sus cigarrillos sin filtro, miró los ojos castaños del subastador mientras éste le ofrecía fuego.

–¿Por qué? –se limitó a preguntar, con el mismo aparente desinterés que si se estuviesen refiriendo a una tercera persona.

–Hay varias razones –Montegrifo había colocado el encendedor de oro sobre la pitillera y rectificaba su posición hasta dejarlo justo en el centro de ésta–. La principal es que mis referencias sobre usted son muy buenas.

–Me alegra oír eso.

–Hablo en serio. Me he informado, como puede imaginar. Conozco sus trabajos en el Prado y para galerías privadas... ¿Aún trabaja en el museo?

–Sí. Tres días a la semana. Me ocupo ahora de un Duccio de Buoninsegna, recién adquirido.

–He oído hablar de ese cuadro. Un trabajo de confianza. Ya sé que le encomiendan cosas importantes.

–A veces.

–Incluso en Claymore hemos tenido el honor de subastar más de una obra restaurada por usted. Aquel Madrazo de la colección Ochoa… Su labor nos permitió elevar un tercio el precio de subasta. Y hubo otro, la pasada primavera. ¿No era *Concierto*, de López de Ayala?

–Era *Mujer al piano*, de Rogelio Egusquiza.

–Cierto; muy cierto, discúlpeme. *Mujer al piano*, por supuesto. Había estado expuesto a la humedad y usted hizo un trabajo admirable –sonrió mientras sus manos casi coincidían cuando dejaron caer la ceniza de sus respectivos cigarrillos en el cenicero–. ¿Y le van bien así las cosas? Quiero decir trabajando un poco a lo que salga –hizo otro alarde de dentadura, en una amplia sonrisa–. De francotiradora.

–No me quejo –Julia entornaba los ojos, estudiando a su interlocutor tras el humo del cigarrillo–. Los amigos cuidan de mí, me encuentran cosas. Y además soy independiente.

Montegrifo la miró, con intención.

–¿En todo?

–En todo.

–Es usted una joven afortunada, entonces.

–Puede que sí. Pero también trabajo mucho.

–Claymore tiene numerosos asuntos que requieren la pericia de alguien como usted… ¿Qué le parece?

–Me parece que no veo inconveniente en hablar de ello.

–Estupendo. Podríamos tener otra charla más formal, en un par de días.

–Como quiera –Julia miró largamente a Montegrifo.

Se sentía incapaz de contener por más tiempo la sonrisa burlona que le afloraba a los labios–. Ahora ya puede hablarme del Van Huys.

–¿Perdón?

La joven apagó su cigarrillo en el cenicero y cruzó los dedos bajo la barbilla mientras se inclinaba un poco hacia el subastador.

–El Van Huys –repitió, casi deletreando las palabras–. Salvo que pretenda poner su mano sobre la mía y decir que soy la chica más linda que conoció en su vida, o algo encantador por el estilo.

Montegrifo tardó apenas una décima de segundo en recomponer la sonrisa, y lo hizo con un aplomo perfecto.

–Me encantaría, pero nunca digo eso hasta después del café. Aunque lo piense –matizó–. Es cuestión de táctica.

–Hablemos entonces del Van Huys.

–Hablemos –la miró largamente, y ella comprobó que, a pesar del gesto de su boca, los ojos castaños no sonreían, sino que estaban alerta, con un reflejo de extrema cautela–. Han llegado hasta mí ciertos rumores, ya sabe… Este mundillo nuestro no es más que un patio de vecinas; todos nos conocemos unos a otros –suspiró, con una especie de reprobación hacia el mundo al que acababa de aludir–. Creo que ha descubierto usted algo en ese cuadro. Y, según me cuentan, eso lo revaloriza bastante.

Julia puso cara de jugar al póker, sabiendo de antemano que hacía falta más que eso para engañar a Montegrifo.

–¿Quién le ha contado semejante estupidez?

–Un pajarito –el subastador se acarició, pensativo, el arco de la ceja derecha con un dedo–. Pero eso es lo de menos. Lo que importa es que su amiga, la señorita Roch, pretende hacerme una especie de chantaje...

–No sé de qué me está hablando.

–Estoy seguro de ello –la sonrisa de Montegrifo permanecía inalterable–. Su amiga pretende reducir la comisión de Claymore y aumentar la suya... –hizo un gesto ecuánime–. La verdad es que nada se lo impide legalmente, pues nuestro acuerdo es verbal; puede romperlo y acudir a la competencia en busca de mejores comisiones.

–Celebro encontrarlo tan comprensivo.

–Ya ve. Pero esa comprensión no impide que, al mismo tiempo, yo procure velar por los intereses de mi empresa...

–Ya me parecía a mí.

–No le ocultaré que he logrado localizar al propietario del Van Huys; un caballero ya mayor. O, para ser exacto, me he puesto en contacto con sus sobrinos. La intención, eso tampoco voy a ocultárselo, era conseguir que la familia prescindiese de su amiga como intermediaria y se arreglara directamente conmigo... ¿Me comprende?

–Perfectamente. Ha intentado jugársela a Menchu.

–Es una forma de expresarlo, sí. Supongo que podríamos llamarlo de ese modo –una sombra cruzó la frente bronceada, imprimiendo cierta dolorida expresión a sus rasgos, como la de alguien a quien se acusa injustamente–. Lo malo es que su amiga, mujer previsora, se había hecho firmar un documento por el dueño. Documento que invalida cualquier gestión que yo pueda realizar... ¿Qué le parece?

–Me parece que lo acompaño a usted en el sentimiento. Más suerte la próxima vez.

–Gracias –Montegrifo encendió otro cigarrillo–.

Pero tal vez no esté todo perdido, aún. Usted es íntima amiga de la señorita Roch. Tal vez sería posible
persuadirla para llegar a un acuerdo amistoso. Si todos
trabajamos juntos, podemos sacarle a ese cuadro una
fortuna de la que usted, su amiga, Claymore y yo mismo saldríamos beneficiados. ¿No le parece?

–Es muy posible. Pero ¿por qué me cuenta a mí
todo eso en vez de hablar con Menchu?... Se habría
ahorrado pagar una cena.

Montegrifo compuso un gesto que pretendía reflejar
sincera desolación.

–Usted me gusta, y no sólo como restauradora. Me
gusta mucho, si he de serle sincero. Me parece una
mujer inteligente y razonable, además de muy atractiva... Me inspira más confianza su mediación que acudir directamente a su amiga, a la que considero, permítame, un poco frívola.

–Resumiendo –dijo Julia–. Espera que yo la con-
venza.

–Sería –el subastador vaciló unos instantes, buscando
con esmero la palabra apropiada–. Sería maravilloso.

–¿Y qué gano yo con todo esto?

–La consideración de mi empresa, naturalmente.
Para ahora y para el futuro. En cuanto a rentabilidad
inmediata, y no le pregunto cuánto esperaba ganar con
su trabajo en el Van Huys, puedo garantizarle el doble
de esa cifra. Considerándolo, naturalmente, como un
adelanto sobre el dos por ciento del precio final que
La partida de ajedrez alcance en la subasta. Además,
estoy en condiciones de ofrecerle un contrato para dirigir el departamento de restauración de Claymore en
Madrid... ¿Qué le parece?

–Muy tentador. ¿Tanto esperan sacarle a ese cuadro?

–Ya hay compradores interesados en Londres y

Nueva York. Con una campaña publicitaria adecuada, esto puede convertirse en el mayor acontecimiento artístico desde que Christie's subastó el sarcófago de Tutankhamon... Como usted comprenderá, que en esas condiciones su amiga pretenda ir a la par, resulta excesivo. Ella se ha limitado a buscar restauradora y a ofrecernos el cuadro. El resto lo hacemos nosotros.

Julia meditó sobre todo aquello sin mostrarse impresionada; el género de cosas que podían impresionarla había cambiado mucho en poco días. Al cabo de unos instantes miró la mano derecha de Montegrifo, que estaba sobre el mantel muy cerca de la suya, e intentó calcular cuántos centímetros había progresado en los últimos cinco minutos. Suficientes para que ya fuese hora de ponerle punto final a la cena.

–Lo intentaré –aseguró, recogiendo su bolso–. Pero no puedo garantizar nada.

Montegrifo se acarició una ceja.

–Inténtelo –sus ojos castaños la miraban con ternura aterciopelada y húmeda–. Por el bien de todos, estoy seguro de que lo conseguirá.

No había rastro de amenaza en su voz. Sólo un tono de súplica afectuosa, tan amistoso e impecable que podía ser sincero. Después tomó la mano de Julia para depositar en ella un suave beso, rozándola apenas con los labios.

–No sé si he dicho ya –añadió en voz baja– que es usted una mujer extraordinariamente bella...

Le pidió que la dejase cerca de Stephan's, y fue hasta allí dando un paseo. A partir de las doce, el local abría sus puertas para una clientela que los elevados precios y un riguroso ejercicio del derecho de admisión mantenían

dentro de límites de distinción apropiada. Se daba cita
allí el *todo Madrid* del arte: desde agentes de casas ex-
tranjeras que se hallaban de paso, a la caza de un retablo o una colección privada en venta, hasta propietarios
de galerías, investigadores, empresarios, periodistas especializados y pintores de prestigio.

Dejó el abrigo en el guardarropa y, tras saludar a algunos conocidos, caminó por el pasillo hasta el diván,
al fondo, donde solía sentarse César. Y allí estaba el
anticuario, con las piernas cruzadas y una copa en la
mano, enfrascado en íntimo diálogo con un joven rubio y muy guapo. Julia sabía de sobra que César profesaba un especial desdén hacia los locales frecuentados por homosexuales. Para él resultaba cuestión de
simple buen gusto evitar el ambiente cerrado, exhibi-
cionista y a menudo agresivo de ese tipo de sitios donde, según contaba con una de sus muecas burlonas, era
difícil no verse a sí mismo, querida, como una vieja
reina contoneándose en un gallinero. César era un cazador solitario –lo equívoco depurado hasta el límite
justo de la elegancia– que se movía a sus anchas en el
mundo de los heterosexuales, donde mantenía con absoluta naturalidad sus amistades y realizaba sus con-
quistas: jóvenes valores del arte a los que guiaba en el
descubrimiento de su verdadera sensibilidad, princesa,
que esos celestiales muchachos no siempre asumían a
priori. A César le gustaba ejercer a un tiempo de Me-
cenas y de Sócrates con sus exquisitos hallazgos. Después, tras lunas de miel apropiadas que tenían por escenario Venecia, Marraquech o El Cairo, cada una de
aquellas historias evolucionaba de un modo natural y
distinto. La ya larga e intensa vida de César se había
forjado, eso Julia lo sabía muy bien, en una sucesión
de deslumbramientos, decepciones, traiciones y tam-

bién fidelidades que, en momentos de confidencia, ella había escuchado narrar con una delicadeza perfecta, en aquel tono irónico y algo distante con que el viejo anticuario solía encubrir, por mero pudor personal, la expresión de sus más íntimas nostalgias.

Le sonrió desde lejos. Mi chica favorita, dijeron sus labios al moverse silenciosamente mientras dejaba el vaso encima de la mesa, descruzaba las piernas y se ponía en pie, extendiendo las manos hacia ella.

—¿Qué tal esa cena, princesa?... Un horror, imagino, porque Sabatini ya no es lo que era... —fruncía los labios con una chispa maledicente en los ojos azules—. Esos ejecutivos y banqueros *parvenus* con sus tarjetas de crédito y sus cuentas de restaurante a cargo de la empresa acabarán por arruinarlo todo... Por cierto, ¿conoces a Sergio?

Julia conocía a Sergio y captaba, como siempre con los amigos de César, la turbación que sentían en su presencia, incapaces de establecer la verdadera naturaleza de los lazos que unían al anticuario con aquella joven bella y tranquila. Con sólo un vistazo se aseguró de que, al menos esa noche y en el caso de Sergio, la cosa carecía de caracteres graves. El joven parecía sensible e inteligente, y no estaba celoso; ya se habían visto otras veces. La presencia de Julia sólo lo intimidaba.

—Montegrifo pretendía hacerme una oferta.

—Muy atento por su parte —César parecía considerar seriamente la cuestión, mientras se sentaban todos juntos—. Mas permíteme que indague, como el viejo Cicerón, *Cui bono*... ¿En beneficio de quién?

—En el suyo, por supuesto. En realidad ha querido sobornarme.

—Bravo por Montegrifo. ¿Te has dejado? —tocó la

boca de Julia con la punta de los dedos–. No, no me lo digas aún, querida; deja que me relama un poco con esta maravillosa incertidumbre... Espero, al menos, que la oferta fuese razonable.

–No era mala. Él también parecía incluirse en ella.

César se pasó la punta de la lengua por los labios, con expectante malicia.

–Muy típico de él, querer matar dos pájaros de un tiro... Siempre tuvo gran sentido práctico –el anticuario se volvió a medias hacia su rubio acompañante, como si le aconsejara así mantener los oídos a salvo de ciertas inconveniencias mundanas. Después miró a Julia con pícara expectación, casi estremeciéndose de placer anticipado–. ¿Y qué le has dicho?

–Que lo pensaré.

–Eres divina. Nunca hay que quemar las naves... ¿Oyes, querido Sergio? Nunca.

El joven observó de reojo a Julia antes de hundir la nariz en su cóctel de champaña. Sin malicia, Julia lo imaginó desnudo, en la penumbra del dormitorio del anticuario, bello y silencioso como una estatua de mármol, con el pelo rubio caído sobre la frente, enhiesto lo que César, con un eufemismo que ella creía tomado de Cocteau, denominaba el áureo cetro o algo por el estilo, presto a templarlo en el *antrum amoris* de su maduro oponente, o tal vez fuese al revés, el maduro oponente ocupándose del *antrum* del joven efebo; Julia nunca había llevado su intimidad con César hasta el punto de pedirle detalles sobre ese tipo de cuestiones sobre las que, sin embargo, sentía a veces una curiosidad moderadamente morbosa. Miró de soslayo a César, pulcrísimo y elegante con su camisa de hilo blanco y el pañuelo de seda azul con pintas rojas, el cabello levemente ondulado tras las orejas y en la nuca, y se preguntó una vez más dónde residía el gancho especial de aquel hombre, capaz, aun quincuagenario, de seducir a jóvenes como Sergio. Sin duda, se dijo, en el brillo irónico de sus ojos azules, en la elegancia de sus gestos depurados por generaciones de fina crianza, en aquella pausada sabiduría, nunca del todo expresa, que se adivinaba en el origen de cada una de sus palabras, sin tomarse del todo en serio a sí misma, hastiada, tolerante e infinita.

–Tienes que ver su último cuadro –estaba diciendo César, y Julia, distraída en sus pensamientos, tardó en darse cuenta de que se refería a Sergio–… Es algo notable, querida –movió una mano cerca del brazo del joven, como si se dispusiera a apoyarla en él, pero sin consumar el gesto–. La luz en estado puro, desbordándose sobre el lienzo. Bellísimo.

Julia sonrió, aceptando el juicio de César como un aval indiscutible. Sergio miraba al anticuario entre conmovido y confuso, entornando los ojos de pestañas rubias como un gato que recibiese una caricia.

–Naturalmente –continuó César– el talento por sí solo no basta para abrirse camino en la vida… ¿Comprendes, jovencito? Las grandes formas artísticas requieren cierto conocimiento del mundo, una experiencia profunda de las relaciones humanas… Otra cosa puede decirse de aquellas actividades abstractas donde el talento es clave y la experiencia sólo un complemento. Me refiero a la música, las matemáticas… El ajedrez.

–El ajedrez –repitió Julia. Ambos se miraron, y los ojos de Sergio se movieron inquietos del uno al otro, desconcertados y con un punto de celos chispeando como polvo de oro en las pestañas doradas.

–Sí, el ajedrez –César se inclinaba para beber un largo trago de su copa. Sus pupilas habían empequeñecido, absortas en el misterio que evocaban–. ¿Te has fijado en cómo mira Muñoz *La partida de ajedrez*?

–Sí. Mira diferente.

–Exacto. Diferente de como puedes mirarlo tú. O yo. Muñoz ve en el tablero cosas que los demás no ven.

Sergio, que escuchaba en silencio, frunció el ceño rozando intencionadamente el hombro de César. Parecía sentirse desplazado, y el anticuario lo miró, benévolo.

–Nos referimos a cosas demasiado siniestras para ti, querido –deslizó el dedo índice por los nudillos de Julia, levantó un poco la mano, como dudando entre dos inclinaciones, y terminó por dejarla entre las de la joven–. Mantente en tu inocencia, mi rubio amigo. Desarrolla tu talento y no te compliques la vida. Muá.

Le dedicó el beso a Sergio con un mohín de los labios, justo en el momento en que por el extremo del pasillo hacía su entrada Menchu, toda visón y piernas, escoltada por Max y pidiendo noticias de Montegrifo.

–El muy cerdo –dijo, cuando Julia terminó de contar–. Mañana mismo hablaré con don Manuel. Contraatacamos.

Sergio se retraía, rubio y tímido, ante la verbosidad en que Menchu se embarcó a continuación, pasando de Montegrifo al Van Huys, del Van Huys a diversos lugares comunes, y de ahí a una segunda y una tercera copa que sostuvo ya con menos firmeza. A su lado, Max fumaba en silencio, con aplomo de semental moreno y bien trajeado. Sonriendo distante, César humedecía los labios en ginebra con limón y se los secaba con el pañuelo que extraía del bolsillo superior de su chaqueta. De vez en cuando parpadeaba como si regresara de lejos, e inclinado hacia Julia le acariciaba distraídamente una mano.

–En este negocio –le decía Menchu a Sergio– hay dos clases de gente, cariño: los que pintan y los que cobran... Y rara vez son los mismos –emitía largos suspiros, enternecida por la juventud del muchacho–. Y vosotros, los artistas jóvenes, tan rubios y todo eso, amor –dedicó a César una venenosa mirada de soslayo–. Tan apetitosos.

César se creyó obligado a regresar lentamente de su lejanía.

–No escuches, mi joven amigo, esas voces que emponzoñan tu dorado espíritu –dijo despacio y lúgubre, como si, en vez de un consejo, a Sergio le diera el pésame–. Esa mujer argumenta con lengua de serpiente, como todas –miró a Julia, inclinándose para besarle la mano, y recobró la compostura–. Perdón. Como casi todas.

–Mirad quien habla –Menchu le hizo una mueca–. Ya salió nuestro Sófocles particular. ¿O era Séneca?... Me refiero al que manoseaba jovencitos entre trago y trago de cicuta.

César miró a la galerista, hizo una pausa para retomar el hilo del discurso y recostó la cabeza en el respaldo con los ojos teatralmente cerrados.

–El camino del artista, y te hablo a ti, mi joven Alcibíades, o mejor Patroclo, o tal vez Sergio... El camino es salvar obstáculo tras obstáculo hasta que pueda asomarse al interior de sí mismo... Ardua tarea, si no tiene a mano un Virgilio que lo guíe. ¿Captas la fina parábola, jovencito?... Es así como el artista conoce, por fin, la libre delicia del más dulce gozo. Su vida se convierte en pura creación y ya no necesita de las miserables cosas exteriores. Está lejos, muy lejos, del resto de sus despreciables semejantes. Y el espacio y la madurez anidan en él.

Hubo algunos aplausos socarrones. Sergio los miraba, sonriente y desconcertado. Julia se echó a reír.

–No le hagas caso. Seguro que eso que acaba de decir se lo ha robado a alguien. Siempre fue un tramposo.

César abrió un ojo.

–Soy un Sócrates que se aburre. Y rechazo con indignación que me acuses de plagiar citas ajenas.

–En el fondo es muy gracioso, de verdad –Menchu le hablaba a Max, que había escuchado todo aquello con el ceño fruncido, mientras le cogía un cigarrillo–. Dame fuego, anda. Condottiero mío.

El epíteto afiló la malicia de César.

–*Cave canem*, fornido joven –le dijo a Max, y tal vez Julia fue la única que cayó en la cuenta de que, en latín, *canem* podía ser tanto masculino como femenino–. Según las referencias históricas, de nadie tienen que cuidarse tanto los condottieros como de aquellos a quienes sirven –miró a Julia e hizo una jocosa reverencia; también la bebida empezaba a hacerle efecto a él–. Burckhardt –aclaró.

–Tranquilo, Max –decía Menchu, aunque Max no parecía nervioso en absoluto–. ¿Ves? Ni siquiera es suyo. Se adorna con perejil ajeno… ¿O son laureles?

–Acanto –dijo Julia, riéndose.

César le dirigió una mirada compungida.

–*Et te, Bruta?*… –se volvió a Sergio–. ¿Captas el fondo trágico del asunto, Patroclo? –después de paladear un largo trago de ginebra con limón miró dramáticamente a su alrededor, como si buscara un rostro amigo–. No sé que tenéis contra el laurel ajeno, queridísimos… En el fondo –añadió tras meditarlo un instante– todo laurel tiene algo de ajeno. La creación pura no existe; lamento daros esa mala noticia. No somos, o debo decir no sois, puesto que yo no soy creador… Ni

tú tampoco, Menchu, mona... Tal vez tú, Max, no me
mires así, guapísimo *condottiero feroce*, seas aquí el único que realmente crea algo... –hizo un gesto elegante y
cansado con la mano derecha, como expresando un
profundo hastío, incluso, de su propia argumentación,
y lo terminó muy cerca de la rodilla izquierda de Sergio,
con aire casual–. Picasso, y me pesa citar a ese farsante,
es Monet, es Ingres, es Zurbarán, es Brueghel, es Pieter
van Huys... Incluso nuestro amigo Muñoz, que sin
duda se encuentra en este momento inclinado sobre un
tablero, intentando conjurar sus fantasmas al tiempo
que nos libra de los nuestros, no es él, sino Kasparov,
y Karpov. Y es Fisher, y Capablanca, y Paul Morphy, y
aquel maestro medieval, Ruy López... Todo constituye
fases de la misma historia, o quizá sea la misma historia
que se repite a sí misma; de eso ya no estoy muy seguro... Y tú, Julia, bellísima, ¿te has parado a pensar, cuando estás delante de nuestro famoso cuadro, en qué lugar
te encuentras, si dentro o fuera de él?... Sí. Estoy seguro de que sí porque te conozco, princesa. Y sé que no
has encontrado una respuesta –soltó una breve carcajada sin humor y los miró uno a uno–... En realidad, hijos míos, feligreses todos, componemos una bizarra
tropa. Tenemos la desfachatez de perseguir secretos
que, en el fondo, no son otra cosa que los enigmas de
nuestras propias vidas –levantó su copa en una especie
de brindis dirigido a nadie en particular–. Y eso, bien
mirado, no deja de tener su riesgo. Es como romper un
espejo para ver que hay detrás del azogue... ¿No os da
así, queridos, como un poco de repelús?

Eran las dos de la madrugada cuando Julia regresó a su
casa. César y Sergio la habían acompañado hasta el

portal e insistieron en subir los tres pisos, pero ella no lo permitió, despidiéndose con un beso de cada uno antes de ascender por la escalera. Lo hizo despacio y mirando a su alrededor con inquietud. Y cuando sacó las llaves del bolso, la tranquilizó rozar con los dedos el metal frío de la pistola.

A pesar de todo, mientras hacía girar la llave en la cerradura, se sorprendió de estarlo tomando con tanta calma. Sentía un miedo neto, preciso, para cuya valoración no necesitaba talento abstracto, como habría dicho César parodiando a Muñoz. Pero ese miedo no implicaba tormento envilecedor, ni deseo de fuga. Por el contrario, quedaba filtrado por una intensa curiosidad en la que había mucho de alarde personal, de desafío. Incluso de juego, peligroso y excitante. Como cuando mataba piratas en el País de Nunca Jamás.

Matar piratas. Estaba familiarizada con la muerte desde muy joven. El primer recuerdo de infancia era su padre, con los ojos cerrados, inmóvil sobre la colcha en el dormitorio, rodeado de personas oscuras y graves que hablaban en voz baja, como si temiesen despertarlo. Julia tenía seis años, y aquel espectáculo incomprensible y solemne quedó para siempre vinculado a la imagen de su madre, a la que ni siquiera entonces vio derramar lágrimas, enlutada y más inaccesible que nunca; a su mano seca e imperiosa cuando la obligó a dar un último beso en la frente del difunto. Fue César, un César al que ella recordaba más joven, quien la cogió después en brazos para alejarla de la ceremonia. Sentada en sus rodillas, Julia miró la puerta cerrada tras la que varios empleados de pompas fúnebres preparaban el ataúd.

«—No parece él, César —había dicho, conteniendo un puchero. No hay que llorar jamás, solía decir su madre. Era la única lección que recordaba haber aprendido de ella–. Papá no parece el mismo.

»–No, ya no es él –fue la respuesta–. Tu papá se ha ido a otra parte.

»–¿A dónde?

»–Da igual a dónde, princesa... Ya no volverá.

»–¿Nunca?

»–Nunca.

Julia había fruncido el ceño infantil, pensativa.

«–No quiero besarlo más... Tiene la piel fría.

La miró un rato en silencio, antes de estrecharla con fuerza. Julia recordaba la sensación cálida que experimentó entre aquellos brazos, el aroma suave de su piel y su ropa.

«–Cuando quieras, puedes venir y besarme a mí.

Julia nunca supo exactamente en qué momento descubrió que él era homosexual. Tal vez se fue dando cuenta poco a poco, merced a pequeños detalles, a intuiciones. Un día, recién cumplidos doce años, entró en la tienda de antigüedades al salir del colegio y vio cómo César le tocaba la mejilla a un joven. Sólo eso; un breve roce con la punta de los dedos, y después nada. El joven pasó ante Julia, le dirigió una sonrisa y se fue. César, que encendía un cigarrillo, la miró largamente antes de ponerse a darle cuerda a los relojes.

Unos días después, mientras jugaba con las figuritas de Bustelli, Julia formuló la pregunta:

«–César... ¿A ti te gustan las chicas?

El anticuario revisaba sus libros, sentado frente al escritorio. Al principio pareció no haber oído. Sólo tras unos instantes levantó la cabeza y sus ojos azules se posaron tranquilamente en los de Julia.

«–La única chica que me gusta eres tú, princesita.

»–¿Y las otras?

»—¿Qué otras?

Ninguno de los dos dijo nada más. Pero aquella noche, al dormirse, Julia pensaba en las palabras de César y se sentía feliz. Nadie iba a quitárselo; no había peligro. Y nunca se iría lejos, al lugar de donde no se vuelve, como su padre.

Después vinieron otros tiempos. Largos relatos entre la luz dorada de la tienda de antigüedades; la juventud de César, París y Roma mezclados con historia, arte, libros y aventuras. Y los mitos compartidos. La *Isla del tesoro* leída capítulo a capítulo entre viejos arcones y panoplias oxidadas. Los pobres piratas sentimentales que, en las noches de luna del Caribe, sentían conmoverse los corazones de piedra al pensar en sus ancianas madres. Porque también los piratas tenían madre; incluso canallas refinados como Jaime Garfio, a quien se le conocía la calidad en los desmanes, y que cada fin de mes enviaba unos doblones de oro español para aliviar la vejez de la autora de sus días. Y entre historia e historia, César sacaba un par de viejos sables de un baúl y le enseñaba la esgrima de los filibusteros: en guardia y atrás, no es lo mismo tajar que degollar, y un gancho de abordaje se lanza exactamente así. También sacaba el sextante para que se orientase por las estrellas. Y el estilete de mango de plata, labrado por Benvenuto Cellini, que además de ser orfebre mató al condestable de Borbón de un tiro de arcabuz, cuando el saco de Roma. Y la terrible daga de misericordia, larga y siniestra, que el paje del Príncipe Negro hundía a través de la celada de los caballeros franceses derribados en Crecy... Pasaron los años, y fue el personaje de Julia el que empezó a tomar vida. Y le llegó a César el turno de callar mientras escuchaba sus confidencias. El primer amor, a los catorce. El primer amante, a los diecisiete. En esos casos, el anticuario escuchaba en silencio, sin opinar. Sólo cada vez, al final, una sonrisa.

Julia habría dado cualquier cosa por tener esta noche, ante sí, aquella sonrisa: la que le infundía valor y al mismo tiempo restaba importancia a los acontecimientos, dándoles su dimensión exacta en el girar del mundo y en el discurrir inevitable de la vida. Pero César no estaba, y tendría que apañárselas sola. Como el anticuario solía comentar, no siempre resulta posible escoger nuestra compañía, o nuestro destino.

Se entretuvo en preparar vodka con hielo y fue ella quien sonrió, a oscuras, frente al Van Huys. También, justo era reconocerlo, tenía la impresión de que si ocurría algo malo, eso iba a sucederle a los demás. Nunca le pasaba nada a la protagonista, recordó mientras bebía y el hielo tintineaba contra sus dientes. Sólo morían los otros, los personajes secundarios, como Álvaro. Ella, eso lo recordaba bien, había vivido ya cien aventuras parecidas, y siempre salió con la piel intacta, voto a Dios. O... ¿cómo era aquello? Voto al Chápiro Verde.

Se miró en el espejo veneciano, apenas una sombra entre las sombras, la mancha levemente pálida de su rostro, un perfil difuminado, unos ojos grandes y oscuros, Alicia asomaba al otro lado del espejo. Y se miró en el Van Huys, en el espejo pintado que reflejaba otro espejo, el veneciano, reflejo de un reflejo de un reflejo. Y volvió a sentir el vértigo que ya había sentido antes, y pensó que a aquellas horas de la noche los espejos y los cuadros y los tableros de ajedrez jugaban malas pasadas a la imaginación. O tal vez sólo era que el tiempo y el espacio se tornaban, después de todo, conceptos despreciables de puro relativos. Y bebió de nuevo, y el hielo volvió a tintinear contra sus dientes,

y sintió que si alargaba la mano podía dejar el vaso sobre la mesa cubierta por el tapete verde, justo sobre la
inscripción oculta, entre la mano inmóvil de Roger de
Arras y el tablero.

Se acercó más al cuadro. Junto a la ventana ojival,
con la mirada baja, absorta en el libro que tenía en el
regazo, Beatriz de Ostenburgo le recordaba a Julia las
vírgenes flamencas de los primitivos maestros de Flandes: cabello rubio peinado hacia atrás muy tirante, recogido bajo la cofia de tocas casi transparentes. Piel
blanca. Solemne y lejana con aquel vestido negro tan
distinto a los habituales mantos de lana carmesí, la tela
de Flandes, más preciosa que la seda y el brocado. Negro –eso Julia lo comprendía ya con toda claridad– de
simbólico luto. Negro de viuda con el que Pieter van
Huys, el genial aficionado a los símbolos y las paradojas, la había vestido no por el esposo, sino por el
amante asesinado.

El óvalo de su rostro era delicado, perfecto, y el parecido con las vírgenes renacentistas quedaba subraya-
do en cada matiz, en cada detalle. No una virgen a la
manera de las italianas consagradas por Giotto, amas y
nodrizas, incluso amantes, o de las francesas, madres
y reinas. Virgen burguesa, esposa de maestros síndicos
o de nobles propietarios de onduladas llanuras con
castillos, caseríos, cursos de agua y campanarios como
el que despuntaba en el paisaje, al otro lado de la ventana. Algo fatua, impasible, serena y fría, encarnación
de aquella belleza nórdica *a la maniera ponentina* que
tanto éxito tuvo en los países del sur, España e Italia.
Y los ojos azules, o que se adivinaban tales, con su mirada ajena al espectador, en apariencia sólo atenta al libro, y que, sin embargo, se desvelaba penetrante como
la de todas las mujeres flamencas retratadas por Van

Huys, Van der Weyden, Van Eyck. Ojos enigmáticos que no llegaban a descubrir lo que miraban o deseaban mirar, lo que pensaban. Lo que sentían.

Encendió otro cigarrillo. El sabor a tabaco y el vodka se mezclaron ásperos en su boca. Apartó el cabello de la frente y después, acercando los dedos a la superficie del cuadro, acarició la línea de los labios de Roger de Arras. En la claridad dorada que rodeaba como un aura al caballero, su gorjal de acero relucía con un tenue destello casi mate, de metal muy pulido. Con la mano derecha, tenuemente velada por aquel resplandor suave, bajo el mentón apoyado en el pulgar, fija la mirada en el tablero que simbolizaba su vida y su muerte, Roger de Arras inclinaba el perfil de medalla antigua, ajeno en apariencia a la mujer que leía a su espalda. Pero quizá su pensamiento volaba lejos del ajedrez, hacia aquella Beatriz de Borgoña a la que no miraba por orgullo, prudencia o quizá sólo por respeto a su señor. En ese caso, tan sólo sus pensamientos eran libres para consagrarse a ella, del mismo modo que, en aquel instante, los de la dama eran, tal vez, ajenos también a las páginas del libro que tenía en las manos, y sus ojos se recreaban, sin necesidad de mirar en su dirección, en la ancha espalda del caballero, en su gesto elegante y tranquilo; quizás en el recuerdo de sus manos y su piel, o sólo en el eco del contenido silencio, de la mirada melancólica e impotente que suscitaba en sus ojos enamorados.

El espejo veneciano y el espejo pintado enmarcaban a Julia en un espacio irreal, difuminando los límites entre uno y otro lado de la superficie del cuadro. La luz dorada la envolvió también a ella cuando, muy despacio, casi apoyándose con una mano sobre el tapete verde de la mesa pintada, con sumo cuidado para no derribar las piezas de ajedrez dispuestas sobre el tablero, se inclinó hacia Roger de Arras y lo besó suavemente en la comisura fría de los labios. Y al volverse, vio el brillo del Toisón de Oro sobre el terciopelo carmesí del jubón del otro jugador, Fernando Altenhoffen, duque de Ostenburgo, cuyos ojos la miraban fijamente, oscuros e insondables.

Cuando el reloj de pared dio tres campanadas, el cenicero estaba lleno de colillas; la taza y la cafetera casi vacías, entre libros y documentos. Julia se echó hacia atrás en la silla y miró el techo intentando ordenar sus ideas. Tenía encendidas todas las luces de la habitación para alejar los fantasmas que la cercaban, y los límites de la realidad retornaban lentamente, encajando poco a poco, de nuevo, en el tiempo y en el espacio.

Había, concluyó por fin, otras formas mucho más prácticas de plantear la cuestión. Otro punto de vista, sin duda el apropiado, si Julia consideraba que, más que una Alicia, podía considerarse una Wendy ya crecidita. Para enfocar así las cosas, bastaba con cerrar los ojos y abrirlos de nuevo, mirar el Van Huys como se mira un simple cuadro pintado cinco siglos antes y coger lápiz y papel. Así lo hizo, apurando el resto del café frío. A aquellas horas, pensó, sin pizca de sueño y con más miedo a deslizarse por la pendiente de lo irracional que a otra cosa, ordenar sus ideas a la luz de los últimos acontecimientos no era ninguna estupidez. No lo era en absoluto. Así que se puso a escribir:

I. Cuadro fechado en 1471. Partida de ajedrez. Misterio. ¿Qué ocurrió realmente entre Fernando Altenhof-

fen, Beatriz de Borgoña y Roger de Arras? ¿Quién or-
dena la muerte del caballero? ¿Qué tiene que ver el
ajedrez con todo ello? ¿Por qué pintó Van Huys el cua-
dro? ¿Por qué después de pintar el Quis necavit equi-
tem Van Huys lo borra? ¿Tiene miedo de que también
lo asesinen a él?

II. Le cuento el descubrimiento a Menchu. Acudo a
Álvaro. Él ya está al corriente; alguien le ha hecho una
consulta. ¿Quién?

III. Álvaro aparece muerto. ¿Muerto o asesinado?
Evidente relación con el cuadro, o tal vez con mi visi-
ta y mi investigación. ¿Hay algo que alguien no quie-
re que se sepa? ¿Había averiguado Álvaro algo impor-
tante que yo ignoro?

IV. Una persona desconocida (quizás asesino o asesi-
na), me envía documentación reunida por Álvaro.
¿Qué sabe Álvaro que otros consideran peligroso?
¿Qué es lo que a ese otro (otros) le conviene que yo
sepa y qué es lo que no le conviene?

V. Una mujer rubia lleva el sobre a Urbexpress.
¿Relación con la muerte de Álvaro o simple interme-
diaria?

VI. Muere Álvaro y no yo (de momento) aunque
ambos estamos investigando el tema. Incluso parecen
querer facilitarme el trabajo, o bien orientarlo hacia
algo que desconozco. ¿Interesa el cuadro por su valor
económico? ¿Interesa mi trabajo de restauración?
¿Interesa la inscripción? ¿Interesa el problema de la
partida? ¿Interesa que se conozcan o que se ignoren
determinados datos históricos? ¿Qué puede relacionar
a alguien del siglo XX con un drama ocurrido en el si-
glo XV?

VII. Pregunta fundamental (por ahora): ¿Se vería
un posible asesino beneficiado por un aumento de la

cotización del cuadro en la subasta? ¿Hay algo más en esa pintura que no he descubierto?

VIII. Posibilidad de que la cuestión no resida en el valor del cuadro sino en el misterio de la partida pintada. Trabajo de Muñoz. Problema de ajedrez. ¿Cómo puede eso causar una muerte cinco siglos después? No sólo es ridículo, es estúpido. (Creo.)

IX. ¿Corro peligro? Tal vez esperan que yo descubra algo más, que trabaje para ellos sin yo saberlo. Quizá sigo viva porque me necesitan todavía.

Recordó algo que oyó decir a Muñoz la primera vez, ante el Van Huys, y se puso a reconstruirlo sobre el papel. El ajedrecista había hablado de diversos niveles en el cuadro. La explicación de uno de ellos podía llevar a la comprensión del conjunto:

Nivel 1. El escenario dentro del cuadro. Suelo en forma de tablero de ajedrez que contiene a los personajes.

Nivel 2. Personajes del cuadro: Fernando, Beatriz, Roger.

Nivel 3. Tablero de ajedrez en el que dos personajes juegan la partida.

Nivel 4. Piezas que simbolizan a los tres personajes.

Nivel 5. Espejo pintado que refleja la partida y los personajes, invertidos.

Estudió el resultado, trazando líneas entre un nivel y otro, pero sólo consiguió establecer inquietantes correspondencias. El quinto nivel contenía los cuatro anteriores, el primero se correspondía con el tercero, el segundo con el cuarto... Un extraño círculo que se cerraba sobre sí mismo:

En realidad, se dijo mientras estudiaba el curioso

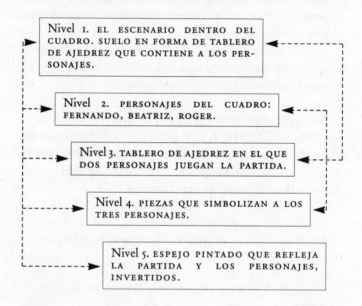

diagrama, aquello parecía una solemne pérdida de tiempo. Establecer todas esas correspondencias no demostraba más que el retorcido ingenio del pintor que concibió el cuadro. La muerte de Álvaro jamás podría esclarecerse así; había resbalado en la bañera, o lo habían hecho resbalar, quinientos años después de pintarse *La partida de ajedrez*. Fuera cual fuere el resultado de todas las flechas y recuadros, ni Álvaro ni ella misma podían estar contenidos en el Van Huys, cuyo autor nunca pudo prever su existencia... ¿O sí lo hizo?... Una inquietante pregunta empezó a rondarle la cabeza. Ante un conjunto de símbolos, como lo era aquella pintura, ¿correspondía al espectador atribuirle significados, o esos significados ya estaban allí dentro, desde su creación?

Aún trazaba flechas y subrayaba recuadros cuando repicó el teléfono. Alzó la cabeza, sobresaltada, mirando el aparato sobre la alfombra sin decidirse a descolgarlo. ¿Quién podía llamar a las tres y media de la madrugada? Ninguna de las posibles respuestas la tranquilizaba, y el aparato aún sonó otras cuatro veces antes de que se moviera. Fue hasta él despacio, aún titubeante, y de pronto pensó que si los timbrazos se interrumpían antes de que averiguase quien llamaba, sería mucho peor. Imaginó el resto de la noche encogida en el sofá, mirando atemorizada el aparato mientras esperaba que sonara de nuevo… Ni hablar. Se lanzó sobre el teléfono, casi con rabia.

–¿Diga?

El suspiro de alivio que escapó de su garganta tuvo que ser audible incluso para Muñoz, que interrumpió sus explicaciones para preguntar si se encontraba bien. Lamentaba mucho telefonear a aquellas horas, pero creyó que valía la pena despertarla. Él mismo estaba algo excitado, por eso se tomaba la libertad. ¿Cómo? Sí, exactamente. Hacía sólo cinco minutos que el problema… ¿Oiga?… ¿Estaba aún ahí? Le decía que ya era posible saber, con toda certeza, qué pieza se comió al caballo blanco.

VII. Quién mató al caballero

«Las piezas blancas y negras parecían representar divisiones maniqueas entre la luz y la oscuridad, el bien y el mal, en el mismo espíritu del hombre.»

G. Kasparov

–No podía dormir, dándole vueltas… De pronto comprendí que analizaba la única jugada posible –Muñoz puso el ajedrez de bolsillo sobre la mesa; a su lado desplegó el croquis, arrugado y lleno de anotaciones–. Aun así, me resistía a creerlo. Tardé una hora en revisarlo todo otra vez, de arriba abajo.

Estaban en un *drugstore* que permanecía abierto toda la noche, junto a un ventanal por el que se podía ver la amplia avenida desierta. Apenas había gente en el local: algunos actores de un teatro cercano y media docena de noctámbulos de ambos sexos. Junto a los arcos de seguridad electrónica de la puerta, un vigilante jurado con indumentaria paramilitar bostezaba mirando el reloj.

–Fíjese bien –el ajedrecista indicó el croquis y después el pequeño tablero–. Habíamos reconstruido el último movimiento de la dama negra, que pasó de B2 a C2, pero no sabíamos qué jugada anterior de las piezas blancas la obligó a ello… ¿Recuerda? Al considerar la amenaza de las dos torres blancas, decidimos que la torre que está en B5 pudo venir de cualquiera de las casillas de la fila 5; pero eso no justificaba la huida de la dama negra, pues otra torre blanca, la de B6, ya le estaría dando jaque antes… Pudo ser, dijimos, que la torre comiera una pieza negra en B5. ¿Pero qué pieza? Eso nos detuvo.

–¿Y qué pieza fue? –Julia estudiaba el tablero; su

trazado blanquinegro y geométrico ya no era un espacio desconocido, sino que podía adentrarse en él como por terreno familiar–. Usted dijo que lo averiguaría estudiando las que estaban fuera del tablero…

–Y así lo hice. Estudié una por una las piezas comidas, llegando a una conclusión sorprendente:

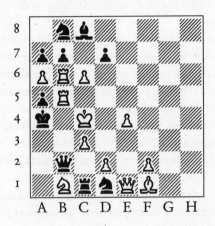

–… ¿Qué pieza pudo comerse esa torre en B5?… –Muñoz miró el tablero con ojos de insomnio, como si realmente aún ignorase la respuesta–. No un caballo negro, pues los dos están dentro del tablero… Tampoco un alfil, porque la casilla B5 es blanca, y el alfil negro que mueve en las casillas diagonales blancas no se ha movido de sitio. Está ahí, en C8, con sus dos vías de salida obstruidas por peones que todavía no han sido puestos en juego…

–Tal vez fue un peón negro –sugirió Julia.

Muñoz hizo un gesto negativo.

–Eso me llevó más tiempo descartarlo, porque la posición de los peones es lo más confuso de esta partida. Pero no pudo ser ningún peón negro, porque el que está en A5 procede de C7. Ya sabe que los peones comen en diagonal, y éste comió, presumiblemente, dos piezas blancas en B6 y A5... En cuanto a los otros cuatro peones negros, salta a la vista que fueron comidos lejos de ahí. Jamás pudieron hallarse en B5.

—Entonces, sólo pudo ser la torre negra que está fuera del tablero... La torre blanca tuvo que comérsela en B5.

—Imposible. Por la disposición de las piezas alrededor de la casilla A8, es evidente que la torre negra fue comida ahí, en su sitio original, sin que llegase a mover. Comida por un caballo blanco, aunque en este caso quien se la comió sea lo de menos...

Julia levantó la vista del tablero, desorientada.

—No consigo entenderlo... Eso descarta cualquier pieza negra. ¿Qué es lo que se comió esta torre blanca en B5?

Muñoz sonrió a medias, sin suficiencia alguna. Sólo parecía divertido por la pregunta de Julia, o por la respuesta que iba a dar.

—En realidad, ninguna. No, no me mire así. Su pintor Van Huys era también un maestro a la hora de ofrecer pistas falsas... Porque nadie comió nada en B5 —cruzó los brazos mientras inclinaba la frente sobre el pequeño tablero, quedándose en silencio. Después miró a Julia, antes de tocar la dama negra con un dedo—. Si la última jugada de blanco no fue una amenaza a la dama negra con la torre, eso significa que una pieza blanca tuvo que descubrir, al mover, el jaque de la torre blanca a la dama negra... Me refiero a una pieza blanca que estuviera en B4 o en B3. Van Huys tuvo que reírse mucho para su coleto, al saber que con el espejismo de las dos torres iba a gastarle una buena broma a quien intentara resolver su acertijo.

Julia hizo un lento gesto afirmativo con la cabeza. Una simple frase de Muñoz hacía que un rincón del tablero que hasta entonces parecía estático, sin importancia, se llenara de infinitas posibilidades. Había una magia especial en el modo en que aquel hombre era capaz de guiar a los demás a través del complejo laberinto en blanco y negro del que poseía claves ocultas. Como si fuera capaz de orientarse por una red de invisibles conexiones que discurriesen bajo el tablero dando lugar a combinaciones imposibles, insospechadas, a las que bastaba con referirse para que cobraran vida, apareciendo en la superficie de un modo tan evidente que sorprendía no haberlas visto antes.

—Entiendo —respondió, tras unos segundos—. Esa pieza blanca protegía a la dama negra de la torre. Y, al quitarse de en medio, dejó a la dama negra en jaque.

—Exacto.

—¿Y qué pieza fue?

—Tal vez pueda averiguarlo usted misma.

—¿Un peón blanco?

—No. Uno fue comido en A5 o B6, y el otro demasiado lejos. Los demás tampoco han podido ser.

—Pues no se me ocurre nada, la verdad.

—Mire bien el tablero. Podría decírselo yo desde el principio; pero sería privarla de un placer que, supongo, merece... Considérelo con calma —señaló el local, la calle desierta, las tazas del café sobre la mesa—. No tenemos ninguna prisa.

Julia se ensimismó en el tablero. Al cabo de un momento extrajo un cigarrillo sin apartar los ojos de las piezas y esbozó una sonrisa indefinible.

—Creo que lo tengo —anunció, cauta.

—Pues dígalo.

—El alfil que se mueve por las casillas diagonales

blancas está en F1, intacto, y no ha tenido tiempo de venir desde su único origen posible, B3, ya que B4 es casilla negra… –miró a Muñoz, esperando una confirmación, antes de seguir adelante–. Quiero decir que habría necesitado, al menos –contó con el dedo sobre el tablero– tres jugadas para ir desde B3 a donde está ahora… Eso significa que no fue el alfil quien dejó a la reina negra en jaque de la torre al moverse. ¿Voy bien?

–Va usted perfectamente. Continúe.

–Tampoco pudo ser la reina blanca, ahora en E1, la que descubriera el jaque. Ni el rey blanco tampoco… En cuanto al alfil blanco que mueve por casillas negras, y está fuera del tablero porque fue comido, nunca pudo estar en B3.

–Muy bien –confirmó Muñoz–. ¿Por qué?

–Porque B3 es casilla blanca. Por otra parte, si ese alfil hubiera movido en diagonal de casillas negras desde B4, todavía lo veríamos en el tablero, y sin embargo no está. Supongo que fue comido mucho antes, en otro momento de la partida.

–Razonamiento correcto. ¿Qué nos queda entonces?

Julia miró el tablero mientras un suave escalofrío le recorría la espalda y los brazos, como si la rozara el filo de un cuchillo. Allí sólo quedaba una pieza a la que aún no se había referido.

–Queda el caballo –dijo, tragando saliva, en voz involuntariamente baja–. El caballo blanco.

Muñoz se inclinó hacia ella, grave.

–El caballo blanco, eso es –permaneció en silencio durante un rato, y ya no miraba al tablero sino a Julia–. El caballo blanco, que movió de B4 a C2, y en ese movimiento descubrió y puso en peligro a la dama negra… Y fue allí, en C2, donde la dama negra, para protegerse de la amenaza de la torre y para ganar una pieza, se comió el caballo –Muñoz calló de nuevo, intentando averiguar si olvidaba algo importante, y luego el brillo de sus ojos se apagó con la misma brusquedad que si alguien hubiese accionado un interruptor. Apartó la mirada de Julia mientras recogía con una mano las piezas y cerraba con la otra el tablero, como si con ese gesto diese por terminada su intervención en el asunto.

–La dama negra –repitió ella atónita, mientras sentía, casi podía escuchar, el rumor de su mente trabajando a toda prisa.

–Sí –Muñoz se encogió de hombros–. Fue la dama negra la que mató al caballero... Signifique eso lo que signifique.

Julia se había llevado a los labios el cigarrillo, reducido a una simple brasa, y le dio una última y larga chupada que le quemó los dedos, antes de arrojarlo al suelo.

–Significa –murmuró, aún aturdida por la revelación– que Fernando Altenhoffen era inocente... –emitió una seca risa y miró, incrédula, el croquis de la partida que aún estaba sobre la mesa. Después alargó la mano y puso el dedo índice sobre la casilla C2, el foso de la Puerta Este de la ciudadela de Ostenburgo, allí donde había sido asesinado Roger de Arras–. Significa –añadió, estremeciéndose– que fue Beatriz de Borgoña la que hizo matar al caballero.

–¿Beatriz de Borgoña?

Asintió Julia. Aquello parecía ahora tan claro, tan evidente, que se hubiera abofeteado a sí misma por ser incapaz de descubrirlo antes. Todo estaba expuesto en la partida y en el mismo cuadro, a gritos. Van Huys lo había registrado todo cuidadosamente, hasta el menor detalle.

–No pudo ser de otra forma –dijo–... La dama negra, naturalmente: Beatriz, duquesa de Ostenburgo –vaciló, buscando las palabras–. La maldita zorra.

Y lo vio con perfecta nitidez: el pintor en su desordenado taller que olía a aceites y trementina, moviéndose entre claroscuros a la luz de velas de sebo colocadas muy cerca del cuadro. Mezclaba pigmento de cobre con resina para lograr un verde estable, que desafiase al tiempo. Después lo aplicaba despacio, en sucesivas veladuras, completando los pliegues del paño que cubría la mesa hasta cubrir la inscripción *Quis necavit equitem* que sólo unas semanas atrás había trazado con oropimente. Eran unos hermosos caracteres góticos y le contrariaba hacerlos desaparecer, sin duda para siempre; pero el duque Fernando tenía razón: «Es demasiado evidente, maestro Van Huys.»

Debió de ser algo así, y sin duda el anciano murmuraba entre dientes mientras manejaba el pincel, aplicando lentos trazos en la tabla cuyos colores, recién pintados al óleo, destacaban con vivísimos matices a la luz de las velas. Tal vez en aquel momento se frotó los ojos cansados y movió la cabeza. Su vista ya no era la misma desde hacía algún tiempo; los años no pasaban en balde. Le mermaban concentración, incluso, para el único placer que lograba hacerle olvidar la pintura durante los ratos de ocio invernal, cuando los días eran cortos y la luz escasa para manejar los pinceles: el juego de escaques. Una afición compartida con el llorado micer Roger, que en vida fue su protector y amigo, y que, a pesar de su calidad y posición, jamás desdeñó mancharse el jubón de pintura, visitándolo en el estudio para echar una partida entre aceites, arcillas, pinceles y cuadros a medio acabar. Capaz, como ningún otro, de alternar la lid de las piezas con largas conversaciones sobre el arte, el amor y la guerra. O con aquella extraña idea suya, tantas veces repetida y que ahora sonaba a terrible premonición: el ajedrez como juego para quienes gustan de pasear, con insolencia, por las fauces del Diablo.

El cuadro estaba terminado. Cuando era más joven, Pieter van Huys solía acompañar la última pincelada con una breve oración, agradeciendo a Dios el feliz término de una nueva obra; pero los años le habían vuelto silenciosos los labios, al mismo tiempo que los ojos secos y los cabellos grises. Así que se limitó a hacer un leve gesto afirmativo con la cabeza, dejando el pincel en una cazuela de barro con disolvente, y se limpió los dedos en el ajado mandil de cuero. Después cogió en alto el candelabro para dar un paso atrás. Que Dios lo perdonase, pero resultaba imposible no experimentar un sentimiento de orgullo. *La partida de ajedrez* superaba con creces el encargo hecho por su señor el duque. Porque todo estaba allí: la vida, la belleza, el amor, la muerte, la traición. Aquella tabla era una obra de arte que le sobreviviría a él y a cuantos en ella estaban representados. Y el viejo maestro flamenco sintió en su corazón el cálido soplo de la inmortalidad.

Vio a Beatriz de Borgoña, duquesa de Ostenburgo, sentada junto a la ventana, leyendo el *Poema de la rosa y el caballero*, con un rayo de sol que llegaba en diagonal sobre su hombro, iluminando las páginas miniadas. Vio su mano, del color del marfil, donde la luz acababa de arrancar un reflejo en el anillo de oro, temblar levemente, como la hoja de un árbol cuando apenas sopla una suave brisa. Tal vez amaba y era desdichada, y su orgullo no pudo soportar el rechazo de aquel hombre que se atrevía a negarle lo que ni el mismo Lanzarote del Lago negó a la reina Ginebra... O quizá no había ocurrido de ese modo, sino que el ballestero mercenario vengaba el despecho tras la agonía de una vieja pasión, un último beso y una cruel despedida... Corrían las nubes por el paisaje, al fondo, en el cielo azul de Flandes, y la dama continuaba ensimismada con su libro en el regazo. No. Aquello era imposible, pues nunca Fernando Altenhoffen hubiese rendido homenaje a una traición, ni Pieter van Huys habría volcado su arte y su saber en aquella tabla... Era preferible pensar que los ojos bajos no miraban de frente porque ocultaban una lágrima. Que el terciopelo negro era luto por el propio corazón, traspasado por la misma flecha de ballesta que había silbado junto al foso. Un corazón que se plegaba a la razón de Estado, al mensaje cifrado de su primo el duque Carlos de Borgoña: el pergamino con varios dobleces y el lacre roto que arrugó entre sus manos frías, muda de angustia, antes de quemarlo en la llama de una vela. Un mensaje confidencial, transmitido por agentes secretos. Intrigas y telas de araña tejidas en torno al ducado y a su futuro, que era el de Europa. Partido francés, partido borgoñón. Sorda guerra de cancillerías, tan despiadada como el más cruel campo de batalla: sin héroes y con verdugos que vestían encaje y cuyas armas eran el puñal, el veneno y la ballesta... La voz de la sangre, el deber reclamado por la familia, no exigía nada que después no aliviase una buena confesión. Tan sólo su presencia, a la hora y el día convenidos, en la ventana de la torre de la Puerta Este, donde cada atardecer se hacía cepillar el cabello por su camarera. La ventana bajo la que Roger de Arras paseaba cada día a la misma hora, solo, meditando su amor imposible y sus nostalgias.

Sí. Tal vez la dama negra mantenía la mirada baja, fija en el libro que estaba en su regazo, no porque leyera, sino porque lloraba. Pero también podía ser que no se atreviese a mirar de frente los ojos del pintor, que encarnaban, a fin de cuentas, la mirada lúcida de la Eternidad y de la Historia.

Vio a Fernando Altenhoffen, príncipe desdichado, cercado por los vientos del este y del oeste, en una Europa que cambiaba demasiado rápidamente para su gusto. Lo vio resignado e impotente, prisionero de sí mismo y de su siglo, golpeándose las calzas de seda con los guantes de gamuza, temblando de cólera y dolor, incapaz de castigar al asesino del único amigo que había tenido en su vida. Lo vio rememorar, apoyado en una columna de la sala cubierta de tapices y banderas, años de juventud, sueños compartidos, la admiración por el doncel que marchó a guerrear y retornó cubierto de cicatrices y de gloria. Aún resonaban en la estancia sus carcajadas, su voz serena y oportuna, sus graves apartes, sus gentiles requiebros a las damas, sus decisivos consejos, el sonido y el calor de su amistad... Pero él ya no estaba allí. Se había ido a un lugar oscuro.

«Y lo peor, maestro Van Huys, lo peor, viejo amigo, viejo pintor que lo querías casi tanto como yo, lo peor es que no hay lugar para la venganza; que ella, como yo, como él mismo, sólo es juguete de otros más poderosos: de quienes deciden, porque poseen el dinero y la fuerza, que los siglos han de borrar Ostenburgo de los mapas que trazan los cartógrafos... No tengo una cabeza que cortar sobre la tumba de mi amigo; y aunque

*así fuese, no podría. Ella sólo sabía, y calló. Lo mató
con su silencio, dejándolo acudir, como cada atardecer
—yo también pago buenos espías— al foso de la Puerta
Este, atraído por el mudo canto de sirena que empuja
a los hombres a darse de boca con su destino. Ese destino que parece dormido, o ciego, hasta que un día abre
los ojos y nos mira.*

*No hay, como ves, venganza posible, maestro Van
Huys. Sólo en tus manos y en tu ingenio la fío, y nadie
jamás te pagará un cuadro al precio que yo te pagaré
ése. Quiero justicia, aunque sea para mí solo. Aunque
sea para que ella sepa que lo sé, y para que alguien
además de Dios, cuando todos seamos cenizas como
Roger de Arras, quizá también pueda saberlo. Así que
pinta ese cuadro, maestro Van Huys. Por el cielo, píntalo. Quiero que todo esté allí, y que sea tu mejor, tu
más terrible obra. Píntalo y que el Diablo, que una vez
retrataste cabalgando junto a él, nos lleve a todos.»*

Y vio por fin al caballero, jubón acuchillado y calzas
amaranto, con una cadena de oro al cuello y una inútil
daga colgada al cinto, paseando a la anochecida junto al
foso de la Puerta Este, solo, sin escudero que perturba-
se su meditación. Lo vio levantar los ojos hacia la ventana ojival y sonreír; apenas un esbozo de sonrisa, distante y melancólica. Una sonrisa de aquellas que
traslucen recuerdos, amores y peligros, y también la intuición del propio destino. Y tal vez Roger de Arras
adivina el ballestero oculto que, al otro lado de una al-
mena desmochada, entre cuyas piedras brotan retorci-
dos arbustos, tensa la cuerda de su ballesta y le apunta
al costado. Y de pronto comprende que toda su vida, el
largo camino, los combates dentro de la rechinante ar-

madura, ronco y sudoroso, los abrazos a cuerpos de
mujer, los treinta y ocho años que lleva a cuestas como
un pesado fardo, concluyen exactamente aquí, en este
lugar y momento, y que nada más habrá después de
sentido el golpe. Y lo inunda una pena muy honda por
sí mismo, porque le parece injusto acabar así entre dos
luces, asaeteado como un verraco. Y levanta una mano
delicada y bella, varonil, de esas que inmediatamente
hacen pensar qué espada blandió, qué riendas empuñó,
qué piel acarició, qué pluma de ave mojó en un tintero
antes de rasguear palabras sobre un pergamino... Levanta esa mano en señal de una protesta que sabe inútil, porque entre otras cosas no está muy seguro de ante
quién ha de plantearla. Y quiere gritar, pero recuerda el
decoro que se debe a sí mismo. Por eso lleva la otra
mano hacia la daga, y piensa que al menos con un acero empuñado, aunque sólo sea ese, morir resultará más
propio de un caballero... Y escucha el *tump* de la ballesta y se dice, de modo fugaz, que debe apartarse de la
trayectoria del venablo; pero sabe que un virote corre
más que un hombre. Y siente que su alma gotea despacio un llanto amargo por sí misma, mientras busca desesperadamente, en la memoria, un Dios a quien confiar su arrepentimiento. Y descubre con sorpresa que
no se arrepiente de nada, aunque tampoco está muy
claro que haya, en este anochecer, un Dios dispuesto a
escuchar. Entonces siente el golpe. Hubo otros antes,
donde ahora tiene cicatrices; pero sabe que este no de-
jará cicatriz. Tampoco duele; simplemente el alma parece escapársele por la boca. Entonces llega de pronto
la noche irremediable, y antes de hundirse en ella comprende que esta vez será eterna. Y cuando Roger de
Arras grita, ya no es capaz de oír su propia voz.

VIII. El cuarto jugador

«Las piezas del ajedrez eran despiadadas. Lo rete-
nían y absorbían. Había horror en esto, pero también la única armonía. Porque, ¿qué existe en el
mundo además del ajedrez?»

V. Nabokov

Muñoz sonrió a medias, con aquel gesto mecánico y
distante que parecía no comprometerlo a nada, ni siquiera al intento de inspirar simpatía.

–Así que se trataba de eso –dijo en voz baja, ajus-
tando su paso al de Julia.

–Sí –caminaba con la cabeza inclinada, absorta. Después sacó una mano del bolsillo de la cazadora para
apartarse el cabello de la cara–. Ahora conoce usted toda
la historia… Tiene derecho, supongo. Se lo ha ganado.

El ajedrecista miró ante sí, reflexionando sobre
aquel derecho recién adquirido.

–Ya veo –murmuró.

Caminaron en silencio, sin prisa, el uno junto al
otro. Hacía frío. Las calles más estrechas y cerradas
aún estaban a oscuras, y la luz de las farolas se reflejaba a trechos en el asfalto mojado, con relumbres de
barniz fresco. Poco a poco, las sombras en los rincones más abiertos se iban suavizando con la claridad
plomiza que cuajaba despacio, al extremo de la avenida, donde las siluetas de los edificios, recortadas en el
contraluz, pasaban del negro al gris.

–¿Y hay alguna razón especial –preguntó Muñoz–
para que me haya ocultado hasta ahora el resto de la
historia?

Ella lo observó de soslayo antes de responder. No

parecía ofendido sino vagamente interesado, mirando con aire ausente la calle vacía ante ellos, con las manos en los bolsillos de la gabardina y el cuello subido hasta las orejas.

—Pensé que tal vez no quisiera complicarse la vida.

—Comprendo.

El estrépito de un camión de la basura los saludó al doblar una esquina. Muñoz se detuvo un momento para ayudarla a pasar entre dos cubos vacíos.

—¿Y qué piensa hacer ahora? —preguntó.

—No sé. Terminar la restauración, supongo. Y escribir un largo informe con esta historia. Gracias a usted seré un poco famosa.

Muñoz escuchaba distraído, como si sus pensamientos estuvieran en otra parte.

—¿Y qué pasa con la investigación policial?

—Al final encontrarán un asesino, si es que lo hay. Siempre lo hacen.

—¿Sospecha de alguien?

Julia se echó a reír.

—Cielo santo, claro que no —meditó sobre eso con una mueca—. Al menos eso espero… —miró al jugador de ajedrez—. Imagino que investigar un crimen que puede no serlo, es muy parecido a lo que usted hizo con el cuadro.

Muñoz curvó los labios en su media sonrisa.

—Todo es cuestión de lógica, supongo —respondió—. Y tal vez eso sea común a un ajedrecista y un detective… —entornó los ojos, y Julia no podía saber si hablaba en serio o en broma—. Dicen que Sherlock Holmes jugaba al ajedrez.

—¿Lee novelas policíacas?

—No. Aunque lo que suelo leer se parece un poco a eso.

—¿Por ejemplo?

—Libros de ajedrez, por supuesto. También juegos matemáticos, problemas de lógica... Cosas así.

Cruzaron la avenida desierta. Al llegar a la otra acera Julia observó de nuevo a su acompañante, con disimulo. No parecía un hombre de extraordinaria inteligencia. Por lo demás, dudaba que las cosas le hubiesen ido demasiado bien en la vida. Viéndolo caminar con las manos en los bolsillos, el ajado cuello de la camisa y las grandes orejas asomando sobre la gabardina vieja, daba la impresión de no ser sino lo que era: un oscuro oficinista, cuya única fuga de la mediocridad era el mundo de combinaciones, problemas y soluciones que el ajedrez podía ofrecerle. Lo más curioso en él era la mirada que se apagaba al apartarse del tablero; aquella forma de inclinar la cabeza igual que si algo le pesara demasiado en las vértebras del cuello, ladeándola; como si de esa forma intentase que el mundo exterior se deslizara por su lado sin rozarlo más que lo necesario. Recordaba un poco a los soldados prisioneros que caminaban con la cabeza baja en los viejos documentales de guerra. Era el suyo el aire inequívoco del derrotado antes de la batalla; de quien cada día abre los ojos y se despierta vencido.

Y, sin embargo, había algo más. Al explicar una jugada, siguiendo el retorcido hilo de la trama, en Muñoz despuntaba el destello fugaz de algo sólido, incluso brillante. Como si, a pesar de su apariencia, en el interior latiese un extraordinario talento lógico, matemático, o del género que fuera, que daba aplomo, autoridad indiscutible a sus palabras y gesto.

Le habría gustado conocerlo mejor. Comprendió que lo ignoraba todo de él, salvo que jugaba al ajedrez y era contable. Pero ya resultaba demasiado tarde. El trabajo había terminado, y sería difícil encontrarse de nuevo.

—Ha sido la nuestra una extraña relación —dijo en voz alta.

Muñoz dejó vagar la mirada a su alrededor durante unos segundos, como si buscase confirmación a aquellas palabras.

—Ha sido la relación habitual en ajedrez... —respondió—. Usted y yo, reunidos durante el tiempo que dura una partida —sonrió de nuevo, de aquel modo difuso que no significaba nada—. Llámeme cuando quiera volver a jugar.

—Usted me desconcierta —dijo ella espontáneamente—. De veras.

Se detuvo y la miró, sorprendido. Ya no sonreía.

—No comprendo.

—Tampoco yo, si se trata de eso —Julia vaciló un poco, insegura del terreno por el que se movía—. Usted parece dos personas distintas; tímido y retraído a veces, con una especie de conmovedora torpeza... Pero basta que haya de por medio cualquier relación con el ajedrez para que aparente una seguridad pasmosa.

—¿Y bien? —inexpresivo, el ajedrecista parecía aguardar el resto del razonamiento.

—Y eso, nada más —titubeó, algo avergonzada por su propia indiscreción, y después se burló de sí misma con una mueca—. Imagino que es absurdo, a estas horas de la mañana. Disculpe.

Estaba de pie frente a ella, con las manos en los bolsillos de la gabardina, su nuez prominente sobre el cuello desabrochado de la camisa y precisando un buen afeitado, la cabeza algo inclinada hacia la izquierda, como si reflexionase sobre lo que acababa de oír. Pero ya no parecía desconcertado.

—Ya veo —dijo, e hizo un gesto con el mentón, dando
a entender que se hacía cargo, aunque Julia no lograba
establecer exactamente de qué. Después miró detrás de
ella, como si esperase a alguien que le trajese una palabra olvidada. Y entonces hizo algo que la joven recor-
daría siempre con estupor. Allí mismo, en un instante,
con sólo media docena de frases, tan desapasionado y
frío como si se estuviera refiriendo a una tercera persona, le resumió su vida, o Julia creyó que así lo hacía.
Ocurrió, para estupefacción de la joven, en un instante,
sin pausas ni inflexiones, con la misma precisión que
Muñoz utilizaba para comentar los movimientos de
ajedrez. Y cuando terminó, quedando de nuevo en silencio, y sólo entonces, la vaga sonrisa retornó a sus
labios como si aquel gesto implicara una suave burla
para sí mismo, para el hombre descrito segundos antes
y hacia el que, en el fondo, el jugador de ajedrez no
sentía compasión ni desdén, sino una especie de solidaridad desengañada y comprensiva. Y Julia se quedó
allí, frente a él, sin saber qué decir durante un largo
rato, preguntándose cómo diablos aquel hombre poco
aficionado a las palabras había sido capaz de explicárselo todo con tanta nitidez. Y así supo de un niño que
jugaba mentalmente al ajedrez en el techo de su dormitorio cuando el padre lo castigaba por descuidar sus estudios; y supo de mujeres capaces de desmontar con
minuciosidad de relojero los resortes que mueven a un
hombre; y supo de la soledad venida al socaire del fracaso y la ausencia de esperanza. Todo aquello lo vio
Julia de golpe, sin tiempo para considerarlo siquiera,
y al final, que resultó ser casi el principio, no estaba
muy segura de qué parte de todo ello le había sido con-
tada por él, y qué parte imaginada por ella misma. Suponiendo, después de todo, que Muñoz hubiese hecho

algo más que hundir un poco la cabeza entre los hombros y sonreír como el gladiador cansado, indiferente a la dirección, arriba o abajo, en que se mueve el pulgar que decidirá su suerte. Y cuando el jugador de ajedrez dejó de hablar por fin, si es que alguna vez lo hizo, y la luz grisácea del amanecer le aclaraba la mitad del rostro dejando la otra mitad en sombras, Julia supo con exactitud perfecta lo que significaba para aquel hombre el pequeño rincón de sesenta y cuatro escaques blancos y negros: el campo de batalla en miniatura donde se desarrollaba el misterio mismo de la vida, del éxito y del fracaso, de las fuerzas terribles y ocultas que gobiernan el destino de los hombres.

En menos de un minuto supo todo eso. Y también el significado de aquella sonrisa que nunca terminaba por asentarse del todo en sus labios. E inclinó despacio la cabeza, porque era una joven inteligente y había comprendido; y él miró al cielo y dijo que hacía mucho frío. Después, ella sacó el paquete de cigarrillos, ofreciéndole uno, y él aceptó, y esa fue la primera y penúltima vez que vio a Muñoz fumar. Entonces echaron a andar de nuevo para acercarse hasta la puerta de Julia. Estaba decidido que aquel era el punto donde el ajedrecista saldría de la historia, así que alargó una mano para estrechar la suya y decir adiós. Pero en ese momento la joven miró el interfono y vio un pequeño sobre, como el de una tarjeta de visita, doblado en la rejilla junto a su timbre. Y cuando lo abrió y extrajo la tarjeta de cartulina que había dentro, supo que Muñoz no podía marcharse aún. Y que iban a ocurrir unas cuantas cosas, ninguna de ellas buena, antes de que le permitieran hacerlo.

–No me gusta –dijo César, y Julia percibió un temblor en los dedos que sostenían la boquilla de marfil–. No me gusta nada que un loco ande suelto por ahí, jugando contigo a Fantomas.

Pareció que las palabras del anticuario fueran señal para que todos los relojes de la tienda diesen, uno tras otro o simultáneamente, en diversos tonos que iban desde el suave murmullo hasta los graves acordes de los pesados relojes de pared, los cuatro cuartos y las nueve campanadas. Pero la coincidencia no hizo sonreír a Julia. Miraba la Lucinda de Bustelli, inmóvil dentro de su urna de cristal, y se sentía tan frágil como ella.

–A mí tampoco me gusta. Pero no estoy segura de que podamos elegir.

Apartó los ojos de la porcelana para dirigirlos hacia la mesa de estilo Regencia sobre la que Muñoz había desplegado su pequeño tablero de ajedrez, reproduciendo en él, una vez más, la posición de las piezas en la partida del Van Huys.

–Ojalá cayese en mis manos ese canalla –murmuraba César, dirigiéndole una nueva ojeada suspicaz a la tarjeta que Muñoz sostenía por un ángulo, como si se tratara de un peón que no sabía dónde situar–. Como broma rebasa lo ridículo...

–No es una broma –objetó Julia–. ¿Olvidas al pobre Álvaro?

–¿Olvidarlo? –el anticuario se llevó la boquilla a los labios, exhalando el humo con nerviosa brusquedad–. ¡Qué más quisiera yo!

–Y, sin embargo, tiene sentido –dijo Muñoz.

Se lo quedaron mirando. Ajeno al efecto de sus palabras, el ajedrecista seguía con la tarjeta entre los dedos y se apoyaba en la mesa, sobre el tablero. Aún no se había quitado la gabardina, y la luz que entraba por la vidriera emplomada daba un tono azul a su mentón sin afeitar, resaltando los cercos de insomnio bajo los ojos cansados.

–Amigo mío –le dijo César, a medio camino entre la incredulidad cortés y cierto irónico respeto–. Celebro que sea capaz de encontrarle sentido a todo esto.

Muñoz se encogió de hombros, sin prestarle atención al anticuario. Era evidente que se centraba en el nuevo problema, en el jeroglífico de la pequeña tarjeta:

Tb3?... Pd7–d5+

Todavía durante un momento Muñoz observó las cifras, cotejándolas con la posición de las piezas en el tablero. Después alzó los ojos hacia César, para terminar posándolos en Julia.

–Alguien –y con aquel *alguien* la joven sintió un escalofrío, como si acabaran de abrir una puerta cercana e invisible– parece interesado en la partida de ajedrez que se juega en ese cuadro... –entornó los ojos e hizo un gesto de asentimiento, como si por alguna oscura razón pudiera intuir los móviles del misterioso aficionado–. Sea quien sea, conoce el desarrollo de la partida y sabe, o imagina, que hemos resuelto su secreto hacia *atrás*. Porque propone seguir moviendo hacia adelante; continuar el juego a partir de la posición que las piezas ocupan en el cuadro.

–Está usted de broma –dijo César.

Durante un incómodo silencio, Muñoz miró con fijeza al anticuario.

–Yo nunca bromeo –dijo por fin, como si hubiese estado considerando la conveniencia de precisar aquello–. Y menos cuando se trata de ajedrez –hizo el gesto de golpear con el índice la tarjeta–. Le aseguro que es exactamente eso lo que hace: proseguir la partida en el punto en que la dejó el pintor. Miren el tablero:

–... Observen –Muñoz indicó la cartulina–. *Tb3?*... *Pd7–d5+*. Ese Tb3 significa que las blancas mueven la torre que está en B5 y la llevan a B3. Lo acompaña un signo de interrogación, que yo interpreto como que se nos sugiere ese movimiento. Eso permite deducir que nosotros jugamos con blancas y el adversario con negras.

–Muy apropiado –comentó César–. En el fondo es adecuadamente siniestro.

–No sé si es siniestro o deja de serlo, pero es exactamente lo que hace. Nos dice: *«yo juego con negras y os invito a mover esa torre a B3»*... ¿Comprenden? Si aceptamos el juego, tenemos que mover como nos sugiere, aunque podríamos escoger otra jugada más oportuna. Por ejemplo, comernos el peón negro que está en B7 con el peón blanco de A6... O la torre blanca de B6... –se detuvo un instante, absorto, como si su mente se hubiera internado automáticamente por las posibilidades que ofrecía la combinación que acababa de mencionar, y después parpadeó, retornando con visible esfuerzo a la situación real–. Nuestro adversario da por sentado que aceptamos su reto y hemos movido la torre blanca a B3, para proteger nuestro rey blanco de un posible movimiento lateral hacia la izquierda de la dama negra y, al mismo tiempo, con esa torre apoyada por la otra torre y el caballo blanco, amenazar de mate al rey negro que está en la casilla A4... Y de todo esto deduzco que le gusta el riesgo.

Julia, que seguía sobre el tablero las explicaciones de Muñoz, levantó los ojos hacia el ajedrecista. Estaba segura de haber detectado en sus palabras un rastro de admiración hacia el jugador desconocido.

–¿Por qué dice eso?... ¿Cómo puede saber lo que le gusta y lo que no?

Muñoz hundió la cabeza entre los hombros, mordiéndose el labio inferior.

–No sé –respondió tras un titubeo–. Cada uno juega al ajedrez según es. Creo que ya les expliqué eso una vez –puso la tarjeta sobre la mesa, junto al tablero–. *Pd7–d5+* significa que las negras escogen ahora jugar avanzando el peón que tienen en D7 a D5, y amenazan con un jaque al rey blanco... Esa crucecita junto a las cifras significa jaque. Traducido: estamos en peligro. Un peligro que podemos evitar comiéndonos ese peón con el blanco que está en E4.

–Sí –dijo César–. En lo que se refiere a las jugadas, de acuerdo. Pero no entiendo qué tiene eso que ver con nosotros... ¿Qué relación hay entre esas jugadas y la realidad?

Muñoz hizo un gesto ambiguo, como si le estuviesen pidiendo demasiado. Julia vio que los ojos del jugador de ajedrez buscaban los suyos, desviándose apenas un segundo después.

–No sé cuál es la relación exacta. Tal vez se trata de un aviso, de una advertencia. Eso no puedo saberlo... Pero la siguiente jugada lógica de las negras, tras serles comido el peón en D5, sería dar un nuevo jaque al rey blanco, llevando el caballo negro que está en D1 a B2... Así las cosas, sólo hay una jugada que puedan hacer las blancas para evitar el jaque, manteniendo al mismo tiempo su posición de cerco al rey negro: comerse el caballo negro con la torre blanca. La torre que está en B3 se come el caballo en B2. Observen ahora la posición en el tablero:

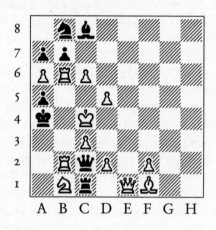

Se quedaron los tres en silencio, inmóviles, estudiando la nueva disposición de las piezas. Julia comentaría más tarde que en aquel momento, mucho antes de comprender el significado del jeroglífico, presintió que el tablero había dejado de ser una simple sucesión de cuadros blancos y negros para convertirse en un terreno real que representaba el curso de su propia vida. Y como si el tablero se hubiera tornado espejo, descubrió algo familiar en la pequeña pieza de madera que representaba a la reina blanca, en su casilla E1, patéticamente vulnerable en la proximidad amenazadora de las piezas negras.

Pero fue César el primero que se dio cuenta.

–Dios mío –dijo. Y aquello sonó tan extraño en sus agnósticos labios que Julia lo miró, alarmada. El anticuario tenía los ojos fijos en el tablero y la mano que sostenía la boquilla detenida a escasos centímetros de la boca, como si la comprensión le hubiese llegado de golpe, paralizando el gesto apenas iniciado.

Volvió Julia a mirar el tablero mientras sentía la sangre batirle sordamente en las muñecas y las sienes. No era capaz de ver más que la indefensa reina blanca, pero sentía el peligro como un pesado lastre sobre su espalda. Entonces levantó los ojos hacia Muñoz en demanda de auxilio, y vio que el jugador de ajedrez movía pensativo la cabeza, mientras una profunda arruga vertical le dividía la frente. Después, la sonrisa vaga que ella había visto otras veces le rozó un instante los labios, pero no había rastro de humor en ella. Era una mueca fugaz, algo resentida; la de quien, muy a su pesar, se ve forzado a reconocer el talento de un adversario. Y Julia sintió estallar un miedo oscuro, intenso, pues comprendió que incluso Muñoz estaba impresionado.

–¿Qué ocurre? –preguntó, incapaz de reconocer su propia voz. Los escaques del tablero se movían ante sus ojos.

–Ocurre –dijo César, cambiando una grave mirada con Muñoz– que el movimiento de la torre blanca enfila ahora a la reina negra… ¿No es eso?

El jugador de ajedrez inclinó el mentón, en señal de asentimiento.

–Sí –dijo al cabo de un instante–. En la partida, la

dama negra, que antes estaba a salvo, queda al descubierto... –se detuvo un momento; aventurarse por el camino de las interpretaciones extra-ajedrecísticas era algo en lo que no parecía moverse a sus anchas–. Eso puede significar que el jugador invisible nos comunica algo: su certeza de que el misterio del cuadro ha sido resuelto. La dama negra...

–Beatriz de Borgoña –murmuró la joven.

–Sí. Beatriz de Borgoña. La dama negra que, según parece, ya mató una vez.

Las últimas palabras de Muñoz quedaron en el aire como si no esperasen respuesta. César, que había permanecido en silencio, alargó la mano y deshizo delicadamente la brasa de su cigarrillo en un cenicero, con el gesto meticuloso de quien necesita hacer algo para mantenerse en contacto con la realidad. Después miró a su alrededor como si en alguno de los muebles, cuadros u objetos de su tienda de antigüedades se hallase la respuesta a las preguntas que todos se formulaban.

–La coincidencia es absolutamente increíble, queridos míos –dijo–. Esto no puede ser real.

Alzó las manos y las dejó caer a los costados, en un gesto de impotencia. Muñoz se limitó a encoger hoscamente los hombros bajo la arrugada gabardina.

–Aquí no hay coincidencia que valga. Quien ha planeado esto es un maestro.

–¿Y qué pasa con la reina blanca? –preguntó Julia.

Muñoz sostuvo unos segundos su mirada y movió una mano hacia el tablero, deteniéndola sólo a unos centímetros de la pieza, como si no se atreviera a tocarla. Después señaló con el dedo índice la torre negra en C1.

–Pasa que puede ser comida –dijo con calma.

–Ya veo –Julia se sentía decepcionada; había creído

experimentar una impresión más fuerte cuando alguien confirmase sus aprensiones en voz alta–. Si lo he entendido bien, el hecho de haber descubierto el secreto del cuadro, es decir la culpabilidad de la dama negra, se refleja en esa jugada de torre a B2... Y la dama blanca está en peligro, pues debió retirarse a lugar seguro en vez de andar por ahí complicándose la vida. ¿Es la moraleja, señor Muñoz?

–Más o menos.

–Pero todo ocurrió *hace* cinco siglos –protestó César–. Sólo la mente de un loco...

–Tal vez se trate de un loco –opinó Muñoz, ecuánime–. Pero jugaba, o juega, condenadamente bien al ajedrez.

–Y puede haber matado otra vez –añadió Julia–. Ahora, hace unos días, en el siglo veinte. A Álvaro.

César levantó una mano escandalizado, como si aquello fuese una inconveniencia.

–Alto ahí, princesa. Nos estamos liando. Ningún asesino sobrevive cinco siglos. Y un simple cuadro es incapaz de matar.

–Según se mire.

–Te prohíbo decir barbaridades. Y deja de mezclar cosas distintas. Por un lado hay un cuadro y un crimen cometido hace quinientos años... Por otra parte tenemos a Álvaro muerto...

–Y el envío de los documentos.

–Pero nadie ha demostrado aún que quien los envió matase a Álvaro... Hasta es posible que ese desgraciado se rompiera de verdad la crisma en la bañera –el anticuario alzó tres dedos–. En tercer lugar, alguien pretende jugar al ajedrez... Eso es todo. No hay pruebas que relacionen todas esas cosas entre sí.

–El cuadro.

–Eso no es una prueba. Es una hipótesis –César miró a Muñoz–. ¿No es cierto?

El ajedrecista guardaba silencio, renunciando a tomar partido, y César lo miró con rencor. Julia señaló la tarjeta de cartulina sobre la mesa, junto al tablero.

–¿Queréis pruebas? –dijo de pronto, pues acababa de caer en la cuenta de lo que era aquello–. Aquí hay una que relaciona directamente la muerte de Álvaro con el jugador misterioso... Conozco esas fichas demasiado bien... Son las que usaba Álvaro para trabajar –hizo una pausa para tomar conciencia de sus propias palabras–. Quien lo mató pudo coger también un puñado de tarjetas de su casa –reflexionó un instante y extrajo un Chesterfield del paquete que llevaba en el bolsillo de la cazadora. La irracional sensación de pánico experimentada minutos antes se desvanecía por momentos, sustituyéndola una aprensión más definida, de contornos precisos. No era lo mismo, se dijo a modo de explicación, el miedo al miedo, a lo indefinido y oscuro, que el miedo concreto a morir asesinada a manos de un ser real. Tal vez el recuerdo de Álvaro, de aquella muerte a plena luz y con los grifos abiertos, le aclaraba la mente, despejándola de otros miedos superfluos. Bastante tenía ya con eso.

Se llevó el cigarrillo a la boca y lo encendió, confiando en que el gesto constituyese una demostración de aplomo ante los dos hombres. Después expulsó la primera bocanada de humo y tragó saliva, sintiendo la garganta desagradablemente seca. Necesitaba urgentemente un vodka. O media docena de vodkas. O un hombre guapo, fuerte y silencioso, con quien hacer el amor hasta perder la conciencia.

–¿Y ahora? –preguntó, con toda la calma de que fue capaz.

César miraba a Muñoz y éste a Julia. Ella pudo comprobar que la mirada del ajedrecista se había vuelto de nuevo opaca, desprovista de vida, como si todo hubiese dejado de interesarle hasta que un nuevo movimiento reclamara su atención.

–Esperar –dijo Muñoz, y señaló el tablero–. Le toca mover a las negras.

Menchu estaba muy excitada, pero no a causa del jugador misterioso. A medida que Julia le contaba, abría los ojos como platos, hasta el punto de que, aguzando el oído, se hubiera escuchado tras ellos el indiscreto *clic* de una caja registradora sumando enteros. Lo cierto es que, en materia de dinero, Menchu se manifestaba siempre voraz. Y en aquel momento, calculando beneficios, indudablemente lo era.

Voraz y atolondrada, añadió Julia para sus adentros, pues apenas había manifestado inquietud por la existencia de un posible asesino aficionado al ajedrez. Fiel a su propio personaje, el mejor recurso de Menchu a la hora de resolver problemas era comportarse como si no existieran. Poco dispuesta a mantener durante mucho tiempo su atención en algo concreto, tal vez aburrida de tener en casa a Max en funciones de gorila protector –eso dificultaba otros escarceos–, la galerista había decidido variar su enfoque de todo aquello. Se trataba ahora tan sólo de una curiosa serie de coincidencias, o una broma extraña y posiblemente inofensiva, ideada por alguien con raro sentido del humor, cuyas razones se le escapaban de puro ingeniosas. Era la versión más tranquilizadora, sobre todo cuando había mucho a ganar de por medio. En cuanto a la muerte de Álvaro, ¿es que Julia nunca había oído hablar de los errores judiciales?... Como el asesinato de Zola por aquel tipo, Dreyfuss, o quizá fuese al revés; y Lee Harvey Oswald, entre otros patinazos por el estilo. Además, un resbalón de bañera cualquiera lo daba en la vida. O poco menos.

—En cuanto al Van Huys, ya verás. Le vamos a sacar un montón de dinero.

—¿Y qué hacemos con Montegrifo?

Había pocos clientes en la galería; un par de damas de edad que conversaban junto a un gran óleo de factura clásica y paisaje marino, y un caballero vestido de oscuro que curioseaba en las carpetas de grabados. Menchu apoyó una mano en la cadera como si fuese la culata de un revólver, emitiendo un teatral parpadeo mientras bajaba la voz.

—Entrará por el aro, pequeña.

—¿Tú crees?

—Lo que yo te diga. O acepta o nos pasamos al enemigo —sonrió segura de sí—. Con tus antecedentes y toda esa película maravillosa del duque de Ostenburgo y la mala pécora de su legítima, Sotheby's o Christie's nos acogerían con los brazos abiertos. Y Paco Montegrifo no tiene un pelo de tonto... —pareció recordar algo—. Por cierto; esta tarde tomamos café con él. Ponte guapa.

—¿Tomamos?

—Tú y yo. Ha telefoneado esta mañana, todo mieles. Menudo olfato tiene ese cabrón.

—A mí no me líes.

—No te lío. Insistió en que vengas tú también. No sé que le has dado, hija. Con lo flacucha que estás.

Los tacones de Menchu —zapatos cosidos a mano, carísimos, pero dos centímetros más altos de lo preciso— dejaban dolorosas marcas en la moqueta beige. En su galería, entre luces indirectas, tonos claros y grandes espacios, predominaba lo que César solía llamar *arte bárbaro*: acrílicos y guaches combinados con collages, relieves de arpillera alternados con oxidadas llaves inglesas, o tuberías de plástico junto a volantes de automóvil pintados de azul celeste eran la nota dominante, y sólo a veces, relegado a lejanos rincones de la sala, asomaba un retrato o paisaje de corte más convencional; como un huésped incómodo, aunque necesario para justificar la pretendida amplitud de criterios de una anfitriona esnob. Y, sin embargo, a Menchu la galería le daba dinero; hasta César se veía obligado a reconocerlo, a regañadientes, mientras recordaba con añoranza los tiempos en que, para la sala de juntas de cualquier consejo de administración, era imprescindible un cuadro de aire respetable *comme il faut*, provisto de la apropiada pátina y el grueso marco de madera dorada, en lugar de delirios postindustriales tan en consonancia con el espíritu –dinero de plástico, muebles de plástico, arte de plástico– de las nuevas generaciones que ocupaban, previo paso por allí de carísimos decoradores a la última, aquellos mismos despachos.

Paradojas de la vida: Menchu y Julia contemplaban en aquel momento una curiosa combinación de rojos y verdes que respondía al excesivo título de *Sentimientos*, salida semanas atrás de la paleta de Sergio, la última romántica locura de César, que el anticuario había recomendado, teniendo –eso sí– la decencia de desviar púdicamente los ojos cuando mencionó el asunto.

–De todas formas lo venderé –suspiró Menchu, resignada, después que ambas lo miraron durante un rato–. En realidad se vende todo. Parece mentira.

–César te está muy agradecido –dijo Julia–. Y yo también.

Menchu arrugó la nariz, con reprobación.

—Eso es lo que me fastidia. Que además justifiques las golferías de tu amigo el anticuario. Ya tiene edad para formalizarse un poco, la vieja loca.

Julia blandió un puño amenazador ante la nariz de su amiga.

—No te metas con él. Ya sabes que César es sagrado.

—Lo sé, hija. Siempre con tu César por aquí y por allá, y así desde que te conozco... —miró el cuadro de Sergio con fastidio—. Lo vuestro es para ir al psicoanalista y saltarle un fusible. Os imagino tumbaditos juntos en el diván, hablándole de la cebolla esa de Freud: «Verá usted, doctor, de pequeña no quería tirarme a mi padre sino bailar el vals con el anticuario. Que además es mariquita, pero me adora...» Menudo pastel, nena.

Julia miró a su amiga sin ganas de sonreír.

—Eso es una impertinencia. Conoces perfectamente la naturaleza de nuestra relación.

—Vaya si la conozco.

—Pues vete al cuerno. Sabes muy bien... —se detuvo y bufó, irritada consigo misma—. Esto es absurdo. Siempre que hablas de César termino justificándome.

—Porque hay algo turbio en lo vuestro, chatita. Recuerda que incluso cuando estabas con Álvaro...

—Déjame en paz con Álvaro. Ocúpate de tu Max.

—Mi Max, al menos, me da lo que necesito... Por cierto, ¿qué tal ese ajedrecista que os habéis sacado de la manga? Me muero por echarle la vista encima.

—¿Muñoz? —Julia no pudo evitar una sonrisa—. Te decepcionaría. No es tu tipo... Ni el mío —reflexionó unos instantes; nunca se le había ocurrido considerarlo desde un punto de vista descriptivo—. Tiene pinta de oficinista de película en blanco y negro.

—Pero te ha resuelto lo del Van Huys —Menchu emitió un parpadeo de socarrona admiración en homenaje al jugador de ajedrez–. Algún talento tendrá.

–A su manera puede ser brillante… Pero no siempre. En un momento lo ves muy seguro, razonando como una máquina, y de pronto se apaga ante tus ojos. Entonces te ves fijándote en el cuello rozado de su camisa, en lo vulgar de sus facciones, y piensas que, seguramente, es uno de esos a los que les huelen los calcetines…

–¿Está casado?

Julia encogió los hombros. Miraba hacia la calle, más allá de la vidriera del escaparate donde se exponían un par de cuadros y cerámicas decoradas.

–No lo sé. No es de los que hacen confidencias –meditó sobre lo que acababa de decir, descubriendo que tampoco había pensado en ello, hasta ese punto Muñoz le interesaba menos como ser humano que como útil para la resolución de un problema. Sólo el día anterior, poco antes de encontrar la tarjeta en la puerta cuando estaban a punto de despedirse, se había asomado un poco, por primera vez, a su interior–. Yo diría que sí está casado. O que lo estuvo… Hay en él ciertos estragos que sólo podemos causar las mujeres.

–¿Y cómo le cae a César?

–Le cae bien. Imagino que le hace gracia el personaje. Lo trata con mucha cortesía, a veces algo irónica… Como si cuando Muñoz se muestra brillante analizando una jugada, sintiera una punzadita de celos. Pero en cuanto aparta los ojos del tablero, Muñoz vuelve a ser vulgar y César se tranquiliza.

Se interrumpió, extrañada. Seguía mirando hacia la calle a través del escaparate, y acababa de ver al otro lado, detenido junto al bordillo, un coche que le pareció familiar. ¿Dónde lo había visto antes?

Pasó un autobús, ocultando el coche de su vista. La ansiedad que se le reflejaba en el rostro atrajo la atención de Menchu.

–¿Ocurre algo?

Movió la cabeza, desconcertada. Tras el autobús cruzó un camión de reparto, deteniéndose ante un semáforo, y resultaba imposible saber si el coche seguía allí. Pero ella lo había visto. Era un Ford.

–¿Qué pasa?

Menchu alternaba sus miradas entre ella y la calle, sin comprender. Con un vacío en la boca del estómago, sensación incómoda que en los últimos días había llegado a conocer demasiado bien, Julia se quedó inmóvil, concentrada como si sus ojos, a base de esfuerzo, fuesen capaces de atravesar la chapa del camión y averiguar si el coche seguía allí. Un Ford azul.

Tenía miedo. Lo sintió hormiguear suavemente a lo largo de su cuerpo, latir en las muñecas y las sienes. Después de todo, se dijo, era posible que alguien la estuviese siguiendo. Que lo hiciera desde días atrás, cuando Álvaro y ella... Un Ford azul con los cristales oscuros.

De pronto recordó. Detenido en doble fila frente a la agencia de mensajeros, saltándose un semáforo en rojo aquella mañana de lluvia en los bulevares. Sombra entrevista a veces desde los visillos de su ventana, calle abajo, o entre el tráfico, un poco por aquí y por allá... ¿Por qué no iba a tratarse del mismo automóvil?

–Julia, hija –Menchu parecía ahora realmente preocupada–. Te has puesto pálida.

El camión seguía allí, detenido ante el semáforo en rojo. Tal vez sólo era una coincidencia. El mundo estaba lleno de coches azules y con los cristales oscuros. Dio un paso hacia el escaparate, metiendo la mano en el bolso de cuero que llevaba colgado del hombro. Álvaro en la bañera, bajo los grifos abiertos. Buscó a tientas, apartando tabaco, encendedor, polvera. Tocó la culata de la Derringer con una especie de jubiloso consuelo, de odio exaltado hacia aquel coche ahora invisible que encarnaba la sombra desnuda del miedo. Hijo de puta, pensó, y la mano que empuñaba el arma dentro del bolso se puso a temblar a un tiempo de pavor y de ira. Hijo de puta, seas quien seas, aunque hoy les toque mover a las negras te voy a enseñar yo a jugar al ajedrez... Y ante los atónitos ojos de Menchu salió a la calle con los dientes apretados y los ojos fijos en el camión que ocultaba el automóvil. Cruzó entre dos coches detenidos en la acera, justo cuando el disco cambiaba a verde. Sorteó un parachoques, escuchó indiferente un claxon a su espalda, estuvo a punto de sacar la Derringer del bolso en su impaciencia por que pasara el camión, y por fin, entre una humareda de gasoil, llegó al otro lado de la calle a tiempo de ver cómo un Ford azul con los cristales oscuros, cuya matrícula terminaba en las letras TH, se perdía en el tráfico, calle arriba, alejándose de su vista.

IX. El foso de la Puerta Este

> «AQUILES: ¿Qué pasa entonces si usted encuentra un cuadro dentro del cuadro al cual ya ha entrado...?
> TORTUGA: Justo lo que usted esperaría: uno se introduce dentro de ese cuadro-en-el cuadro.»
>
> *D. R. Hofstadter*

–Fue realmente excesivo, querida –César enrollaba sus *spaghetti* en torno al tenedor–. ¿Imaginas?... Un honrado ciudadano está detenido casualmente en un semáforo, al volante de su no menos casual coche de color azul, y ve llegar una guapa joven hecha un basilisco que, de buenas a primeras, pretende pegarle un tiro –se volvió hacia Muñoz, como pidiendo el apoyo de la cordura–... ¿No es para que a cualquiera le dé un soponcio?

El jugador de ajedrez detuvo el movimiento de la bolita de pan que tenía entre los dedos, sobre el mantel, pero no levantó los ojos.

–No se lo llegó a pegar. Me refiero al tiro –precisó en voz baja, ecuánime–. El coche se fue antes.

–Lógico –César extendió una mano hacia la copa de vino rosado–. El semáforo estaba en verde.

Julia dejó los cubiertos en el filo del plato, junto a su lasaña casi intacta. Lo hizo con violencia, levantando un ruido merecedor de una dolorida mirada de reconvención que el anticuario le dirigió por encima del borde de su copa.

–Escucha, bobo. El coche ya estaba parado antes de que el semáforo se pusiera rojo, con la calle libre... Justo enfrente de la galería, ¿entiendes?

–Hay cientos de coches así, cariño –César dejó con suavidad la copa sobre la mesa, volvió a secarse los labios y compuso una apacible sonrisa–. También pudo tratarse –añadió, bajando la voz hasta adoptar un tono sibilino– de un admirador de tu virtuosa amiga Menchu... Algún musculoso proxeneta en ciernes, aspirante a desbancar a Max. O algo así.

Julia sentía una sorda irritación. La sacaba de quicio que en momentos de crisis César se atrincherase en su agresividad maledicente, estilo vieja víbora. Pero no quería abandonarse al malhumor, discutiendo con él. Y menos delante de Muñoz.

–También pudo ser alguien –respondió, tras revestirse de paciencia y contar mentalmente hasta cinco– que viéndome salir de la galería decidió quitarse de en medio, por si acaso.

–Lo veo pero que muy improbable, queridísima. De veras.

–También habrías considerado improbable que Álvaro apareciera desnucado como un conejo, y ya ves.

El anticuario frunció los labios, como si la alusión resultara inoportuna, mientras indicaba el plato de Julia con un gesto.

–Se te va a enfriar la lasaña.

–A la mierda la lasaña. Quiero saber qué opinas tú. Y quiero la verdad.

César miró a Muñoz, pero éste seguía amasando su bolita de pan, inexpresivo. Entonces apoyó las muñecas en el borde de la mesa, simétricamente colocadas a cada lado del plato, y fijó la vista en el búcaro con dos claveles, blanco y rojo, que decoraba el centro del mantel.

–Puede que sí, que tengas razón –enarcaba las cejas como si la sinceridad exigida y el afecto que le profesaba a Julia librasen dura lucha en su interior–… ¿Es eso lo que deseas oír? Pues ya está. Ya lo he dicho –los ojos azules la miraron con tranquila ternura, libres del sardónico enmascaramiento que los había revestido hasta entonces–. Confieso que la presencia de ese coche me preocupa.

Julia le dirigió una mirada furiosa.

–¿Puede saberse, entonces, por qué te has pasado media hora haciendo el idiota? –golpeó con los nudillos sobre el mantel, impaciente–. No, no me lo digas. Ya sé. Papaíto no quiere que la nena se inquiete, ¿verdad? Estaré más tranquila con la cabeza metida en el agujero, como las avestruces… O como Menchu.

–Las cosas no se solucionan echándose encima de la gente porque parezca sospechosa… Además, si las aprensiones resultan justificadas, incluso puede ser peligroso. Quiero decir peligroso *para ti*.

–Llevaba tu pistola.

–Espero no lamentar nunca haberte dado esa Derringer. Esto no es un juego. En la vida real, los malos también pueden llevar pistola… Y juegan al ajedrez.

Como si hiciese una tópica imitación de sí mismo, la palabra *ajedrez* pareció romper la apatía de Muñoz.

–Después de todo –murmuró, sin dirigirse a nadie en particular– el ajedrez es una combinación de impulsos hostiles…

Lo miraron sorprendidos; aquello no tenía nada que ver con la conversación. Muñoz contemplaba el vacío, como si aún no hubiese regresado completamente de un largo viaje a lugares remotos.

–Mi estimadísimo amigo –dijo César, algo picado por la interrupción–. No me cabe la menor duda de la aplastante veracidad de sus palabras, pero nos encantaría que fuese más explícito.

Muñoz hizo girar la bolita de pan entre los dedos. Llevaba una americana azul pasada de moda y corbata verde oscura. Las puntas del cuello de la camisa, arrugadas y no muy limpias, apuntaban hacia arriba.

–No sé qué decirles –se frotó el mentón con el dorso de los dedos–. Llevo todos estos días dándole vueltas al asunto... –vaciló otra vez, como si buscase las palabras idóneas–. Pensando en nuestro adversario.

–Como Julia, imagino. O como yo mismo. Todos pensamos en ese miserable...

–No es igual. Llamarlo *miserable*, como usted hace, supone ya un juicio subjetivo... Algo que no nos ayuda; y puede desviar nuestra atención de lo que sí es importante. Yo procuro pensar en él a través de lo único objetivo que tenemos hasta ahora: sus movimientos de ajedrez. Quiero decir... –pasó un dedo por el cristal empañado de su copa de vino, intacta, y se calló un momento, como si el gesto le hubiese hecho perder el hilo del breve discurso–. El estilo refleja al jugador... Creo que ya les hablé de eso una vez.

Julia se inclinó hacia el ajedrecista, interesada.

–¿Quiere decir que ha pasado estos días estudiando en serio la *personalidad* del asesino?... ¿Que ahora lo conoce mejor?

La vaga sonrisa se insinuó de nuevo, apenas un instante, en los labios de Muñoz. Pero su mirada era abrumadoramente seria, comprobó Julia. Aquel hombre no ironizaba jamás.

–Hay jugadores de muchos tipos –entornó los párpados, y parecía que observase algo a lo lejos, un mundo familiar más allá de las paredes del restaurante–. Además del estilo de juego, cada uno tiene manías propias, rasgos que lo diferencian de los demás: Steinitz solía tararear a Wagner mientras jugaba; Morphy nunca miraba a su oponente hasta el movimiento decisivo... Otros dicen algo en latín, o en jerga inventada... Es una manera de desahogar tensión, de quedarse a la expectativa. Puede ocurrir antes o después de mover una pieza. A casi todos les pasa.

—¿A usted también? —preguntó Julia.

El ajedrecista titubeó, molesto.

—Supongo que sí.

—¿Y cuál es su manía de jugador?

Muñoz se miró las manos, sin dejar de amasar entre los dedos la bolita de pan.

—Vámonos a Penjamo con dos Haches.

—¿*Vámonos a Penjamo con dos Haches?*...

—Sí.

—¿Y qué significa *Vámonos a Penjamo con dos Haches?*

—No significa nada. Sencillamente lo digo entre dientes, o lo pienso, cuando hago una jugada decisiva, justo antes de tocar la pieza.

—Pero eso es completamente irracional...

—Ya lo sé. Pero, incluso irracionales, los gestos o manías se relacionan con la forma de jugar. Y eso también es información sobre el carácter del adversario... A la hora de analizar un estilo o un jugador, cualquier dato vale. Petrosian, por ejemplo: era muy defensivo, con gran sentido del peligro; se pasaba el tiempo preparando defensas frente a posibles ataques, incluso antes de que éstos se le ocurriesen a sus adversarios...

—Un paranoico —dijo Julia.

—¿Ve como no es difícil?... En otros casos, el juego refleja egoísmo, agresividad, megalomanía... Consideren, si no, el caso de Steinitz: con sesenta años, aseguraba estar en comunicación directa con Dios, y que podía ganarle una partida dando ventaja de un peón y las blancas...

–¿Y nuestro jugador invisible? –preguntó César, que escuchaba atento, con su copa a medio camino entre la mesa y los labios.

–Parece bueno –respondió Muñoz sin vacilar–. Y a menudo los buenos jugadores son gente complicada... Un maestro desarrolla una intuición especial por el movimiento adecuado y un sentido del peligro sobre el movimiento erróneo. Es una especie de instinto que no se puede explicar con palabras... Cuando mira el tablero no ve algo estático, sino un campo donde se entrecruzan multitud de fuerzas magnéticas, incluidas las que él lleva dentro –miró la bolita de pan sobre el mantel durante unos segundos antes de desplazarla cuidadosamente hacia un lado, como si se tratase de un minúsculo peón sobre un tablero imaginario–. Es agresivo y le gusta arriesgarse. Ese no recurrir a la dama para proteger su rey... El brillante recurso al peón negro y después al caballo negro para mantener la tensión sobre el rey blanco, dejando en suspenso, para atormentarnos, un posible cambio de damas... Quiero decir que ese hombre...

–O esa mujer –interrumpió Julia.

El ajedrecista la miró indeciso.

–No sé qué pensar. Algunas mujeres, juegan bien al ajedrez, pero son pocas... En este caso, las jugadas de nuestro adversario, o adversaria, muestran cierta crueldad, y yo diría que también una curiosidad algo sádica... Como el gato que juega con el ratón.

–Recapitulemos –Julia contaba con el índice sobre los dedos de una mano–: nuestro adversario es probablemente un hombre, y de forma más improbable una mujer, con una importante seguridad en sí mismo, de carácter agresivo, cruel, y con una especie de sadismo de *voyeur*. ¿Correcto?

–Creo que sí. También le gusta el peligro. Rechaza, eso salta a la vista, el clásico enfoque que relega al jugador de las piezas negras al papel defensivo. Además, tiene buena intuición sobre los movimientos del adversario... Es capaz de ponerse en lugar de otros.

César curvó los labios hasta modular un silencioso silbido de admiración y miró a Muñoz con renovado respeto. El ajedrecista había adoptado un aire distante, como si sus pensamientos derivaran otra vez lejos de allí.

–¿En qué piensa? –preguntó Julia.

Muñoz tardó un poco en responder.

–En nada especial... A menudo, sobre un tablero, la batalla no es entre dos escuelas de ajedrez, sino entre dos filosofías... Entre dos formas de concebir el mundo.

–Blancas y negras, ¿no es eso? –apuntó César como si recitara un viejo poema–. El bien y el mal, el cielo y el infierno, y todas esas deliciosas antítesis.

–Es posible.

Muñoz había hecho un gesto que confesaba su incapacidad para analizar la cuestión de un modo adecuadamente científico. Julia observó su frente despejada y sus grandes ojeras. La lucecita que tanto la fascinaba parecía encendida en los ojos cansados del jugador de ajedrez, y se preguntó cuánto faltaba para que se apagara de nuevo, como otras veces. Cuando el brillo estaba allí, sentía verdadero interés por adentrarse en su interior, por conocer al hombre taciturno que tenía ante sí.

—¿Y cuál es su escuela?

El ajedrecista pareció sorprendido por la pregunta. Hizo un gesto hacia su copa, deteniéndolo a la mitad, y la mano quedó sobre el mantel, inmóvil. La copa seguía intacta desde que, al comienzo de la comida, un camarero había servido el vino.

—No creo pertenecer a una escuela —respondió en voz baja; a veces daba la impresión de que hablar de sí mismo violentaba de forma intolerable su sentido del pudor—. Supongo que soy de los que consideran el ajedrez una forma de terapia... A veces me pregunto cómo se las arreglan ustedes, los que no juegan, para escapar de la locura o la melancolía... Como ya les dije una vez, hay gente que juega para ganar; como Alekhine, como Lasker, como Kasparov... Como casi todos los grandes maestros. También, supongo, como ese misterioso jugador invisible... Otros, Steinitz, Przepiorka, prefieren demostrar sus teorías o ejecutar brillantes movimientos... —dudó antes de continuar; era evidente que ya no podía evitar referirse a él mismo.

—En cuanto a usted... —lo ayudó Julia.

—En cuanto a mí, yo no soy agresivo, ni arriesgado.

—¿Por eso no gana nunca?

—En mi interior pienso que puedo ganar; que si me lo propongo no perderé una sola partida. Pero mi peor rival soy yo —se tocó la punta de la nariz, ladeando un poco la cabeza—. Una vez leí algo: el hombre no ha nacido para resolver el problema del mundo, sino para averiguar dónde está el problema... Tal vez por eso no pretendo resolver nada. Me sumerjo en la partida por la partida en sí, y a veces, cuando parece que estudio el tablero, lo que estoy es soñando despierto; divago sobre jugadas diferentes, de otras piezas, o voy seis, siete o más jugadas por delante de la que ocupa a mi adversario...

—Ajedrez en estado purísimo —precisó César, que parecía admirado, muy a su pesar, y lanzaba ojeadas inquietas a la forma en que Julia se inclinaba sobre la mesa para escuchar al ajedrecista.

—No lo sé —repuso Muñoz—. Pero eso le pasa a mucha gente que conozco. Las partidas pueden durar horas durante las que familia, problemas, trabajo, quedan fuera, al margen... Eso es común a todos. Lo que pasa es que mientras unos lo ven como una batalla que han de ganar, otros lo vemos como una región de ensueño y combinaciones espaciales, donde victoria o derrota son palabras sin sentido.

Julia cogió el paquete de tabaco que tenía sobre la mesa, extrajo un cigarrillo y golpeó suavemente un extremo contra el cristal del reloj que llevaba en la cara interior de la muñeca. Mientras César se inclinaba para ofrecerle fuego, ella miró a Muñoz.

—Pero antes, cuando nos hablaba de batalla entre dos filosofías, se refería al asesino, al jugador negro. Esta vez sí parece usted interesado en ganar... ¿No?

La mirada del ajedrecista volvió a perderse en un lugar indeterminado del espacio.

—Supongo que sí. Esta vez quiero ganar.

—¿Por qué?

—Instinto. Yo soy un ajedrecista; un buen jugador. Alguien me está provocando, y eso obliga a centrar la atención en sus movimientos. La verdad es que no puedo elegir.

César sonrió, burlón, encendiendo también uno de sus cigarrillos con filtro dorado.

—Canta, oh musa —recitó, en tono de festiva parodia— la cólera del pelida Muñoz, que por fin decide abandonar su tienda... Nuestro amigo, por fin, se va a la guerra. Hasta ahora sólo oficiaba como una especie de asesor extranjero, así que celebro verlo, por fin, jurar bandera. Héroe *malgré lui*, pero héroe a fin de cuentas. Lástima –una sombra cruzó su frente, tersa y pálida– que se trate de una guerra endiabladamente sutil.

Muñoz miró con interés al anticuario.

–Es curioso que diga eso.

–¿Por qué?

–Porque el juego del ajedrez es, en efecto, un sucedáneo de la guerra; pero también algo más... Me refiero al parricidio –les dirigió una mirada insegura, como rogándoles que no tomasen demasiado en serio sus palabras–. Se trata de dar jaque al rey, ¿comprenden?... De matar al padre. Yo diría que, más que con el arte de la guerra, el ajedrez tiene mucho que ver con el arte del asesinato.

Un silencio helado recorrió la mesa. César observaba los labios ahora cerrados del ajedrecista mientras entornaba un poco los ojos, como si le molestase el humo de su propio cigarrillo; sostenía la boquilla de marfil en los dedos de la mano derecha, con el codo apoyado en la izquierda. Su mirada expresaba franca admiración, como si Muñoz acabase de abrir una puerta que insinuara misterios insondables.

–Impresionante –murmuró.

Julia también parecía magnetizada por el jugador de ajedrez, pero no le miraba la boca como César, sino lo ojos. Mediocre e insignificante en apariencia, aquel hombre de grandes orejas y aire tímido y desaliñado sabía perfectamente de qué estaba hablando. En el laberinto misterioso cuya sola consideración hacía estremecerse de impotencia y miedo, Muñoz era el

único que sabía interpretar los signos; que estaba en
posesión de las claves para entrar y salir sin que lo de-
vorase el Minotauro. Y allí, en el restaurante italiano,
frente a los restos de lasaña fría que apenas había pro-
bado, Julia supo con certeza matemática, casi ajedre-
cística, que, a su manera, aquel hombre era el más
fuerte de ellos tres. Su juicio no estaba empañado por
prejuicios hacia el adversario, el jugador negro, el potencial asesino. Se planteaba el enigma con la misma
frialdad egoísta y científica que Sherlock Holmes em-
pleaba en resolver los problemas planteados por el siniestro profesor Moriarty. Muñoz no jugaría aquella
partida hasta el final por un sentido de justicia; su
móvil no era ético, sino lógico. Lo haría simplemente
porque era un jugador a quien el azar había colocado
de este lado del tablero, del mismo modo –y al pensarlo Julia se estremeció– que podía haberlo colocado
del otro. Jugar con negras o blancas, comprendió, resultaba indiferente. Para Muñoz, la cuestión era, tan
sólo, que por primera vez en su vida le interesaba una
partida hasta el final.

Su mirada se cruzó con la de César, y supo que pensaba lo mismo. Y fue el anticuario quien habló suavemente, en voz baja, como si temiese, como ella, que se
extinguiera el brillo en los ojos del jugador de ajedrez.

–Matar al rey… –se llevó despacio la boquilla a los
labios y aspiró una precisa porción de humo–. Eso parece muy interesante. Me refiero a la interpretación
freudiana del asunto. Ignoraba que el ajedrez tratase
de esas cosas horribles.

Muñoz ladeó un poco la cabeza, absorto en sus imágenes interiores.

–Es el padre quien suele enseñar al niño los primeros pasos del juego. Y el sueño de cualquier hijo que

juega al ajedrez es ganarle una partida a su padre. Matar al rey... Además, el ajedrez permite descubrir pronto que ese padre, ese rey, es la pieza más débil del tablero. Continuamente está amenazado, necesita protección, enroques; sólo mueve casillas de una en una... Paradójicamente, esa pieza es indispensable. Hasta le da nombre al juego, pues *ajedrez* se deriva de la palabra persa *Sha*, rey, y que prácticamente es la misma en cualquier idioma.

–¿Y la reina? –se interesó Julia.

–Es la madre, la mujer. En cualquier ataque al rey, ella es la defensa más eficaz; la que tiene más y mejores recursos... Y puesto junto a ambos, rey y dama, está el alfil, en inglés *bishop*, obispo: el que bendice la unión y los ayuda en el combate. Sin olvidar el *faras* árabe, el caballo que cruza las líneas enemigas, nuestro *knight* en inglés: el caballero... En realidad, el problema se planteó mucho antes de que Van Huys pintara *La partida de ajedrez*; los hombres intentan esclarecerlo desde hace mil cuatrocientos años.

Muñoz se interrumpió unos instantes y después movió un poco los labios, como si fuese a añadir algo. Pero, en vez de palabras, lo que apareció en su boca fue aquel breve apunte de sonrisa, apenas insinuada, que nunca llegaba a confirmarse del todo. Entonces bajó los ojos hasta la bolita de pan que había sobre la mesa.

–A veces me pregunto –dijo por fin, y parecía haberle costado un gran esfuerzo expresar lo que pensaba– si el ajedrez es algo que ha inventado el hombre, o que simplemente se ha limitado a descubrir... Algo que siempre ha estado ahí, desde que el Universo existe. Como los números enteros.

Igual que en un sueño, Julia escuchó el sonido de un sello de lacre al romperse, y por primera vez tomó conciencia exacta de la situación: un vasto tablero que comprendía el pasado y el presente, el Van Huys y ella misma, incluso Álvaro, César, Montegrifo, los Belmonte, Menchu y el propio Muñoz. Y sintió de pronto un miedo tan intenso que sólo con un esfuerzo físico, casi visible, logró no dar un grito para expresarlo en voz alta. Debió de reflejarse en su rostro, pues César y Muñoz la miraron preocupados.

–Estoy bien –sacudió la cabeza, como si con ello pudiera serenar sus pensamientos, mientras sacaba del bolso el gráfico con los distintos niveles que, según la primera interpretación de Muñoz, poseía el cuadro–. Echadle un vistazo a esto.

El ajedrecista estudió la hoja y después se la pasó a César sin decir palabra.

–¿Qué os parece? –preguntó la joven.

César curvó la boca en un mohín indeciso.

–Inquietante –dijo–. Pero tal vez le echamos demasiada literatura al asunto... –miró otra vez los gráficos de Julia–. Me pregunto si estamos rompiéndonos la cabeza con algo profundo o con algo absolutamente trivial.

Julia no respondió. Miraba con fijeza a Muñoz. Al cabo de un momento, el ajedrecista puso el papel sobre la mesa, sacó un bolígrafo del bolsillo y modificó algo. Después se lo pasó a ella.

–Ahora hay un nivel más –dijo, preocupado–. Al menos usted, está tan implicada en esa pintura como el resto de los personajes:

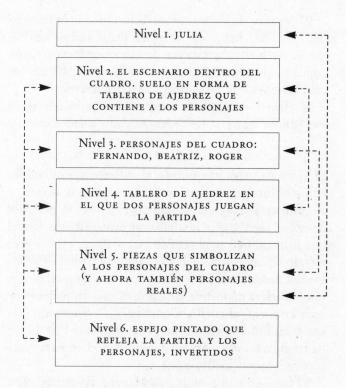

Nivel 1. JULIA

Nivel 2. EL ESCENARIO DENTRO DEL
CUADRO. SUELO EN FORMA DE
TABLERO DE AJEDREZ QUE
CONTIENE A LOS PERSONAJES

Nivel 3. PERSONAJES DEL CUADRO:
FERNANDO, BEATRIZ, ROGER

Nivel 4. TABLERO DE AJEDREZ EN
EL QUE DOS PERSONAJES JUEGAN
LA PARTIDA

Nivel 5. PIEZAS QUE SIMBOLIZAN
A LOS PERSONAJES DEL CUADRO
(Y AHORA TAMBIÉN PERSONAJES
REALES)

Nivel 6. ESPEJO PINTADO QUE
REFLEJA LA PARTIDA Y LOS
PERSONAJES, INVERTIDOS

–Eso es lo que imaginaba –confirmó la joven–. Niveles Uno y Cinco, ¿no es eso?

–Que suman seis. El Sexto nivel, que contiene todos
los otros –el ajedrecista señaló el papel–. Le guste o
no, usted ya está ahí dentro.

–Eso quiere decir… –Julia miraba a Muñoz con los
ojos muy abiertos, como si ante sus pies se hubiese
abierto un pozo sin fondo–. Significa que la persona
que quizá asesinó a Álvaro, la misma que nos ha enviado esa tarjeta, está jugando una insensata partida de
ajedrez… Una partida en la que no sólo yo, sino nosotros, *todos* nosotros, somos piezas… ¿Es cierto?

El jugador de ajedrez sostuvo su mirada sin responder, pero no había en su gesto pesadumbre alguna, sino más bien una especie de curiosidad expectante, como si de aquello pudieran extraerse apasionantes conclusiones que no le desagradaría observar.

–Celebro –y la difusa sonrisa volvió a instalarse en sus labios– que por fin se hayan dado ustedes cuenta.

Menchu se había maquillado al milímetro, vistiéndose con absoluta premeditación: falda corta, muy ceñida, y elegantísima chaqueta de piel negra sobre un pullover de color crema, que resaltaba su busto de una forma que Julia calificó en el acto de escandalosa. Tal vez previendo aquello, Julia había optado esa tarde por la informalidad: calzado sin tacón tipo mocasín, tejanos y una cazadora deportiva, de gamuza, con un pañuelo de seda en torno al cuello. Como habría comentado César, si las hubiese visto cuando aparcaban el Fiat de Julia frente a las oficinas de Claymore, podían pasar perfectamente por madre e hija.

El taconeo y el perfume de Menchu las precedieron hasta el despacho –maderas nobles en las paredes, enorme mesa de caoba, lámpara y sillones de diseño ultramoderno–, donde Paco Montegrifo se adelantó a besarles la mano, exhibiendo la perfecta dentadura que, como un destello resplandeciente en el bronceado de su rostro, utilizaba a modo de tarjeta de visita. Cuando tomaron asiento en butacas desde las que podía gozarse de una buena panorámica del valioso Vlaminck que presidía el despacho, el subastador fue a sentarse bajo el cuadro, al otro lado de la mesa, con el aire modesto de quien lamentaba de corazón no poder ofrecerles mejor vista. Un Rembrandt, por ejemplo, parecía decir

la intensa mirada que le dirigió a Julia tras dejarla resbalar con indiferencia sobre las piernas aparatosamente
cruzadas de Menchu. O tal vez un Leonardo.

Montegrifo entró en materia rápidamente, apenas
una secretaria les hubo servido, en tazas de porcelana
de la Compañía de Indias, café que Menchu endulzó
con sacarina. Julia bebió el suyo solo, amargo y muy
caliente, a breves sorbos. Cuando encendió un cigarrillo –el subastador acompañó su gesto con uno de atenta impotencia, inclinándose inútilmente hacia ella con
su encendedor de oro en la mano desde la inmensa distancia del otro lado de la mesa–, el anfitrión ya había
expuesto la situación en términos generales. Y en su
fuero interno, Julia hubo de reconocer que, sin faltar a
la más exquisita educación, Montegrifo no se había ido
por las ramas.

El planteamiento era, a primera vista, transparente
como el cristal: Claymore lamentaba no aceptar las
condiciones de Menchu en cuanto a ir a la par en los
beneficios del Van Huys. Al mismo tiempo ponía en
su conocimiento que el propietario del cuadro, don...
–Montegrifo consultó calmosamente sus notas– Manuel Belmonte, de acuerdo con sus sobrinos, había decidido anular el acuerdo establecido con doña Menchu
Roch y transferir los poderes sobre el Van Huys a
Claymore y Compañía. Todo ello, añadió con las ye-
mas de los dedos juntas y los codos apoyados en el filo
de la mesa, constaba en un documento legalizado ante
notario, que tenía en un cajón. Dicho lo cual, Montegrifo dirigió a Menchu una mirada de desolación,
acompañándola con un suspiro de hombre de mundo.

–¿Quiere decir –a Menchu, escandalizada, le tintineaba la taza de café en las manos– que amenaza con
quitarme el cuadro?

El subastador se miró los gemelos de oro de la camisa como si éstos hubiesen dicho una inconveniencia, y después estiró pulcramente los puños almidonados.

—Me temo que ya se lo hemos quitado —dijo en el tono contrito de quien lamenta pasar a una viuda las facturas que dejó el difunto—. De todas formas, su porcentaje de beneficio original sobre el precio de subasta se mantiene intacto; descontando, eso sí, los gastos. Claymore no pretende despojarla de nada, sino evitar sus condiciones abusivas, señora mía —sacó pausadamente su pitillera de plata de un bolsillo y la puso sobre la mesa—. En Claymore no vemos razón para aumentar su porcentaje. Eso es todo.

—¿No ven la razón? —Menchu miró a Julia con despecho, esperando exclamaciones de indignada solidaridad o algo por el estilo—. La razón, Montegrifo, es que ese cuadro, gracias a un trabajo de investigación realizado por nosotras, va a multiplicar su precio... ¿Le parece poca razón?

Montegrifo miró a Julia, estableciendo silenciosa y cortésmente que no la incluía para nada en aquel sórdido chalaneo. Después se volvió a Menchu, y sus ojos se endurecieron.

—Si esa investigación que ustedes han realizado —el *ustedes* no dejaba duda de su opinión sobre la capacidad investigadora de Menchu— aumenta el precio del Van Huys, también aumentará automáticamente el beneficio a porcentaje que acordó con Claymore... —en este punto se permitió una sonrisa condescendiente, antes de olvidarse otra vez de Menchu y mirar a Julia—. En cuanto a usted, la nueva situación no perjudica sus intereses, sino todo lo contrario. Claymore —y la sonrisa que le dirigió no dejaba la menor duda sobre quién, en Claymore— considera que su actuación en este asunto ha sido excepcional. Así que le rogamos siga restaurando el cuadro como hasta ahora. El aspecto económico no debe inquietarla en absoluto.

–¿Y puede saberse –además de la mano que sostenía la taza y el platillo de café, a Menchu le temblaba el labio inferior– cómo está usted tan al corriente de lo que se refiere al cuadro?... Porque Julia puede ser algo ingenua, pero no me la imagino contándole su vida a la luz de las velas. ¿O me equivoco?

Aquello era un golpe bajo, y Julia abrió la boca para protestar; pero Montegrifo la tranquilizó con un gesto.

–Mire, señora Roch... Su amiga rechazó algunas propuestas profesionales que me tomé la libertad de plantear hace unos días, y lo hizo con el elegante recurso de darme largas –abrió la pitillera y escogió un cigarrillo con la meticulosidad de quien realiza una importante operación–. Los detalles sobre el estado del cuadro, la inscripción oculta y lo demás, ha tenido a bien suministrármelos la sobrina del propietario. Un hombre encantador, por cierto, ese don Manuel. Y he de decir –accionó el encendedor, expulsando una breve bocanada de humo– que se resistió a retirarle a usted la responsabilidad sobre el Van Huys. Un hombre de lealtades, según parece, pues también exigió, con sorprendente insistencia, que nadie excepto Julia tocase el cuadro hasta que acabe la restauración... En todas esas negociaciones me fue utilísima la alianza, que podemos llamar táctica, con la sobrina de don Manuel... En cuanto al señor Lapeña, el marido, no puso objeción en cuanto mencioné la posibilidad de un adelanto.

–Otro Judas –casi escupió Menchu.

Montegrifo se encogió de hombros.

–Supongo –dijo en tono objetivo– que podría aplicársele ese alias, creo. Entre otros.

–Yo también tengo un documento firmado –protestó Menchu.

–Lo sé. Pero se trata de un mero acuerdo sin legalizar, mientras que el mío es ante notario, con los sobrinos como testigos y todo tipo de garantías, que incluyen un depósito económico como fianza por nuestra parte... Si me permite la expresión, precisamente la misma que utilizó Alfonso Lapeña en el momento de estampar su firma, no hay color, señora mía.

Menchu se inclinó hacia adelante, lo que hizo temer a Julia que la taza de café que sostenía en las manos fuese a parar sobre la impoluta camisa de Montegrifo; pero su amiga se limitó a dejarla sobre la mesa. Estaba sofocada de indignación, y a pesar del cuidadoso maquillaje, la cólera le envejecía el rostro. Al moverse, la falda se le subió más, descubriendo sus muslos, y Julia se sintió apenada, violenta con aquella absurda situación. Lamentaba con toda el alma encontrarse allí.

–¿Y qué hará Claymore –preguntó Menchu en tono desabrido– si decido irme con el cuadro a otra casa de subastas?

Montegrifo miraba las espirales de humo del cigarrillo.

–Francamente –parecía meditar en serio la cuestión– le aconsejo no complicarse la vida. Sería ilegal.

–También puedo empapelarlos a todos, en un litigio que dure meses, paralizando cualquier subasta del cuadro. ¿Se le ha ocurrido pensar eso?

–Claro que se me ha ocurrido. Pero usted sería la primera perjudicada –llegado a ese punto sonrió educadamente, con la certeza de haber dado el mejor consejo a su alcance–. Claymore dispone de buenos abogados, como sin duda imagina... En la práctica –titubeó unos segundos, como si dudara en añadir algo más– se expone a perderlo todo. Y sería una lástima.

Menchu se dio un seco tirón de la falda hacia abajo, al tiempo que se ponía en pie.

–¿Sabes lo que te digo?... –se le quebraba la voz en el brusco tuteo, atropellada por la ira–. ¡Eres el mayor hijo de puta que me he echado a la cara!

Montegrifo y Julia se levantaron; confusa ella, dueño de sí el subastador.

–Lamento mucho la escena –dijo él con mucha calma, dirigiéndose a Julia–. Lo lamento de veras.

–También yo –la joven miró a Menchu, que se colgaba el bolso del hombro con el gesto decidido de quien se cuelga un fusil–. ¿No podríamos ser todos un poco razonables?

Menchu la fulminó con la mirada.

–Razona tú, si tanto te seduce este gilipollas... Yo me voy de su cueva de ladrones.

Y salió dejando la puerta abierta, con rápido y furioso taconeo. Julia se quedó allí, avergonzada e indecisa, sin saber si seguirla o no. A su lado, Montegrifo se encogía de hombros.

–Una mujer con carácter –dijo, fumando pensativo.

Julia se volvió hacia él, aún aturdida.

–Se había hecho demasiadas ilusiones sobre ese cuadro... Intente comprenderla.

–Y la comprendo –sonreía, conciliador–. Pero no puedo tolerar que me haga chantaje.

–También usted ha intrigado a sus espaldas, conspirando con los sobrinos... A eso lo llamo yo jugar sucio.

La sonrisa de Montegrifo se hizo más ancha. Son cosas de la vida, parecía decir. Después miró hacia la puerta por la que se había ido Menchu.

–¿Qué cree que hará ahora?

Julia movió la cabeza.

–Nada. Sabe que ha perdido la batalla.

El subastador parecía reflexionar.

–La ambición, Julia, es un sentimiento perfectamente legítimo –dijo al cabo de un momento–. Y cuando de ambición se trata, el único pecado es el fracaso; el triunfo supone, automáticamente, virtud –sonrió de nuevo, esta vez al vacío–. La señora, o señorita, Roch, ha intentado meterse en una historia demasiado grande para ella... Digamos –expelió el humo de su cigarrillo en forma de aro, dejándolo ascender hasta el techo– que la ambición no estaba a la altura de sus posibilidades –los ojos castaños se habían endurecido, y Julia decidió que Montegrifo tenía que ser un adversario peligroso, cuando se despojaba de su rigurosa cortesía. O tal vez era capaz de ser peligroso al tiempo que cortés–. Confío en que no nos cause nuevos problemas, pues ése es un pecado por el que sería castigada... ¿Comprende lo que quiero decir? Ahora, si le parece bien, hablemos de nuestro cuadro.

Belmonte estaba solo en casa, y recibió a Julia y Muñoz en el salón, sentado en su silla de ruedas, junto a la pared donde había estado colgada *La partida de ajedrez*. El solitario clavo oxidado y la huella del marco daban un toque patético, de expolio y desolación doméstica. Belmonte, que había seguido la dirección de los ojos de sus visitantes, sonrió con tristeza.

–No he querido colgar nada, de momento –aclaró–. Todavía no –levantó una de sus manos descarnadas para moverla en el aire, resignado–. No resulta fácil acostumbrarse...

–Lo comprendo –dijo Julia, con sincera simpatía.

El anciano inclinó despacio la cabeza.

–Sí. Sé que lo comprende –miró a Muñoz, sin duda esperando de él idéntica comprensión, pero éste permanecía silencioso, observando la pared vacía con ojos inexpresivos–. Desde el primer día me pareció una joven inteligente –se dirigió al ajedrecista–. ¿No opina lo mismo, caballero?

El jugador movió lentamente los ojos de la pared al anciano e hizo un breve gesto de asentimiento, sin despegar los labios. Parecía absorto en remotas reflexiones.

Belmonte miró a Julia.

–En cuanto a su amiga... –ensombreció el gesto, incómodo–. Me gustaría que usted le explicase... Quiero decir que no tuve elección, se lo aseguro.

–Lo comprendo perfectamente, no se preocupe. Y Menchu lo entenderá también.

La expresión del inválido se iluminó con un gesto de reconocimiento.

–Celebro que se haga cargo, porque me presionaron muchísimo... El señor Montegrifo hizo una buena oferta, por otra parte. Además ofreció dar máxima publicidad a la historia del cuadro... –se acarició el mentón mal afeitado–. He de confesar que también eso me deslumbró un poco –suspiró suavemente–. Y el dinero.

Julia indicó el gramófono que sonaba en el salón.

–¿Siempre pone Bach, o es una coincidencia? La otra vez también oí ese disco...

–¿La *Ofrenda*? –Belmonte parecía complacido–. La escucho a menudo. Es tan complicada e ingeniosa que todavía, de vez en cuando, encuentro algo inesperado en ella –se detuvo un momento, como si recordase algo–. ¿Saben que hay temas musicales que parecen el resumen de toda una vida?... Como espejos donde uno puede mirarse... Esa composición, por ejemplo:

un tema va surgiendo con distintas voces y en distintos tonos. A veces, incluso, a distintas velocidades, con intervalos tonales invertidos o de atrás hacia adelante... –se inclinó sobre el brazo de la silla de ruedas, prestando atención al gramófono–. Escuchen. ¿Se dan cuenta? Empieza con una sola voz que canta su tema y entra luego una segunda voz que comienza cuatro tonos por encima o cuatro tonos por debajo de donde comenzó la primera, que a su vez pasa a ocuparse de un tema secundario... Cada una de las voces va entrando en su momento, igual que los diversos instantes de una vida... Y cuando todas las voces han entrado en juego, se acaban las reglas –les dedicó a Julia y a Muñoz una amplia y triste sonrisa–. Como ven, se trata de una perfecta analogía de la vejez.

Muñoz señaló la pared vacía.

–Ese clavo desnudo –dijo, con cierta brusquedad– también parece simbolizar muchas cosas.

Belmonte miró con atención al jugador de ajedrez y después asintió despacio.

–Eso es muy cierto –confirmó con otro suspiro–. ¿Y saben una cosa? A veces me sorprendo mirando el sitio donde estaba el cuadro, y me parece verlo ahí todavía. Ya no está, pero yo lo veo. Después de tantos años –se indicó la frente con un dedo– lo tengo aquí: los personajes, la perfección de los detalles... Mis rincones favoritos fueron siempre el paisaje que se distingue a través de la ventana y el espejo convexo situado a la izquierda, reflejando el escorzo de los jugadores.

–Y el tablero –apuntó Muñoz.

–Y el tablero, en efecto. A menudo, sobre todo al principio, cuando lo heredó mi pobre Ana, solía reconstruir con mi ajedrez la situación de las piezas...

–¿Juega usted? –preguntó Muñoz con aire casual.

–Antes. Ahora, casi nada… Pero la verdad es que nunca se me ocurrió que esa partida pudiera llevarse hacia atrás… –se detuvo un instante, pensativo, dándose golpecitos con las manos sobre las rodillas–. Jugar al revés… ¡Tiene gracia! ¿Saben que Bach era aficionadísimo a las inversiones musicales? En algunos de sus cánones invierte el tema, elaborando una melodía que salta hacia abajo cada vez que el original salta hacia arriba… El efecto puede parecer algo raro, pero cuando uno se acostumbra, termina encontrándolo muy natural. Incluso hay un canon en la *Ofrenda* que se ejecuta al revés de como está escrito –miró a Julia–. Creo que ya le dije que Johann Sebastian era un taimado tramposo. Su obra está llena de trucos. Es como si de vez en cuando una nota, una modulación o un silencio dijeran: «Encierro un mensaje; descúbrelo.»

–Como en el cuadro –dijo Muñoz.

–Sí. Con la diferencia de que la música no consiste sólo en imágenes, disposición de piezas o, en este caso, vibraciones en el aire, sino en las emociones que esas vibraciones producen en el cerebro de cada cual… Usted se enfrentaría a serios problemas si intentase aplicar a la música los métodos de investigación que ha usado para resolver la partida del cuadro… Tendría que averiguar qué nota contiene los efectos emotivos en cuestión. O mejor dicho, qué combinaciones de notas… ¿No le parece mucho más difícil que jugar al ajedrez?

Muñoz lo meditó detenidamente.

–Creo que no –dijo al cabo de unos instantes–. Porque las leyes generales de la lógica son las mismas para todo. La música, como el ajedrez, responde a reglas. Todo es cuestión de ponerse a la tarea hasta aislar un símbolo, una clave –torció levemente media boca–.

Como la piedra de Rosetta de los egiptólogos. Obtenida ésta, ya sólo es cuestión de trabajo, de método. Y de tiempo.

Belmonte parpadeaba, burlón.

–¿Usted cree?... ¿Sostiene de veras que todos los mensajes ocultos son descifrables?... ¿Que siempre es posible resolver algo de forma exacta aplicando un sistema?

–Estoy seguro de ello. Porque hay un sistema universal; unas leyes generales que permiten demostrar lo demostrable y descartar lo descartable.

El anciano hizo un movimiento escéptico.

–Disiento por completo, y perdone. Lo que yo pienso es que todas las divisiones, clasificaciones, distribuciones y sistemas que adjudicamos al Universo son ficticios, arbitrarios... No hay una sola que no contenga su propia contradicción. Se lo dice un viejo que ha vivido lo suyo.

Muñoz se removió un poco en el asiento, paseando la mirada por la habitación. No parecía muy satisfecho con el derrotero de la charla, pero Julia tuvo la impresión de que tampoco deseaba cambiar de tema. Sabía que aquel hombre no era partidario de palabras superfluas, así que, concluyó, algo debía de pretender con aquello. Tal vez también Belmonte figuraba entre las piezas que el ajedrecista estudiaba para resolver el misterio.

–Eso es discutible –dijo por fin Muñoz–. El Universo está lleno, por ejemplo, de infinitos demostrables: los números primos, las combinaciones de ajedrez...

–¿De veras cree usted eso?... ¿Que todo es demostrable? Permítame que le diga, como músico que he sido –el anciano señaló sus piernas inválidas con tranquilo desdén–, o que a pesar de esto todavía soy, que cualquier sistema es incompleto. Que la demostrabilidad es un concepto mucho más endeble que la verdad.

–La verdad es como la mejor jugada en ajedrez: existe, pero hay que buscarla. Con tiempo suficiente, siempre es demostrable.

Al oír aquello, Belmonte sonrió con malicia.

–Yo diría, más bien, que esa jugada perfecta, llámese así o llámese verdad a secas, existe, quizá. Pero no siempre puede ser demostrada. Y que cualquier sistema que lo intente es limitado y relativo. Mande usted mi Van Huys a Marte, o al planeta Equis, a ver si alguien es capaz de resolverle el problema allí. Aún diría más: envíeles ese disco que usted está escuchando ahora. O, puestos a rizar el rizo, envíeselo roto. ¿Qué significación es la que contiene, entonces?... Y ya que parece aficionado a las leyes exactas, le recuerdo que los ángulos de un triángulo suman ciento ochenta grados en la geometría euclidiana, pero más en la elíptica y menos en la hiperbólica... Y es que no hay un sistema único, no hay axiomas. Los sistemas son dispares incluso dentro del sistema... ¿Es usted aficionado a resolver paradojas? No sólo la música, la pintura e imagino que el ajedrez están llenos de ellas. Fíjese –alargó la mano hacia la mesa y cogió lápiz y papel, escribiendo unas líneas que después mostró a Muñoz–. Échele un vistazo a esto, por favor.

El ajedrecista leyó en voz alta:

–*El enunciado que en este momento estoy escribiendo es el que en este momento usted está leyendo...* –miró a Belmonte, sorprendido–. ¿Y bien?

–Pues eso mismo. Ese enunciado ha sido escrito por mí hace un minuto y medio, y usted lo acaba de leer hace sólo cuarenta segundos. Es decir, mi escritura y su lectura corresponden a momentos distintos. Pero sobre el papel *este momento* y *este momento* son, indudablemente, *el mismo momento*... Luego el enunciado, que por una parte es real, por la otra carece de validez... ¿O es el concepto de tiempo lo que dejamos fuera de juego?... ¿No es un buen ejemplo de paradoja?... Veo que no tiene usted respuesta para eso, y lo mismo sucede con el auténtico fondo de los enigmas que pueda plantear mi Van Huys o cualquier otra cosa... ¿Quién le dice a usted que su solución del problema es la correcta? ¿Su intuición y su sistema? Bueno, ¿y con qué sistema superior cuenta para demostrar que su intuición y su sistema son válidos? ¿Y con qué otro sistema confirma esos dos sistemas?... Usted es jugador de ajedrez, y le interesarán, supongo, estos versos:

Y Belmonte recitó, con largas pausas:

> *También el jugador es prisionero*
> *–la sentencia es de Omar– de otro tablero*
> *de negras noches y de blancos días.*
>
> *Dios mueve al jugador, y éste la pieza.*
> *¿Qué Dios detrás de Dios la trama empieza*
> *de polvo y tiempo y sueño y agonías...?*

–El mundo es una inmensa paradoja –concluyó el anciano–. Y lo desafío a demostrar lo contrario.

Julia miró a Muñoz, viendo que el jugador de ajedrez observaba con fijeza a Belmonte. Ladeaba ligeramente la cabeza y sus ojos se habían vuelto opacos. Parecía desconcertado.

Tamizada por el vodka, la música –jazz suave, con el volumen muy bajo, apenas un rumor tenue que parecía brotar de los rincones en sombras de la habitación– la rodeaba como una íntima caricia, amortiguada y sedante, cuyo resultado se traducía en apacible lucidez. Era como si todo, noche, música, sombras, claroscuros, incluso la cómoda sensación de su nuca apoyada en el brazo del sofá de cuero, se conjugase en una armonía perfecta en la que todo, hasta el más pequeño objeto alrededor de Julia, hasta el más difuso pensamiento, encontrase el lugar preciso en la mente o en el espacio, encajando con exactitud geométrica en su percepción y en su conciencia.

Nada, ni las más sombrías evocaciones, hubiera sido capaz de romper la calma que reinaba en el espíritu de la joven. Era la primera vez que recobraba aquella sensación de equilibrio, y se sumía en ella con absoluto abandono. Ni el sonido del teléfono, anunciando los silencios amenazantes que ya casi eran familiares, habría roto la magia. Y, con los ojos cerrados, moviendo suavemente la cabeza al compás de la música, Julia se permitió una íntima sonrisa de simpatía. En momentos como aquél era sencillo vivir en paz consigo misma.

Abrió los ojos con pereza. En la penumbra, el rostro policromado de una virgen gótica también sonreía, con la mirada perdida en la quietud de los siglos. Apoyado en la pata de la mesa, sobre la alfombra Shiraz manchada de pintura, un cuadro en marco ovalado, con el barniz a medio quitar, mostraba un paisaje romántico andaluz, nostálgico y apacible: un río sevillano de mansa corriente, con verdes orillas frondosas y una barca y árboles en la distancia. Y en el centro de la habitación –tallas, marcos, bronces, pinturas, frascos de disolvente, lienzos en las paredes y en el suelo, un

Cristo barroco a medio restaurar, libros de arte apilados junto a discos y cerámicas–, en una extraña intersección de líneas y perspectivas casual, pero evidente, *La partida de ajedrez* presidía, solemne, aquel ordenado desorden que tanto recordaba a una almoneda o una tienda de anticuario. La amortiguada luz que provenía del vestíbulo proyectaba sobre el cuadro un estrecho rectángulo de claridad, suficiente para que la superficie de la tabla flamenca cobrase vida, y sus detalles, aunque matizados en engañoso claroscuro, fuesen perceptibles desde la posición que Julia ocupaba. Estaba descalza, con las piernas desnudas bajo un holgado jersey de lana negra que le cubría hasta el arranque de los muslos. La lluvia repiqueteaba en el tragaluz del techo, pero no hacía frío en la habitación; los radiadores conservaban el calor.

Sin apartar los ojos del cuadro alargó una mano, buscando a tientas el paquete de tabaco sobre la alfombra, junto al vaso y la botella de cristal tallado. Cuando lo encontró se lo puso sobre el estómago, extrajo despacio un cigarrillo y lo llevó a los labios, sin encenderlo. En aquel momento ni siquiera necesitaba fumar.

Las letras doradas de la inscripción recién descubierta relucían en la penumbra. Había sido un trabajo minucioso y difícil, ejecutado con innumerables pausas para fotografiar cada fase del proceso, a medida que, tras retirar la capa exterior de resinato de cobre, el oropimente de los caracteres góticos iba quedando al descubierto, quinientos años después de que Pieter van Huys lo cubriese para velar más el misterio.

Y ahora estaba por fin allí, a la vista: *Quis necavit equitem.* Julia hubiera preferido dejar la inscripción cubierta con la capa de pigmento original, ya que bastaban las radiografías para confirmar su existencia; pero Montegrifo había insistido en sacarla a la luz –según el subastador, eso excitaba el morbo de los clientes–. Pronto el cuadro sería exhibido ante los ojos de todo el mundo: subastadores, coleccionistas, historiadores... La discreta privacidad de que había gozado hasta entonces, salvo la breve etapa en las galerías del Prado, terminaba para siempre. Dentro de poco, *La partida de ajedrez* empezaría a ser estudiado por especialistas, iba a convertirse en centro de polémicos debates, se escribirían sobre él artículos de prensa, tesis eruditas, textos especializados como el que ya preparaba la misma Julia... Ni siquiera su autor, el viejo maestro flamenco, pudo imaginar nunca que su cuadro iba a conocer semejante fama. En cuanto a Fernando Altenhoffen, sus huesos se estremecerían de placer bajo una polvorienta lápida, en la cripta de alguna abadía belga o francesa, si el eco de todo llegase hasta él. A fin de cuentas, su memoria iba a quedar debidamente rehabilitada. Un par de líneas en los libros de Historia tendrían que ser escritas de nuevo.

Miró el cuadro. Casi toda la capa exterior de barniz oxidado había desaparecido, y con él la veladura amarillenta que hasta entonces empañaba los colores. Desbarnizado y con la inscripción al descubierto, tenía ahora una luminosidad y una perfección de color visible aun en penumbra. Los contornos de las figuras se percibían extremadamente precisos, de una nitidez y concisión perfectas, y el equilibrio que caracterizaba la escena doméstica –paradójicamente doméstica, pensó Julia– era tan representativo de un estilo y una época que, sin duda, aquel cuadro alcanzaría en la subasta un precio asombroso.

Paradójicamente doméstica; el concepto era riguroso. Nada hacía sospechar, en los dos graves caballeros que jugaban al ajedrez ni en la dama vestida de negro que leía, ojos bajos y expresión recatada junto a la ventana ojival, el drama que, como la raíz retorcida de una planta de hermosa apariencia, se enroscaba en el fondo de la escena.

Observó el perfil de Roger de Arras inclinado sobre el tablero, absorto en aquella partida en la que le iba la vida; en la que, en realidad, él ya estaba muerto. Con su gorjal de acero en torno al cuello y el coselete que le daban un aire militar, del soldado que en otro tiempo fue. Del guerrero con cuyos atributos, tal vez cubierto por armadura bruñida como la del caballero que cabalgaba junto al Diablo, la había escoltado a ella, camino del lecho nupcial al que la destinaban razones de Estado. La vio con plena lucidez, a Beatriz, aún doncella, más joven que en el cuadro, cuando la amargura aún no había puesto pliegues en torno a su boca, asomada entre las cortinas de la litera, sofocada la risa cómplice del aya que viajaba a su lado, espiando con admiración al gallardo gentilhombre cuya fama lo había precedido: el amigo de confianza de su futuro esposo, el hombre aún joven que, tras batirse bajo las lises de Francia contra el leopardo inglés, había buscado la paz junto al compañero de la infancia. Y adivinó los ojos azules, muy abiertos, cruzar durante un momento la mirada con los ojos serenos y fatigados del caballero.

Era imposible que a ambos los hubiese unido nunca más que esa mirada. Por alguna razón confusa, por un giro inexplicable de la imaginación –como si las horas pasadas trabajando en el cuadro establecieran un misterioso hilo conductor entre ella y aquel fragmento del pasado–, Julia contemplaba, o creía contemplar, la escena del Van Huys con la misma familiaridad de quien había vivido junto a los personajes, sin perder detalle, los pormenores de la historia. El espejo redondo de la pared, pintado en el cuadro, que reflejaba el breve escorzo de los jugadores, también la contenía a ella, del mismo modo que el espejo de *Las Meninas* reflejaba a los reyes mirando –¿dentro o fuera del cuadro?– la escena pintada por Velázquez, o el espejo de *Los Arnolfini* la presencia, la minuciosa mirada de Jan van Eyck.

Sonrió en las sombras, decidiéndose por fin a encender el cigarrillo. La luz del fósforo la deslumbró un instante y ocultó de su vista *La partida de ajedrez*, y luego, poco a poco, su retina ajustó de nuevo la escena, los personajes, los colores. Ella misma, de eso tenía ahora la certeza, estuvo siempre allí, desde el principio; desde que Pieter van Huys imaginó aquel momento. Antes incluso de que el maestro flamenco preparase con arte el carbonato de calcio y la cola animal con que impregnaría la tabla para empezar a pintarla.

Beatriz, duquesa de Ostenburgo. Una mandolina, tañida por un paje al pie del muro, pone en sus ojos inclinados sobre el libro una nota de melancolía. Recuerda su juventud en Borgoña, sus esperanzas y ensueños. En la ventana que enmarca el purísimo cielo azul de Flandes, un capitel de piedra recrea un gallardo San Jorge alanceando el dragón que se retuerce bajo las patas del caballo. Al San Jorge, eso no escapa a la mirada implacable del pintor que observa la escena –ni tampoco a la de Julia, que observa al pintor– el tiempo le ha quebrado el extremo superior de la lanza, y en el lugar donde el pie derecho, calzado sin duda con aguda espuela, mostraba un agresivo relieve, hay sólo un fragmento roto. Es, pues, un San Jorge armado a medias y cojo, con el escudo de piedra roído por el viento y la lluvia, el que extermina al dragón infame. Pero tal vez eso hace más entrañable la figura del caballero que a Julia, por una curiosa transposición de ideas, le recuerda la marcial apostura de un mutilado soldadito de plomo.

Lee Beatriz de Ostenburgo, que, a pesar de su matrimonio, por linaje y orgullo de sangre jamás ha dejado de serlo de Borgoña. Y lee un curioso libro ornado con clavos de plata, con cinta de seda para marcar las páginas, y cuyas capitulares son primorosas miniaturas coloreadas por el maestro del *Coeur d'Amour epris*: un libro titulado *Poema de la dama y el caballero* que, si bien de autor oficialmente anónimo, todo el mundo sabe que fue escrito casi diez años atrás, en la corte francesa del rey Carlos Valois, por un caballero ostenburgués llamado Roger de Arras:

> *«Señora, el mismo rocío*
> *que al despuntar la mañana*
> *destila en vuestro jardín*
> *sobre las rosas escarcha,*
> *en el campo de batalla*
> *deja caer, como lágrimas,*
> *gotas en mi corazón,*
> *y en mis ojos, y en mis armas...»*

A veces sus ojos azules, de luminosas claridades flamencas, van del libro a los dos hombres que, en torno a la mesa, juegan la partida de escaques. El esposo medita, inclinado sobre el codo izquierdo, mientras con los dedos acaricia, distraído, el Toisón de Oro que su tío político Felipe el Bueno, ya fallecido, le envió como presente de bodas, y que lleva al cuello, al extremo de

una pesada cadena de oro. Fernando de Ostenburgo
duda, alarga la mano hacia una pieza, la toca y parece pensarlo mejor, rectifica y lanza una mirada de disculpa a los ojos tranquilos de Roger de Arras, cuyos
labios curva una cortés sonrisa. «Quien toca mueve,
monseñor», murmuran aquellos labios con un ápice de
amistosa ironía, y Fernando de Ostenburgo, ligeramente avergonzado, se encoge de hombros y mueve la
pieza tocada, porque sabe que su oponente ante el tablero es algo más que un cortesano; es su amigo. Y se
remueve en el escabel sintiéndose, a pesar de todo, vagamente feliz, pues sabe que no es malo tener cerca a
alguien que, de vez en cuando, le recuerde que incluso
para los príncipes existen ciertas reglas.

Las notas de la mandolina ascienden desde el jardín y
llegan a otra ventana que no puede verse desde la estancia, donde Pieter van Huys, pintor de corte, prepara
una tabla de madera de roble, compuesta por tres piezas
que su ayudante acaba de encolar. El viejo maestro no
está muy seguro de qué aplicación darle. Tal vez se
decida por un tema religioso que hace tiempo le ronda
la cabeza: una virgen joven, casi niña, que vierte lágrimas de sangre mirándose, con expresión dolorida, el regazo vacío. Pero tras considerar la cuestión, Van Huys
agita la cabeza y suspira, desalentado. Sabe que jamás
pintará ese cuadro. Nadie lo iba a entender como es debido, y él ya tuvo, años atrás, demasiados problemas
con el Santo Oficio; sus gastados miembros no resisti-
rían el potro. Con los dedos de uñas sucias de pintura se
rasca la cabeza calva bajo el birrete de lana. Se está convirtiendo en un anciano, y lo sabe; faltan ideas prácticas
y sobran confusos fantasmas de la razón. Para conju-
rarlos cierra un momento los ojos cansados y vuelve a
abrirlos ante la tabla de roble que permanece intacta, es-

perando la idea que le dé vida. En el jardín suena una
mandolina; sin duda, un paje enamorado. El pintor son-
ríe para sus adentros y, tras mojar el pincel en la cazuela de barro, sigue aplicando la imprimación en capas finas, de arriba abajo, siguiendo la veta de la madera. De
vez en cuando mira por la ventana y se llena los ojos de
luz, agradecido al tibio rayo de sol que, entrando obli-
cuamente, calienta sus viejos huesos.

Roger de Arras ha dicho algo en voz baja y el duque
ríe, de buen humor, pues acaba de comerse un caballo.
Y Beatriz de Ostenburgo, o de Borgoña, siente que la
música es insoportablemente triste. Y está a punto de
requerir a una de sus doncellas para que la haga callar,
pero se contiene, pues percibe en sus notas el eco exacto, la armonía con la congoja que inunda su corazón. Y
con la música se mezcla el murmullo amistoso de los
dos hombres que juegan al ajedrez, mientras encuentra
angustiosamente bello el poema cuyas líneas tiemblan
entre sus dedos. Y en los ojos azules, desprendida del
mismo rocío que cubre la rosa y las armas del caballero, hay una lágrima cuando levanta la mirada y encuentra la de Julia, que observa en silencio desde la penumbra. Y piensa que la mirada de esa joven de ojos
oscuros y aspecto meridional, parecida a algunos de los
retratos que vienen de Italia, no es sino el reflejo, en la
superficie empañada de un espejo lejano, de su propia
mirada fija y dolorida. Y a Beatriz de Ostenburgo, o de
Borgoña, le parece estar fuera de la habitación, al otro
lado de un cristal oscuro, y desde allí se contempla a sí
misma, bajo el mutilado San Jorge del capitel gótico,
ante la ventana que enmarca un cielo azul que contras-
ta con el negro de su vestido. Y comprende que no habrá confesión que alivie su pecado.

X. El coche azul

«Ése fue un truco sucio –dijo Haroun al Visir–. Muéstrame otro que sea honesto.»

R. Smullyan

César enarcó una ceja bajo el ala del sombrero, displicente, mientras balanceaba el paraguas, y después miró en torno con el desdén, matizado de exquisito hastío, en que solía atrincherarse cuando la realidad confirmaba sus peores aprensiones. Lo cierto es que aquella mañana el Rastro no tenía aspecto acogedor. El cielo gris amenazaba lluvia, y los propietarios de los puestos instalados en las calles por las que se extendía el mercadillo adoptaban precauciones ante un eventual chaparrón. En algunos tramos, el paseo se convertía en penoso sortear de gente, lonas y mugrientas fundas de plástico colgando de los tenderetes.

–En realidad –le dijo a Julia, que miraba una pareja de abollados candelabros de latón expuesta en el suelo, sobre una manta– esto es perder el tiempo… Hace siglos que no saco de aquí nada que merezca la pena.

Aquello no era del todo exacto, y Julia lo sabía. De vez en cuando, merced a su bien adiestrado ojo de experto, César desenterraba en el montón de escoria que era el mercado viejo, en aquel inmenso cementerio de sueños arrojados a la calle por la resaca de anónimos naufragios, una perla olvidada, un diminuto tesoro que el azar había querido mantener oculto a ojos de los demás: la copa de cristal dieciochesca, el marco antiguo, la diminuta porcelana. Y una vez, en cierto ruin tenducho de libros y revistas viejas, dos bellas páginas capitulares, delicadamente iluminadas por la destreza de algún monje anónimo del siglo XIII que, restauradas por Julia, el anticuario había terminado vendiendo por una pequeña fortuna.

Subieron despacio hacia la parte alta, donde, a lo largo de un par de edificios de muros desconchados y en sombríos patios interiores comunicados por pasadizos con verjas de hierro, estaba la mayor parte de las tiendas especializadas en antigüedades a las que podía considerarse razonablemente serias; aunque incluso al referirse a ellas, César añadía un gesto de prudencia escéptica.

—¿A qué hora has quedado con tu proveedor?

Tras cambiar de mano el paraguas —una pieza carísima, con mango de plata bellamente torneado— César se echó hacia atrás el puño izquierdo de la camisa, mirando la esfera del cronómetro de oro que llevaba en la muñeca. Estaba muy elegante con el sombrero de fieltro color tabaco, de ala ancha y cinta de seda, y el abrigo de pelo de camello sobre los hombros, con un pañuelo asomando entre el cuello desabrochado de la camisa de seda. Siempre en todo tipo de límites pero sin transgredir ninguno.

—Dentro de quince minutos. Tenemos tiempo.

Curiosearon un poco en los tenderetes. Bajo la mirada socarrona de César, Julia se interesó por un plato de madera pintada, un amarillento paisaje de trazos groseros que representaba una escena rural: un carro de bueyes alejándose por un camino entre árboles.

—No irás a comprar eso, queridísima —silabeó el anticuario, paladeando su reprobación—. Es infame... ¿Ni siquiera piensas regatear?

Julia abrió el bolso que llevaba colgado del hombro, y extrajo el monedero, haciendo caso omiso de las protestas de César.

–No sé de qué te quejas –dijo mientras le envolvían el plato en unas páginas de revista ilustrada–. Siempre te oí decir que la gente *comme il faut* no discute nunca un precio: lo paga a tocateja o se va con la cabeza muy alta.

–Esa regla no es válida aquí –César miraba a su alrededor con marcado despego profesional, arrugando la nariz ante la visión plebeya de los puestos de baratijas–. No con esta gente.

Julia metió el paquete en su bolso.

–Aun así, podías haber tenido el detalle de regalármelo tú… Cuando era una cría me comprabas todos los caprichos.

–Cuando eras una cría te mimé en exceso. Además, me niego a pagar esa vulgaridad.

–Lo que pasa es que te has vuelto tacaño. Con la edad.

–Calla, víbora –el ala del sombrero dejó en sombra el rostro del anticuario cuando lo inclinó para encender un cigarrillo, frente al escaparate de una tienda atestada de polvorientas muñecas de época–. Ni una palabra más o te borro de mi testamento.

Desde abajo, Julia lo vio ascender dignamente por los peldaños de la escalinata, un poco en alto la mano que sostenía la boquilla de marfil, con aquel aire que César solía adoptar a menudo, entre desdeñoso y hastiado, lánguido gesto de quien no espera encontrar gran cosa al final del camino, sin que eso sea obstáculo para que, por mera cuestión de estética, decida recorrerlo con la mayor compostura posible. Como un Carlos Estuardo que subiera al patíbulo casi haciéndole un favor al verdugo, con el *remember* ya preparado a flor de labios y dispuesto a hacerse decapitar de perfil, a tono con las monedas acuñadas con su efigie.

Bien sujeto el bolso contra su costado, precavida contra los carteristas, Julia deambuló entre los puestos. En aquella parte había demasiada gente, así que decidió volver sobre sus pasos, hacia la escalinata cuya barandilla daba sobre la plaza y la calle principal del mercado, que desde allí se veían atestadas de toldos y colgaduras bajo los que hormigueaba la muchedumbre.

Disponía de una hora hasta reunirse de nuevo con César, en un pequeño café de la plaza, entre una tienda de instrumentos náuticos y un ropavejero especializado en desechos militares. Encendió un Chesterfield acodada en la barandilla, y fumó durante un rato, inmóvil, mirando pasar la gente. Bajo la escalinata, sentado en el brocal de una fuente de piedra llena de papeles, mondaduras de frutas y latas vacías de cerveza, un joven de largos cabellos rubios, cubierto con un poncho, tocaba melodías andinas en una rudimentaria flauta de caña. Escuchó la música unos instantes y después dejó vagar su atención por el mercado, cuyo rumor ascendía hasta ella amortiguado por la altura en que se encontraba. Estuvo así hasta apurar el cigarrillo y después bajó por la escalinata, deteniéndose ante el escaparate de las muñecas. Las había vestidas y desnudas, con pintoresco traje de campesinas o complicados vestidos románticos que incluían guantes, sombreros y sombrilla. Algunas representaban niñas y otras mujeres adultas. Las había de rasgos groseros, infantiles, ingenuos, perversos... Los brazos y manos se alzaban a mitad de un imaginario movimiento en diversas posturas, como si los hubiese sorprendido así el soplo frío del tiempo transcurrido desde que las abandonó, o vendió, o murió, su propietaria. Niñas que al final fueron mujeres, pensó Julia, hermosas o desprovistas de atractivo, que después, alguna vez, amaron o quizá fueron amadas, habían acariciado esos cuerpos de trapo, cartón y porcelana con manos que ahora se consumían en el polvo de los cementerios. Pero todas aquellas muñecas sobrevivían a sus poseedoras; eran testigos mudos, inmóviles, que guardaban en sus imaginarias retinas viejas escenas domésticas, ya borradas del tiempo y la memoria de los vivos. Desvaídos cuadros esbozados entre brumas de nostalgia, momentos de intimidad familiar, canciones infantiles, amorosos abrazos. Y también lágrimas y desengaños, sueños reducidos a cenizas, decadencia y tristeza. Quizá, incluso, maldad. Había algo sobrecogedor en aquella multitud de ojos de vidrio y porcelana que la miraban sin parpadear, con la hierática sabiduría que sólo el tiempo posee, ojos inmóviles incrustados en pálidos rostros de cera o cartón, junto a vestidos que el tiempo había oscurecido hasta dar un tono apagado y sucio a puntillas y encajes. Y el cabello peinado o en desorden, pelo natural –el pensamiento la hizo estremecerse– que había pertenecido a mujeres vivas. Con melancólica asociación de ideas le vino a la memoria el fragmento de un poema que había oído recitar a César tiempo atrás:

Si se conservasen todos los cabellos
de las mujeres que han muerto...

Le costó apartar los ojos del escaparate, cuyo cristal reflejaba, sobre ella, las pesadas nubes grises que ensombrecían la ciudad. Y al volverse, dispuesta a seguir su camino, vio a Max. Casi tropezó con él en mitad de la escalinata. Llevaba un grueso chaquetón marino, con el cuello subido hasta la coleta en la que se recogía el pelo, y miraba hacia abajo, como si se alejara de alguien cuya proximidad lo inquietase.

–Vaya sorpresa –dijo él, y sonrió con aquel gesto de lobo guapo que tanto le gustaba a Menchu, antes de cambiar un par de trivialidades sobre el tiempo desapacible y el gentío que abarrotaba el mercado. Al principio no dio explicaciones sobre su presencia allí, pero Julia observó que se mantenía levemente alerta, un tanto furtivo, como si estuviese pendiente de algo, o de alguien. Tal vez Menchu, pues, como dijo después, estaban citados allí cerca: una confusa historia de marcos de ocasión que, una vez recompuestos –Julia se había ocupado de ello muchas veces– daban realce a algunos de los lienzos expuestos en la galería de arte.

Max no le era simpático, y Julia atribuía a eso la incomodidad que siempre experimentaba en su presencia. Al margen de la naturaleza de las relaciones que mantenía con su amiga, había algo en él, entrevisto ya desde que se conocieron, que desagradaba a la joven. César, cuya fina intuición femenina nunca erraba, solía afirmar que en Max, aparte hechuras de hermoso ejemplar, había algo indefinible, mezquino, que afloraba a la superficie en su manera torcida de sonreír, o en la forma insolente con que miraba a Julia. Era la de Max una mirada que no se sostenía durante demasiado tiempo, pero que cuando Julia ya olvidaba, volvía a descubrir al siguiente vistazo, taimada y al acecho, huidiza y al mismo tiempo constante. No era de aquellas ojeadas inconcretas que vagan por los alrededores antes de volver a posarse tranquilamente sobre el objeto o la persona en cuestión, al estilo de Paco Montegrifo, sino de las que se intuyen fijas cuando creen que nadie las percibe, y se tornan esquivas al sentirse observadas. «La mirada de quien se propone, como mínimo, robarte la cartera», había dicho una vez César refiriéndose al amante de Menchu. Y Julia, que al escuchar aquello sólo opuso un gesto de reprobación a la malicia del anticuario, tuvo que admitir, en su interior, lo exacto de esas palabras.

Terciaban, además, otros aspectos turbios en la cuestión. Julia sabía que aquellas miradas encerraban algo más que curiosidad. Seguro de su atractivo físico, Max se conducía a menudo, en ausencia o a espaldas de Menchu, de una forma calculada e insinuante. Cualquier duda al respecto quedó resuelta durante una velada en casa de Menchu, a altas horas de la noche. La conversación languidecía cuando su amiga salió un momento de la habitación, en busca de hielo. Max, inclinado hacia la mesita donde estaban las bebidas, había cogido el vaso de Julia, llevándoselo a la boca. Eso fue todo, y lo habría sido efectivamente si, al dejarlo sobre la mesa, no hubiese mirado a la joven durante apenas un segundo, antes de pasarse la lengua por los labios y sonreír con cínica pesadumbre, lamentando que las circunstancias limitaran a eso la intrusión en su intimidad. Por supuesto, Menchu seguía ajena a todo, y Julia se habría quemado la lengua antes de confiarle una cuestión que sonaría ridícula expresada en voz alta. Así que, a partir del incidente del vaso, adoptó frente a Max la única actitud posible: un riguroso desprecio en la forma de dirigirse a él cuando las circunstancias lo hacían inevitable. Una frialdad calculada para marcar distancias cuando ambos coincidían, como aquella mañana en el Rastro, frente a frente y sin testigos.

–No tengo que ver a Menchu hasta más tarde –dijo él, bailándole en la cara aquella sonrisa satisfecha que Julia tanto detestaba–. ¿Te apetece una copa?

Lo miró con fijeza antes de negar despacio, deliberadamente.

–Espero a César.

Se acentuó la sonrisa de Max. Tenía plena conciencia de no ser, tampoco, objeto de la devoción del anticuario.

–Lástima –murmuró–. No tenemos muchas ocasiones de encontrarnos así, como hoy… Quiero decir a solas.

Julia se limitó a enarcar las cejas, mirando a su alrededor como si César estuviese a punto de aparecer de un momento a otro. Max siguió la dirección de su mirada y después hizo ademán de encoger los hombros dentro del chaquetón marino.

–He quedado con Menchu allí, bajo la estatua del soldado, dentro de media hora. Si te apetece, podemos tomar algo juntos, más tarde –hizo una pausa exagerada para añadir, con intención–: Los cuatro.

–Veremos qué dice César.

Lo miró mientras se alejaba, las anchas espaldas balanceándose entre la muchedumbre, hasta que lo perdió de vista. Le quedaba, igual que en otras ocasiones, la incómoda sensación de no haber sabido dejar las cosas en su sitio; como si, a pesar del rechazo, Max hubiera logrado violentar una vez más su intimidad, igual que cuando el incidente del vaso. Irritada consigo misma, aunque sin saber muy bien qué reprocharse, encendió otro cigarrillo y aspiró el humo con violencia. En algunos momentos, pensaba, daría cualquier cosa por ser lo bastante fuerte para romperle a Max, sin problemas, aquella atractiva cara de semental satisfecho.

Deambuló un cuarto de hora entre los puestos antes de ir al café. Intentaba aturdirse con el trajín a su alrededor, los reclamos de los vendedores y la gente entre los tenderetes, pero mantuvo el ceño fruncido y la mirada absorta. Max estaba olvidado; ahora el motivo era otro. El cuadro, la muerte de Álvaro, la partida de ajedrez, retornaban como una obsesión, planteándole preguntas sin respuesta. Tal vez el jugador invisible también estaba cerca, entre la gente, observando sus movimientos mientras planeaba la siguiente jugada. Miró alrededor, recelosa, antes de estrechar en el regazo su bolso de cuero, donde llevaba la pistola de César. Aquello era absurdo de puro atroz. O tal vez fuese al revés: atroz, de puro absurdo.

El café tenía el piso de madera y viejos veladores de hierro forjado y mármol. Julia pidió un refresco y se quedó muy quieta, junto a los cristales empañados, intentando no pensar en nada, hasta que la borrosa silueta del anticuario apareció en la calle, desdibujada por el vaho que cubría la ventana. Fue a su encuentro como si acudiera en busca de consuelo, lo que se ajustaba bastante a los hechos.

—Cada vez estás más guapa —la piropeó César con afectada admiración, los brazos en jarras, espectacularmente parado en mitad de la calle—… ¿Cómo lo consigues, hija mía?

—No seas bobo —se cogió de su brazo, con una infinita sensación de alivio—. Sólo hace una hora que nos hemos separado.

—A eso me refiero, princesa —el anticuario bajaba la voz como susurrando secretos—. Eres la única mujer que conozco capaz de embellecer aún más en el intervalo de sesenta minutos… Si hay un truco, deberíamos patentarlo. De veras.

—Idiota.

—Bellísima.

Fueron calle abajo, hacia el lugar en que estaba

aparcado el coche de Julia. Por el camino, César la puso al corriente del éxito de la operación que venía de rematar: una *Dolorosa* que podía atribuirse a Murillo ante un comprador no demasiado exigente, y un secreter Biedermeier, firmado y fechado en 1832 por Virienichen, maltrecho pero auténtico; nada que no remediase un buen ebanista. Dos verdaderas gangas, adquiridas a un precio razonable.

—El secreter sobre todo, princesita —César balanceaba el paraguas, encantado con el negocio—. Ya sabes que hay una clase social, bendita sea ella, que no puede vivir sin la cama que perteneció a Eugenia de Montijo, o el *bureau* donde Tayllerand firmaba sus perjurios... Y una nueva burguesía de *parvenus* cuyo mejor símbolo de triunfo, a la hora de imitarlos, es un Biedermeier... Llegan y te lo piden así, por las buenas, sin especificar si desean mesa o escritorio; lo que quieren es un Biedermeier a toda costa, sea lo que diablos sea. Incluso algunos creen ciegamente en la existencia histórica del pobre señor Biedermeier, y se sorprenden mucho al ver el mueble firmado por otro... Primero sonríen desconcertados, luego se dan con el codo y acto seguido me preguntan si no tengo ningún otro Biedermeier *auténtico*... —suspiró el anticuario, deplorando sin duda los duros tiempos—. Si no fuera por sus talonarios de cheques, te aseguro que a más de uno lo mandaría *chez les grecs*.

—Alguna vez lo has hecho, que yo recuerde.

Suspiró de nuevo César, componiendo un mohín de desolación.

—Mi lado osado, querida. A veces me pierde el carácter, ese pronto mío de vieja reina escandalosa... Como Jekyll y mister Hyde. Menos mal que ya casi nadie habla francés como es debido.

Llegaron junto al coche de Julia, aparcado en un callejón, justo cuando ella refería su encuentro con Max. La sola mención del nombre bastó para que César arrugase el entrecejo, bajo el ala del sombrero que seguía llevando inclinado con coquetería.

–Me alegro de no haber visto a ese proxeneta –comentó con malhumor–. ¿Sigue haciéndote pérfidas insinuaciones?

–Apenas nada. Supongo que en el fondo tiene miedo de que Menchu se entere.

–Ahí le duele al canalla. En el sustento –César rodeó el coche en dirección a la portezuela derecha–. Anda, mira. Nos han puesto una multa.

–No me digas.

–Pues sí te digo. Ahí tienes el papelito, en el limpiaparabrisas –el anticuario golpeaba el suelo con la contera del paraguas, irritado–. Parece mentira. En pleno Rastro, y los guardias se dedican a poner multas, en vez de capturar delincuentes y gentuza, como es su obligación… Qué vergüenza –lo repitió en voz alta, mirando a su alrededor con aire de desafío–. ¡Qué vergüenza!

Julia apartó un bote de *spray* vacío que alguien había colocado sobre el capó del coche y cogió el papel, en realidad una cartulina del tamaño de una tarjeta de visita. Entonces se quedó inmóvil, como si la hubiera sorprendido un rayo. Aquello debió de pintársele en el rostro, porque César la miró, alarmado, y fue hasta ella a toda prisa.

–Chiquilla, te has puesto pálida… ¿Qué ocurre?

Tardó algunos segundos en responder, y cuando lo hizo no reconoció su propia voz. Sentía un terrible deseo de echar a correr hacia algún lugar cálido y seguro, donde ocultar la cabeza y cerrar los ojos para sentirse a salvo.

–No es una multa, César.

Sostenía entre los dedos la tarjeta, y el anticuario emitió un juramento absolutamente impropio de la persona educada que era. Porque allí, con siniestro laconismo, en caracteres que ambos ya conocían bien, alguien había escrito a máquina unos signos:

... *Pa7 X Tb6*

Sintió que le daba vueltas la cabeza mientras miraba, aturdida, a su alrededor. El callejón estaba desierto. La persona más próxima era una vendedora de imágenes religiosas, sentada en una silla de enea en la esquina, a veinte metros de allí, atenta a la gente que pasaba ante su mercancía expuesta en el suelo.

–Ha estado aquí, César... ¿Te das cuenta?... Ha estado aquí.

Ella misma comprendió que había temor, pero no sorpresa, en sus palabras. El miedo –la conciencia llegó con oleadas de infinito desconsuelo– no era ya a lo inesperado, sino que se convertía en una especie de lúgubre resignación; como si el jugador misterioso, su presencia próxima y amenazante, fraguara en maldición irremediable con la que tendría que vivir, ya, el resto de su vida. Suponiendo, se dijo con pesimista lucidez, que aún quedara mucha vida por delante.

César tenía el rostro demudado mientras daba vueltas y vueltas a la tarjeta. La indignación apenas le dejaba articular palabra:

–Ah, el canalla... El infame...

De pronto, Julia dejó de pensar en la tarjeta. El envase vacío que había encontrado sobre el capó reclamaba su atención. Lo cogió, sintiendo al inclinarse que se movía entre las nieblas de un sueño, y pudo fijarse lo bastante en la etiqueta para comprender qué era aquello. Movió la cabeza, desconcertada, antes de mostrárselo a César. Todavía un absurdo más.

–¿Qué es eso? –preguntó el anticuario.

–Un *spray* para reparar neumáticos pinchados... Lo aplicas a la toma de aire y se hincha la rueda. Lleva una especie de pasta blanca que repara el pinchazo por dentro.

–¿Y qué hace ahí?

–Eso quisiera saber yo.

Comprobaron los neumáticos. No había nada extraño en los del lado izquierdo, y Julia rodeó el coche para comprobar los otros dos. Todo estaba en orden; pero cuando iba a tirar al suelo el envase, atrajo su atención un detalle: la boquilla del neumático trasero derecho no tenía el tapón enroscado. En su lugar había una burbuja de pasta blanca.

–Alguien ha hinchado la rueda –concluyó César, tras observar, atónito, el envase vacío–. Quizás estaba pinchada.

–No cuando lo aparcamos –respondió la joven, y ambos se miraron, llenos de oscuros presentimientos.

–No subas al coche –dijo César.

La vendedora de imágenes no había visto nada. Por aquel sitio pasaba mucha gente, y ella estaba atenta a sus asuntos, explicó mientras ordenaba en el suelo sagrados corazones, San Pancracios y vírgenes diversas. En cuanto al callejón, no estaba segura. Tal vez algún vecino, quizá tres o cuatro personas en la última hora.

–¿Recuerda usted a alguien en especial? –César se había quitado el sombrero y se inclinaba hacia la vendedora, abrigo sobre los hombros y paraguas bajo el brazo; la viva estampa de un caballero, tenía que pensar la mujer, aunque quizá aquel pañuelo de seda al cuello resultara algo llamativo en un hombre de su edad.

—Creo que no —la vendedora se envolvió mejor en su toquilla de lana y puso cara de hacer memoria—. Una señora, creo. Y un par de jóvenes.

—¿Recuerda su aspecto?

—Ya sabe: jóvenes. Cazadoras de cuero y pantalón vaquero...

Julia sentía ir y venir una idea absurda. A fin de cuentas, los límites de lo imposible se habían ensanchado mucho en los últimos días.

—¿Vio a alguien con un chaquetón marino? Me refiero a un hombre de unos veintiocho o treinta años, alto, con el pelo recogido en una coleta...

La vendedora no recordaba haber visto a Max. En cuanto a la mujer, sí se había fijado en ella porque se detuvo un momento delante de sus imágenes y pensó que iba a comprar alguna. Era rubia, de mediana edad, bien vestida. Pero no se la imaginaba forzando un coche; no era ese tipo de gente: Llevaba un impermeable.

—¿Con gafas de sol?

—Sí.

Cesar miró gravemente a Julia.

—Hoy no hace sol —dijo.

—Ya lo sé.

—Podría ser la mujer de los documentos —César hizo una pausa y sus ojos se endurecieron—. O Menchu.

—No digas tonterías.

El anticuario movió la cabeza, echando un vistazo a la gente que pasaba junto a ellos.

—Tienes razón. Pero tú misma has pensado en Max.

—Max... es diferente —ensombreció el gesto mirando

calle abajo, por si Max o la rubia del impermeable aún anduvieran por allí. Y lo que pudo ver, aparte de helar sus palabras, la sacudió como si hubiese recibido un golpe. No había ninguna mujer que respondiera a la descripción; pero, entre los toldos y los plásticos de los tenderetes, sí un coche aparcado cerca de la esquina. Un coche azul.

Desde donde se hallaba, Julia no podía saber si era un Ford, pero la excitación que sentía se disparó en el acto. Apartándose de la vendedora de imágenes, ante la sorpresa de César, dio unos pasos por la acera y, tras sortear un par de puestos de baratijas, se quedó mirando hacia la esquina, alzada sobre la punta de los zapatos para ver mejor. Era un Ford azul, con los cristales oscuros. No podía ver la matrícula, pensó atropelladamente, pero para una sola mañana eran demasiadas coincidencias: Max, Menchu, la tarjeta sobre el parabrisas, el envase vacío, la mujer del impermeable, y ahora el coche que se había convertido en elemento clave de su pesadilla. Sintió que las manos le temblaban y las metió en los bolsillos de la chaqueta mientras sentía, a su espalda, la proximidad del anticuario. Aquello le dio valor.

—Es el coche, César. ¿Comprendes?... Sea quien sea, está dentro.

César no dijo nada. Se quitó despacio el sombrero, que tal vez consideraba inadecuado para lo que podía ocurrir a continuación, y miró a Julia. Ella nunca lo había querido tanto, apretada la fina línea de los labios y adelantado el mentón, con los ojos azules entornados y un reflejo de inusual dureza brillándole entre los párpados. Las líneas delgadas de su rostro meticulosamente afeitado estaban tensas; se le marcaban los músculos faciales a ambos lados de la mandíbula. Podía ser homosexual, decían aquellos ojos; y también un hombre de correctos modales, poco inclinado a actitudes violentas. Pero no era, en absoluto, un cobarde. Al menos estando de por medio su princesa.

—Espérame aquí –dijo él.

—No. Vamos juntos –lo miró con ternura. Alguna vez lo había besado en los labios, jugando, como cuando era niña. En aquel momento sintió el impulso de hacerlo otra vez; pero ya no era un juego–. Tú y yo.

Introdujo la mano en el bolso y amartilló la Derringer. César, con mucha calma, como si escogiese un bastón de paseo, se puso el paraguas bajo el brazo y, acercándose a uno de los tenderetes, agarró un atizador de hierro de grandes proporciones.

—Con su permiso –le dijo al sorprendido vendedor, poniéndole en la mano el primer billete que sacó de la cartera. Después miró serenamente a Julia:

—Por una vez, querida, permíteme que pase primero.

Y se encaminaron hacia el coche. Lo hicieron amparándose en los puestos para no ser vistos; Julia con la mano dentro del bolso, César con el atizador en la derecha, paraguas y sombrero en la izquierda. El corazón de la joven palpitaba con fuerza cuando logró ver la matrícula. Ya no había duda: Ford azul, cristales oscuros, letras TH. Sentía la boca seca y una molesta sensación en el estómago, como si éste se hubiese contraído sobre sí mismo. Aquello, se dijo fugazmente, era lo que sentía Pedro Blood antes de saltar al abordaje.

Llegaron a la esquina y todo ocurrió muy rápido. Alguien, en el interior del coche, había bajado el cristal del lado del conductor para tirar una colilla. César dejó caer al suelo sombrero y paraguas, levantó el atizador y se encaminó, rodeando el vehículo, hacia el lado izquierdo, dispuesto, si hacía falta, a matar piratas o lo que hubiese dentro. Julia, con los dientes apretados y la sangre batiéndole en las sienes, echó a correr, sacó la pistola del bolso y la metió por la ventanilla, antes de que tuviesen tiempo de subir el cristal. Ante el cañón de la pistola apareció un rostro desconocido: un hombre joven, con barba, que miraba el arma con ojos espantados. En el asiento contiguo, otro más se volvió con sobresalto cuando César abrió la otra puerta alzando, amenazante, el atizador de hierro sobre su cabeza.

—¡Salgan de ahí! ¡Salgan de ahí! —gritó Julia, a punto de perder el control.

Demudado el rostro, el hombre de la barba levantaba las manos con los dedos abiertos, en gesto de súplica.

—¡Cálmese, señorita! —balbució—. Por el amor de Dios, cálmese… ¡Somos policías!

—Reconozco —dijo el inspector jefe Feijoo, cruzando las manos sobre su mesa de despacho— que hasta ahora no hemos sido muy eficaces en este asunto…

Dejó la frase en el aire y sonrió a César con placidez, como si la falta de eficacia de la policía lo justificase todo. Entre gentes de mundo, parecía decir su mirada, podemos permitirnos cierta autocrítica constructiva.

Pero César no parecía dispuesto a dejar las cosas así.

—Eso es una forma —dijo con desdén— de calificar lo que otros llamarían pura incompetencia.

A Feijoo, se le notaba en lo descompuesto de la sonrisa, el comentario le sentó como un tiro. Los dientes asomaron bajo el poblado mostacho, mordiéndole el labio inferior. Miró al anticuario y luego a Julia antes de tamborilear impaciente sobre la mesa con el extremo de un bolígrafo barato. Con César de por medio, no tenía más recurso que andar con pies de plomo; y los tres sabían ya por qué.

—La policía tiene sus métodos.

Todo aquello eran simples palabras y César se impacientaba, cruel. Tener negocios con Feijoo no obligaba a mostrarle simpatía. Y menos después de haberlo sorprendido jugando sucio.

—Si esos métodos consisten en hacer seguir a Julia mientras un loco anda suelto por ahí enviando tarjetas anónimas, prefiero no decir lo que opino de tales métodos... —se volvió hacia la joven y después miró de nuevo al policía—. Ni siquiera me cabe en la cabeza que la consideren sospechosa en la muerte del profesor Ortega... ¿Por qué no me han investigado a mí?

—Lo hemos hecho —el policía estaba picado por la impertinencia de César, y tascaba el freno con esfuerzo—. La verdad es que investigamos a todo el mundo —mostró las palmas de las manos, asumiendo lo que estaba dispuesto a reconocer como un monumental patinazo—. Desgraciadamente, este trabajo es así.

—¿Y han puesto algo en claro?

—Lamento decir que no —Feijoo se rascó una axila bajo la chaqueta y se removió en el asiento, incómodo—. Si he de ser franco, nos encontramos como al principio... Los forenses tampoco se ponen de acuerdo sobre la causa de la muerte de Álvaro Ortega. Nuestra esperanza, si realmente hay un asesino, es que dé un paso en falso.

—¿Para eso me han estado siguiendo? —preguntó Julia, todavía furiosa. Estaba sentada, apretando el bolso en el regazo, y un cigarrillo le humeaba entre los dedos—. ¿Para ver si el paso en falso lo daba yo?

El policía la miró hoscamente.

–No debe tomárselo tan a pecho. Es pura rutina... Una simple táctica policial.

César enarcó una ceja.

–Como táctica no parece muy prometedora. Ni rápida.

Feijoo tragó al mismo tiempo saliva y el sarcasmo. En aquel momento, pensó Julia con malvado regocijo, el policía renegaba, con toda el alma, de sus inconfesables relaciones comerciales con el anticuario. Bastaría con que César abriese la boca en un par de lugares oportunos para que, sin acusaciones directas ni papeleo oficial, del modo discreto en que solían hacerse aquellas cosas a cierto nivel, el inspector jefe terminara su carrera en cualquier oscuro despacho de una ignota dependencia policial. De chupatintas y sin plus.

–Lo único que puedo asegurarles –dijo por fin, una vez hubo digerido parte del despecho que, se le pintaba en la cara, tenía clavado en mitad del estómago– es que seguiremos investigando... –pareció recordar algo, de mala gana–. Y por supuesto, la señorita gozará de protección especial.

–Ni hablar –dijo Julia. La humillación de Feijoo no bastaba para hacerle olvidar la suya propia–. No más coches azules, por favor. Ya basta.

–Se trata de su seguridad, señorita.

–Ya han visto que puedo protegerme sola.

El policía desvió la mirada. Aún tenía que dolerle la garganta tras la bronca dirigida, minutos antes, a los dos inspectores por haberse dejado sorprender de aquel modo. «¡Panolis! –les había gritado–... ¡Domingueros de mierda!... ¡Me habéis dejado con el culo al aire y os voy a crucificar por esto!...» César y Julia lo habían oído todo a través de la puerta, mientras aguardaban en el pasillo de la comisaría.

–En cuanto a eso –empezó a decir, tras larga reflexión. Saltaba a la vista que había estado librando una
dura lucha interior, deber o conveniencia, antes de de-
rrumbarse ante el peso de la última–. Dadas las circunstancias, no creo que... Quiero decir que esa pistola... –tragó de nuevo saliva, antes de mirar a César–.
Después de todo se trata de una pieza antigua, no un
arma moderna propiamente dicha. Y usted, como anticuario, tiene la debida licencia... –miró la superficie
de la mesa. Sin duda meditaba sobre la última pieza,
un reloj del siglo XVIII, que César le había pagado a
buen precio semanas atrás–. Por mi parte, y hablo
también en nombre de los dos inspectores implica-
dos... –otra vez sonrió atravesadamente, conciliador–.
Quiero decir que estamos dispuestos a ignorar los detalles del asunto. Usted, don César, recupera su Derringer, prometiendo, eso sí, cuidar más de ella en el
futuro. Por su parte, la señorita nos tiene al corriente
de cualquier novedad y, por supuesto, nos telefonea en
el acto cuando se crea con problemas. Y aquí no hay
de por medio pistola que valga... ¿Me explico?

–A la perfección –dijo César.

–Bien –la concesión sobre la pistola parecía haberle
dado algún ascendiente moral, así que Feijoo estaba más
relajado al dirigirse a Julia–. En cuanto a la rueda de su
coche, es conveniente saber si desea poner denuncia.

Lo miró, sorprendida.

–¿Una denuncia?... ¿Contra quién?

El inspector jefe tardó en contestar, como si esperase que Julia adivinara sin necesidad de palabras.

–Contra persona o personas desconocidas –dijo–.
Responsables de intento de homicidio.

–¿El de Álvaro?

–El de usted –los dientes despuntaron otra vez bajo

el mostacho–. Porque, sea quien sea el que envía esas tarjetas, su intención es algo más seria que jugar al ajedrez. El *spray* con el que hincharon su neumático después de haberlo desinflado, se compra en cualquier tienda de repuestos de automóvil... Sólo que éste había sido previamente rellenado con una jeringuilla que sirvió para meterle gasolina... Esa mezcla, con el gas y la substancia plástica que contiene el envase original, se convierte en muy explosiva a partir de cierta temperatura... Habría bastado recorrer unos cientos de metros para que se calentara el neumático, produciéndose la explosión justo debajo del depósito de combustible. El coche se habría convertido en una antorcha, con ustedes dentro –seguía sonriendo encantado, con manifiesta mala fe, como si contarles aquello supusiera una pequeña revancha que se había estado reservando–... ¿No es terrible?

El jugador de ajedrez llegó a la tienda de César una hora más tarde, con las orejas asomando por encima del cuello de la gabardina y el pelo mojado. Parecía un perro flaco y vagabundo, pensó Julia, mientras lo miraba sacudirse la lluvia en el umbral de la tienda, entre tapices, porcelanas y cuadros que no habría podido costearse con el sueldo de un año. Muñoz estrechó la mano de la joven –un apretón breve y seco, sin calor, el simple contacto que no comprometía a nada–, y saludó a César con una inclinación de cabeza. Después, mientras procuraba mantener sus zapatos mojados lejos de las alfombras, escuchó sin pestañear lo ocurrido en el Rastro. Movía de vez en cuando la cabeza haciendo un vago gesto afirmativo, como si la historia del Ford azul y el atizador de César no le interesaran lo más mínimo,

y sus ojos apagados sólo se animaron cuando Julia sacó
la tarjeta del bolso y se la puso delante. Minutos después tenía desplegado ante sí el pequeño tablero, del
que no le habían visto separarse en los últimos días, y
estudiaba la nueva posición de las piezas.

–Lo que no entiendo –comentó Julia, que miraba
por encima de su hombro– es por qué dejaron el envase vacío sobre el capó. Allí teníamos que verlo forzosamente... A menos que quien lo hizo tuviera que
irse a toda prisa.

–Tal vez se trataba sólo de una advertencia –sugirió
César, sentado en su sillón de cuero, bajo la ventana
emplomada–. Una advertencia de pésimo gusto.

–Pues se tomó mucho trabajo, ¿verdad? Preparar el
spray, vaciar el neumático y volver a inflarlo... Sin
contar con que se arriesgaba a ser vista mientras lo hacía –contaba con los dedos, incrédula–. Es bastante ridículo –en ese momento hizo una mueca, sorprendida
de sus palabras–... ¿Os dais cuenta? Ahora me refiero
a nuestro jugador invisible en femenino, como si fuese una mujer... La misteriosa dama del impermeable
no deja de rondarme la cabeza.

–Puede que estemos yendo demasiado lejos –sugirió
César–. Si lo piensas bien, esta mañana habría en el
Rastro docenas de mujeres rubias con impermeable.
Algunas, incluso, llevarían gafas de sol... Sin embargo,
tienes razón en lo del envase vacío. Allí, encima del
coche, tan a la vista... Realmente grotesco.

–Quizá no tanto –dijo Muñoz, y ambos se lo quedaron mirando. El jugador de ajedrez se hallaba sentado en un taburete ante la mesita baja con el pequeño
tablero. Se había quitado gabardina y chaqueta y estaba en camisa; una camisa arrugada, de confección ba-
rata, cuyas mangas se veían acortadas con sendos plie-

gues sobre los codos para evitar que los puños quedaran demasiado largos. Había hablado sin apartar los
ojos de las piezas, con las manos sobre las rodillas. Y
Julia, que estaba a su lado, vio en un extremo de su
boca aquel gesto indefinible que había llegado a conocer bien, a medio camino entre la reflexión silenciosa y
la sonrisa apenas esbozada. Entonces comprendió que
Muñoz había logrado descifrar el nuevo movimiento.

El jugador de ajedrez acercó un dedo al peón situado en la casilla A7, sin tocarlo:

–El peón negro que estaba en la casilla A7 se come
la torre blanca en B6... –dijo, mostrándoles la situación en el tablero–. Es lo que nuestro adversario dice
en su tarjeta.

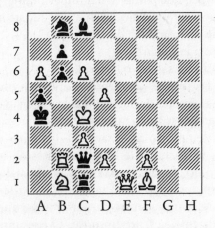

–¿Y eso qué significa? –preguntó Julia.

Muñoz tardó unos segundos en responder.

–Significa que renuncia a hacer otra jugada que, en
cierta forma, habíamos estado temiendo. Me refiero a
comerse la dama blanca en E1 con la torre negra de
C1... La jugada habría supuesto forzosamente un cam-

bio de damas –levantó los ojos de las piezas y miró a Julia, preocupado–. Con todo lo que eso implica.

Julia abrió mucho los ojos.

–¿Quiere decir que renuncia a *comerme a mí*?

El jugador hizo un gesto ambiguo.

–Puede interpretarse de ese modo –estudió unos instantes la pieza que representaba la reina blanca–. Y en tal caso, nos estaría diciendo: «Puedo matar, pero lo haré cuando quiera.»

–Como el gato que juega con un ratoncillo –murmuró César, golpeando el brazo del sillón–... ¡El miserable!

–Él o ella –dijo Julia.

El anticuario chasqueó la lengua, incrédulo.

–Nadie dice que la mujer del impermeable, si es ella quien estuvo en el callejón, actúe por su cuenta. También puede ser cómplice de alguien.

–Sí, pero ¿de quién?

–Eso quisiera saber yo, querida.

–De todas formas –comentó Muñoz– si olvidan un momento a la mujer del impermeable y se fijan en la tarjeta, pueden llegar a una nueva conclusión sobre la personalidad de nuestro adversario... –los miró alternativamente y se encogió de hombros antes de señalar el ajedrez, como si considerase una pérdida de tiempo buscar respuestas fuera del tablero–. Ya sabemos que tiene una mente muy retorcida; pero resulta que además es autosuficiente... Y presuntuoso. O presuntuosa. En realidad intenta tomarnos el pelo... –indicó de nuevo el tablero, animándolos a observar la posición de las piezas–. Fíjense. En términos prácticos, en puro ajedrez, comerse la dama blanca era una mala jugada... Las blancas no habrían tenido más remedio que aceptar el cambio de damas, comiéndose la reina negra con la torre blanca que está en B2, y eso dejaría a las piezas negras en muy mala posición. Su única salida, a partir de ese momento, hubiera sido mover la torre negra de E1 a E4, amenazando al rey blanco... Pero éste se habría protegido con un simple movimiento del peón blanco de D2 a D4. Después, al verse el rey negro rodeado de piezas enemigas, sin ayuda posible, el jaque mate habría sido inevitable. Las negras perderían la partida.

–¿Quiere decir –preguntó Julia– que toda esa historia del *spray* sobre el coche y la amenaza a la dama blanca es sólo un farol?

–No me sorprendería en absoluto.

–¿Por qué?

–Porque nuestro enemigo ha elegido la jugada que yo mismo habría hecho en su lugar: comerse la torre blanca de B6 con el peón que estaba en A7. Eso reduce la presión de las blancas sobre el rey negro, cuya situación era muy difícil –movió la cabeza, con admiración–. Ya les dije que es buen jugador.

–¿Y ahora? –preguntó César.

Muñoz se pasó una mano por la frente y reflexionó ante el tablero.

–Ahora tenemos dos opciones... Quizá deberíamos comernos la dama negra, pero eso podría forzar a nuestro adversario a realizar un cambio de damas –miró a Julia– y eso no me gusta. No lo obliguemos a hacer algo que no ha hecho... –movió otra vez la cabeza, como si los escaques blancos y negros confirmasen sus pensamientos–. Lo curioso del asunto es que él sabe que nosotros razonaremos así. Lo que tiene mérito, pues yo veo las jugadas que hace y nos envía, mientras que él se limita a imaginar las mías... E incluso las condiciona. Hasta ahora, estamos haciendo lo que él quiere que hagamos.

–¿Tenemos elección? –preguntó Julia.

–Hasta ahora, no. Más adelante ya veremos.

–¿Y cuál es el próximo movimiento?

–Nuestro alfil. Lo llevamos desde F1 a D3, amenazando su dama.

–¿Y qué hará él... O ella?

Muñoz tardó un rato en contestar. Permanecía inmóvil mirando el tablero, como si no hubiese oído la pregunta.

–En ajedrez –dijo por fin– también las previsiones tienen un límite... El mejor movimiento posible, o el probable, es el que deja al oponente en posición más desventajosa. Por eso, una forma de calcular la oportunidad de la siguiente jugada consiste en suponer simplemente que se la ha efectuado, y a continuación analizar la partida desde el punto de vista del adversario; es decir, apelar a uno mismo, pero puesto en lugar del enemigo. Desde ahí, uno conjetura otro movimiento y se pone de inmediato en el papel de oponente de su oponente. O sea: otra vez en uno mismo. Y así indefinidamente, según la capacidad de cada cual... Con eso quiero decir que sé hasta dónde he llegado yo, pero ignoro hasta dónde ha llegado él.

–Pero, según ese razonamiento –intervino Julia– lo más probable es que escoja el movimiento que más daño nos haga. ¿No le parece?

Muñoz se rascó la nuca. Después, muy despacio, llevó el alfil blanco a la casilla D3, situándolo en las inmediaciones de la dama negra. Parecía sumido en profundas reflexiones mientras analizaba la nueva situación sobre el tablero.

–Haga lo que haga –dijo por fin, y su rostro se había ensombrecido– estoy seguro de que nos comerá una pieza.

XI. Aproximaciones analíticas

«No sea tonto. La bandera es imposible, de modo
que no puede estar ondeando. Es el viento lo que
está ondeando.»

D. R. Hofstadter

La sobresaltó el sonido del teléfono. Sin apresurarse,
retiró el tampón con disolvente del ángulo del cuadro
en que trabajaba –un fragmento de barniz demasiado
adherido en una minúscula porción del ropaje de Fernando de Ostenburgo– y se puso las pinzas entre los
dientes. Después miró con desconfianza el teléfono, a
sus pies sobre la alfombra, mientras se preguntaba si al
descolgarlo iba a tener, otra vez, que escuchar uno de
aquellos largos silencios que tan habituales eran desde
hacía un par de semanas. Al principio se limitaba a pe-
garse el auricular a la oreja sin decir palabra, esperando con impaciencia cualquier sonido, aunque se tratase de una simple respiración, que denotara vida,
presencia humana, por inquietante que fuera. Pero encontraba sólo un vacío absoluto, sin tan siquiera el
cuestionable consuelo de escuchar un chasquido al
cortarse la línea. Siempre era el misterioso comunicante –o la misteriosa comunicante– quien aguantaba más;
hasta que Julia colgaba, por mucho que tardase en hacerlo. Quienquiera que fuese se quedaba allí, al acecho, sin demostrar prisa ni inquietud ante la posibilidad de que, alertada por Julia, la policía tuviese
intervenido el teléfono para localizar la llamada. Lo
peor era que quien telefoneaba no podía estar al corriente de su propia impunidad. Julia no se lo había dicho a nadie; ni siquiera a César, o a Muñoz. Sin saber

muy bien por qué, consideraba aquellas llamadas nocturnas como algo vergonzoso, atribuyéndoles un sentido humillante al sentirse invadida en la intimidad de su casa, en la noche y el silencio que tanto había amado antes de que empezase la pesadilla. Era lo más parecido a una ritual violación, que se repetía a diario, sin gestos ni palabras.

Descolgó el teléfono cuando sonaba por sexta vez para identificar, con alivio, la voz de Menchu. Pero su tranquilidad duró sólo un momento; su amiga había bebido mucho; tal vez, dedujo inquieta, llevaba algo más fuerte que alcohol en el cuerpo. Levantando la voz para hacerse oír sobre el sonido de conversaciones y música que la rodeaban, pronunciando la mitad de las frases de modo incoherente, Menchu dijo que se encontraba en Stephan's y después expuso una confusa historia en la que se mezclaban Max, el Van Huys y Paco Montegrifo. Julia no llegó a entender una palabra, y cuando le pidió a su amiga que volviese a contar lo que había ocurrido, Menchu se echó a reír, con una risa ebria e histérica. Después cortó la comunicación.

Hacía un frío húmedo y espeso. Estremeciéndose dentro de un grueso chaquetón de piel, Julia bajó a la calle y detuvo un taxi. Las luces de la ciudad deslizaban sobre su rostro rápidos destellos de claridad y sombras mientras respondía con distraídos movimientos de cabeza a la inoportuna charla del taxista. Apoyó la nuca en el respaldo del asiento y cerró los ojos. Antes de salir había conectado la alarma electrónica y afirmado la puerta de seguridad con doble vuelta de llave; y en el portal no pudo evitar una suspicaz mirada a la rejilla del portero automático, temiendo descubrir allí una nueva tarjeta. Pero aquella noche no en-

contró nada. El jugador invisible aún meditaba su próximo movimiento.

Había mucha gente en Stephan's. La primera persona que vio al entrar fue César, sentado con Sergio en
uno de los divanes. Asentía el joven, con el cabello rubio graciosamente despeinado sobre los ojos, mientras
el anticuario le susurraba algo en voz baja. César fumaba con las piernas cruzadas; tenía una mano, la que
sostenía el cigarrillo, sobre las rodillas, y movía la otra
en el aire al hablar, muy cerca pero sin establecer contacto físico con el brazo de su protegido. Apenas vio a
Julia se levantó y vino a su encuentro. No parecía sorprendido por verla aparecer a tales horas, sin maquillar
y vestida con una pelliza campera sobre los tejanos.

–Está allí –se limitó a decir, indicando el interior del
local con un gesto neutral que no disimulaba cierta divertida expectación–. En los sofás del fondo.

–¿Ha bebido mucho?

–Como una esponja griega. Y me temo que, además,
rezuma polvito blanco por todas partes… Demasiadas
visitas al lavabo de señoras para limitarse a hacer pis
–miró la brasa de su cigarrillo y sonrió, mordaz–.
Hace un rato ha organizado un escándalo, abofetean-
do a Montegrifo en mitad del bar… ¿Te imaginas, querida? Ha sido algo realmente –paladeó el concepto,
antes de modularlo con un mohín de *connaisseur*– delicioso.

–¿Y Montegrifo?

El anticuario transformó su gesto en una mueca
cruel.

–Estuvo fascinante, amor. Casi divino. Se marchó
digno, estirado; como es él. Con una rubia muy llama-
tiva cogida del brazo, tal vez algo vulgar pero bien
vestida, que iba *absolutamente* sofocada, la pobre, y

con razón. No es para menos –sonrió, con afilada malicia–. La verdad, princesa, es que ese fulano tiene tablas. Encajó la bofetada sereno, sin pestañear, como los duros de película. Un tipo interesante, vuestro subastador... Reconozco que ha estado *muy* bien. Muy torero.

–¿Dónde está Max?

–No lo he visto por aquí, y lo lamento –otra vez afloró a los labios la sonrisa perversa–. Hubiera sido divertido de veras. La guinda del pastel.

Dejando atrás a César, Julia se adentró en el local. Saludó a varios conocidos sin detenerse y vio a su amiga sola y hundida en un sofá, con los ojos turbios, la falda corta demasiado subida y una grotesca carrera en una de las medias. Parecía haberse echado, de golpe, diez años encima.

–Menchu.

La miró sin apenas reconocerla, murmurando palabras incoherentes mientras sonreía de forma absurda. Después movió la cabeza a uno y otro lado y soltó una breve risa insegura, de borracha.

–Te lo has perdido –dijo al cabo de un momento, con voz pastosa y sin dejar de reír–. Ese cabrón ahí mismo, de pie, con media cara como un tomate... –se irguió un poco frotándose la nariz enrojecida, incapaz de ver las miradas curiosas o escandalizadas que le dirigían desde las mesas cercanas–. El estúpido arrogante.

Julia sentía fijos en ellas todos los ojos del local; escuchaba los comentarios en voz baja. Se ruborizó, a su pesar.

–¿Estás en condiciones de salir de aquí?

–Creo que sí... Pero deja que te cuente...

–Me lo contarás luego. Ahora, vámonos.

Menchu se puso en pie con esfuerzo, estirándose

torpemente la falda. Le colocó el abrigo sobre los hombros, haciéndola caminar hacia la puerta con relativa dignidad. César, que permanecía en pie, se acercó a ellas.

–¿Todo en orden?

–Sí. Creo que puedo arreglarme sola.

–¿Seguro?

–Seguro. Te veré mañana.

En la calle, Menchu se balanceaba desorientada, buscando un taxi. Alguien le gritó una grosería desde la ventanilla de un coche que pasaba.

–Llévame a casa, Julia… Por favor.

–¿A la tuya o a la mía?

La miró como si le costase reconocerla. Se movía con gestos de sonámbula.

–A la tuya –dijo.

–¿Y Max?

–Se acabó Max… Hemos reñido… Se acabó.

Pararon un taxi, y se hizo un ovillo en el fondo del asiento. Después rompió a llorar. Julia le puso un brazo sobre los hombros, sintiéndola estremecerse entre sollozos. El taxi se detuvo ante un semáforo, y la luz de un escaparate iluminó su rostro descompuesto.

–Perdóname… Soy una…

Julia estaba avergonzada, incómoda. Todo aquello resultaba grotesco. Maldito Max, dijo para sus adentros. Malditos fueran todos ellos.

–No digas estupideces –la interrumpió, irritada.

Miró la espalda del taxista, que las observaba con curiosidad por el retrovisor, y al volverse hacia Menchu pudo ver en sus ojos una expresión insólita; un breve reflejo de inesperada lucidez. Como si quedase un lugar, dentro de ella, al que no hubieran llegado los vapores de la droga y el alcohol. Descubrió allí, con sorpresa, algo de infinita hondura, lleno de oscuros significados. Una mirada tan impropia del estado en que se encontraba, que Julia quedó desconcertada. Entonces Menchu habló de nuevo, y sus palabras fueron aún más extrañas.

–Tú no entiendes nada... –movía la cabeza con dolor, como un animal herido–. Pero pase lo que pase... Quiero que sepas...

Se interrumpió como si acabara de morderse la lengua, y su mirada se fundió con las sombras cuando el taxi arrancó de nuevo, dejando a Julia pensativa y confusa. Todo era excesivo para una sola noche. Ya sólo faltaba, meditó con hondo suspiro –sentía una vaga aprensión que nada bueno auguraba–, encontrar otra tarjeta en el portero automático.

Aquella noche no hubo tarjeta y pudo atender a Menchu, que parecía moverse entre brumas. Le preparó dos tazas de café antes de acostarla. Poco a poco, con mucha paciencia y sintiéndose como una psicoanalista ante el diván, logró que reconstruyese lo ocurrido, entre silencios y balbuceos incoherentes. A Max, el ingrato Max, se le había metido en la cabeza emprender un viaje en el momento menos oportuno; alguna estupidez sobre un trabajo en Portugal. Ella estaba pasando un mal momento, y lo de Max había sonado a deserción de lo más egoísta. Discutieron, y en vez de zanjar la cuestión como otras veces, en la cama, él dio el portazo. Menchu ignoraba si pensaba regresar o no, pero en ese momento le importaba un bledo. Dispuesta a no quedarse sola, decidió ir a Stephan's. Unas rayas de coca la habían ayudado a despejarse, poniéndola en un estado de agresiva euforia... Así estaba ella,

olvidado Max, bebiendo martinis muy secos en su rin-
concito, y acababa de echarle el ojo a un tipo guapísimo que ya empezaba a darse por aludido, cuando
cambió el signo de la noche: Paco Montegrifo tuvo la
mala ocurrencia de asomar por allí, acompañado por
una de esas zorras enjoyadas con las que se le veía de
vez en cuando... El asunto de los porcentajes estaba
fresco, Menchu creyó detectar cierta ironía en el saludo que le dirigió el subastador y, como decían las novelas, el hierro se le removió en la herida. Una bofetada a palo seco, zas, de las que hacían época, en medio
del asombro del respetable... Gran escándalo y fin de
la historia. Telón.

Menchu se durmió al filo de las dos de la madrugada.
Julia le puso una manta encima y estuvo un rato junto a
ella, velando su sueño inquieto. A veces se removía y
murmuraba sonidos ininteligibles, apretados los labios,
el cabello en desorden sobre la cara. Julia observó las
arrugas en torno a la boca y los labios, los ojos, en donde lágrimas y sudor habían hecho correr el maquillaje,
cercados de manchas negras que le daban un aire patético: el aspecto de una madura cortesana después de una
mala noche. César habría extraído de aquello mordaces
conclusiones; pero en ese momento a Julia no le apetecía escuchar a César. Y se vio pidiéndole a la vida, cuando le llegase a ella el turno, la resignación necesaria para
envejecer dignamente. Después suspiró, con un cigarrillo sin encender en los labios. Debía de ser terrible, llegada la hora del naufragio, carecer de una almadía sólida que permitiera salvar la piel. Y cayó en la cuenta de
que la galerista tenía edad para ser su madre. Aquel pensamiento la hizo avergonzarse de sí misma, como si hubiese aprovechado el sueño de su amiga para, de algún
modo incierto, traicionarla.

Bebió lo que quedaba del café, ya frío, y encendió el cigarrillo. La lluvia repiqueteaba de nuevo en el tragaluz; ese era el sonido de la soledad, se dijo con tristeza. El rumor de lluvia le trajo a la memoria aquel otro, un año atrás, cuando terminó su relación con Álvaro y supo que algo se rompía en su interior para siempre, como un mecanismo descompuesto sin remedio. Y supo también que, a partir de entonces, aquella soledad agridulce que le oprimía el corazón iba a ser la única compañera de la que no se separaría jamás, en los caminos que le quedaran por recorrer, el resto de su vida, bajo un cielo en el que los dioses morían entre grandes carcajadas. También esa noche cayó largo rato la lluvia sobre ella, sentada y encogida bajo la ducha, con el vapor abrazándola como niebla ardiente y las lágrimas mezclándose con el agua que goteaba, torrencial, sobre el cabello mojado que le cubría el rostro, sobre su cuerpo desnudo. Aquel agua limpia y tibia, bajo la que estuvo casi una hora, se había llevado consigo a Álvaro, un año antes de su muerte física, real y definitiva. Y por una extraña ironía de aquellas a que tan aficionado era el Destino, el propio Álvaro había terminado así, en una bañera, con los ojos abiertos y la nuca rota, bajo la ducha; bajo la lluvia.

Alejó el recuerdo. Lo vio desvanecerse con una bocanada de humo, entre las sombras del estudio. Después pensó en César y movió lentamente la cabeza, al compás de una música melancólica e imaginaria. En aquel momento habría querido recostar la cabeza en su hombro, cerrar los ojos, aspirar el olor suave que conocía desde que era una chiquilla, de tabaco y mirra... César. Revivir junto a él historias en las que siempre es posible saber, de antemano, que hay un final feliz.

Aspiró de nuevo el humo del cigarrillo y lo retuvo

durante largo rato, deseando aturdirse hasta que sus pensamientos derivaran lejos de allí. ¡Qué distantes quedaban los tiempos de finales felices, incompatibles con cualquier tipo de lucidez!... A veces resultaba muy duro verse en el espejo, desterrada para siempre del País de Nunca Jamás.

Apagó la luz y se quedó fumando sentada en la alfombra, frente al Van Huys que adivinaba ante sí. Permaneció inmóvil hasta mucho después de terminar el cigarrillo, viendo con la imaginación a los personajes del cuadro, mientras escuchaba el lejano rumor de la resaca de sus vidas, en torno a la partida de ajedrez que se prolongaba a través del tiempo y el espacio para continuar aún, como el lento e implacable mecanismo de un reloj que desafiara a los siglos, sin que nadie pudiese prever su final. Entonces Julia se olvidó de todo; de Menchu, de la nostalgia del tiempo perdido, y sintió un estremecimiento ya familiar, que era de temor, sí; pero también un retorcido e insólito consuelo. Una especie de morbosa expectación. Como cuando era niña y se acurrucaba en César para escuchar una nueva historia. Después de todo, tal vez Jaime Garfio no se había desvanecido para siempre en las nieblas del pasado. Quizá, simplemente, ahora jugaba al ajedrez.

Cuando despertó, Menchu aún dormía. Procuró vestirse sin hacer ruido, puso un juego de llaves sobre la mesa y salió, cerrando con cuidado la puerta a su espalda. Ya eran casi las diez de la mañana, pero la lluvia había dado paso a una bruma sucia, de niebla y contaminación, que difuminaba los contornos grises de los edificios y confería a los coches, que circulaban con las luces encendidas, una apariencia fantasmal, descomponiendo el reflejo de sus faros sobre el asfalto en infinitos puntos de claridad, tejiendo en torno a Julia, que caminaba con las manos dentro de los bolsillos de su gabardina, una atmósfera luminosa e irreal.

Belmonte la recibió en su silla de ruedas, en el salón cuya pared seguía conservando la huella del Van Huys. El inevitable Bach sonaba en el gramófono, y Julia se preguntó, mientras sacaba el dossier de su bolso, si el anciano lo hacía sonar cada vez que ella lo visitaba. Belmonte lamentó la ausencia de Muñoz, el matemático-ajedrecista, como dijo con una ironía que no pasó inadvertida, y después echó un detenido vistazo al informe que Julia traía sobre el cuadro: todos los datos históricos, las conclusiones finales de Muñoz sobre el enigma de Roger de Arras, fotografías de las diversas fases de la restauración, y el folleto en color, recién impreso por Claymore, sobre el cuadro y la subasta. Leía en silencio, asintiendo satisfecho. A veces levantaba la cabeza para mirar a Julia, admirado, antes de enfrascarse de nuevo en el informe.

—Excelente —dijo por fin, cerrando la carpeta cuando hubo terminado—. Es usted una joven extraordinaria.

—No he sido yo sola. Ya sabe que mucha gente ha trabajado en esto... Paco Montegrifo, Menchu Roch, Muñoz... —vaciló un instante—. También hemos recurrido a expertos en arte.

—¿Se refiere al fallecido profesor Ortega?

Julia lo miró, sorprendida.

—Ignoraba que usted sabía eso.

El anciano sonrió esquinadamente.

—Pues ya ve. Cuando apareció muerto, la policía se puso en contacto con mis sobrinos y conmigo... Vino a verme un inspector, no recuerdo su nombre... Tenía un bigote grande, así, y era gordo.

–Se llama Feijoo. Inspector jefe Feijoo –desvió la mirada, incómoda. Maldita sea su estampa, pensaba. Maldito policía inútil–... Pero usted no dijo nada la última vez que estuve aquí.

–Esperaba que me lo contara. Si no lo hace, deduje, tendrá sus motivos.

Había reserva en el tono del anciano, y Julia comprendió que estaba a punto de perder un aliado.

–Yo creía... Quiero decir que lo siento, de verdad. Temí inquietarle con esas historias. Al fin y al cabo, usted...

–¿Se refiere a mi edad y a mi salud? –Belmonte cruzó sobre el estómago las manos huesudas y moteadas–. ¿O le preocupaba que eso influyera en el destino del cuadro?

La joven movió la cabeza, sin saber qué decir. Después sonrió mientras se encogía de hombros, con un aire de confusa sinceridad que, ella lo sabía perfectamente, era la única respuesta que satisfaría al viejo.

–¿Qué puedo decirle? –murmuró, comprobando que había dado en el blanco cuando Belmonte sonrió a su vez, aceptando el clima de complicidad que le ofrecía.

–No se preocupe. La vida es difícil, y las relaciones humanas mucho más.

–Le aseguro que...

–No es necesario que asegure nada. Hablábamos del profesor Ortega... ¿Fue un accidente?

–Creo que sí –mintió Julia–. Al menos eso tengo entendido.

El anciano se miró las manos. Resultaba imposible saber si la creía o no.

–Sigue siendo terrible... ¿No le parece? –le dirigió una mirada profunda y grave, en la que apuntaba una difusa inquietud–. Ese tipo de cosas, hablo de la muerte, me impresionan un poco. Y a mi edad debería ser lo contrario. Es curioso como, en contra de toda lógica, uno se aferra a la existencia en proporción inversa a la cantidad de vida que tiene por delante.

Por un momento, Julia estuvo a punto de confiarle el resto de la historia: la existencia del jugador misterioso, las amenazas, la sensación oscura que sentía pesar sobre ella. La maldición del Van Huys, cuya huella, el rectángulo vacío bajo el clavo oxidado, los vigilaba desde la pared como un mal presagio. Pero eso significaba entrar en explicaciones que no se sentía con fuerzas para dar. También temía alarmar aún más al anciano, innecesariamente.

–No hay por qué preocuparse –mintió de nuevo, con aplomo–. Todo está bajo control. Como el cuadro.

Se sonrieron otra vez, pero de forma forzada. Julia seguía sin saber si Belmonte la creía o no. Después de un momento, el inválido se apoyó en el respaldo de su silla de ruedas y frunció el ceño.

–Respecto al cuadro, quería decirle algo… –se detuvo y reflexionó un poco antes de continuar–. El otro día, después de que me visitaran usted y su amigo ajedrecista, estuve dándole vueltas al contenido del Van Huys… ¿Recuerda lo que discutimos sobre un sistema necesario para comprender otro sistema y que ambos necesitaban un sistema superior, y así indefinidamente?… ¿El poema de Borges sobre ajedrez, y qué Dios después de Dios mueve al jugador que mueve las piezas?… Pues ahora, fíjese, creo que hay algo de eso en el cuadro. Algo que se contiene a sí mismo, y que además se repite a sí mismo, llevándolo a uno continuamente al punto de partida… En mi opinión, la verdadera clave para interpretar *La partida de ajedrez* no abre un camino lineal, una progresión que se aleje del principio, sino que esa pintura parece retornar una y otra vez, como si condujese a su propio interior... ¿Me comprende?

Asintió Julia, pendiente de las palabras del anciano. Lo que acababa de escuchar no era sino la confirmación, razonada y en voz alta, de sus propias intuiciones. Recordó el croquis que ella misma había trazado, los seis niveles que se contenían unos a otros, el eterno retorno al punto de partida, los cuadros dentro del cuadro.

–Lo comprendo mejor de lo que piensa –dijo–. Es como si el cuadro se acusara a sí mismo.

Belmonte vaciló, confuso.

–¿Acusar? Eso ya rebasa un poco mi idea –meditó un instante y después, con un movimiento de cejas, pareció descartar lo incomprensible–. Yo me refería a otra cosa... –señaló el gramófono–. Escuche a Bach.

–Como siempre.

Sonrió Belmonte, cómplice.

–Hoy no entraba en mis cálculos hacerme acompañar por Johann Sebastian, pero he decidido evocarlo en su honor. Se trata de la *Suite francesa número 5*, y fíjese: esa composición consta de dos mitades, cada una de ellas repetida. La nota tónica de la primera mitad es *sol*, y cuando acaba lo hace en la tonalidad *re*... ¿Se da cuenta? Ahora atienda: parece que la pieza ha terminado en esa tonalidad, pero de pronto el tramposo de Bach nos hace volver de un salto al comienzo, otra vez con *sol* como tónica y modula de nuevo a *re*. Y sin que sepamos bien cómo, eso ocurre una y otra vez... ¿Qué le parece?

–Me parece apasionante –Julia seguía, atenta, los acordes musicales–. Es como un rizo continuo... Como esos cuadros y dibujos de Escher, con un río que discurre, cae en cascada e, inexplicablemente se encuentra en el punto de partida... O la escalera que conduce a ninguna parte, al comienzo mismo de la escalera.

Belmonte asintió, satisfecho.

—Exacto. Y es que es posible tocar en muchas claves —miró el rectángulo vacío de la pared—. Lo difícil, supongo, es saber en qué punto de esos círculos se encuentra uno mismo.

—Tiene razón. Sería muy largo explicárselo, pero en todo lo que está pasando con el cuadro hay algo de eso. Cuando parece que la historia termina, vuelve a empezar de nuevo, aunque sea en otra dirección. En otra dirección aparente... Porque tal vez no nos movemos del mismo sitio.

Belmonte se encogió de hombros.

—Esa es una paradoja que deben resolver usted y su amigo el ajedrecista. A mí me faltan datos. Y, como sabe, sólo soy un aficionado. Ni siquiera fui capaz de adivinar que esa partida se juega hacia atrás —miró largamente a Julia—. Y si tenemos en cuenta a Bach, eso en mí resulta imperdonable.

La joven metió la mano en el bolso para sacar el paquete de tabaco, meditando sobre las inesperadas y recientes interpretaciones. Hilos del ovillo, pensaba. Demasiados hilos para un solo ovillo.

—Además de la policía, y de mí, ¿ha recibido en los últimos tiempos la visita de alguien interesado en el cuadro?... ¿O en el ajedrez?

El anciano tardó en responder, como si intentara averiguar lo que encerraba aquella pregunta. Después se encogió de hombros.

—Ni lo uno ni lo otro. En tiempos de mi mujer sí venía gente a casa; ella era más sociable que yo. Pero desde que enviudé sólo he mantenido relación con algunos amigos. Esteban Cano, por ejemplo; usted es demasiado joven para haberlo conocido cuando era un violinista de éxito... Pero se murió un invierno, ahora va a hacer dos años... La verdad es que mi vieja y pequeña tertulia ha ido desapareciendo; yo soy de los pocos supervivientes –sonrió resignado–. Queda Pepe, un buen amigo. Pepín Pérez Giménez, jubilado como yo, que aún frecuenta el casino y viene de vez en cuando a echar una partida. Pero tiene casi setenta años y fuertes jaquecas cuando juega más de media hora. Era un gran ajedrecista... Aún juega de vez en cuando conmigo. O con mi sobrina.

Julia, que estaba cogiendo un cigarrillo, se quedó quieta. Cuando recobró el movimiento lo hizo muy despacio, como si un gesto de emoción o impaciencia pudiera hacer desvanecerse lo que acababa de escuchar.

–¿Su sobrina juega al ajedrez?

–¿Lola?... Bastante bien –el inválido sonrió de forma peculiar, como si lamentase que las virtudes de su sobrina no se extendieran también a otras facetas de la vida–. Yo mismo la enseñé a jugar, hace muchos años; pero superó al maestro.

Julia procuraba mantener la calma, lo que no era fácil. Se obligó a sí misma a encender despacio el cigarrillo, y exhaló dos lentas bocanadas de humo antes de hablar de nuevo. Sentía el corazón latirle aceleradamente en el pecho. Un tiro a ciegas.

–¿Qué piensa su sobrina del cuadro?... ¿Le pareció bien que decidiera venderlo?

–Le pareció de perlas. Y a su marido mucho más –en el tono del anciano latía una punzada amarga–. Supongo que Alfonso ya tiene previsto en qué número de la ruleta apostar cada céntimo del Van Huys.

–Pero aún no lo tiene –puntualizó Julia, mirando con fijeza a Belmonte.

El inválido sostuvo la mirada de Julia, imperturbable, sin responder durante un largo instante. Después, un reflejo de dureza destelló en sus ojos claros y húmedos antes de extinguirse con rapidez.

–En mis tiempos –dijo, con inesperado buen humor, y Julia sólo pudo ya encontrar en sus ojos una plácida ironía– decíamos que no se debe vender la piel de un zorro antes de cazarlo...

Julia le ofreció el paquete de tabaco.

–¿Alguna vez mencionó su sobrina algo relacionado con el misterio del cuadro, con los personajes o la partida?

–No recuerdo –el anciano aspiró profundamente el humo–. Fue usted quien trajo las primeras noticias. Para nosotros había sido, hasta entonces, una pintura especial, pero no extraordinaria... Ni misteriosa –miró el rectángulo de la pared, pensativo–. Todo parecía estar a la vista.

–¿Sabe si antes o durante la época en que Alfonso les presentó a Menchu Roch, su sobrina estaba ya en tratos con alguien?

Belmonte frunció el ceño. Aquella posibilidad parecía desagradarle profundamente.

–Espero que no. A fin de cuentas, el cuadro era mío –miró el cigarrillo que sostenía entre los dedos como un agonizante contempla los santos óleos, y esbozó una mueca astuta, cargada de sabia malicia–. Y lo sigue siendo.

–Permítame otra pregunta, don Manuel.

–A usted se lo permito todo.

–¿Alguna vez oyó hablar a sus sobrinos de consultar con un historiador de arte?

–No creo. No lo recuerdo, y pienso que me acordaría de una cosa así... –miró a Julia, intrigado. A sus ojos había vuelto el recelo–. El profesor Ortega se dedicaba a eso, ¿no? A la Historia del Arte. Espero que no trate de insinuar...

Julia recogió velas. Aquello era ir demasiado lejos, así que salió del paso con la mejor de sus sonrisas.

–No me refería a Álvaro Ortega, sino a un historiador cualquiera... No es absurdo pensar que su sobrina tuviese la curiosidad de averiguar el valor del cuadro, o sus antecedentes...

Belmonte se miró el dorso de las manos moteadas, con aire reflexivo.

–Nunca habló de eso. Pero imagino que me lo habría dicho, porque hablábamos mucho del Van Huys. Sobre todo al jugar la misma partida, la que ocupa a los personajes... La jugábamos hacia adelante, por supuesto. ¿Y sabe una cosa?... Aunque la ventaja parece de las piezas blancas, Lola siempre ganaba con negras.

Caminó casi una hora sin rumbo, entre la niebla, intentando ordenar las ideas. La humedad dejaba gotas de agua en su rostro y su cabello. Pasó frente al Palace, donde el portero, ataviado con chistera y uniforme con galones de oro, se protegía bajo la marquesina, embozado en una capa que le daba un aire decimonónico y londinense, muy a tono con la niebla. Sólo faltaba, pensó Julia, un coche de caballos con el farol amortiguado por la atmósfera gris, del que descendiese la delgada figura de Sherlock Holmes, seguido por su fiel Watson. En algún lugar, entre la bruma sucia, acecharía el siniestro profesor Moriarty. El Napoleón del crimen. El genio del mal.

Demasiada gente jugaba al ajedrez en los últimos tiempos. Porque todo el mundo parecía tener buenas razones para relacionarse con el Van Huys. Había demasiados retratos dentro de aquel maldito cuadro.

Muñoz. Él era el único al que había conocido *después* de iniciado el misterio. En las horas de insomnio, cuando daba vueltas en la cama sin conciliar el sueño, sólo a él no lo relacionaba con las imágenes de la pesadilla. Muñoz a un extremo del ovillo, y todas las demás piezas, todos los restantes personajes, al otro. Pero ni siquiera de él podía estar segura. Lo había conocido, en efecto, después de iniciarse el primer misterio, pero antes de que la historia volviese a su punto de partida y recomenzase con una tonalidad distinta. Puestos a hilar fino, resultaba imposible tener la certeza absoluta de que la muerte de Álvaro y la existencia del jugador misterioso formaran parte de un mismo movimiento.

Caminó unos pasos y se detuvo, sintiendo sobre el rostro la humedad de la niebla que la rodeaba. En última instancia, sólo podía estar segura de sí misma. Eso era cuanto tenía para continuar adelante. Eso y la pistola que llevaba en el bolso.

Se dirigió al club de ajedrez. Había serrín en el vestíbulo, paraguas, abrigos y gabardinas. Olía a humedad, a humo de tabaco y a ese ambiente inconfundible que tienen los lugares frecuentados exclusivamente por hombres. Saludó a Cifuentes, el director, que acudió obsequioso a su encuentro, y mientras se acallaban los murmullos suscitados por su aparición, echó un vistazo a las mesas de ajedrez hasta descubrir a Muñoz. Estaba concentrado en el juego, con un codo en el brazo del asiento y la mandíbula apoyada en la palma de la mano, inmóvil como una esfinge. Su contrincante, un joven con gruesas gafas de hipermétrope, se pasaba la lengua por los labios, dirigiendo inquietas miradas al jugador; como si temiera ver a éste, de un momento a otro, destruir la complicada defensa de rey que, a juzgar por su nerviosismo y aspecto agotado, había construido con extraordinario esfuerzo.

Muñoz parecía tranquilo, ausente como de costumbre, y se hubiera dicho que, más que estudiar el tablero, sus ojos inmóviles descansaban en él. Tal vez andaba sumido en aquellas ensoñaciones de las que había hablado a Julia, a mil kilómetros del juego que se desarrollaba ante sus ojos, mientras su mente matemática tejía y destejía combinaciones infinitas e imposibles. Alrededor, tres o cuatro curiosos estudiaban la partida con más aparente interés aún que los jugadores; de vez en cuando hacían comentarios en voz baja, sugiriendo mover tal o cual pieza. Lo que parecía claro, por la tensión en torno a la mesa, era que se esperaba de Muñoz algún movimiento decisivo que significara el golpe mortal para el joven de las gafas. Eso justificaba el nerviosismo de éste, cuyos ojos, agrandados por las lentes, miraban a su adversario como el esclavo que, en el circo y a merced de los leones, pidiera misericordia a un emperador purpurado y omnipotente.

En ese momento, Muñoz levantó los ojos y vio a Julia. La miró con fijeza durante unos segundos, como si no la reconociese, y pareció volver en sí lentamente, con la expresión sorprendida de quien despierta de un sueño o regresa de un largo viaje. Entonces su mirada se animó mientras le dirigía a la joven un vago gesto de bienvenida. Le echó otro vistazo al tablero, para ver si las cosas seguían allí en orden, y sin vacilar, no con aire precipitado ni de improvisación, sino como conclusión de un largo razonamiento, desplazó un peón. Un murmullo decepcionado se alzó en torno a la mesa, y el joven de las gafas lo miró, primero con sorpresa, como el reo que ve suspender su ejecución en el último minuto, antes de hacer una mueca satisfecha.

–A partir de ahí son tablas –comentó uno de los curiosos.

Muñoz, que se levantaba de la mesa, encogió los hombros.

–Sí –respondió, sin mirar ya el tablero–. Pero con alfil a siete dama habría sido mate en cinco.

Se apartó del grupo, acercándose a Julia mientras los aficionados estudiaban el movimiento que acababa de mencionar. La joven señaló con disimulo hacia el grupo.

–Deben de odiarlo con toda su alma –dijo en voz baja. El jugador de ajedrez ladeó la cabeza, y su gesto igual podía ser una remota sonrisa que una mueca de desdén.

–Supongo que sí –respondió, mientras cogía su gabardina y se alejaban–. Suelen acudir como buitres, con la esperanza de estar presentes cuando alguien me descuartice por fin.

–Pero usted se deja ganar... Para ellos tiene que ser humillante.

–Eso es lo de menos –no había en su tono suficiencia ni orgullo; sólo un objetivo desprecio–. No se perderían una de mis partidas por nada del mundo.

Frente al museo del Prado, entre la niebla gris, Julia lo puso en antecedentes de la conversación con Belmonte. Muñoz escuchó hasta el final sin comentarios, ni siquiera cuando la joven le contó la afición de la sobrina. Al jugador no parecía importarle la humedad;

caminaba despacio, atento a las palabras de Julia, con la gabardina desabrochada y el nudo de la corbata medio deshecho, como de costumbre; inclinada la cabeza y los ojos dirigidos a las puntas sin lustrar de sus zapatos.

–Me preguntó una vez si hay mujeres que juegan al ajedrez... –dijo por fin–. Y yo respondí que, aunque el ajedrez es un juego masculino, algunas no lo hacen mal. Pero son la excepción.

–Que confirma la regla, supongo.

Muñoz arrugó la frente.

–Supone mal. Una excepción no confirma, sino que invalida o destruye cualquier regla... Por eso hay que tener mucho cuidado al hacer inducciones. Yo lo que digo es que las mujeres *suelen* jugar mal al ajedrez, y no que *todas* juegan mal. ¿Comprende?

–Comprendo.

–Lo que no quita que, en la práctica, las mujeres alcancen escasa talla como ajedrecistas... Para que se haga idea: en la Unión Soviética, donde el ajedrez es pasatiempo nacional, sólo una mujer, Vera Menchik, llegó a considerarse a la altura de los grandes maestros.

–¿Y a qué se debe eso?

–Puede que el ajedrez requiera demasiada indiferencia respecto al mundo exterior –se detuvo para mirar a Julia–. ¿Qué tal esa Lola Belmonte?

La joven reflexionó antes de contestar.

–No sé qué decirle. Antipática. Tal vez dominante... Agresiva. Es una lástima que no estuviera en casa cuando usted me acompañó, el otro día.

Se hallaban parados junto al brocal de una fuente de piedra, coronada por la confusa silueta de una estatua que se cernía amenazadora sobre sus cabezas, entre la bruma. Muñoz se pasó la mano por el pelo, hacia atrás, y observó la palma húmeda antes de secársela en la gabardina.

—La agresividad, externa o interna —dijo— es característica de muchos jugadores —sonrió brevemente, sin establecer con claridad si se consideraba al margen de la definición—. Y el ajedrecista suele identificarse con un individuo coartado, oprimido en alguna forma... El ataque al rey, que es lo que se busca en ajedrez, atentar contra la autoridad, sería una especie de liberación de ese estado. Y desde semejante perspectiva sí puede interesar el juego a una mujer... —la sonrisa fugaz pasó de nuevo por los labios de Muñoz—. Cuando se juega, la gente parece muy pequeña contemplada desde donde uno está.

—¿Ha descubierto algo de eso en las jugadas de nuestro enemigo?

—Esa es una pregunta difícil de responder. Necesito más datos. Más movimientos. Por ejemplo: las mujeres suelen mostrar predilección por el juego de alfiles —la expresión de Muñoz se animaba al adentrarse en detalles—... Ignoro la razón, pero el carácter de esas piezas, que mueven profundamente y en diagonal, es posiblemente el más femenino de todos —hizo un gesto con la mano, como si él mismo no diese demasiado crédito a sus palabras y pretendiera borrarlas en el aire—. Pero hasta ahora los alfiles negros no tienen papel importante en la partida... Como ve, disponemos de muchas bonitas teorías que no sirven de nada. Nuestro problema es el mismo que sobre un tablero: sólo podemos formular hipótesis imaginativas, conjeturas, sin tocar las piezas.

—¿Tiene alguna?... A veces da la impresión de que ha sacado ya conclusiones que no quiere contarnos.

Muñoz ladeó un poco la cabeza, como cada vez que se le planteaba una cuestión difícil.

–Es algo complicado –respondió tras una breve vacilación–. Tengo un par de ideas en la cabeza; pero mi problema es justo el que acabo de contarle... En ajedrez no hay forma de probar nada hasta que se ha movido, y entonces resulta imposible rectificar.

Echaron a andar de nuevo, entre los bancos de piedra y los setos de contornos imprecisos. Julia suspiró suavemente.

–Si alguien me hubiese dicho que iba a seguir la pista de un posible asesino sobre un tablero de ajedrez, le habría dicho que estaba loco. De remate.

–Ya le dije una vez que hay muchas conexiones entre el ajedrez y la investigación policíaca –Muñoz avanzó de nuevo una mano en el vacío, imitando el gesto de mover piezas–. Ahí tiene, incluso antes de Conan Doyle, el método Dupin, de Poe.

–¿Edgar Allan Poe?... No me diga que también jugaba al ajedrez.

–Era muy aficionado. El episodio más famoso fue su estudio de un autómata conocido como *Jugador de Maelzel*, que casi nunca perdía una partida... Poe le dedicó un ensayo hacia mil ochocientos treinta y tantos. Para desentrañar su misterio desarrolló dieciséis aproximaciones analíticas, hasta concluir que dentro del autómata tenía que haber necesariamente un hombre escondido.

–¿Y eso es lo que está haciendo usted? ¿Buscar el hombre escondido?

–Lo intento, pero eso no garantiza nada. Yo no soy Allan Poe.

–Espero que lo consiga, por la cuenta que me trae... Usted es mi única esperanza.

Muñoz movió los hombros, sin responder enseguida.

–No quiero que se haga demasiadas ilusiones –dijo al cabo de unos pasos–. Cuando yo empezaba a jugar al ajedrez, hubo momentos en que estuve seguro de no perder una sola partida... Entonces, en plena euforia, resultaba vencido, y la derrota me obligaba a poner de nuevo los pies en la tierra –entornó los ojos, como si acechase una presencia frente a ellos, en la niebla–. Resulta que siempre hay alguien mejor que uno. Por eso es útil mantenerse en una saludable incertidumbre.

–Yo la encuentro terrible, esa incertidumbre.

–Tiene motivos. En la ansiedad de una partida, cualquier jugador sabe que se trata de una batalla incruenta. Al fin y al cabo, piensa como consuelo, se trata de un juego... Pero ese no es su caso.

–¿Y usted?... ¿Cree que *él* conoce su papel en esto? Muñoz hizo otro gesto evasivo.

–Ignoro si sabe quién soy. Pero tiene la certeza de que alguien es capaz de interpretar sus movimientos. De otra forma, el juego carecería de sentido.

–Creo que debemos visitar a Lola Belmonte.

–De acuerdo.

Julia miró el reloj.

–Estamos cerca de mi casa, así que lo invito antes a un café. Tengo allí a Menchu, y a estas horas estará despierta. Tiene problemas.

–¿Problemas graves?

–Eso parece; y anoche se comportó de forma extraña. Quiero que la conozca –meditó un instante, preocupada–. Especialmente ahora.

Cruzaron la avenida. Los coches circulaban despacio, deslumbrándolos con sus faros encendidos.

–Si es Lola Belmonte la que ha organizado todo esto –dijo inesperadamente Julia– sería capaz de matarla con mis propias manos...

Muñoz la miró, sorprendido.

–Suponiendo que la teoría de la agresividad resultara cierta –dijo, y ella descubrió un nuevo y curioso respeto en la forma en que la observaba–, usted sería una excelente jugadora, si decidiera dedicarse al ajedrez.

–Ya lo hago –respondió Julia, mirando con rencor las sombras que se difuminaban a su alrededor, entre la niebla–. Hace tiempo que estoy jugando. Y maldita la gracia que me hace.

Introdujo la llave en la cerradura de seguridad y la hizo girar dos veces. Muñoz esperaba a su lado, en el rellano. Se había quitado la gabardina y la doblaba sobre el brazo.

–Todo estará revuelto –dijo ella–. Esta mañana no tuve tiempo de arreglar nada…

–No se preocupe. Lo que importa es el café.

Julia entró en el estudio y, tras dejar su bolso sobre una silla, descorrió la gran persiana del techo. La claridad brumosa del exterior se deslizó dentro, tamizando el ambiente de una luz gris que dejaba en sombras los rincones más alejados de la habitación.

–Demasiado oscuro –dijo, y se dispuso a accionar el interruptor de la lámpara. Entonces vio la expresión de sorpresa en la cara de Muñoz y, con una súbita sensación de pánico, siguió la dirección de su mirada.

–¿Dónde ha puesto el cuadro? –preguntaba el jugador de ajedrez.

Julia no respondió. Algo había estallado en su interior, muy adentro, y se quedó inmóvil, con los ojos abiertos, mirando el caballete vacío.

–Menchu –murmuró al cabo de unos instantes, sintiendo que todo daba vueltas a su alrededor–. ¡Me lo advirtió anoche, y yo fui incapaz de darme cuenta...!

Se le contrajo el estómago en una profunda arcada y sintió en la boca el sabor amargo de la bilis. Miró absurdamente a Muñoz e, incapaz de contenerse, echó a correr hacia el cuarto de baño, deteniéndose en el pasillo, desfallecida, para apoyarse en el marco de la puerta del dormitorio. Entonces vio a Menchu. Se hallaba tendida en el suelo, boca arriba, a los pies de la cama, y el pañuelo con que la habían estrangulado aún estaba alrededor de su cuello. Tenía la falda grotescamente subida hasta la cintura, y el cuello de una botella introducido en el sexo.

XII. Reina, caballo, alfil

«No estoy jugando con peones blancos o negros,
sin vida. Juego con seres humanos de carne y
sangre.»

E. Lasker

El juez no ordenó levantar el cadáver hasta las siete, y
a esa hora ya era de noche. Durante toda la tarde, la
casa había sido un ir y venir de policías y funcionarios
del juzgado, de *flashes* fotográficos que relampagueaban en el pasillo y el dormitorio. Por fin sacaron a
Menchu en una camilla, dentro de una funda de plástico blanco cerrada con una cremallera, y sólo quedó
de ella la silueta trazada con tiza en el suelo por la
mano indiferente de uno de los inspectores; el mismo
que conducía el Ford azul cuando Julia sacó la pistola
en el Rastro.

El inspector jefe Feijoo fue el último en marcharse,
y antes de hacerlo permaneció aún casi una hora en
casa de Julia, para completar las declaraciones que ella
y Muñoz, así como César –que acudió apenas lo telefonearon para darle la noticia– habían hecho poco antes. El desconcierto del policía, que en su vida puso la
mano sobre un tablero de ajedrez, era evidente. Miraba a Muñoz como a un bicho raro, asintiendo con suspicaz gravedad a las explicaciones técnicas de éste, y de
vez en cuando se volvía hacia César y Julia como preguntándose si entre los tres no estaban colocándole
una monumental tomadura de pelo. Apuntaba notas
de vez en cuando, se tocaba el nudo de la corbata, y
cada cierto tiempo sacaba del bolsillo, para echarle una
obtusa ojeada, la tarjeta de cartulina hallada junto al

cuerpo de Menchu, con signos escritos a máquina que, después de un intento de interpretación a cargo de Muñoz, le habían levantado a Feijoo un extraordinario dolor de cabeza. Lo que a él le interesaba realmente, al margen de lo extraño que resultaba todo aquello, eran detalles sobre la discusión que la galerista y su novio habían tenido la tarde anterior. Porque –funcionarios enviados al efecto comunicaron el informe a media tarde– Máximo Olmedilla Sánchez, soltero, veintiocho años de edad, de profesión modelo publicitario, se hallaba en paradero desconocido. Para más detalle: dos testigos, un taxista y el portero de la finca vecina, habían reconocido a un hombre joven, de sus rasgos físicos, saliendo del portal de Julia entre las 12 y las 12.15 de la mañana. Y según el primer dictamen del forense, Menchu Roch fue estrangulada, de frente y tras recibir un primer golpe mortal en la parte anterior del cuello, entre las 11 y las 12 horas. El detalle de la botella introducida en el sexo –tres cuartos de ginebra Beefeater, prácticamente llena– y al que Feijoo se refirió en varias ocasiones con crudeza excesiva –un desquite del galimatías ajedrecístico que sus tres interlocutores acababan de plantearle–, lo interpretaba el policía como una prueba de peso, en el sentido de que por el lado del crimen pasional era por donde podían ir los tiros. A fin de cuentas, la mujer asesinada –aquí había fruncido el ceño con cara de circunstancias, dando a entender que donde las dan las toman– no era, según la propia Julia y don César acababan de explicarle, una persona de moral sexual intachable. En lo que se refería a la relación de todo aquello con la muerte del profesor Ortega, el vínculo podía establecerse ya como evidente, en vista de la desaparición del cuadro. Todavía dio algunas explicaciones más, escuchó con atención las respuestas de Julia, Muñoz y César a sus nuevas preguntas, y terminó despidiéndose tras citarlos a todos a la mañana siguiente en comisaría.

–En cuanto a usted, señorita, pierda cuidado –se había detenido en el umbral, mirándola con formal gesto de funcionario que controla la situación–. Ahora sabemos a quién buscar. Buenas noches.

Después de cerrar la puerta, Julia apoyó en ella la espalda y miró a sus dos amigos. Tenía profundos cercos bajo los ojos ahora serenos. Había llorado mucho, de dolor y rabia, atormentada por su impotencia. Primero en silencio, ante Muñoz, apenas descubierto el cuerpo de Menchu. Después, al llegar César demudado y presuroso con el horror de la noticia aún pintado en el semblante, lo había abrazado como cuando era una chiquilla, y el llanto se quebró en sollozos, perdido el control de sí misma, aferrada al anticuario que le susurraba inútiles palabras de consuelo. No era sólo la muerte de su amiga la que había puesto a Julia en aquel estado. Era, como dijo con voz sofocada mientras regueros de lágrimas le quemaban la cara, la insoportable tensión de todos aquellos días; la certeza humillante de que el asesino seguía jugando con sus vidas en absoluta impunidad, seguro de tenerlos a su merced.

Al menos, el interrogatorio de la policía había obrado un efecto positivo: devolverle el sentido de la realidad. La testaruda estupidez con que Feijoo se negaba a asumir lo evidente, la falsa condescendencia con que asentía, sin entender nada, ni siquiera pretenderlo, a las detalladas explicaciones que entre todos le dieron sobre lo que estaba ocurriendo, había hecho comprender a la joven que, por ese lado, no tenía mucho que esperar. La llamada telefónica del inspector enviado a casa de Max y el hallazgo de dos testigos habían terminado por afirmar a Feijoo en su idea, típicamente policial: el móvil más sencillo solía ser el más probable. Aquella historia del ajedrez era interesante, de acuerdo. Algo que, sin duda, completaría los detalles del suceso. Pero, en lo referido al meollo del asunto, pura anécdota... El detalle de la botella era definitivo. Pura patología criminal. Porque, a pesar de lo que cuentan las novelas policíacas, señorita, las apariencias nunca engañan.

–Ahora ya no hay duda –dijo Julia. Los pasos del policía sonaban aún en la escalera–. Álvaro fue asesinado, como Menchu. Alguien lleva mucho tiempo detrás del cuadro.

Muñoz, de pie ante la mesa y con las manos en los bolsillos de la chaqueta, miraba el papel en el que, apenas desaparecido Feijoo, acababa de anotar el contenido de la tarjeta que encontraron junto al cadáver. En cuanto a César, estaba sentado en el sofá donde Menchu había pasado la noche, mirando aún con estupor el caballete vacío. Al escuchar a Julia movió la cabeza.

–No ha sido Max –dijo, tras brevísima reflexión–. Es *absolutamente* imposible que ese imbécil haya organizado todo esto...

–Pero estuvo aquí. Al menos en la escalera.

El anticuario hundió los hombros ante la evidencia, pero sin convicción.

–Entonces es que hay alguien más de por medio... Si Max era, digamos, la mano de obra, otra persona ha movido los hilos –levantó despacio la mano para señalarse la frente con el dedo índice–. Alguien que piensa.

–El jugador misterioso. Y ha ganado la partida.

–Todavía no –dijo Muñoz, y lo miraron, sorprendidos.

–Tiene el cuadro –precisó Julia–. Si eso no es ganar...

El ajedrecista había levantado la vista de los croquis

que tenía sobre la mesa. Mostraban sus ojos un punto
de absorta fascinación, y las pupilas dilatadas parecían
ver, más allá de aquellas cuatro paredes, el ajuste matemático en el espacio de complejas combinaciones.

–Con cuadro o sin él, la partida continúa –dijo. Y
les mostró el papel:

$$\dots D \times T$$
$$De7? \text{ ——— } Db3 +$$
$$Rd4? \text{ ——— } Pb7 \times Pc6$$

–Esta vez –añadió– el asesino no indica una jugada,
sino tres –fue hasta la gabardina, doblada sobre el respaldo de una silla, y extrajo del bolsillo su tablero plegable–. La primera está a la vista: $D \times T$, la dama negra
se come la torre blanca... Menchu Roch ha sido asesinada bajo la identidad de esa torre, de la misma forma
que en esta partida el caballo blanco simbolizaba a su
amigo Álvaro, como en el cuadro se refería a Roger de
Arras –sin dejar de hablar, Muñoz ordenaba las piezas
sobre el tablero–. La dama negra sólo se ha comido
hasta ahora, por tanto, dos piezas en el juego. Y en la
práctica –miró brevemente a César y Julia, que se habían acercado a observar el tablero– esas dos piezas comidas se traducen en sendos asesinatos... Nuestro adversario se identifica con la reina negra; cuando es otra
pieza de su color la que come, como ocurrió hace dos
jugadas cuando perdimos la primera torre blanca, no
pasó nada especial. Al menos, que nosotros sepamos.

Julia señaló el papel.

–¿Por qué le ha puesto usted signos de interrogación a las dos próximas jugadas de las blancas?

–No los he puesto yo. Venían en la tarjeta; el asesino tiene previstos nuestros dos movimientos siguien-

tes. Imagino que esos signos son una invitación a que realicemos las jugadas... «Si vosotros hacéis esto, yo haré aquello otro», viene a decirnos. Y de esa forma –movió algunas piezas– la partida queda así:

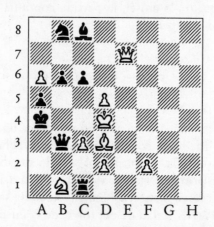

–... Como pueden ver, ha habido cambios importantes. Después de comerse la torre en B2, las negras previeron que haríamos la mejor jugada posible: llevar nuestra reina blanca de la casilla E1 a la E7. Eso nos da una ventaja: una línea de ataque diagonal que amenaza al rey negro, ya bastante limitado en sus movimientos por la presencia del caballo, el alfil y el peón blancos que tiene en las inmediaciones... Dando por sentado que jugaríamos como acabamos de hacer, la reina negra sube desde B2 hasta B3 para reforzar su rey y amenazar con un jaque al rey blanco, que no tiene más remedio, como efectivamente hemos hecho, que replegarse a la casilla contigua de la derecha, huyendo desde C4 a D4, lejos del alcance de la dama...

–Es el tercer jaque que nos da –opinó César.

–Sí. Y eso puede interpretarse de muchas formas...

A la tercera va la vencida, por ejemplo, y en este tercer jaque el asesino roba el cuadro. Creo que empiezo a conocerlo un poco. Incluido su peculiar sentido del humor.

–¿Y ahora? –preguntó Julia.

–Ahora las negras se comen nuestro peón blanco de C6 con el peón negro que estaba en la casilla B7. Esa jugada la protege el caballo negro desde B8... Después nos toca mover a nosotros, pero el adversario no sugiere nada sobre el papel... Es como si dijese que la responsabilidad de lo que hagamos ahora no es suya, sino nuestra.

–¿Y qué es lo que vamos a hacer? –indagó César.

–No hay más que una buena opción: seguir dando juego a la dama blanca –al decir esto, el jugador miró a Julia–. Pero jugar con ella significa, también, arriesgarse a perderla.

Julia se encogió de hombros. Lo único que deseaba era el final, fueran cuales fuesen los riesgos.

–Adelante con la dama –dijo.

César, con las manos a la espalda, se inclinaba sobre el tablero, como cuando estudiaba de cerca la calidad discutible de una porcelana antigua.

–Ese caballo blanco, el que está en B1, también tiene mal aspecto –dijo en voz baja, dirigiéndose a Muñoz–. ¿No cree?

–Sí. Dudo que las negras lo dejen seguir mucho tiempo ahí. Con su presencia, amenazándoles la retaguardia, es el principal respaldo para un ataque de la reina blanca... También el alfil blanco que está en D3. Ambas piezas, junto a la reina, son decisivas.

Los dos hombres se miraron en silencio, y Julia vio establecerse una corriente de simpatía que jamás había percibido antes. Como la resignada solidaridad ante el peligro de dos espartanos en las Termópilas, escuchando acercarse a lo lejos el rumor de los carros persas.

—Daría cualquier cosa por saber qué pieza somos cada cual... —comentó César, enarcando una ceja. Sus labios se curvaban en una pálida sonrisa—. La verdad es que no me gustaría reconocerme en ese caballo.

Muñoz levantó un dedo.

—Es un caballero, recuerde: *Knight*. Esa acepción resulta más honorable.

—No me refería a la acepción —César estudió la pieza con aire preocupado—. A ese caballo, caballero o lo que sea, le huele la cabeza a pólvora.

—Opino lo mismo.

—¿Es usted o soy yo?

—Ni idea.

—Le confieso que preferiría encarnarme en el alfil.

Muñoz ladeó la cabeza, pensativo, sin apartar los ojos del tablero.

—Yo también. Se le ve más a salvo que al caballo.

—A eso me refería, querido.

—Pues le deseo suerte.

—Lo mismo digo. Que el último apague la luz.

Un largo silencio siguió a aquel diálogo. Lo rompió Julia, dirigiéndose a Muñoz.

—Puesto que nos toca jugar ahora, ¿cuál es nuestro movimiento?... Usted habló de la dama blanca...

El jugador deslizó la mirada sobre el tablero, sin prestarle demasiada atención. Cualquier combinación posible había sido ya analizada por su mente de ajedrecista.

—Al principio pensé en comernos el peón negro que está en C6 con nuestro peón D5, pero eso le daría demasiado respiro al adversario... Así que llevaremos nuestra reina desde E7 a la casilla E4. Con sólo retirar

el rey en la próxima jugada, podremos dar jaque al rey
negro. Nuestro primer jaque.

Esta vez fue César quien movió la reina blanca, si-
tuándola en la casilla correspondiente, junto al rey. Julia observó que, a pesar de la calma que se esforzaba en
aparentar, los dedos del anticuario temblaban ligeramente.

–Ésa es la posición –asintió Muñoz. Y los tres miraron de nuevo el tablero:

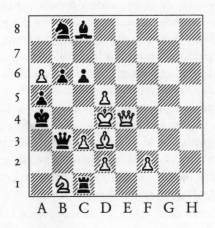

–¿Y qué hará *él* ahora? –preguntó Julia. Muñoz cruzó los brazos, sin apartar la vista del ajedrez mientras
reflexionaba un momento. Pero cuando respondió,
ella supo que no había estado meditando la jugada,
sino la conveniencia de comentarla en voz alta.

–Tiene varias opciones –dijo, evasivo–. Algunas más
interesantes que otras… Y más peligrosas también. A
partir de este punto, la partida se bifurca igual que las
ramas de un árbol; hay, como mínimo, cuatro variantes. Unas nos llevarían a enredarnos en un juego largo
y complejo, lo que tal vez sea su intención… Otras

podrían resolver la partida en cuatro o cinco jugadas.

–¿Y qué opina usted? –preguntó César.

–De momento reservo mi opinión. Juegan negras.

Recogió las piezas y cerró el tablero, devolviéndolo al bolsillo de su gabardina. Julia lo miró con curiosidad.

–Es extraño lo que comentó hace un rato… Hablo del sentido del humor del asesino, cuando dijo que había llegado, incluso, a comprenderlo… ¿De verdad le encuentra algo de humor a todo esto?

El jugador de ajedrez tardó un poco en responder.

–Puede llamarlo humor, ironía, como prefiera… –dijo por fin–. Pero el gusto de nuestro enemigo por los juegos de palabras resulta indiscutible –puso una mano encima del papel que estaba sobre la mesa–. Hay algo de lo que tal vez no se hayan dado ustedes cuenta… El asesino relaciona aquí, utilizando los signos D × T, la muerte de su amiga con la torre comida por la dama negra. El apellido de Menchu era Roch, ¿verdad? Y esa palabra, lo mismo que la inglesa *rook*, puede traducirse como *roca* y además como *roque*, término con el que, en ajedrez, también se designa a la torre.

–La policía vino esta mañana –Lola Belmonte miró a Julia y a Muñoz con gesto avinagrado, como si los considerarse directamente responsables de ello–. Todo esto es… –buscó la palabra, sin éxito, volviéndose hacia su marido en demanda de ayuda.

–Muy desagradable –dijo Alfonso, y volvió a sumirse en la descarada contemplación del busto de Julia. Era evidente que, con policía o sin ella, acababa de levantarse de la cama. Cercos oscuros bajo los párpados aún hinchados acentuaban su habitual aire de disipación.

–Más que eso –Lola Belmonte había encontrado por

fin el término justo y se inclinó en la silla, huesuda y seca–. Fue *ignominioso*: conocen ustedes a Mengano o a Fulano... Cualquiera hubiese dicho que somos los criminales.

–Y no lo somos –dijo el marido, con cínica gravedad.

–No digas estupideces –Lola Belmonte le dirigió una aviesa mirada–. Estamos hablando en serio.

Alfonso soltó una risita entre dientes.

–Lo que estamos es perdiendo el tiempo. La única realidad consiste en que el cuadro ha volado, y con él nuestro dinero.

–Mi dinero, Alfonso –intervino Belmonte, desde su silla de ruedas–. Si no te importa.

–Sólo era una forma de hablar, tío Manolo.

–Pues habla con propiedad.

Julia removió el contenido de su taza de café con la cucharilla. Estaba frío, y se preguntó si la sobrina lo había servido así a propósito. Se habían presentado de improviso, a última hora de la mañana, con el pretexto de informar a la familia sobre los acontecimientos.

–¿Creen que aparecerá el cuadro? –preguntó el anciano. Los había recibido en jersey y zapatillas, con una amabilidad que compensó el adusto ceño de la sobrina. Ahora los miraba desconsolado, su taza entre las manos. La noticia del robo y el asesinato de Menchu habían supuesto para él una conmoción.

–El asunto está en manos de la policía –dijo Julia–. Estoy segura de que darán con él.

–Tengo entendido que existe un mercado negro para las obras de arte. Y que pueden venderlo en el extranjero.

–Sí. Pero la policía tiene la descripción del cuadro; yo misma les di varias fotografías. No resultará fácil sacarlo del país.

—No me explico cómo pudieron entrar en su casa…
La policía me contó que hay cerradura de seguridad y
alarma electrónica.

—Pudo ser Menchu quien abrió la puerta. El principal sospechoso es Max, su novio. Hay testigos que lo
vieron salir del portal.

—Conocemos al novio –dijo Lola Belmonte–. Estuvo aquí un día con ella. Un chico alto, bien parecido.
Demasiado bien parecido, pensé yo… Espero que lo
detengan pronto y le den lo que merece. Para nosotros
–miró el espacio vacío en la pared– la pérdida es irre-
parable.

—Al menos podrá cobrarse el seguro –dijo el marido, sonriéndole a Julia como el zorro que ronda un gallinero–. Gracias a la previsión de esta guapa joven
–pareció recordar algo y ensombreció adecuadamente
el gesto–. Aunque eso, claro, no le devuelve la vida a
su amiga.

Lola Belmonte miró a Julia con despecho.

—Estaría bueno, que encima no lo hubiesen asegurado –al hablar adelantaba, desdeñosa, el labio inferior–.
Pero el señor Montegrifo dice que, comparado con el
precio que habría conseguido, lo del seguro es una mi-
seria.

—¿Ya han hablado con Paco Montegrifo? –se interesó Julia.

—Sí. Telefoneó muy temprano. Prácticamente nos ha
sacado de la cama con la noticia. Por eso cuando vino
la policía ya estábamos al corriente… Todo un caballero –la sobrina miró a su marido con mal disimulado
rencor–. Ya dije que este asunto se planteó mal desde
un principio.

Alfonso hizo gesto de lavarse las manos.

—La oferta de la pobre Menchu era buena… –dijo–.

No es culpa mía si después se complicaron las cosas. Además, la última palabra siempre la ha tenido el tío Manolo —miró al inválido con una mueca de exagerado respeto—. ¿No es verdad?

—De eso —dijo la sobrina— también habría mucho que hablar.

Belmonte la observó por encima del borde de la taza, que en ese momento se llevaba a los labios, y Julia alcanzó a distinguir en sus ojos aquel brillo contenido que ya le resultaba familiar.

—El cuadro todavía está a mi nombre, Lolita —dijo el anciano, tras secarse cuidadosamente los labios con un arrugado pañuelo que extrajo del bolsillo—. Bien o mal, robado o no, eso me incumbe a mí —se quedó un rato en silencio, como si reflexionara sobre aquello, y cuando sus ojos encontraron de nuevo los de Julia, reflejaban sincera simpatía—. En cuanto a esta joven —sonrió alentador, como si fuese ella la que necesitara ánimos—, estoy seguro de que su actuación ha sido irreprochable... —se volvió hacia Muñoz, que aún no había abierto la boca—. ¿No le parece?

El jugador de ajedrez estaba hundido en un sillón, con las piernas estiradas y los dedos enlazados ante la barbilla. Al oír la pregunta ladeó un poco la cabeza tras breve parpadeo, como si lo hubieran interrumpido en mitad de una compleja meditación.

—Indudablemente —dijo.

—¿Todavía cree usted que cualquier misterio es descifrable según leyes matemáticas?

—Todavía.

El breve diálogo hizo que Julia recordase algo.

—Hoy no suena Bach —dijo.

—Después de lo de su amiga, y la desaparición del cuadro, no está el día para músicas —Belmonte pareció abstraerse y luego sonrió, enigmático–. De todas formas, el silencio tiene la misma importancia que los sonidos organizados... ¿No le parece, señor Muñoz?

Por una vez, el ajedrecista se mostró de acuerdo.

–Eso es cierto –observaba a su interlocutor con nuevo interés–. Es como en los negativos fotográficos, supongo. El fondo, lo que en apariencia no está impresionado, también contiene información... ¿Pasa eso con Bach?

–Claro que sí. Bach tiene espacios negativos, silencios tan elocuentes como las notas, tiempos y contratiempos... ¿Cultiva usted también el estudio de los espacios en blanco dentro de sus sistemas lógicos?

–Naturalmente. Es como cambiar un punto de vista. A veces se parece a observar un huerto, que desde un lugar determinado no tiene orden aparente, pero que, desde otra perspectiva, se ve trazado con regularidad geométrica.

–Me temo –dijo Alfonso, mirándolos con sorna– que a estas horas la conversación es demasiado científica para mí –se levantó, acercándose al mueble bar–. ¿Alguien quiere una copa?

Nadie respondió, así que, encogiéndose de hombros, se entretuvo en preparar un whisky con hielo. Después fue a apoyarse en el aparador e hizo un brindis en dirección a Julia.

–Tiene su enjundia eso del huerto –dijo, llevándose el vaso a los labios.

Muñoz, que no pareció escuchar el comentario, miraba ahora a Lola Belmonte. En la inmovilidad del ajedrecista, muy parecida a la de un cazador al acecho, sólo los ojos parecían animados por esa expresión que Julia había llegado a conocer bien, penetrante y reflexiva; el único signo que, bajo la aparente indiferencia de aquel hombre, delataba un espíritu alerta, interesado por los acontecimientos del mundo exterior. Ahora está a punto de mover, se dijo Julia, satisfecha, sintiéndose en buenas manos, y bebió un sorbo del café frío para disimular la sonrisa cómplice que le afloraba a los labios.

–Imagino –dijo Muñoz lentamente, dirigiéndose a la sobrina– que también ha sido un duro golpe para usted.

–Por supuesto –Lola Belmonte miró a su tío con renovado reproche–. Ese cuadro vale una fortuna.

–No me refería sólo al aspecto económico del asunto. Creo que solía jugar esa partida... ¿Es aficionada?

–Un poco.

El marido levantó el vaso de whisky.

–La verdad es que juega muy bien. Yo no he podido ganarle nunca –reflexionó sobre ello antes de hacer un guiño e ingerir un largo trago–. Aunque eso no signifique gran cosa.

Lola Belmonte miraba a Muñoz, suspicaz. Tenía, pensó Julia, un aire a un tiempo mojigato y rapaz, con aquellas faldas excesivamente largas, las manos finas y huesudas, como garras, y la mirada firme bajo la nariz ganchuda, reforzada por el agresivo mentón. Observó que los tendones del dorso de las manos se le tensaban como si anudasen energía contenida. Una arpía de cuidado, se dijo: agriada y arrogante. No costaba trabajo imaginarla saboreando la maledicencia, proyectando sobre los otros sus complejos y frustraciones. Personalidad coartada, oprimida por las circunstancias. Ataque al rey como actitud crítica frente a cualquier autoridad que no fuese ella misma, crueldad y cálculo, ajuste de cuentas con algo, o con alguien... Con su tío, con su marido... Tal vez con el mundo entero. El cuadro como obsesión de una mente enfermiza, intolerante. Y aquellas manos delgadas y nerviosas poseían la fuerza suficiente para matar de un golpe en la nuca, para estrangular con un pañuelo de seda... La imaginó sin esfuerzo con gafas de sol e impermeable. Sin embargo, no lograba establecer ningún tipo de vínculo entre ella y Max. Aquello era adentrarse en los límites de lo absurdo.

–No es corriente –estaba diciendo Muñoz– encontrar mujeres que jueguen al ajedrez.

–Yo sí juego –Lola Belmonte parecía alerta, a la defensiva–. ¿Le parece mal?

–Todo lo contrario. Me parece muy bien... Sobre un tablero se pueden realizar cosas que en la práctica, me refiero a la vida real, resultan imposibles... ¿No cree?

Ella hizo un gesto ambiguo, como si no se hubiera planteado nunca la cuestión.

–Puede ser. Para mí fue siempre un juego más. Un pasatiempo.

–Para el que está dotada, creo. Insisto en que no es corriente que una mujer juegue bien al ajedrez...

–Una mujer es capaz de hacer cualquier cosa. Otro cantar es que nos lo permitan.

Muñoz tenía una pequeña sonrisa de aliento en el extremo de la boca.

–¿Le gusta jugar con negras? Por lo general deben limitarse a asumir un juego defensivo... La iniciativa la llevan las blancas.

–Eso es una tontería. No veo por qué tienen las negras que quedarse viéndolas venir. Es como la mujer, en casa –le dirigió una desdeñosa mirada al marido–. Todo el mundo da por sentado que es el hombre quien lleva los pantalones.

–¿Y no es así? –indagó Muñoz, con la media sonrisa fija en los labios–... Por ejemplo, en la partida del cuadro. Allí, la posición inicial parece ventajosa para las piezas blancas. El rey negro está amenazado. Y la dama negra es, al principio, inútil.

–En esa partida, el rey negro no pinta nada; es la dama quien corre con la responsabilidad. Dama y peones. Es una partida que se gana a base de dama y peones.

Muñoz se metió una mano en el bolsillo y extrajo un papel.

–¿Ha jugado esta variante?

Lola Belmonte miró a su interlocutor con visible desconcierto, y luego el papel que éste le puso en la mano. Muñoz dejó vagar los ojos por la habitación hasta que, de modo en apariencia casual, los posó en Julia. Bien jugado, decía la mirada que la joven le devolvió, pero la expresión del ajedrecista se mantuvo inescrutable.

–Creo que sí –dijo Lola Belmonte, al cabo de un rato–. Las blancas juegan peón por peón, o dama junto al rey, preparando un jaque en la siguiente... –miró a Muñoz con aire satisfecho–. Aquí las blancas han escogido jugar dama, lo que parece correcto.

Muñoz hizo un gesto afirmativo con la cabeza.

–Estoy de acuerdo. Pero me interesa más el siguiente movimiento de las negras. ¿Usted qué haría?

Lola Belmonte entornó los ojos, suspicaz. Parecía buscar segundas intenciones en todo aquello. Después le devolvió el papel a Muñoz.

–Hace tiempo que no juego esa partida, pero recuerdo al menos tres variantes: torre negra come caballo, que lleva a una aburrida victoria de las blancas a base de peones y dama... Otra posibilidad es, me parece, caballo por peón o alfil come peón... Las posibilidades son infinitas –miró a Julia y después otra vez a Muñoz–. Pero no veo qué relación puede tener esto...

–¿Cómo se las arregla usted –preguntó Muñoz, impasible, sin hacer caso de la objeción– para ganar con negras?... Me gustaría saber, de jugador a jugador, en qué momento logra la ventaja.

Lola Belmonte hizo un gesto de suficiencia.

–Cuando quiera, jugamos. Así podrá saberlo.

–Me encantaría, y le tomo la palabra. Pero hay una variante que no ha mencionado, tal vez porque no la recuerda. Una variante que implica el cambio de damas –hizo un breve gesto con la mano, como si barriese un tablero imaginario–. ¿Sabe a qué me refiero?

–Claro que sí. Cuando la dama negra se come el peón que está en D5, el cambio de damas es decisivo –al confirmar esto, Lola Belmonte esbozó una cruel mueca de triunfo–. Y las negras ganan –sus ojos de ave rapaz miraron con desprecio a su marido antes de volverse hacia Julia–... Es una lástima que usted no juegue al ajedrez, señorita.

–¿Qué opina? –preguntó Julia apenas salieron a la calle.

Muñoz inclinó un poco la cabeza hacia un lado. Caminaba a su derecha por el exterior de la acera, con los labios apretados, y su mirada se detenía, ausente, sobre los rostros de quienes se cruzaban con ellos. La joven observó que parecía reacio a dar una respuesta.

–Técnicamente –apuntó el ajedrecista, con desgana– puede haber sido ella. Conoce todas las posibilidades de la partida y, además juega bien. Yo diría que bastante bien.

–No parece muy convencido...

–Es que hay detalles que no encajan.

–Pero se aproxima a la idea que tenemos de *él*. Conoce al dedillo la partida del cuadro. Tiene la fuerza suficiente para matar a un hombre, o a una mujer, y hay en ella algo turbio, que hace sentirse incómoda en su presencia –frunció el ceño, en busca del término que completase la descripción–. Parece mala persona. Además, me demuestra una antipatía que no consigo comprender... Y eso que, si hemos de hacer caso a lo que dice, yo soy lo que debería ser una mujer: independiente, sin ataduras familiares, con cierta seguridad en mí misma... Moderna, como diría don Manuel.

–Quizá la deteste exactamente por eso. Por ser lo que ella habría querido ser y no pudo... No tengo mucha memoria para esos cuentos que tanto le gustan a usted y a César, pero creo recordar que la bruja terminó odiando al espejo.

A pesar de las circunstancias, Julia se echó a reír.

–Es posible... Nunca se me hubiera ocurrido.

–Pues ya sabe –Muñoz también había iniciado media sonrisa–. Procure no comer manzanas en los próximos días.

–Tengo mis príncipes. Usted y César. Alfil y caballo, ¿no es eso?

Muñoz ya no sonreía.

–Esto no es un juego, Julia –dijo al cabo de un instante–. No lo olvide.

–No lo olvido –lo cogió del brazo, y Muñoz se puso casi imperceptiblemente tenso. Parecía incómodo, pero ella continuó caminando de esa forma. En realidad había llegado a apreciar a aquel tipo extraño, desgarbado y taciturno. Sherlock Muñoz y Julia Watson, pensó, riendo para sus adentros, sintiéndose llena de un inmoderado optimismo que sólo cedió ante el recuerdo súbito de Menchu.

—¿En qué piensa? —preguntó al ajedrecista.

—Sigo con la sobrina.

—Yo también. La verdad es que responde punto por punto a lo que buscamos... Aunque usted no parezca muy convencido.

—Yo no he dicho que no sea la mujer del impermeable. Sólo que no reconozco en ella al jugador misterioso...

—Pero hay cosas que sí concuerdan. ¿No le parece extraño que, siendo una mujer tan interesada, y a las pocas horas de haberle sido robado un cuadro que vale una fortuna, olvide de pronto su indignación para ponerse a hablar tranquilamente de ajedrez?... —Julia soltó el brazo de Muñoz y se le quedó mirando—. O es una hipócrita o el ajedrez significa para ella mucho más de lo que parece. Y en ambos casos, eso la hace sospechosa. Podría estar fingiendo todo el rato. Desde que telefoneó Montegrifo ha tenido tiempo de sobra para, imaginando que la policía iría a su casa, preparar lo que usted llama una línea de defensa.

Asintió Muñoz.

—Podría, en efecto. Después de todo, es jugadora de ajedrez. Y un ajedrecista sabe echar mano de ciertos recursos. Especialmente cuando se trata de resistir situaciones comprometedoras...

Anduvo unos pasos en silencio, mirándose la punta de los zapatos. Después levantó la vista, e hizo un gesto negativo con la cabeza.

—No creo que sea ella —añadió, por fin—. Siempre pensé que, cuando estuviéramos frente a frente, yo sentiría algo especial. Y no siento nada.

—¿Se le ha ocurrido que tal vez idealice en exceso al

enemigo? –inquirió Julia, tras un momento de duda–...
¿No puede ser que, decepcionado por la realidad, usted
se niegue a aceptar los hechos?

Muñoz se detuvo y observó a la joven, impasible.
Sus ojos entornados estaban ahora desprovistos de expresión.

–Ya se me había ocurrido –murmuró, mirándola de
aquel modo opaco–. Y no descarto esa posibilidad.

Había algo más, supo Julia a pesar del laconismo
del jugador de ajedrez. En su silencio, en la forma en
que éste ladeaba la cabeza y la miraba sin verla, perdido en herméticas reflexiones que sólo él conocía, la
joven adquirió la certeza de que otra cosa, que nada
tenía que ver con Lola Belmonte, le rondaba el pensamiento.

–¿Hay más? –preguntó, incapaz de contener la curiosidad–... ¿Ha descubierto ahí dentro alguna cosa
que no me ha dicho?

Muñoz eludió responder a aquello.

Pasaron por la tienda de César, para contarle los pormenores de la entrevista. El anticuario los esperaba inquieto, y apenas escuchó la campanilla de la puerta
acudió a su encuentro con la noticia.

–Han *detenido* a Max. Esta mañana, en el aeropuerto. La policía telefoneó hace media hora... Está en la
comisaría del Prado, Julia. Y quiere verte.

–¿Por qué a mí?

César se encogió de hombros. Él podía saber mucho de porcelana azul china o de pintura del XIX, decía aquel gesto. Pero la psicología de los proxenetas y
delincuentes en general, de momento, no era una de
sus especialidades. Hasta ahí podían llegar las cosas.

–¿Y el cuadro? –preguntó Muñoz–. ¿Sabe si lo han recuperado?

–Lo dudo mucho –los ojos azules del anticuario traslucían preocupación–. Precisamente creo que ahí está el problema.

El inspector jefe Feijoo no parecía feliz de ver a Julia. La recibió en su despacho, bajo un retrato del rey y un calendario de la Dirección de la Seguridad del Estado, sin invitarla a sentarse. Se le veía de pésimo humor, y fue directamente al grano.

–Esto es un poco irregular –dijo con aspereza–. Porque se trata del presunto autor de dos homicidios… Pero insiste en que no hará una declaración en regla hasta hablar con usted. Y su abogado –pareció a punto de escupir lo que pensaba de los abogados– está de acuerdo.

–¿Cómo lo encontraron?

–No fue difícil. Anoche dimos su descripción a todo el mundo, incluidas fronteras y aeropuertos. Se le identificó en el control de Barajas, esta mañana, cuando se disponía a embarcar en un vuelo a Lisboa, con pasaporte falso. No opuso resistencia.

–¿Les ha dicho dónde está el cuadro?

–No ha dicho absolutamente nada –Feijoo levantó un dedo regordete, de uña chata–. Bueno, sí. Que es inocente. Esa es una frase que aquí escuchamos a menudo; forma parte del trámite. Pero cuando le puse delante los testimonios del taxista y el portero, se vino abajo. A partir de ahí empezó a pedir un abogado… Fue entonces cuando exigió verla.

La acompañó fuera del despacho, por el pasillo, hasta una puerta donde montaba guardia un policía uniformado.

–Yo estaré aquí, si me necesita. Ha insistido en verla a solas.

Cerraron con llave a su espalda. Max estaba sentado en una de las dos sillas que había a uno y otro lado de una mesa de madera, en el centro de la habitación sin ventanas, desnuda de otro mobiliario, con paredes acolchadas y sucias. Vestía un arrugado suéter sobre la camisa abierta y el pelo, deshecha la coleta, estaba en desorden; algunos mechones sueltos le caían sobre las orejas y los ojos. Las manos que apoyaba en la mesa estaban esposadas.

–Hola, Max.

Levantó los ojos y dirigió a Julia una larga mirada. Tenía profundas ojeras de insomnio, y parecía inseguro; cansado. Como al cabo de un prolongado y estéril esfuerzo.

–Por fin una cara amiga –dijo con fatigada ironía, y la invitó a sentarse en la silla libre, con un gesto.

Julia le ofreció un cigarrillo que encendió con avidez, acercando el rostro al encendedor que ella sostenía entre los dedos.

–¿Para qué quieres verme, Max?

La miró un rato antes de responder. Respiraba con un breve jadeo. Ya no parecía un lobo guapo, sino un conejo acosado en la madriguera, escuchando acercarse al hurón. Julia se preguntó si los policías le habrían pegado, aunque no mostraba señal alguna. Ya no le pegan a la gente, se dijo. Ya no.

–Quiero advertirte –dijo él.

–¿Advertirme?

Max no respondió enseguida. Fumaba con las manos esposadas, sosteniendo el cigarrillo ante la cara.

–Estaba muerta, Julia –dijo en voz baja–. Yo no lo hice. Cuando llegué a tu casa ya estaba muerta.

—¿Cómo pudiste entrar? ¿Te abrió ella?

—Te he dicho que estaba muerta... la segunda vez.

—¿La segunda? ¿Es que hubo una primera?

Con los codos sobre la mesa, Max dejó caer la ceniza del cigarrillo y apoyó sobre los pulgares el mentón sin afeitar.

—Espera —suspiró con infinito cansancio—. Es mejor que lo cuente desde el principio... —se llevó de nuevo el cigarrillo a los labios, entornando los ojos entre una bocanada de humo—. Tú sabes lo mal que encajó Menchu lo de Montegrifo. Se paseaba por la casa como si fuera una fiera, entre insultos y amenazas... «Me ha robado», gritaba una y otra vez. Intenté tranquilizarla, hablamos del asunto. La idea se me ocurrió a mí.

—¿La idea?

—Yo tengo relaciones. Gente capaz de sacar cualquier cosa del país. Entonces le dije a Menchu de robar el Van Huys. Al principio se puso como loca, insultándome, y sacó a relucir vuestra amistad y todo eso; hasta que comprendió que a ti no te perjudicaba. Tu responsabilidad quedaba cubierta por el seguro, y en cuanto a los beneficios que podías sacar del cuadro... Bueno, ya veríamos la forma de compensarte, más tarde.

—Siempre supe que eras un perfecto hijo de puta, Max.

—Sí. Es posible. Pero eso no tiene nada que ver... Lo importante es que Menchu aceptó mi plan. Ella tenía que convencerte para que la llevases a tu casa. Borracha, drogada, ya sabes... La verdad es que nunca creí que lo hiciera tan bien... A la mañana siguiente, en cuanto te fueras, yo debía telefonear, averiguando si todo estaba en orden. Así lo hice, y después fui allí. Envolvimos la tabla para camuflarla un poco, cogí las llaves que me dio Menchu... Tenía que estacionar su coche abajo, en la calle, y subir de nuevo para recoger el Van Huys. El plan preveía que, cuando yo me fuera con el cuadro, Menchu se quedase para iniciar el incendio.

–¿Qué incendio?

–El de tu casa –Max se rió, sin ganas–. Estaba incluido en el programa. Lo siento.

–¿Lo sientes? –Julia golpeó la mesa, estupefacta e indignada–. ¡Santo Dios, dice que lo siente...! –miró las paredes y otra vez a Max–. Tuvisteis que haberos vuelto locos para idear algo así.

–Estábamos perfectamente cuerdos, y nada podía fallar. Menchu fingiría un accidente cualquiera, una colilla mal apagada. Con la cantidad de disolventes y pintura que tienes en tu casa... Habíamos previsto que aguantaría allí hasta el último minuto, antes de salir, sofocada por el humo, histérica, pidiendo ayuda. Por mucha prisa que se dieran los bomberos, media casa habría ardido por completo –hizo un gesto de excusa encanallada, lamentando que las cosas no hubieran salido como estaban previstas–. Y nadie en el mundo iba a negar que el Van Huys se quemara con todo lo demás. El resto lo puedes imaginar... Yo vendería el cuadro en Portugal, a un coleccionista privado con el que ya estábamos en tratos... Precisamente el día que me viste en el Rastro, Menchu y yo acabábamos de entrevistarnos con el intermediario... En cuanto al incendio de tu casa, Menchu habría sido responsable; pero tratándose de tu amiga, y de un accidente, las imputaciones no iban a ser graves. Una querella de los propietarios, tal vez. Y nada más. Por otra parte, lo que más le encantaba de todo era, decía, la cara que iba a ponérsele a Paco Montegrifo.

Julia movió la cabeza, incrédula.

—Menchu era incapaz de una cosa así.

—Menchu era capaz de todo, como cualquiera de nosotros.

—Eres un puerco, Max.

—A estas alturas, lo que yo sea carece de importancia —Max hizo una mueca derrotada—. Lo que realmente interesa es que yo tardé media hora en traer el coche y aparcarlo en tu calle. Recuerdo que la niebla era espesa y no encontraba sitio, por lo que miré varias veces el reloj, preocupado por si te daba por aparecer... Serían las doce y cuarto cuando subí de nuevo. Esa vez no llamé, sino que abrí directamente la puerta, con las llaves. Menchu estaba en el vestíbulo, tumbada boca arriba y con los ojos abiertos. Al principio creí que se había desmayado por los nervios; pero cuando me agaché a su lado vi el hematoma que tenía en la garganta. Estaba muerta, Julia. Muerta y todavía caliente. Entonces me volví loco de miedo. Comprendí que si llamaba a la policía iba a tener que dar muchas explicaciones... Así que tiré las llaves al suelo y, después de cerrar la puerta, me fui por las escaleras saltando los peldaños de cuatro en cuatro. Era incapaz de pensar. Pasé la noche en una pensión, aterrorizado, dando vueltas y sin pegar ojo. Por la mañana, en el aeropuerto... Ya conoces el resto de la historia.

—¿Aún estaba el cuadro en casa cuando viste muerta a Menchu?

—Sí. Fue lo único que miré, aparte de ella... Sobre el sofá, envuelto en papel de periódico y cinta adhesiva, como yo mismo lo había dejado —sonrió con amargura—. Aunque ya no tuve valor para llevármelo. Bastante ruina tengo encima, dije.

—Pero cuentas que Menchu estaba en el vestíbulo; y

ella no apareció allí, sino en el dormitorio... ¿Viste el pañuelo que tenía al cuello?

–No había ningún pañuelo. El cuello estaba desnudo y roto. La habían matado de un golpe en la garganta, sobre la nuez.

–¿Y la botella?

Max la miró, irritado.

–No empieces también tú con la dichosa botella... Los policías no hacen más que preguntarme por qué le metí a Menchu una botella en el coño. Y te juro que no sé de qué me hablan –se llevó el pitillo a los labios y aspiró el humo con fuerza, inquieto, mientras dirigía a Julia una mirada suspicaz–. Menchu estaba muerta, eso es todo. Muerta de un golpe, y nada más. No la moví. Ni siquiera estuve en tu casa más de un minuto... Eso debió de hacerlo alguien, después.

–Después, ¿cuándo? Según tú, el asesino ya se había ido.

Max arrugó la frente, esforzándose por recordar.

–No lo sé –parecía sinceramente confuso–. Quizá volvió más tarde, después de irme yo –palideció, como si acabara de caer en la cuenta de algo–. O tal vez... –ahora Julia observó que le temblaban las manos esposadas–. Tal vez todavía estaba allí, escondido. Esperándote a ti.

Habían decidido repartirse el trabajo. Mientras Julia visitaba a Max y refería después la historia al inspector jefe, que la escuchó sin molestarse en disimular su escepticismo, César y Muñoz dedicaban el resto del día a hacer averiguaciones entre los vecinos. Se reunieron todos en un viejo café de la calle del Prado, al atardecer. La historia de Max fue puesta del derecho y del revés durante una prolongada discusión en torno a la mesa de mármol, con el cenicero repleto de colillas y tazas vacías sobre la mesa. Se inclinaban los unos hacia los otros, hablando en voz baja entre el humo de tabaco y las conversaciones de las mesas próximas, como tres conspiradores.

—Yo creo a Max —concluyó César—. Lo que cuenta tiene sentido. La historia del robo del cuadro es muy propia de él, desde luego. Pero no me cabe en la cabeza que fuese capaz de hacer lo demás... La botella de ginebra resulta excesiva, queridos. Incluso en un tipo así. Por otra parte, ahora sabemos que la mujer del impermeable también anduvo por allí. Lola Belmonte, Némesis o quien diablos sea.

—¿Y por qué no Beatriz de Ostenburgo? —preguntó Julia.

El anticuario la miró con reprobación.

—Este tipo de chanzas me parece absolutamente fuera de lugar —se removió inquieto en la silla, miró a Muñoz, que permanecía inexpresivo, e hizo, medio en broma medio en serio, un gesto para conjurar fantasmas—. La mujer que estuvo rondando tu casa era de carne y hueso... Al menos eso espero.

Venía de interrogar discretamente al portero de la finca vecina, que lo conocía de vista. De ese modo, César pudo enterarse de un par de cosas útiles. Por ejemplo, el portero había visto entre las doce y las doce y media, justo cuando acababa de barrer la entrada de su finca, cómo un joven alto, con el pelo recogido en una coleta, salía del portal de Julia y subía calle arriba, hasta un coche aparcado junto al bordillo de la acera. Pero poco después —y aquí la voz del anticuario se veló de pura excitación al referirlo, como cuando narraba un chisme social de categoría—, quizás un cuarto de hora más tarde, cuando recogía el cubo de la basura, el portero se cruzó también con una mujer rubia, con gafas oscuras e impermeable... Al contar esto, César bajó la voz después de dirigir en torno una aprensiva ojeada, como si aquella mujer estuviese sentada en alguna de las mesas próximas. El portero, según había contado, no pudo verla bien porque se alejó calle arriba, en la misma dirección que el otro... Tampoco podía afirmar con certeza que la mujer saliese del portal de Julia. Simplemente, se volvió con el cubo en la mano y ella estaba allí. No, no se lo había dicho a los inspectores que lo interrogaron por la mañana porque no le preguntaron nada de eso. Él nunca lo habría pensado tampoco, confesó el portero rascándose la sien, si el mismo don César no hubiese hecho la pregunta. No, tampoco se fijó en si llevaba un paquete grande en la mano. Sólo había visto una mujer rubia que pasaba por la calle. Nada más.

–La calle –dijo Muñoz– está llena de mujeres rubias.

–¿Con impermeable y gafas oscuras? –comentó Julia–. Pudo ser Lola Belmonte. A esa hora yo me veía con don Manuel. Y ni ella ni su marido estaban en casa.

–No –la interrumpió Muñoz–. A las doce del mediodía usted ya estaba conmigo, en el club de ajedrez. Paseamos durante una hora, llegando a su casa sobre la una –miró a César, cuyos ojos respondieron con una señal de mutua inteligencia que no pasó desapercibida a Julia–... Si el asesino la esperaba, tuvo que cambiar su plan al ver que no aparecía. Así que cogió el cuadro y se fue. Quizás eso le salvó a usted la vida.

–¿Por qué mató a Menchu?

–Tal vez no esperaba encontrarla allí, y eliminó un testigo molesto. La jugada que tenía prevista pudo no ser dama por torre... Es posible que todo fuera una brillante improvisación.

César enarcó una ceja, escandalizado.

—Lo de *brillante*, querido, me parece excesivo.

—Llámelo como quiera. Cambiar la jugada sobre la marcha, aplicando en el acto una variante que reflejase la situación, y poner junto al cadáver la tarjeta con la notación correspondiente... —el ajedrecista reflexionó sobre aquello—. Tuve tiempo de echar un vistazo. Incluso la nota estaba escrita a máquina, en la Olivetti de Julia, según Feijoo. Y sin huellas. Quien lo hizo actuó con mucha calma, pero rápido y bien. Como un reloj.

Por un momento la joven recordó a Muñoz horas atrás, mientras aguardaban la llegada de la policía, arrodillado junto al cadáver de Menchu, sin tocar nada ni hacer comentarios. Estudiando la tarjeta de visita del asesino, con la misma frialdad que si estuviera ante un tablero del club Capablanca.

—Sigo sin comprender por qué Menchu abrió la puerta...

—Creyó que era Max —sugirió César.

—No —dijo Muñoz—. Tenía una llave, la misma que encontramos en el suelo al llegar. Ella sabía que no era Max.

César suspiró, dándole vueltas al topacio en el dedo.

—No me extraña que la policía se aferre a Max con uñas y dientes —dijo, desmoralizado—. Ya no quedan sospechosos. A este paso, dentro de poco tampoco quedarán víctimas... Y si el señor Muñoz sigue aplicando a rajatabla sus sistemas deductivos, va a resultar... ¿Os lo imagináis? Usted, queridísimo, rodeado de cadáveres como en el último acto de Hamlet, y llegando a esta inevitable conclusión: «Soy el único superviviente, luego en estricta lógica, descartado lo imposible, es decir, los muertos, el asesino tengo que ser yo...» Y entregándose a la policía.

–Eso no está claro –dijo Muñoz.

César lo miró con reprobación.

–¿Que usted sea el asesino?... Disculpe, querido amigo, pero esta conversación empieza a parecerse peligrosamente a un diálogo de manicomio. Ni de lejos creería yo...

–No me refiero a eso –el jugador de ajedrez miraba sus manos, puestas a uno y otro lado de la taza vacía que tenía ante sí–. Hablo de lo que han dicho hace un momento: que ya no quedan sospechosos.

–No me diga –murmuró Julia, incrédula– que aún tiene algo entre ceja y ceja.

Muñoz levantó los ojos y miró pausadamente a la joven. Después chasqueó con suavidad la lengua, ladeando un poco la cabeza.

–Es posible.

Protestó Julia, pidiendo una explicación, pero ni ella ni César lograron sacarle una palabra. Con aire ausente, el jugador de ajedrez miraba la mesa, entre sus manos, como si adivinara en el jaspeado del mármol misteriosos movimientos de piezas imaginarias. De vez en cuando rozaba sus labios, a modo de sombra fugaz, aquella vaga sonrisa tras la que se escudaba cuando pretendía mantenerse al margen.

XIII. El séptimo sello

> «En el ardiente intervalo había visto algo con intolerable espanto: todo el horror de las profundidades abismales del ajedrez.»
>
> *V. Nabokov*

–Naturalmente –dijo Paco Montegrifo– este lamentable suceso no altera nuestros compromisos.

–Se lo agradezco.

–No tiene por qué. Sabemos que es ajena a lo ocurrido.

El director de Claymore había ido a visitar a Julia al taller del Prado, aprovechando, dijo al aparecer por allí inesperadamente, una entrevista con el director del museo, con vistas a la compra de un Zurbarán encomendado a su firma. La había encontrado en pleno trabajo, cuando inyectaba un adhesivo a base de cola y miel en un abolsado del tríptico atribuido al Duccio de Buoninsegna. Julia, que en ese momento no podía dejar lo que tenía entre manos, saludó a Montegrifo con un apurado movimiento de cabeza mientras presionaba el émbolo de la jeringuilla con que inyectaba la mezcla. El subastador parecía encantado de haberla sorprendido *in fraganti* –como dijo mientras le dedicaba su más resplandeciente sonrisa–, y encendiendo un cigarrillo se había sentado sobre una de las mesas, observándola.

Julia, incómoda, procuró terminar pronto. Protegió la zona tratada con papel de parafina y puso encima una bolsa con arena, cuidando que amoldara bien sobre la superficie de la pintura. Después se limpió las manos en la bata, manchada de pigmentos multicolores, y cogió el medio cigarrillo que aún humeaba en el cenicero.

–Una maravilla –dijo Montegrifo, señalando el cuadro–. Hacia mil trescientos, ¿no es eso? El maestro de Buoninsegna, si no me equivoco.

–Sí. El museo lo adquirió hace unos meses –Julia observó el resultado de su labor con ojo crítico–. He tenido algún problema con las virutas de pan de oro que orlan el manto de la Virgen. En algunos sitios se han perdido.

Montegrifo se inclinó sobre el tríptico, estudiándolo con atención profesional.

–Un magnífico esfuerzo, de todas formas –opinó al terminar el examen–. Como todos los suyos.

–Gracias.

El subastador miró a la joven con apesadumbrada simpatía.

–Aunque, naturalmente –dijo–, no se puede comparar con nuestra querida tabla de Flandes…

–Desde luego que no. Con todos los respetos para el Duccio.

Sonrieron ambos. Montegrifo se tocó los inmaculados puños de la camisa, procurando que asomasen exactamente tres centímetros bajo las mangas de la chaqueta cruzada azul marino, lo necesario para mostrar unos gemelos de oro con sus iniciales. Llevaba unos pantalones grises de raya impecable, y a pesar del tiempo lluvioso relucían sus zapatos italianos, negros.

–¿Se sabe algo del Van Huys? –preguntó la joven.

El subastador compuso un gesto de elegante melancolía.

–Desgraciadamente, no –aunque el suelo estaba lleno de serrín, papeles y restos de pintura, depositó la ceniza en el cenicero–. Pero estamos en contacto con la policía... La familia Belmonte ha puesto en mis manos todas las gestiones –aquí hizo un gesto que elogiaba aquella sensatez, lamentando a un tiempo que los propietarios del cuadro no lo hubiesen hecho antes–. Y lo paradójico de todo esto, Julia, es que, si *La partida de ajedrez* aparece, esta serie de lamentables sucesos va a disparar su precio hasta límites increíbles...

–De eso no me cabe duda. Pero usted lo ha dicho: si aparece.

–No la veo muy optimista.

–Después de cuanto he pasado en los últimos días, carezco de motivos para serlo.

–La comprendo. Pero yo confío en la actuación policial... O en la buena suerte. Y si logramos recuperar el cuadro y sacarlo a subasta, le aseguro que será un acontecimiento –sonrió como si llevara en el bolsillo un regalo maravilloso–. ¿Ha leído *Arte y Antigüedades*? Le dedican a la historia cinco páginas en color. No paran de telefonear periodistas especializados. Y el *Financial Times* saca la semana próxima un reportaje... Por cierto, algunos de esos periodistas han pedido ponerse en contacto con usted.

–No quiero entrevistas.

–Es una lástima, si me permite opinar. Usted vive de su prestigio. La publicidad aumenta la cotización profesional...

–No ese tipo de publicidad. Al fin y al cabo, el cuadro lo robaron en mi casa.

–Ese detalle estamos procurando pasarlo por alto. Usted no es responsable, y el informe policial no deja lugar a dudas. Según los indicios, el novio de su amiga entregó el cuadro a un cómplice desconocido, y las investigaciones se mueven en ese terreno. Estoy seguro de que aparecerá. Un cuadro ya tan famoso como el

Van Huys no es fácil de exportar ilegalmente. En principio.

–Celebro verle tan confiado. A eso lo llamo ser un buen perdedor. Talante deportivo, creo que se dice. Yo pensaba que el robo había sido para su empresa un disgusto terrible...

Montegrifo adoptó un continente dolorido. La duda ofende, parecían decir sus ojos.

–Y lo es, en efecto –respondió, mirando a Julia como si ésta lo hubiese juzgado injustamente–. La verdad es que he tenido que dar muchas explicaciones a nuestra casa madre de Londres. Pero en este negocio uno está sujeto a ese tipo de problemas... Aunque no hay mal que por bien no venga. Nuestra filial de Nueva York ha descubierto otro Van Huys: *El cambista de Lovaina*.

–La palabra descubrir me parece excesiva... Es un cuadro conocido, catalogado. Pertenece a un coleccionista particular.

–La veo bien informada. Lo que pretendía decirle es que estamos en tratos con el propietario; por lo visto considera que es momento para obtener buena cotización por su cuadro. Esta vez, mis colegas de Nueva York le han madrugado a la competencia.

–Enhorabuena.

–He pensado que podríamos celebrarlo –miró el Rolex que llevaba en la muñeca–. Son casi las siete, así que la invito a cenar. Tenemos que discutir sus próximos trabajos con nosotros... Hay una talla policromada de San Miguel, escuela indoportuguesa del diecisiete, a la que me gustaría echara un vistazo.

–Se lo agradezco mucho, pero estoy algo alterada. La muerte de mi amiga, el asunto del cuadro... Esta noche no sería una acompañante amena.

–Como guste –Montegrifo encajó la negativa resignado y galante, sin perder la sonrisa–. Si le parece bien, la telefonearé a principios de la semana próxima... ¿El lunes?

–De acuerdo –Julia tendió la mano, que el subastador estrechó suavemente–. Y gracias por su visita.

–Siempre es un placer volver a verla, Julia. Y si necesita cualquier cosa –le dirigió una profunda mirada, llena de significados que la joven fue incapaz de interpretar–. Y me refiero a *cualquier cosa*, sea lo que sea, no lo dude. Llámeme.

Se fue, dedicándole una última y resplandeciente sonrisa desde el umbral, y Julia se quedó sola. Aún dedicó media hora de trabajo al Buoninsegna antes de recoger sus cosas. Muñoz y César habían insistido en que no volviera a casa durante algunos días, y el anticuario había vuelto a ofrecer la suya; pero Julia se mantuvo firme, limitándose a cambiar la cerradura de seguridad. Tozuda e inconmovible, como había precisado con disgusto César, que telefoneaba a cada momento para saber si todo iba bien. Respecto a Muñoz, Julia sabía, pues al anticuario se le escapó la confidencia, que ambos habían pasado despiertos la noche siguiente al crimen, montando guardia en las inmediaciones de su casa, ateridos de frío y con la única compañía de un termo de café y una petaca de coñac que César, previsoramente, llevó consigo. Velaron así durante horas, embozados con abrigos y bufandas, consolidando la curiosa amistad que, a causa de los acontecimientos, aquellos dispares personajes habían visto cimentarse en torno a Julia. Al enterarse, ella prohibió repetir el episodio, prometiendo a cambio no abrir la puerta a nadie y acostarse con la Derringer bajo la almohada.

Vio la pistola al meter sus cosas dentro del bolso, y con la punta de los dedos rozó el frío metal cromado. Era el cuarto día, desde la muerte de Menchu, sin nuevas tarjetas o llamadas telefónicas. Tal vez, se dijo sin convicción, la pesadilla había terminado. Cubrió el Buoninsegna con un lienzo, colgó la bata en un armario y se puso la gabardina. En la cara interior de su muñeca izquierda, el reloj de pulsera señalaba las ocho menos cuarto.

Iba a apagar la luz cuando sonó el teléfono.

Puso el auricular en la horquilla y se quedó inmóvil, conteniendo la respiración, y también el deseo de correr lejos de allí. Un escalofrío, un soplo de aire helado en su espalda, hizo que se estremeciera con violencia, y tuvo que apoyarse en la mesa para recobrar la serenidad perdida. Sus ojos espantados no lograban apartarse del teléfono. La voz que acababa de escuchar era irreconocible, asexuada, similar a la que los ventrílocuos daban a sus inquietantes muñecos articulados. Una voz de resonancias chillonas que le había erizado la piel con un ramalazo de terror ciego.

«*Sala Doce, Julia...*» Un silencio y una respiración sofocada, tal vez por un pañuelo puesto sobre el teléfono. «... *Sala Doce*», había repetido la voz. «*El viejo Brueghel*», añadió tras otro silencio. Después una risa breve y seca, siniestra, y el chasquido del teléfono al colgar.

Intentó poner orden en sus atropellados pensamientos, esforzándose en no permitir que el pánico se adueñara de ella. En las batidas, le había dicho una vez César, frente a la escopeta del cazador, los patos asustados son los primeros en caer... César. Cogió el telé-

fono para marcar el número de la tienda y despúes el
de su casa, sin resultado. Tampoco con Muñoz tuvo
éxito; durante un rato cuya dimensión la hizo temblar,
tendría que apañárselas sola.

Sacó la Derringer del bolso y amartilló el percutor.
Al menos por ese lado, pensó, ella misma podía llegar
a ser tan peligrosa como el que más. De nuevo las palabras que César le dirigía cuando niña acudieron a su
recuerdo. En la oscuridad –esa era otra de las leccio-
nes, al contar ella sus miedos infantiles– están las mismas cosas que en la luz; sólo que no podemos verlas.

Salió al pasillo, con la pistola en la mano. A esa hora
el edificio estaba desierto, salvo los vigilantes nocturnos que hacían su ronda; pero ignoraba dónde encon-
trarlos en aquel momento. Al final del corredor, la escalera descendía tres veces en ángulo recto, con un
amplio rellano en cada descansillo. Las luces de seguridad dejaban una penumbra azulada, que permitía
distinguir los cuadros de oscura pátina en las paredes,
la balaustrada de mármol de la escalera y los bustos de
patricios romanos que vigilaban desde sus nichos en la
pared.

Se quitó los zapatos y los metió en el bolso. A través de las medias, el frío del suelo se le metió en el
cuerpo; en el mejor de los casos, la aventura de aquella noche iba a zanjarse con un monumental resfriado.
Bajó así la escalera, deteniéndose de vez en cuando
para mirar por encima de la barandilla, sin ver ni oír
nada sospechoso. Por fin llegó abajo y tuvo que plantearse la elección. Uno de los caminos, tras cruzar varias salas destinadas a talleres de restauración, llevaba
hasta una puerta de seguridad por la que Julia, usando
su tarjeta electrónica, podía acceder a la calle, en las
proximidades de la Puerta Murillo. Siguiendo el otro

camino, al final de un estrecho pasillo se llegaba a una segunda puerta que comunicaba con las salas del museo. Solía estar cerrada, pero nunca se echaba la llave antes de las diez de la noche, cuando los vigilantes hacían la última inspección por el anexo.

Consideró ambas posibilidades al pie de la escalera, descalza y con la pistola en la mano, sintiendo frío en los pies y en las venas el incómodo bombear de la sangre que le batía muy aprisa. Demasiado tabaco, pensó estúpidamente, poniéndose sobre el corazón la mano que empuñaba la Derringer. Irse de allí a toda prisa o saber qué ocurría en la Sala Doce... La última opción significaba un ingrato recorrido de seis o siete minutos a través del edificio desierto. A menos que tuviera la suerte de encontrar por el camino al guardián de aquel ala: un joven vigilante jurado que, cuando encontraba a Julia trabajando en el taller, solía invitarla a café en la máquina de monedas, y bromeaba sobre la belleza de sus piernas, asegurando que constituían la mayor atracción del museo.

Qué diablos, se dijo al cabo de un rato de darle vueltas al asunto. Ella, Julia, había matado piratas. Si el asesino estaba allí dentro, era una buena ocasión, quizá la única, para quedar frente a frente y ver su cara. A fin de cuentas era él quien se movía; mientras que ella, pato prudente, vigilaba con el rabillo del ojo mientras sostenía en la mano derecha quinientos gramos de metal cromado, nácar y plomo, que accionados a corta distancia podían, perfectamente, cambiar los papeles en aquella singular partida de caza.

Julia era de buena casta y, aún más importante, lo sabía. Se le dilataron en la penumbra las aletas de la nariz, como si intentase olfatear la dirección del peligro; apretó los dientes y evocó en su ayuda la rabia contenida por el recuerdo de Álvaro y Menchu, la decisión de no ser un títere asustado sobre un tablero de ajedrez, sino alguien muy capaz de devolver, a la primera ocasión, ojo por ojo y diente por diente. Fuera quien fuese, si la quería encontrar, iba a hacerlo. En la Sala Doce o en el infierno. Por los clavos de Cristo que sí.

Franqueó la puerta interior que, como esperaba, encontró abierta. El vigilante nocturno debía de estar lejos, pues el silencio era absoluto. Cruzó una nave entre las inquietantes sombras de estatuas de mármol que la miraban pasar con ojos vacíos e inmóviles. Recorrió después la sala de los retablos medievales, de los que sólo acertó a distinguir, en las oscuras sombras que formaban sobre los muros, algún apagado reflejo sobre los dorados y fondos de pan de oro. Al final de aquella larga nave, a la izquierda, distinguió la pequeña escalinata que conducía a las salas de primitivos flamencos, entre las que se contaba la número Doce.

Se detuvo un instante junto al primer peldaño, atisbando el interior con suma prudencia. En aquella parte el techo era más bajo, y las luces de seguridad permitían distinguir mejor los detalles. En la penumbra azulada, los colores de los cuadros viraban al claroscuro. Vio, casi irreconocible entre las sombras, el *Descendimiento* de Van der Weyden, que en la irreal tiniebla tenía un aire de siniestra grandeza, mostrando sólo los colores más claros, como la figura de Cristo y el rostro de la madre, desmayada, su brazo caído paralelo al exánime del hijo.

Allí no había nadie, excepto los personajes de los cuadros, y la mayor parte de ellos, ocultos por la oscuridad, parecían dormir un largo sueño. Sin confiar en la calma aparente, impresionada por la presencia de tantas imágenes creadas por la mano de hombres muertos cientos de años atrás y que parecían acechar desde sus viejos marcos en las paredes, Julia llegó hasta el umbral de la Sala Doce. Intentó inútilmente tragar saliva, pues tenía la garganta seca; miró una vez más a su espalda sin observar nada sospechoso y, sintiendo que la tensión anudaba los músculos en sus mandíbulas, respiró hondo antes de entrar en la sala como había visto hacer en las películas: el dedo en el gatillo de la pistola y ésta empuñada entre las dos manos, apuntando hacia las sombras.

Tampoco allí había nadie, y Julia experimentó un alivio embriagador, infinito. Lo primero que vio, tamizado por la penumbra, fue la genial pesadilla de *El Jardín de las Delicias*, que ocupaba la mayor parte de una pared. Se apoyó en la opuesta, y su aliento empañó el cristal que cubría el *Autorretrato*, de Durero. Con el dorso de la mano se enjugó el sudor de la frente empapada, antes de avanzar hacia la tercera pared, la del fondo. A medida que lo hacía, los contornos y después los tonos más claros del cuadro de Brueghel se perfilaban ante sus ojos. Aquella pintura, que también podía reconocer aunque la oscuridad velase la mayor parte de sus detalles, siempre había ejercido sobre ella una peculiar fascinación. El acento trágico que inspiraba hasta la última pincelada, la expresividad de sus infinitas figuras sacudidas por el aliento mortal e inexorable, las numerosas escenas que se integraban en la macabra perspectiva del conjunto, habían, durante muchos años, excitado su imaginación. La débil claridad azul del techo destacaba los esqueletos que brotan en tropel de las entrañas de la tierra como un viento vengativo y arrasador; los incendios lejanos que recortan negras ruinas en el horizonte; las ruedas de Tántalo que giran en la distancia al extremo de sus pértigas, junto al esqueleto que, alzando la espada, se dispone a descargarla sobre el reo de ojos vendados que ora de rodillas... Y en primer término, el rey sorprendido en mitad del festín, los amantes ajenos a la hora final, la sonriente calavera que bate los timbales del Juicio, el caballero que, descompuesto por el terror, aún conserva el coraje suficiente para, en postrer gesto de valor y rebeldía, extraer su espada de la vaina, dispuesto a vender cara su piel en el último combate sin esperanza...

La tarjeta estaba allí, en la parte inferior de la tabla; entre la pintura y el marco. Justo sobre el rótulo dorado en el que Julia, adivinó, más que leer, las siniestras cinco palabras que constituían el título del cuadro: *El triunfo de la Muerte*.

Cuando salió a la calle llovía a cántaros. El resplandor de las farolas isabelinas iluminaba cortinas de agua que brotaban torrenciales de la oscuridad, repiqueteando sobre el empedrado. Los charcos estallaban en infinidad de gruesas salpicaduras, quebrando los reflejos de la ciudad en un atormentado vaivén de luces y sombras.

Julia levantó el rostro y dejó que el agua corriese libremente por su cabello y sus mejillas. El frío le endurecía los pómulos y los labios, y le pegaba a la cara el pelo mojado. Se cerró el cuello de la gabardina, caminando entre los setos y los bancos de piedra sin preocuparse de la lluvia ni de la humedad que invadía sus zapatos. Las imágenes de Brueghel seguían grabadas en su retina, deslumbrada por el resplandor de los automóviles que circulaban por la calzada próxima y que recortaban dorados conos de lluvia, iluminando a trechos la silueta de la joven, proyectada en largas sombras oscilantes que se multiplicaban en los reflejos del suelo. La sobrecogedora tragedia medieval se agitaba

ante sus ojos, entre todas aquellas luces que la rodeaban. Y en ella, en los hombres y mujeres sumergidos
por el alud de esqueletos vengadores que brotaba de la
tierra, Julia podía reconocer perfectamente a los personajes del *otro* cuadro: Roger de Arras, Fernando Altenhoffen, Beatriz de Borgoña... Incluso, en segundo
término, la cabeza baja y el gesto resignado del viejo
Pieter van Huys. Todo se conjugaba en aquella escena
terrible y definitiva, donde iban a parar, sin distinción
en la suerte del último dado que rodaba sobre el tapete
de la tierra, belleza y fealdad, amor y odio, bondad y
maldad, esfuerzo y abandono. La propia Julia se había
reconocido, también, en el espejo que fotografiaba con
despiadada lucidez la ruptura del Séptimo Sello del
Apocalipsis. Ella era la joven vuelta de espaldas a la escena, absorta en sus ensueños, aturdida por la música
del laúd que tañía una sonriente calavera. En aquel
sombrío paisaje ya no quedaba espacio para piratas ni
tesoros escondidos, las Wendys eran arrastradas deba-
tiéndose entre la legión de esqueletos, Cenicienta y
Blancanieves olían el azufre con ojos desencajados por
el miedo, y el soldadito de plomo, o San Jorge olvidado de su dragón, o Roger de Arras con la espada medio
fuera de la vaina, ya no podían hacer nada por ellas.
Demasiado tenían con intentar inútilmente, por un
prurito de mero honor, asestarle un par de estocadas al
vacío antes de enlazar sus manos, como todos los demás, con los descarnados huesos de la Muerte que los
arrastraba en su danza macabra.

Los faros de un automóvil iluminaron una cabina de
teléfono. Julia entró en ella y buscó unas monedas en
su bolso, moviéndose como entre las nieblas de un
sueño. Marcó mecánicamente los números de César y
de Muñoz, sin obtener respuesta, mientras su pelo

mojado goteaba sobre el auricular. Colgó, apoyando la cabeza en el cristal de la cabina, y se puso entre los labios, cortados e insensibles por el frío, un húmedo cigarrillo. Se dejó envolver por el humo, con los ojos cerrados, y cuando la brasa empezó a quemarle entre los dedos lo dejó caer al suelo. La lluvia resonaba monótonamente sobre el techo de aluminio, pero ni siquiera allí Julia se sentía a salvo. Sólo se trataba, lo supo con una desconsolada sensación de infinito cansancio, de una insegura tregua que no la protegía del frío, los reflejos y las sombras que la cercaban.

Nunca tuvo conciencia del tiempo que permaneció dentro de la cabina. Pero hubo un momento en que introdujo de nuevo las monedas y marcó un número, esta vez el de Muñoz. Cuando escuchó la voz del jugador de ajedrez, Julia pareció volver lentamente en sí, igual que al regresar, como en efecto había ocurrido, de un viaje muy lejano. Un viaje a través del tiempo y de sí misma. Con una serenidad que se fue afianzando a medida que pronunciaba las palabras, explicó lo que pasaba. Muñoz preguntó por el contenido de la tarjeta, y ella se lo dijo: *A × P*, alfil por peón. Al otro lado de la línea telefónica se hizo el silencio, y después Muñoz, con un tono extraño que jamás había escuchado en él, le preguntó dónde estaba. Cuando lo dijo, el ajedrecista pidió que no se moviera de allí. Llegaría lo antes posible.

Quince minutos más tarde, un taxi se detenía junto a la cabina telefónica y Muñoz, abriendo la portezuela, la invitaba a subir. Julia echó a correr bajo la lluvia, resguardándose en el interior. Mientras el vehículo arrancaba, el jugador de ajedrez le quitó la gabardina empapada y le puso la suya sobre los hombros.

–¿Qué está pasando? –preguntó la joven, que temblaba de frío.

–Lo sabrá muy pronto.

–¿Qué significa alfil por peón?

Los destellos cambiantes de las luces exteriores iluminaban a trechos la ceñuda expresión del ajedrecista.

–Significa –dijo– que la dama negra está a punto de comerse otra pieza.

Julia parpadeó, aturdida. Después cogió la mano de Muñoz entre las suyas, heladas; y lo miró con alarma.

–Hay que avisar a César.

–Aún tenemos tiempo –respondió el jugador.

–¿Dónde vamos?

–A Pénjamo. Con dos haches.

Seguía lloviendo con fuerza cuando el taxi se detuvo frente al club de ajedrez. Muñoz abrió la portezuela sin soltar la mano de Julia.

–Venga –dijo.

Ella lo siguió, dócil. Subieron la escalera, hasta el vestíbulo. Aún quedaban algunos ajedrecistas en las mesas, pero a Cifuentes, el director, no se le veía por ninguna parte. Muñoz guió a Julia directamente hasta la biblioteca. Allí, entre trofeos y diplomas, un par de cientos de libros ocupaban los estantes protegidos por vitrinas. El jugador soltó la mano de Julia y abrió una de ellas, escogiendo un grueso tomo encuadernado en tela. En el lomo, en letras doradas oscurecidas por el uso y el tiempo, Julia leyó, desconcertada:

Semanario de ajedrez. Cuarto Trimestre. El año era ilegible.

Muñoz puso el tomo sobre la mesa y hojeó algunas páginas amarillentas, impresas en mal papel. Problemas de ajedrez, análisis de partidas, información sobre torneos, antiguas fotografías de sonrientes ganadores con camisa blanca y corbata, trajes y cortes de pelo de la época. Se detuvo en una doble página llena de fotografías.

–Mírelas con atención –le dijo a Julia.

La joven se inclinó sobre las fotos. Eran de mala calidad, y todas mostraban grupos de ajedrecistas posando ante la cámara. Algunos sostenían copas o diplomas. Leyó el encabezamiento de la página: II EDICIÓN DEL TROFEO NACIONAL JOSÉ RAÚL CAPABLANCA. Miró a Muñoz, desconcertada.

–No comprendo –murmuró.

El jugador de ajedrez señaló con el dedo una de las fotografías. Era un grupo de jóvenes, y dos sostenían pequeñas copas en la mano. El resto, otros cuatro, miraban al objetivo con gesto solemne. El pie de foto decía: FINALISTAS DE LA MODALIDAD JUVENIL.

–¿Reconoce a alguien? –preguntó Muñoz.

Julia estudió los rostros, uno por uno. Sólo en el que ocupaba el extremo derecho de la fotografía encontró un vago aire familiar. Era un joven de quince o dieciséis años, peinado hacia atrás, con chaqueta y corbata y un brazalete de luto sobre el brazo izquierdo. Miraba a la cámara con ojos tranquilos e inteligentes en los que Julia creyó leer un aire de desafío. Entonces lo reconoció. La mano le temblaba cuando puso un dedo sobre él, y al levantar los ojos hacia el ajedrecista vio que éste asentía.

–Sí –dijo Muñoz–. Es el jugador invisible.

XIV. Diálogos de salón

«–Si lo he descubierto, es porque lo buscaba.
–¿Cómo?... ¿Acaso esperaba usted encontrarlo?
–Creí que no era improbable.»

A. Conan Doyle

La luz de la escalera estaba estropeada y subieron los peldaños a oscuras. Muñoz iba delante, guiándose con la mano a lo largo de la barandilla, y al llegar al rellano se quedaron los dos en silencio, escuchando. Al otro lado de la puerta no oían ruido alguno, pero una línea de luz se dibujaba en el umbral, a ras del suelo. Julia no pudo ver las facciones de su acompañante en la oscuridad, pero supo que Muñoz la miraba.

–Ya no podemos volver atrás –dijo, respondiendo a la pregunta no formulada, y como única respuesta oyó la tranquila respiración del ajedrecista. Entonces buscó a tientas el timbre, pulsándolo una vez. En el interior, el sonido se desvaneció como un eco lejano, al extremo del largo pasillo.

Tardaron un poco en oír los pasos que se acercaban despacio. El ruido se detuvo un momento y continuó después, más lento y próximo, hasta detenerse por completo. La cerradura giró de forma interminable, abriéndose por fin la puerta para proyectar sobre ellos un rectángulo de claridad que los deslumbró un instante. Entonces Julia miró la silueta familiar que se recortaba en el suave contraluz, mientras pensaba que realmente no quería aquella victoria.

Se apartó para dejarlos pasar. No parecía incómodo
por la inesperada visita; sólo mostraba un ápice de
educada sorpresa, cuyo único indicio visible era la
sonrisa de desconcierto que Julia percibió en sus labios
cuando cerraba la puerta tras ellos. En el perchero, un
pesado mueble eduardiano de nogal y bronce, aún go-
teaban una gabardina, un sombrero y un paraguas.

Los condujo hasta el salón, a través de un largo
corredor de alto techo bellamente artesonado, cuyas
paredes contenían una pequeña galería de pintura pai-
sajista sevillana del siglo XIX. Mientras los precedía
entre los cuadros, volviéndose de vez en cuando hacia
ellos con gesto de atento anfitrión, Julia buscó en
él, en vano, algún rasgo que delatase al otro personaje que ahora sabía oculto en alguna parte, como un
fantasma que flotase entre ambos y cuya presencia,
ocurriera lo que ocurriese en adelante, ya nunca sería
posible ignorar. Y sin embargo, a pesar de todo, aunque la luz de la razón iba penetrando hasta en los más
recónditos rincones de su duda, aunque los hechos se
ajustaban ya como piezas de contornos limpiamente
burilados, perfilando sobre las imágenes de *La partida
de ajedrez* el trazo, en luces y sombras, de la otra tragedia, o las diferentes tragedias, que venían a superpo-
nerse a la simbolizada en la tabla flamenca... A pesar
de todo eso, y de la aguda conciencia de dolor que,
poco a poco, desplazaba en sus sentimientos al estupor
inicial, Julia era aún incapaz de odiar al hombre que la
precedía por el pasillo, vuelto a medias hacia ella con
solícita cortesía, elegante hasta en la intimidad, con la
bata de seda azul sobre los bien cortados pantalones y
un pañuelo anudado bajo el cuello entreabierto de la
camisa; el cabello ligeramente ondulado en la nuca y
las sienes, enarcadas las cejas con la displicencia de vie-

jo dandy que, ante Julia, siempre se veía dulcificada,
como en aquel momento, por la sonrisa tierna, de suave tristeza, que el anticuario esbozaba en la comisura
de sus labios finos y pálidos.

Ninguno de los tres dijo nada hasta que llegaron al
salón, una amplia estancia que, bajo un techo alto decorado con escenas clásicas –la favorita de Julia siempre había sido, hasta esa noche, un Héctor de reluciente casco despidiéndose de Andrómaca y de su
hijo–, encerraba, entre paredes cubiertas con tapices y
pinturas, las más preciadas posesiones del anticuario:
aquellas que a lo largo de su vida había ido escogiendo para sí, negándose siempre a ponerlas en venta fuera cual fuese el precio ofrecido por ellas. Julia las conocía tan bien como si fueran suyas, mucho más
familiares, incluso, que las que recordaba de casa de
sus padres o las que tenía en su propio hogar: el sofá
Imperio tapizado en seda sobre el que Muñoz, endurecido el rostro por una pétrea gravedad, con las manos en los bolsillos de la gabardina, no se decidía ahora a sentarse a pesar de que César se lo sugería con un
gesto de la mano; el bronce del maestro de esgrima firmado por Steiner, con su espadachín erguido y apuesto, alta la orgullosa barbilla, dominando la estancia
desde su pedestal sobre una mesa-escritorio holandesa
de finales del XVIII, en cuyo tablero César tenía la costumbre de despachar el correo desde que Julia guardaba memoria; la vitrina rinconera Jorge IV, conteniendo
una bella colección de plata punzonada que el anticuario bruñía personalmente una vez al mes; los cuadros
principales, los ungidos de Dios, sus favoritos: una *Joven dama* atribuida a Lorenzo Lotto, una bellísima
Anunciación, de Juan de Soreda, un nervudo *Marte*, de
Luca Giordano, un melancólico *Atardecer*, de Thomas

Gainsborough... Y la colección de porcelana inglesa, y alfombras y más tapices, y abanicos; piezas cuya historia César había individualizado cuidadosamente, agotando hasta la perfección estilos, procedencias, genealogías, en una colección privada tan personal y ligada a sus gustos estéticos y talante que él mismo parecía proyectado en la esencia de todos y cada uno de aquellos objetos. Sólo faltaba el pequeño trío de porcelana de la *Commedia dell'Arte*: la Lucinda, el Octavio y el Scaramouche de Bustelli, que se encontraban en la tienda, en la planta baja del edificio, en su urna de cristal.

Muñoz se había quedado en pie, aparentando una taciturna calma exterior, aunque algo en él, tal vez la forma de asentar los pies sobre la alfombra, o los codos separados del cuerpo sobre las manos metidas en los bolsillos de la gabardina, indicaba que se mantenía alerta, dispuesto a hacer frente a lo inesperado. Por su parte, César lo miraba con un interés desapasionado y cortés, y sólo de vez en cuando volvía un momento sus ojos a Julia, como si ella estuviera en su propia casa y fuese Muñoz, a fin de cuentas el único extraño allí, quien debía explicar el motivo por el que se presentaba a tan avanzada hora de la noche. Julia, que conocía a César tan bien como a ella misma –rectificó en el acto, mentalmente: hasta esa noche *había creído* conocerlo tan bien como a ella misma– supo que el anticuario había comprendido, apenas abrió la puerta, que la visita aparejaba algo más que un simple recurso al tercer camarada de aventura. Bajo su amistosa indulgencia, en la forma en que sonreía y, más directamente aún, en la inocente expresión de sus limpios ojos azules, la joven reconoció una cauta expectación, curiosa y un punto divertida; la misma con que, sosteniéndola sobre sus rodillas, muchos años atrás, aguardaba a que Julia pronunciase palabras que eran mágicas, respuestas a los acertijos infantiles que a ella tanto le gustaba que el anticuario planteara: *Oro parece, plata no es*... O: *Anda primero a cuatro patas, luego a dos y por fin a tres*... Y el más bello de todos: *El enamorado distinguido sabe el nombre de la dama y el color de su vestido*...

Y sin embargo, César seguía mirando a Muñoz. En aquella extraña noche, a la luz tamizada de la lámpara inglesa que, reproduciendo una prensa de libros bajo su pantalla de pergamino, daba escorzos y sombras a los objetos que los circundaban, los ojos del anticuario se ocupaban poco de la joven. No porque rehuyesen su mirada, pues cuando se encontraba con ella la sostenía, aunque brevemente, de forma franca y directa, como si entre ellos no hubiera secretos. Parecía que, apenas Muñoz dijese lo que tenía que decir y se marchara, todo cuanto fuese a quedar entre ambos, entre César y Julia, tuviera ya adjudicada una respuesta precisa, convincente, lógica, definitiva. Quizá la gran respuesta a todas las preguntas que ella había formulado a lo largo de su vida. Pero era demasiado tarde, y por primera vez Julia no sentía deseos de escuchar. Su curiosidad había quedado satisfecha frente al *Triunfo de la Muerte*, de Brueghel el Viejo. Y ya no necesitaba a nadie; ni siquiera lo necesitaba a él. Todo eso había ocurrido antes de que Muñoz abriera el viejo tomo de ajedrez y señalase una de las fotografías; así que nada tenía que ver con su presencia aquella noche en casa de César. La movía una curiosidad estrictamente formal. Estética, como habría dicho el propio César. Su deber era hallarse presente, a un tiempo protagonista y coro, actor y público de la más fascinante tragedia clásica –todos estaban allí: Edipo, Orestes, Medea y los demás viejos amigos– que nunca nadie había creado ante sus ojos. Al fin y al cabo, la representación era en su honor.

Aquello era irreal. Lo era tanto que Julia, encendiendo un cigarrillo, se dejó caer en el sofá y cruzó las piernas, con un brazo sobre el respaldo. Tenía frente a sí a los dos hombres, ambos de pie, componiendo una escena de proporciones similares a las del cuadro desaparecido. Muñoz a la izquierda, pisando el filo de una antiquísima alfombra pakistaní cuyo añejo decolorado no hacía sino acentuar su belleza rojiza y ocre. El jugador de ajedrez –ahora *ambos* lo son, meditó la joven con retorcida satisfacción– no se había quitado la gabardina y miraba al anticuario ladeando un poco la cabeza, con aquel aspecto holmesiano que le confería un aura de peculiar dignidad, en la que tan relevante papel jugaba la expresión de sus ojos cansados y absortos en la contemplación física del adversario. Pero Muñoz no miraba a César con la suficiencia del vencedor. Tampoco había animadversión en su gesto; ni siquiera un recelo que cualquiera hubiese justificado, dadas las circunstancias. Había, eso sí, tensión en su mirada y en la forma en que se le marcaban los músculos de la huesuda mandíbula, pero aquello tenía que ver, a juicio de Julia, con la forma en que el ajedrecista estudiaba la *apariencia real* del enemigo tras haber trabajado tanto tiempo contra su *apariencia ideal*. Sin duda repasaba viejos errores, reconstruía jugadas, adjudicaba intenciones. Era el gesto obstinado y ausente de alguien a quien, tras haber concluido una partida a base de brillantes maniobras, lo que realmente le preocupase fuera averiguar cómo diablos su adversario pudo escamotearle un oscuro peón de alguna irrelevante y olvidada casilla.

César estaba a la derecha, y con su cabello plateado

y el batín de seda parecía uno de los personajes elegan-
tes de las comedias de primeros de siglo: tranquilo y
distinguido, seguro de sí mismo, consciente de que la
alfombra que pisaba su interlocutor tenía doscientos
años y era suya. Julia vio cómo metía una mano en el
bolsillo, sacaba el paquete de cigarrillos de filtro dorado e introducía uno en la boquilla de marfil. La escena
era demasiado extraordinaria como para no fijarla bien
en su memoria: el decorado de antigüedades de tonos
oscuros y amortiguados reflejos, el techo cubierto de
esbeltas figuras clásicas, el viejo dandy de elegante y
equívoco aspecto, y el desastrado hombre flaco de la
gabardina arrugada, frente a frente, contemplándose en
silencio, como en espera de que alguien, posiblemente
el apuntador oculto en alguno de los muebles de época,
diese el pie de entrada para iniciar el último acto. Julia
había previsto, desde que descubrió un aire familiar en
el rostro del joven que miraba a la cámara del fotógra-
fo con toda la gravedad de sus quince o dieciséis años,
que aquella parte de la representación iba a ser más o
menos así. Era como esa curiosa sensación a la que lla-
maban *déjà vu*. Conocía ya aquel final, en el que sólo
faltaba un mayordomo de chaleco rayado anunciando
la cena para que todo rebasara el límite de lo grotesco.
Miró a sus dos personajes favoritos y se llevó el cigarrillo a los labios, intentando recordar. Era cómodo el
sofá de César, pensó entretanto, perezosamente volu-
ble; ningún anfiteatro le habría ofrecido localidad más
idónea. Sí. El recuerdo vino otra vez con facilidad, y resultó ser un recuerdo reciente. Ella le había echado ya
un vistazo a aquel guión. Había sido sólo unas horas
antes, en la Sala Doce del Museo del Prado. El cuadro
de Brueghel, aquel batir de timbales como fondo al soplo arrasador de lo irremediable, barriendo a su paso

hasta la última brizna de hierba sobre la tierra, convertido todo en una sola, única, gigantesca pirueta final, en la sonora carcajada de algún dios borracho que rumiaba su olímpica resaca tras las colinas ennegrecidas, las ruinas humeantes y el resplandor de los incendios. Pieter van Huys, el otro flamenco, el viejo maestro de la corte de Ostenburgo, lo había explicado también, a su manera, quizá con más delicadeza y matices, más hermético y sinuoso que el brutal Brueghel, pero con idéntica intención; a fin de cuentas, todos los cuadros eran cuadros de un mismo cuadro, como todos los espejos eran reflejos de un mismo reflejo, como todas las muertes eran muertes de la misma Muerte:

«Todo es un tablero de ajedrez de noches y días donde el Destino juega con los hombres como piezas.»

Murmuró la cita sin pronunciar las palabras, mirando a César y a Muñoz. Todo estaba en orden, así que se podía comenzar. Oíd, oíd, oíd. La luz amarillenta de la lámpara inglesa creaba un cono de claridad que envolvía a los dos personajes. El anticuario inclinó un poco la cabeza y encendió el cigarrillo mientras Julia se suspendía el suyo de los labios. Como si aquella hubiera sido la señal para iniciar el diálogo, Muñoz asintió lentamente, aunque nadie había pronunciado todavía una palabra. Después dijo:

–Espero, César, que tenga a mano un tablero de ajedrez.

No era brillante, reconoció la joven. Ni siquiera lo apropiado. Un guionista imaginativo habría sabido encontrar, sin duda, algo mejor que poner en boca de Muñoz; pero, se dijo con desconsuelo, el autor de la tragicomedia era, a fin de cuentas, tan mediocre como el mundo que él mismo había creado. No podía exigirse que una farsa superase el talento, la estupidez o la perversidad de su propio autor.

–No creo necesario un tablero –respondió César, y aquello mejoró el diálogo. No por las palabras, que tampoco eran extraordinarias, sino por el tono, que resultó idóneo, en especial cierto matiz de hastío que el anticuario supo imprimir en la frase; algo muy propio de él, como si todo aquello lo observara sentado en una silla de jardín, de esas de hierro pintadas de blanco, con un martini muy seco en la mano y mirando la cosa, podría decirse, en lontananza. César era tan refinado en sus poses decadentes como podía serlo en su homosexualidad o en su perversidad, y Julia, que también lo había amado por eso, supo apreciar en lo que valía aquella actitud rigurosa y exacta, tan perfecta en sus matices que la hizo recostarse, admirada, en el sofá, mientras observaba al anticuario a través de las espirales de humo del cigarrillo. Porque lo más fascinante era que aquel hombre la había estado engañando durante veinte años. Sin embargo, en estricta justicia, el responsable final del engaño no era él, sino ella misma. Nada en César había cambiado: hubiera tenido o no conciencia Julia, siempre fue –tuvo que serlo a la fuerza– él mismo. Ahora estaba allí de pie, fumando con sangre fría y –lo supo con absoluta certeza– en ausencia total del remordimiento o inquietud por lo que había hecho. Figuraba –posaba– en lo formal tan distinguido y correcto como cuando Julia oía de sus labios bellas historias de amantes o guerreros. De un momento a otro podía perfectamente referirse a Long John Silver, Wendy, Lagardère o Sir Kenneth el del Leopardo, y la joven no se hubiera sorprendido lo más mínimo. Y sin embargo, era él quien puso a Álvaro bajo la ducha, quien le había metido a Menchu una botella de ginebra entre las piernas... Julia aspiró despacio el humo del cigarrillo y entornó los ojos, saboreando su propia amargura. Si él es el mismo –se dijo–, y resulta evidente que lo es, la que ha cambiado soy yo. Por eso lo veo de otra forma esta noche, con ojos distintos: veo un canalla, un farsante y un asesino. Y sin embargo sigo aquí, fascinada, pendiente una vez más de sus palabras. Dentro de unos segundos, en lugar de una aventura en el Caribe, va a contarme que todo lo ha hecho por mí, o algo por el estilo. Y yo lo escucharé, como siempre, porque además esto supera cualquier otra historia de César. La desborda en imaginación y horror.

Retiró el brazo del respaldo del sofá, inclinándose hacia adelante, entreabiertos los labios en atenta concentración sobre lo que ante sus ojos se desarrollaba, dispuesta a no perderse el menor detalle de la escena. Y aquel movimiento suyo pareció la señal para reanudar el diálogo. Muñoz, con las manos en los bolsillos de la gabardina y la cabeza ladeada, miraba a César.

–Acláreme una duda –dijo–. Después de que el alfil negro se come al peón blanco en A6, las blancas deciden mover su rey de D4 a E5, descubriendo el jaque de la dama blanca al rey negro... ¿Qué deben jugar las negras?

Los ojos del anticuario se animaron con un brillo divertido; parecía que sonriesen, independientes del imperturbable resto de sus facciones.

–No lo sé –repuso, al cabo de un instante–. Usted es el maestro, querido. Usted sabrá.

Muñoz hizo uno de sus gestos vagos, como si se quitase de encima el título magistral que César acababa de darle por primera vez.

–Insisto –pronunció despacio, arrastrando las palabras– en conocer su autorizada opinión.

Los labios del anticuario se contagiaron de la sonrisa que hasta aquel momento parecía limitarse a sus ojos.

–En ese caso, yo protegería el rey negro colocando el alfil en C4... –miró al jugador con solicitud cortés–. ¿Le parece apropiado?

–Me como ese alfil –afirmó Muñoz, casi con grosería–. Con mi alfil blanco de D3. Y después usted me da jaque con el caballo en D7.

–Yo no le doy nada, amigo mío –el anticuario sostenía su mirada, imperturbable–. No sé de qué me habla. Y tampoco son horas para plantear charadas.

Muñoz arrugó el ceño con aire testarudo.

–Usted me da jaque en D7 –insistió–. Déjese de historias y preste atención al tablero.

–¿Por qué había de hacerlo?

–Porque le van quedando pocas salidas... Yo eludo ese jaque llevando el rey blanco a D6.

Suspiró César al oír aquello, y los ojos azules, que con la escasa luz de la habitación parecían en aquel momento extraordinariamente claros, casi desprovistos de color, se posaron sobre Julia. Después, tras colocarse la boquilla entre los dientes, movió la cabeza hacia abajo dos veces, con una suave mueca de pesadumbre.

–Entonces, sintiéndolo mucho –dijo, y parecía de verdad contrariado– yo habría tenido que comerme el segundo caballo blanco, el que está en B1 –miró a su interlocutor con gesto contrito–. ¿No cree que es una lástima?

–Sí. Especialmente desde el punto de vista del caballo... –Muñoz se mordió el labio inferior, inquisitivo–. ¿Y se lo comería con la torre o con la dama?

–Con la dama, naturalmente –César parecía ofendido–. Hay ciertas reglas... –dejó la frase en suspenso con un gesto de la mano derecha. Una mano pálida y fina, en cuyo dorso se transparentaban los azulados surcos de las venas, y que ahora Julia sabía, también, muy capaz de matar con idéntica naturalidad; tal vez iniciando el movimiento letal con el mismo gesto elegante que, en ese momento, el anticuario trazaba en el aire.

Entonces, por primera vez desde que llegaron a casa de César, Muñoz dejó flotar en sus labios aquella sonrisa que nunca significaba nada, imprecisa y lejana, más relacionada con sus extrañas reflexiones matemáticas que con la realidad que lo circundaba.

–Yo en su lugar habría jugado dama a C2, pero eso ahora ya no tiene importancia... –dijo en voz baja–. Lo que me gustaría saber es cómo pensaba matarme.

–No diga inconveniencias –respondió el anticuario, y parecía sinceramente escandalizado. Después, como apelando a la urbanidad del ajedrecista, hizo un gesto en dirección al sofá donde Julia estaba sentada, aunque sin mirarla–. La señorita...

–A estas alturas –comentó Muñoz, y la sonrisa difusa seguía flotándole en un extremo de la boca– la señorita tiene, imagino, la misma curiosidad que yo. Pero no ha respondido a mi pregunta... ¿Pensaba recurrir a su vieja táctica del golpe en la garganta o en la nuca, o me reservaba un desenlace más clásico? Me refiero a veneno, puñal o algo por el estilo... ¿Cómo diría usted? –miró brevemente hacia las pinturas del techo, buscando allí el término apropiado–. Ah, sí. Algo de tipo *veneciano*.

–Yo hubiese dicho *florentino* –corrigió César, puntilloso hasta el fin, aunque sin ocultar cierta admiración–. Pero ignoraba que fuese usted capaz de ironizar sobre tales cuestiones.

–Y no lo soy–respondió el jugador–. No lo soy en absoluto –miró a Julia y después señaló al anticuario con un dedo–… Ahí lo tiene: el alfil, que ocupa un lugar de confianza junto al rey y la reina. Puestos a novelar la cosa, el *bishop* inglés, el obispo intrigante. El Gran Visir traidor que conspira en la sombra porque, en realidad, es la Dama Negra disfrazada…

–Qué folletín maravilloso –comentó César, burlón, juntando las manos en lento y silencioso aplauso–. Pero no me ha dicho lo que moverían las blancas después de perder su caballo… Si he de serle franco, querido, me tiene en ascuas.

–Alfil a D3, jaque. Y las negras pierden la partida.

–¿Así de fácil? Me alarma usted, amigo mío.

–Así de fácil.

César consideró la cuestión. Después retiró lo que quedaba de cigarrillo en el extremo de la boquilla y lo puso en un cenicero, tras desprender delicadamente la brasa.

–Interesante –dijo, y levantó en alto la boquilla, como si alzase un dedo en demanda de una pequeña pausa. Entonces se movió despacio, procurando no alarmar sin necesidad a Muñoz, y se acercó a la mesa de juego inglesa que estaba junto al sofá, a la derecha de Julia. Tras hacer girar la llavecita de plata en la cerradura del cajón chapado en limoncillo, extrajo las piezas, amarillentas y oscuras, de un antiquísimo ajedrez de marfil que ella nunca había visto hasta entonces.

–Interesante –repitió mientras sus dedos finos, de uñas cuidadas, ordenaban las piezas sobre el tablero–. La situación, por tanto, queda así:

—Es exacto —confirmó Muñoz, que miraba el tablero desde lejos, sin acercarse—. El alfil blanco, al retirarse de C4 a D3, permite un jaque doble: dama blanca al
rey negro y el propio alfil a la dama negra. El rey no
tiene más remedio que huir de A4 a B3 y abandonar la
dama negra a su suerte... La reina blanca aún dará otro
jaque en C4, empujando al rey enemigo hacia abajo,
antes de que el alfil blanco remate a la dama.

—La torre negra se comerá ese alfil.

—Sí. Pero eso carece de importancia. Sin la dama, las
negras están acabadas. Además: al desaparecer esa pieza del tablero, la partida pierde su razón de ser.

—Quizá esté en lo cierto.

—Lo estoy. La partida, o lo que queda de ella, la decide ahora el peón blanco que se encuentra en D5, que
tras comerse el peón negro en C6 avanzará hasta entrar
en dama sin que nadie pueda impedirlo... Eso sucede-
rá dentro de seis, o como mucho nueve jugadas —Muñoz se metió una mano en el bolsillo y extrajo un papel
lleno de anotaciones de lápiz—. Por ejemplo, éstas:

PD5	×	PC6	CD7	-	F6
DC4	—	E6	PA5	—	A4
DE6	×	CF6	PA4	—	A3
PC3	—	C4+	RB2	—	C1
DF6	—	C3+	RC1	—	D1
DC3	×	PA3	TB1	—	C1
DA3	—	B3+	RD1	×	PD2
PC6	—	C7	PB6	—	B4
PC7	—	C8 ...	(Negras abandonan)		

El anticuario cogió el papel con las anotaciones y
después observó con mucha calma el ajedrez, sosteniendo la boquilla vacía entre los dientes. Su sonrisa
era la del hombre que acepta una derrota escrita previamente en las estrellas. Una tras otra fue moviendo
las piezas hasta componer la situación final:

–Reconozco que no hay salida –dijo por fin–. Las
negras pierden.

Los ojos de Muñoz fueron del tablero a César.

–Comerse el segundo caballo –murmuró en tono objetivo– fue un error.

El anticuario encogió los hombros, sin perder la sonrisa:

–A partir de cierto momento las negras ya no podían elegir... Digamos que también ellas eran prisioneras de su propio movimiento; de su natural dinámica. Ese caballo redondeaba el juego –por un instante, Julia vislumbró en los ojos de César un relámpago de orgullo–. En realidad, casi rozaba la perfección.

–No en ajedrez –dijo Muñoz, con sequedad.

–¿Ajedrez?... Mi queridísimo amigo –el anticuario hizo un desdeñoso movimiento hacia las piezas–. Yo me refería a algo más que a un simple tablero –los ojos azules se hicieron profundos, como si a ellos asomase un mundo escondido–. Yo me refería a la vida misma, a esos otros sesenta y cuatro escaques de negras noches y de blancos días de los que hablaba el poeta... O tal vez sea al revés: de blancas noches y de negros días. Depende a qué lado del jugador dejemos o no la imagen... De dónde, puestos a hablar en términos simbólicos, situemos el espejo.

Julia observó que César no la miraba, aunque continuamente, mientras le hablaba a Muñoz, parecía dirigirse a ella.

–¿Cómo supo que era él? –le preguntó al ajedrecista, y entonces el anticuario pareció sobresaltarse por primera vez. Algo en su actitud cambió de pronto; como si Julia, al compartir en voz alta la acusación de Muñoz, acabara de romper un pacto de silencio. La reticencia inicial se desvaneció en el acto, y la sonrisa devino en burlona mueca amarga.

–Sí –le dijo al jugador de ajedrez, y esa fue su primera claudicación formal–. Cuéntele cómo supo que era yo.

Muñoz ladeó un poco la cabeza hacia Julia.

–Su amigo cometió un par de errores… –dudó unos segundos sobre el sentido de sus palabras y después le dirigió al anticuario un breve gesto, quizá de disculpa–. Aunque calificarlos de *errores* sería inadecuado, pues en todo momento supo lo que hacía y cuáles eran los riesgos… Paradójicamente, usted misma lo hizo delatarse.

–¿Yo? Pero si no tuve la menor idea hasta que…

César movió la cabeza. Casi con dulzura, pensó la joven, espantada de sus sentimientos.

–Nuestro amigo Muñoz habla en sentido figurado, princesa.

–No me llames princesa, te lo suplico –Julia no reconoció su propia voz; incluso a ella le sonaba con insólita dureza–. Esta noche no.

El anticuario la observó unos segundos antes de inclinar la cabeza en señal de asentimiento.

–De acuerdo –dijo, y parecía costarle retomar el hilo de las palabras–. Lo que Muñoz pretende explicar es que tu presencia en la partida le sirvió de contraste para observar las intenciones de su adversario. Nuestro amigo es un buen jugador de ajedrez; pero además ha resultado ser mejor sabueso de lo que yo mismo creía… No como ese imbécil de Feijoo, que ve una colilla en un cenicero y, como mucho, deduce que alguien ha fumado –miró a Muñoz–. Fue alfil por peón en lugar de dama por peón D5 la que lo puso alerta, ¿verdad?

–Sí. O al menos, uno de los indicios que me hicieron sospechar. En el cuarto movimiento, el jugador negro había desaprovechado ya la oportunidad de comerse la dama blanca, lo que hubiese decidido la partida a su favor… Al principio pensé que se trataba de jugar con el gato y el ratón, o que Julia era tan imprescindible para el juego que no podía ser comida, o asesinada, hasta más tarde. Pero cuando nuestro enemigo, usted, escogió alfil por peón en lugar de dama por peón D5, movimiento que habría implicado forzosamente un cambio de damas, comprendí que el jugador misterioso *nunca* había tenido intención de comerse la dama blanca; que estaba, incluso, dispuesto a perder la partida antes que dar ese paso. Y la relación de esa jugada con el spray del Rastro, ese presuntuoso *puedo matarte pero no lo hago*, era tan evidente que ya no me cupo la menor duda: las amenazas a la dama blanca eran un farol —miró a Julia—. Porque usted jamás corrió peligro real en esta historia.

César asentía, como si lo que se estuviera considerando allí no fuese su actuación, sino la de una tercera persona cuya suerte no le daba frío ni calor.

—También comprendió —dijo— que el enemigo no era el rey, sino la dama negra...

Muñoz movió los hombros sin sacar las manos de los bolsillos.

—Eso no fue difícil. La relación con los asesinatos era evidente: sólo aquellas piezas comidas por la dama negra simbolizaban muertes reales. Me apliqué entonces a estudiar los movimientos de esa pieza, y obtuve conclusiones interesantes. Por ejemplo, su papel protector respecto al juego de las negras en general, extensivo además a la dama blanca, su principal enemigo, y a la que sin embargo respetaba como si fuese sagrada... La proximidad espacial con el caballo blanco, yo mismo, ambas piezas en casillas contiguas, casi en buena vecindad, sin que la dama negra resolviera clavar su aguijón envenenado hasta más tarde, cuando no hubiese otra alternativa... —miraba a César con ojos opacos–. Al menos tengo el consuelo de que me habría matado sin odio, incluso con cierta finura y cómplice simpatía; con una disculpa a flor de labios y solicitando mi comprensión. Por imperativos de puro ajedrez.

César hizo un gesto dieciochesco y teatral con la mano e inclinó la frente, agradecido por la aparente precisión del concepto.

–Tiene toda la razón –apuntó–. Pero dígame... ¿Cómo supo que usted era el caballo, y no el alfil?

–Gracias a una serie de indicios; unos pequeños y otros importantes. El decisivo fue el rol simbólico del alfil como pieza de confianza junto al rey y la reina, al que me he referido antes. Usted, César, ha jugado en todo esto un papel extraordinario: alfil blanco travestido de reina negra, actuando a uno y otro lado del tablero... Y esa misma condición es la que lo ha vencido, en una partida que, curiosamente, inició justo para eso: para terminar siendo vencido. Y el golpe de gracia lo recibe de su propia mano: el alfil blanco se come a la dama negra, el anticuario amigo de Julia delata con su propio juego al jugador invisible, el escorpión se clava la cola... Le aseguro a usted que es la primera vez en mi vida que presencio, logrado con tan alto nivel de perfección, un suicidio sobre el tablero.

–Brillante –dijo César, y Julia no supo si se refería al análisis de Muñoz o a su propio juego–. Pero dígame una cosa... ¿En qué se traduce, a su juicio, esa identificación mía con la dama negra y con el alfil blanco?

–Imagino que detallarlo nos llevaría toda la noche, y discutirlo semanas enteras... Sólo puedo referirme ahora a lo que he visto sobre el tablero. Y he visto una doble personalidad: el mal, oscuro y negro, César. Su condición femenina, ¿recuerda?... Usted mismo pidió una vez el análisis: personalidad coartada y oprimida por el entorno, desafío a la autoridad constituida, combinación de impulsos hostiles y homosexuales... Todo ello, encarnado bajo el negro ropaje de Beatriz de Borgoña o, lo que viene a ser lo mismo, la reina del ajedrez. Y frente a eso, opuesto a ello como la luz al día, su amor por Julia... Esa otra condición que en usted resulta igualmente dolorosa: la masculina con los debidos matices; la estética de sus actitudes caballerescas; lo que usted quiso ser y no fue. Roger de Arras encarnado no en el caballo, o en el caballero, sino en el elegante y blanco alfil... ¿Qué le parece?

César estaba pálido e inmóvil, y por primera vez en su vida Julia lo vio paralizado por el asombro. Después, al cabo de unos instantes que parecieron infinitos, llenos sólo por el tictac de un reloj de pared que marcaba el discurrir de aquel silencio, el anticuario recobró lentamente una débil sonrisa, fijándola en un extremo de sus labios exangües. Pero esta vez era un gesto maquinal, un simple recurso para afrontar la implacable disección que Muñoz había arrojado al aire, ante su rostro, como quien arroja un guante.

–Hábleme de ese alfil –dijo con voz ronca.

–Hablaré, puesto que me lo pide –ahora los ojos de Muñoz estaban animados por el brillo enfebrecido de sus jugadas decisivas. Le estaba devolviendo al adversario las dudas y las incertidumbres que le hizo pasar frente al tablero; era su revancha profesional. Y al comprenderlo así, Julia se dio cuenta de que, en algún momento de la partida, el ajedrecista había llegado a creer en la propia derrota–. El alfil –continuó Muñoz–. Una pieza que resulta la más asimilable a la homosexualidad, con su movimiento diagonal y profundo... Sí. Usted se asignó también un magnífico papel en ese alfil que ampara a la desvalida reina blanca y que, al final, en un rasgo de sublime decisión planeada desde el comienzo, asesta el golpe mortal a su propia condición oscura, y le brinda a su adorada dama blanca, además, una lección magistral y escalofriante... Todo eso lo fui viendo poco a poco, ensamblando ideas. Pero usted no jugaba al ajedrez. Al principio eso evitó que centrase mis sospechas. Y luego, cuando la certeza me rondaba ya, fue lo que me desconcertó. El planteamiento de la partida era demasiado perfecto para un jugador normal, e inconcebible en un aficionado... De hecho, eso aún me desconcierta.

–Todo tiene su explicación –respondió César–. Pero no pretendo interrumpirle, querido. Continúe.

–No hay mucho más. Al menos aquí, esta noche. A Álvaro Ortega lo había matado alguien quizá conocido, pero yo no estaba lo bastante al corriente de esa cuestión. Sin embargo, Menchu Roch nunca hubiese abierto la puerta a un extraño, y menos en las circunstancias que contó Max. Usted dijo en el café, la otra noche, que casi no quedaban sospechosos, y era cierto. Intenté planteármelo mediante fases sucesivas de aproximación analítica: Lola Belmonte no era mi adversario: eso lo supe cuando estuve frente a ella. Y su marido, tampoco. En cuanto a don Manuel Belmonte, sus curiosas paradojas musicales me dieron mucho que pensar... Pero, como sospechoso, se trataba de un personaje descompensado. Su lado ajedrecista, por decirlo de algún modo, no estaba a la altura del resto. Además es inválido, lo que excluía actuaciones violentas frente a Álvaro y Menchu... Una posible combinación tío-sobrina, teniendo en cuenta a la mujer rubia del impermeable, tampoco resistió un análisis detallado: ¿Para qué iban a robar algo que ya era suyo?... Y en cuanto a ese Montegrifo, hice algunas averiguaciones y sé que no tiene con el ajedrez ni la más remota relación. Además, Menchu Roch jamás le hubiese abierto la puerta aquella mañana.

—Luego sólo quedaba yo.

—Ya sabe que cuando uno ha eliminado lo imposible, todo lo que queda, por improbable que parezca, tiene que ser forzosamente la verdad.

—Lo recuerdo, querido. Y le felicito. Celebro ver que no me equivoqué respecto a usted.

—Me escogió por eso, ¿verdad?... Sabía que iba a ganar la partida. Usted deseaba ser vencido.

Con un mohín condescendiente de la boca, César dio a entender que aquello carecía de importancia.

—Lo esperaba, en efecto. Recurrí a sus buenos oficios porque Julia necesitaba alguien que la guiase en su bajada a los infiernos... Porque esta vez yo tenía que limitarme a desempeñar lo mejor posible el papel del Diablo. Compañero te doy. Y eso hice.

Los ojos de la joven relampaguearon al oír aquello. Su voz sonó metálica:

—No jugaste al Diablo, sino a ser Dios. Distribuyendo el bien y el mal, la vida y la muerte.

—Era tu juego, Julia.

—Mientes. Era el tuyo. Yo fui un pretexto, eso es todo.

El anticuario fruncía la boca, reprobador.

—No comprendes nada, queridísima. Pero eso no tiene ya demasiada importancia... Mírate en cualquier espejo y quizá me des la razón.

—Métete, César, tus espejos donde te quepan.

La miró sinceramente dolorido, igual que un perro o un niño maltratados injustamente. El reproche mudo, rebosante de absurda lealtad, se fue extinguiendo en los ojos azules y al final solo quedó allí una mirada absorta, fija en el vacío y extrañamente húmeda. Entonces el anticuario movió despacio la cabeza hasta mirar de nuevo a Muñoz.

–Usted –dijo, y pareció que le costaba recobrar el tono en que había mantenido la conversación con el ajedrecista– no me ha dicho todavía cómo tendió el lazo que anuda sus teorías inductivas con los hechos... ¿Por qué ha venido a verme con Julia esta noche, y no ayer, por ejemplo?

–Porque ayer aún no había usted renunciado por segunda vez a comerse la dama blanca... También porque hasta esta tarde no encontré lo que buscaba: un tomo encuadernado de publicaciones de ajedrez, correspondiente al cuarto trimestre de mil novecientos cuarenta y cinco. En él hay una fotografía de los finalistas de un torneo de ajedrez juvenil. Usted está en la foto, César. Y su nombre y apellidos en la página siguiente. Lo que me sorprende es que no figura como ganador... También me desconcierta que, a partir de ahí, se pierde su rastro como ajedrecista. Ya no vuelve a jugar públicamente ninguna partida.

–Hay algo que no entiendo –dijo Julia–. O, para ser exacta, hay algo más de las muchas cosas que no entiendo en toda esta locura... Te conozco desde que tengo uso de razón, César. Me crié contigo, y creía conocer hasta el último rincón de tu vida. Pero jamás hablaste de ajedrez. Nunca. ¿Por qué?

–Eso es algo largo de explicar.

–Tenemos tiempo –dijo Muñoz.

Era la última partida del torneo. Un final de peones y alfiles, ya con escasas piezas sobre el tablero. Frente a la tarima sobre la que se enfrentaban los finalistas, al-

gunos espectadores seguían las jugadas, que uno de los
árbitros registraba en un panel situado en la pared, entre un retrato del Caudillo y un calendario que señalaba la fecha –12 de octubre de 1945–, sobre la mesa donde relucía la copa de plata destinada al vencedor.

El joven de la chaqueta gris se tocó maquinalmente
el nudo de la corbata y observó sus piezas –negras–
con desesperanza. El juego metódico, implacable, de
su adversario, lo había ido acorralando sin remedio en
las últimas jugadas. No se trataba, el de las piezas
blancas, de un desarrollo brillante, sino más bien de un
lento progreso basado en una sólida defensa inicial
–india de rey–, obteniendo su ventaja exclusivamente a
base de aguardar con paciencia, explotando uno tras
otro los errores del contrario. Un juego desprovisto de
imaginación, que nada arriesgaba pero que, por esa
misma causa, había destrozado cada intento de ataque
al rey por parte de las piezas negras, ahora diezmadas
y lejos unas de otras, incapaces de prestarse auxilio, ni
siquiera de oponer obstáculos al avance de dos peones
blancos que, alternándose en los movimientos, se hallaban a punto de entrar en dama.

El joven de la chaqueta gris tenía los ojos turbios de
fatiga y vergüenza. La certeza de que podía haber ganado la partida, de que su juego era superior, más osado y
brillante que el de su adversario, no bastaba para con-
solarlo de la inevitable derrota. La imaginación de sus
quince años, desbordante y fogosa, la extrema sensibilidad de su espíritu y la lucidez del pensamiento, incluso el placer, casi físico, que experimentaba al tacto de las
piezas de madera barnizada al moverlas con elegancia
sobre el tablero, componiendo sobre los escaques blancos y negros una delicada trama que se le antojaba de
una belleza y armonía casi perfectas, resultaban ahora

estériles, incluso mancilladas por la grosera satisfacción, el desdén que se dibujaba en el gesto del adversario victorioso: una especie de patán cetrino, de ojos pequeños y rasgos vulgares, cuyo único mérito para acceder al triunfo había sido su prudente espera, como una araña en el centro de su tela. Su incalificable cobardía.

Así que el ajedrez también era eso, pensó el joven que jugaba con negras. Sobre todo, en último término, la humillación de la derrota inmerecida, el premio a quienes nada arriesgan; ésa era la sensación que experimentaba en aquel momento, ante el tablero que no contenía sólo un estúpido juego de posiciones, sino que era el espejo de la vida misma, con carne y sangre, y vida y muerte, y heroísmo y sacrificio. Igual que los altivos caballeros de Francia en Crécy, deshechos en plena inútil gloria ante los arqueros galeses del rey de Inglaterra, el joven había visto los ataques de sus caballos y alfiles, osados y profundos, movimientos bellos, relucientes como golpes de espada, estrellarse uno tras otro, en heroicas pero vanas oleadas, contra la cachazuda inmovilidad de su contrario. Y el rey blanco, aquella pieza odiada, al otro lado de su infranqueable fila de plebeyos peones, observaba desde lejos, a salvo, con un desprecio idéntico al reflejado en el rostro del jugador que lo poseía, el desconcierto y la impotencia del solitario rey negro, incapaz de socorrer a sus últimos peones desbordados y fieles que libraban, en un agonizante sálvese quien pueda, los movimientos de un combate sin esperanza.

En aquel despiadado campo de batalla de fríos cuadros blancos y negros ni siquiera quedaba lugar para el honor en la derrota. Ésta lo borraba todo, aniquilando no sólo al vencido sino también su imaginación, sus ensueños, su propia estima. El joven de la chaqueta gris apoyó el codo sobre la mesa y la frente en la palma de la mano, y cerró los ojos durante un momento, escuchando cómo el rumor de las armas se apagaba lentamente en el valle inundado por las sombras. Nunca más, se dijo. Como los galos vencidos por Roma, que se negaban a pronunciar el nombre de su derrota, así él se negaría, durante el resto de su vida, a recordar lo que descubría ante sus ojos la esterilidad de la gloria. Jamás volvería a jugar al ajedrez. Y ojalá fuese también capaz de borrarlo de su memoria, del mismo modo que, tras la muerte de los faraones, sus nombres eran burilados en los monumentos.

Adversario, árbitro y espectadores aguardaban el próximo movimiento con mal disimulado hastío, pues el final se prolongaba demasiado. El joven miró por última vez su rey acosado y, con una triste sensación de soledad compartida, resolvió que sólo quedaba el acto piadoso de darle digna muerte por su propia mano, evitando la humillación de terminar encajonado como un perro fugitivo, preso en un rincón del tablero. Entonces alargó los dedos hacia la pieza y, en un gesto de infinita ternura, abatió despacio al rey vencido, recostándolo amorosamente sobre los escaques desnudos.

XV. Final de dama

«La mía originó mucho pecado, así como pasión, disensiones, palabras ociosas –si no mentiras– en mí mismo, en mi antagonista o en ambos. El ajedrez me impulsó a descuidar mis deberes para con Dios y para con los hombres.»

The Harleyan Myscellany

Cuando César terminó de hablar –lo había hecho en voz baja, mirando un punto indeterminado de la habitación– sonrió de un modo ausente y giró despacio hasta observar el ajedrez de marfil que estaba sobre la mesa. Después encogió los hombros, como si con aquel gesto diese a entender que nadie es capaz de escoger su pasado.

–Nunca me habías contado eso –dijo Julia, y el sonido de su voz le pareció una absurda intrusión, fuera de lugar en aquel silencio.

César tardó un poco en responder. La luz de la pantalla de pergamino iluminaba sólo parte de su rostro, dejando la otra mitad en sombra. Eso acentuaba las arrugas en torno a los ojos y la boca, realzando el perfil aristocrático, la nariz fina y el mentón del anticuario, como un nítido cuño de medalla antigua.

–Mal hubiera podido hablarte de lo que no existía –murmuró con suavidad, y sus ojos, o quizá el brillo de éstos amortiguado en la penumbra, se posaron por fin en los de la joven–. Durante cuarenta años me apliqué cuidadosamente a la tarea de creer que así era –la sonrisa adquirió ahora un matiz burlón, dirigido sin duda hacia sí mismo–. No volví a jugar al ajedrez, ni siquiera a solas. Nunca.

Julia movió la cabeza, asombrada. A duras penas lograba creer todo aquello.

—Tú estás enfermo.

La carcajada fue breve y seca. La luz se reflejaba ahora en los ojos del anticuario, que parecían de hielo.

—Me decepcionas, princesa. Al menos de ti esperaba el honor de no caer en recursos fáciles —miró pensativo su boquilla de marfil—. Te aseguro que estoy cuerdo. ¿Cómo, si no, habría podido construir tan minuciosamente los detalles de esta bella historia?

—¿Bella? —lo miró, estupefacta—. Estamos hablando de Álvaro, y de Menchu... ¿Bella historia, dices? —se estremeció de horror y desprecio—. ¡Por el amor de Dios! ¿De qué maldita cosa estás hablando?

El anticuario sostuvo su mirada, imperturbable y después se volvió a Muñoz, como en demanda de auxilio.

—Hay aspectos... estéticos —dijo—. Factores extraordinariamente originales que no podemos simplificar de modo tan superficial. El tablero no es sólo blanco y negro. Hay planos superiores desde los que contemplar los hechos. Planos objetivos —los miró con una súbita desolación que parecía sincera—. Confiaba en que os habríais dado cuenta.

—Sé lo que quiere decir —comentó Muñoz, y Julia se volvió a mirarlo, sorprendida. El jugador de ajedrez seguía inmóvil, de pie en mitad del salón, con las manos en los bolsillos de la gabardina arrugada. En un extremo de la boca había aparecido aquella vaga mueca, su apenas esbozada sonrisa, indefinible y distante.

—¿Lo sabe? —exclamó Julia—. ¿Qué mierda puede saber usted?

Apretó los puños, indignada, conteniendo el aliento que resonaba en sus oídos como el de un animal al término de una larga carrera. Pero Muñoz permaneció imperturbable, y Julia observó cómo César le dirigía una tranquila mirada de agradecimiento.

—No me equivoqué al escogerlo —dijo el anticuario—. Y lo celebro.

Muñoz no quiso responder. Se limitó a mirar a su alrededor, los cuadros, muebles y objetos de la habitación, asintiendo despacio con la cabeza, como si de todo aquello extrajese misteriosas conclusiones. Al cabo de unos instantes señaló a Julia con un gesto del mentón.

—Creo que ella tiene derecho a conocer toda la historia.

—También usted, querido —apuntó César.

—También yo. Aunque aquí sólo oficio como testigo.

No había censura o amenaza en sus palabras. Era como si el jugador de ajedrez conservase una absurda neutralidad. Una neutralidad imposible, pensó Julia, porque habrá un momento, tarde o temprano, en que se agotarán las palabras y será necesario tomar una decisión. Sin embargo —concluyó, aturdida por la sensación de irrealidad de la que no lograba liberarse— ese momento parecía aún demasiado lejano.

—Empecemos, entonces —dijo, y al escucharse comprendió, con insospechado alivio, que retornaba la serenidad perdida. Miró a César con dureza—. Háblanos de Álvaro.

El anticuario hizo un gesto afirmativo.

—Álvaro —repitió, en voz baja—. Pero antes debo referirme al cuadro… —compuso de pronto un mohín de fastidio, como si hubiese olvidado algún deber de elemental cortesía—. Aún no os he ofrecido nada, y eso es imperdonable. ¿Tomaréis algo?

Nadie respondió. César fue hasta un antiguo arcón de roble que utilizaba como mueble bar.

–Vi ese cuadro por primera vez un día que estuve en tu casa, Julia. ¿Recuerdas?... Lo habían llevado unas horas antes y estabas alegre como una chiquilla. Durante casi una hora te observé mientras lo estudiabas con todo detalle, explicándome las técnicas que pensabas aplicar para, cito literalmente, convertirlo en el más bello trabajo de tu carrera –al tiempo que hablaba, César escogió un vaso estrecho, de valioso cristal tallado, y puso hielo, ginebra y zumo de limón–. Me maravilló verte feliz, y la verdad, princesa, es que yo también lo era –se volvió con el vaso en la mano y, tras probar cautamente la mezcla, pareció satisfecho–. Pero lo que no te dije en aquel momento... Bueno. La verdad es que incluso ahora resulta difícil expresarlo con palabras... Tú estabas maravillada por la belleza de la imagen, el equilibrio de la composición, el color y la luz. Yo también, pero por causas distintas. Aquel tablero de ajedrez, los jugadores inclinados sobre las piezas, la dama que leía junto a la ventana, habían despertado en mí el eco dormido de la vieja pasión. Imagina mi sorpresa cuando, creyéndola olvidada, zas, la vi retornar como un cañonazo. Me sentí a un tiempo febril y aterrado; parecía que acabase de rozarme el soplo de la locura.

El anticuario calló un instante, y la mitad de su boca que permanecía iluminada compuso una mueca maliciosamente íntima, como si hallara especial placer en saborear aquel recuerdo.

–No se trataba sólo de ajedrez –continuó–. Sino de la sensación personal, profunda, de ese juego como lazo con la vida y la muerte, entre la realidad y el ensueño... Y mientras tú, Julia, hablabas de pigmentos y barnices, yo escuchaba apenas, sorprendido por el estremecimiento de placer y de exquisita angustia que me recorría el cuerpo, sentado junto a ti en el sofá, mirando no lo que Pieter van Huys pintó sobre la tabla flamenca, sino lo que aquel hombre, aquel maestro genial, tenía en la mente mientras pintaba.

–Y resolviste que el cuadro tenía que ser tuyo...

César miró a la joven con irónica reconvención.

–No simplifiques, princesa –bebió un breve sorbo del vaso y esbozó una sonrisa que reclamaba indulgencia–. Lo que resolví de pronto fue que me era *imprescindible* agotar la pasión. No se vive para nada una larga vida como la mía. Sin duda por eso yo capté en el acto, no el mensaje, que estaba en clave como después se demostró, sino el hecho cierto de que allí había un enigma fascinante y terrible. Tal vez, fíjate qué idea, el enigma que, por fin, me daba la razón.

–¿La razón?

–Sí. El mundo no es tan simple como quieren hacernos creer. Los contornos son imprecisos, los matices cuentan. Nada es negro o blanco; el mal puede ser un disfraz del bien o la belleza, y viceversa, sin que una cosa excluya la otra. Un ser humano puede amar y traicionar a la persona amada, sin que por eso pierda realidad su sentimiento. Se puede ser padre, hermano, hijo y amante al mismo tiempo; víctima y verdugo... Pon los ejemplos que gustes. La vida es una aventura incierta en un paisaje difuso, de límites en continuo movimiento, donde las fronteras son artificiales; donde todo puede acabar y empezar de nuevo a cada instante, o terminar de golpe, como un hachazo inesperado, para siempre jamás. Donde la única realidad absoluta, compacta, indiscutible y definitiva, es la muerte. Donde sólo somos un pequeño relámpago entre dos noches eternas y donde, princesa, tenemos muy poco tiempo.

–¿Y qué tiene que ver eso con la muerte de Álvaro?

–Todo tiene que ver con todo –César levantó una mano pidiendo paciencia–. Además, la vida es una sucesión de hechos que se encadenan unos a otros, a veces sin que medie la voluntad... –miró el contenido del vaso al trasluz, como si flotase allí la continuación de su razonamiento–. Entonces, me refiero a aquel día en tu casa, Julia, decidí averiguar todo lo referente al cuadro. Y lo mismo que tú, la primera persona que me vino al pensamiento fue Álvaro... Jamás lo quise; ni cuando estabais juntos ni después. Con la importante diferencia de que yo jamás perdoné a ese miserable haberte hecho sufrir como lo hizo...

Julia, que había sacado otro cigarrillo, detuvo el gesto a medio camino, mirando a César con sorpresa.

–Ése era asunto mío –dijo–. No tuyo.

–Te equivocas. Era asunto mío. Álvaro había ocupado un lugar que yo jamás podría ocupar. En cierta forma –el anticuario vaciló un instante, sonriendo con amargura– era mi rival. El único hombre capaz de apartarme de ti.

–Todo había terminado entre él y yo... Es absurdo relacionar una cosa con la otra.

–No tan absurdo; pero dejemos la cuestión. Yo lo odiaba, y punto. Naturalmente, esa no es razón para matar a nadie. De ser así, te aseguro que no habría esperado tanto para hacerlo... Este mundo nuestro, el del arte y los anticuarios, es muy limitado. Álvaro y yo habíamos tenido algún contacto profesional de vez en cuando; eso era inevitable. Nuestras relaciones no podían calificarse de cálidas, por supuesto; pero a veces el dinero y el interés hacen extraños compañeros de cama. La prueba es que tú misma, al plantearte el problema del Van Huys, acudiste a él... El caso es que fui a verlo y le pedí un informe del cuadro. No por amor al arte, desde luego. Ofrecí una cifra razonable. Tu ex, que en paz descanse, siempre fue un chico caro. Carísimo.

–¿Por qué no me dijiste nada de eso?

–Hubo varias razones. La primera es que no deseaba ver reanudarse vuestra relación, ni siquiera en lo profesional. Nunca podemos tener la certeza de que bajo las cenizas no queden rescoldos... Pero había algo más. El cuadro se relacionaba con sentimientos demasiado íntimos –señaló con un gesto el ajedrez de marfil sobre la mesita de juego–. Con una parte de mí a la que yo había creído renunciar para siempre. Un rincón en el que a nadie, ni siquiera a ti, princesa, podía permitirle entrar. Eso habría significado abrir la puerta a cuestiones que nunca tendría el valor de discutir contigo –miró a Muñoz, que escuchaba en silencio, manteniéndose aparte–. Supongo que nuestro amigo podría ilustrarte bien sobre el tema. ¿No es cierto? El ajedrez como proyección del ego, la derrota como frustración de la libido y cosas así, tan deliciosamente cochinas... Esos movimientos largos y profundos, en diagonal, de alfiles deslizándose por el tablero –pasó la punta de la lengua por el filo de su vaso y se estremeció suavemente–. En fin. El viejo Sigmund habría tenido mucho que decir sobre eso.

Suspiró en homenaje a sus propios fantasmas. Después hizo un lento brindis en dirección a Muñoz y, sentándose en una butaca, cruzó las piernas con desenvoltura.

–No entiendo –insistió la joven– qué tiene que ver todo esto con Álvaro.

–Al principio, poca cosa –reconoció el anticuario–. Yo sólo quería una información histórica sencillita.

Algo que, como te he dicho, estaba dispuesto a pagar bien. Pero las cosas se complicaron cuando también tú decidiste acudir a él... Eso no era grave, en principio. Pero Álvaro, haciendo gala de una prudencia profesional digna de encomio, se abstuvo de comentarte mi interés, pues yo había exigido máxima discreción...

–¿Y no le extrañó que tú investigases el cuadro a mis espaldas?

–En absoluto. Y si fue así, no dijo nada. Tal vez creyó que yo quería darte una sorpresa, aportando datos nuevos... O quizá pensó que yo te preparaba una jugarreta –César reflexionó seriamente–. Y ahora que lo pienso, la verdad es que sólo por eso habría merecido que lo mataran.

–Intentó alertarme. El Van Huys está de moda últimamente, dijo.

–Infame hasta el final –opinó César–. Con esa fácil advertencia se cubría ante ti, sin quedar mal conmigo. Nos satisfacía a todos, cobraba el dinero y, además, mantenía una puerta abierta para rememorar tiernas escenas de antaño... –enarcó una ceja mientras soltaba una breve risa–. Pero te estaba contando lo que ocurrió entre Álvaro y yo –miró el interior de su vaso–. A los dos días de mi entrevista con él, fuiste a decirme que el cuadro tenía una inscripción oculta. Procuré disimular lo mejor que pude, pero me produjo el efecto de una corriente eléctrica; confirmaba mis intuiciones sobre la existencia de un misterio. Me di cuenta en el acto de que también significaba muchísimo dinero, multiplicar la cotización del Van Huys, y recuerdo que así te lo dije. Aquello, unido a la historia del cuadro y sus personajes, abría perspectivas que en ese momento juzgué maravillosas: tú y yo compartiendo la investigación, adentrándonos en la resolución del enigma.

Era como en los viejos tiempos, ¿te das cuenta? Como buscar un tesoro, pero esta vez un tesoro *real*. Para ti la fama, Julia. Tu nombre en publicaciones especializadas, en los libros de arte. Para mí... Digamos que eso ya lo justificaba todo; pero además, adentrarme en aquel juego suponía un complejo reto personal. Lo que sí te aseguro es que la ambición no contaba en esto para nada. ¿Me crees?

–Te creo.

–Lo celebro. Porque sólo así podrás interpretar lo que ocurrió después –César hizo tintinear el hielo, y pareció que el sonido le ayudaba a ordenar los recuerdos–. Cuando te marchaste, llamé a Álvaro y quedamos en que yo pasaría por su casa al mediodía. Fui sin malas intenciones; y confieso que temblaba de pura excitación. Álvaro me contó lo que había averiguado. Comprobé, satisfecho, que ignoraba la existencia de la inscripción oculta, y me guardé muy bien de ponerlo al corriente. Todo fue de perlas hasta que empezó a hablar de ti. Entonces, princesa, el panorama cambió por completo...

–¿En qué sentido?

–En todos.

–Me refiero a lo que dijo Álvaro de mí.

César se movió en el sillón, aparentando incomodidad, y tardó un poco en responder, de mala gana:

–Tu visita le había causado una fuerte impresión... O al menos eso dio a entender. Comprendí que habías removido peligrosamente viejos sentimientos, y que a Álvaro no le hubiera desagradado que las cosas volvieran a ser como antes –hizo una pausa y frunció el ceño–. Reconozco, Julia, que aquello me irritó de un modo que no eres capaz de imaginar. Álvaro había arruinado dos años de tu vida y yo estaba allí, frente a él, escuchando cómo planeaba descaradamente volver a irrumpir en ella... Le dije, sin rodeos, que te dejara en paz. Me miró como si yo fuese una vieja y entrometida mariquita, y empezamos a discutir. Te ahorro detalles, pero fue muy desagradable. Me acusó de meterme en lo que no me importaba.

—Y tenía razón.

—No. Tú me importabas, Julia. Me importas más que nada en el mundo.

—No seas absurdo. Jamás habría vuelto con Álvaro.

—Yo no estoy seguro de eso. Sé perfectamente lo que ese canalla significó para ti... —sonrió burlonamente al vacío, como si el espectro de Álvaro, ya inofensivo, estuviese allí, mirándolos—. Entonces, mientras discutíamos, sentí que el viejo odio renacía en mí; me subía a la cabeza como uno de tus vasos de vodka caliente. Era, hija mía, un odio como no recordaba haber sentido nunca; un buen y sólido odio, deliciosamente *latino*. Así que me levanté y creo que perdí un poco la compostura, insultándolo con un escogido repertorio de verdulera, el que reservo para las grandes ocasiones... Primero se mostró sorprendido por mi explosión. Después encendió la pipa y se me rió en la cara. Su relación contigo, dijo, había fracasado por mi culpa. Yo era el responsable de que no te hubieras hecho adulta. Mi presencia en tu vida, que calificó de enfermiza y obsesiva, te había impedido siempre volar sola. «Y lo peor de todo», añadió con una sonrisa insultante, «es que, en el fondo, de quien Julia siempre ha estado enamorada es de ti, que simbolizas el padre que casi no llegó a conocer... Y así le va.» Después de decir eso, Álvaro metió una mano en el bolsillo del pantalón, le dio unas chupadas a la pipa y me miró entre bocanadas de humo. «Lo vuestro», concluyó, «no es más que un incesto no consumado... Afortunadamente eres homosexual.»

Julia cerró los ojos. César había dejado la última frase flotando en el aire y guardaba un silencio que la joven, avergonzada y confusa, no se atrevía a romper. Cuando ella reunió el suficiente valor para mirarlo de nuevo, el anticuario hizo un gesto evasivo con los hombros, como si lo que pudiera seguir contando ya no fuese responsabilidad suya.

–Con esas palabras, princesa, Álvaro firmó su sentencia de muerte... Seguía fumando allí tranquilamente, ante mí, pero en realidad ya estaba muerto. No por lo que había dicho, a fin de cuentas una opinión tan respetable como cualquier otra, sino por lo que su juicio me revelaba a mí mismo, como si acabara de descorrer una cortina que, durante años, me hubiese mantenido ausente de la realidad. Quizá porque confirmaba ideas que yo mantenía alejadas en el rincón más oscuro de mi cabeza, negándome siempre a proyectar sobre ellas la luz de la razón y de la lógica...

Se interrumpió, como si hubiera perdido el hilo de lo que estaba diciendo, y miró a Julia y después a Muñoz con aire indeciso. Por fin sonrió de un modo equívoco, tímido y algo perverso a un tiempo, antes de llevarse de nuevo el vaso a los labios en busca de un corto sorbo.

–Entonces sentí una súbita inspiración –Julia comprobó que el gesto de beber había borrado de sus labios la extraña sonrisa–... Y ante mis ojos, oh prodigio, como en los cuentos de hadas, apareció todo un plan. Cada pieza de las que se habían estado agitando en desorden encontraba su lugar exacto, el matiz preciso. Álvaro, tú, yo, el cuadro... Enlazaba también con la parte oscura de mí mismo, con los ecos lejanos, las sensaciones olvidadas, las pasiones adormecidas... Todo se definió en pocos segundos como un gigantesco tablero de ajedrez en el que cada persona, cada idea, cada situación, tenía su correspondiente símbolo en cada pieza, su lugar exacto en el tiempo y en el espacio... Aquella era la Partida con mayúscula, el gran juego de mi vida. Y de la tuya. Porque todo estaba allí, princesa: el ajedrez, la aventura, el amor, la vida y la muerte. Y al final de todo te erguías tú, libre de todo y de todos, bella y perfecta, reflejada en el más puro espejo de la madurez. Tenías que jugar al ajedrez, Julia; eso era inevitable. Tenías que matarnos a todos para, por fin, ser libre.

—Santo Dios...

El anticuario hizo un gesto negativo con la cabeza.

—Dios no tiene nada que ver con esto... Te aseguro que cuando me acerqué a Álvaro y le di en la nuca con el cenicero de obsidiana que tenía sobre la mesa, ya no lo odiaba. Aquello no fue otra cosa que un desagradable trámite. Enojoso, pero necesario.

Estudió su mano derecha detenidamente, con curiosidad. Parecía evaluar la capacidad de infligir la muerte que se encerraba en aquellos dedos largos y pálidos, de cuidadas uñas, que con tan elegante indolencia sostenían en ese momento el vaso de ginebra.

—Cayó como un fardo —concluyó en tono objetivo, al terminar su examen—. Se vino abajo sin un gemido, plaf, todavía con la pipa entre los dientes. Luego, en el suelo... Bueno. Me aseguré de que estaba debidamente muerto, con otro golpe mejor calculado. Al fin y al cabo, las cosas se hacen bien, o no se hacen... El resto ya lo conoces: la ducha y todo lo demás fueron simples toques artísticos. *Brouillez les pistes*, decía Arsenio Lupin... Aunque Menchu, que en paz descanse, lo habría atribuido, sin duda, a Coco Chanel. La pobre –bebió un corto sorbo a la memoria de Menchu antes de quedarse mirando al vacío–. El caso es que borré mis huellas con un pañuelo y me llevé el cenicero por si acaso, arrojándolo a un cubo de basura lejos de allí... Está feo que yo lo diga, princesa, pero para ser primeriza, mi mente funcionó de una forma admirablemente criminal. Antes de irme recogí el informe sobre el cuadro, que Álvaro pensaba haberte entregado en tu casa, y escribí a máquina la dirección en un sobre.

–También cogiste un puñado de sus tarjetas de cartulina blanca...

–No. Ese detalle fue ingenioso, pero se me ocurrió más tarde. Ya no era cosa de volver a por ellas; así que compré otras iguales en una papelería. Pero eso fue días después. Antes tenía que planificar la partida; cada movimiento debía ser perfecto. Lo que sí hice, porque estaba citado en tu casa a última hora del día siguiente, fue asegurarme de que recibías el resto del informe. Era imprescindible que conocieras todos los detalles del cuadro.

–Entonces recurriste a la mujer del impermeable...

–Sí. Y en ese punto debo confesarte una cosa. No ejerzo de travestí, ni maldita la gracia que me hace... Alguna vez, sobre todo cuando era joven, llegué a disfrazarme por pura diversión. Como si se tratara de Carnaval o algo así. Siempre solo y ante un espejo... –en este punto, César hizo un mohín de complacida evocación, malicioso e indulgente consigo mismo–. A la hora de hacerte llegar el sobre, repetir la experiencia me pareció divertido. Era como un viejo capricho, ¿comprendes? Una especie de desafío, si queremos verlo desde un punto de vista... heroico. Ver si era capaz de engañar a la gente jugando a decir, en cierto modo, la verdad o parte de ella... Así que fui de compras. Un caballero de aire distinguido que adquiere un impermeable, un bolso, zapatos de tacón bajo, una peluca rubia, medias y un vestido, no despierta sospechas si lo hace con los modales adecuados, en unos grandes almacenes llenos de gente, indudablemente para su esposa. El resto lo hizo un buen afeitado y maquillaje que, lo confieso sin rubor alguno a estas alturas, de eso sí tenía en casa. Nada exagerado, ya me conoces. Sólo un toque discreto. En la agencia de mensajeros nadie sospechó lo más mínimo. Y reconozco que fue una experiencia divertida... e instructiva.

Suspiró largamente el anticuario, con estudiada melancolía. Después ensombreció el gesto.

—En realidad —añadió, y su tono se había hecho ahora menos frívolo— todo eso era la parte que podemos considerar lúdica del asunto... —miró a Julia con ensimismada fijeza, como si escogiera las palabras ante un auditorio más solemne e invisible, en el que creyese necesario causar buena impresión—. Lo *realmente* difícil venía ahora. Yo tenía que orientarte del modo adecuado, tanto hacia la resolución del misterio, primera parte del juego, como hacia la segunda, mucho más peligrosa y complicada... El problema residía en que, oficialmente, yo no jugaba al ajedrez; teníamos que progresar juntos en la investigación del cuadro, pero me encontraba atado de manos para ayudarte. Era horrible. Tampoco podía jugar contra mí mismo; necesitaba un adversario. Alguien de talla. Así que no tuve más remedio que buscar un Virgilio que te guiase en la aventura. Era la última pieza que me faltaba disponer sobre el tablero.

Apuró el resto de la bebida, depositando el vaso sobre la mesa. Después extrajo un pañuelo de seda de la manga de su batín para secarse con esmero los labios. Por fin miró a Muñoz, dirigiéndole una sonrisa amistosa.

–Ahí fue donde, previa consulta con mi vecino el señor Cifuentes, director del Club Capablanca, decidí escogerlo a usted, amigo mío.

Muñoz movió la cabeza de arriba abajo, una sola vez. Si meditaba sobre lo dudoso de aquel honor, se abstuvo de comentarlo. Sus ojos, a los que las sombras creadas por la escasa iluminación de la pantalla parecían hundir aún más en sus cuencas, miraban con curiosidad al anticuario.

–Usted nunca dudó que yo ganaría –apuntó en voz baja.

César le dirigió un irónico saludo, quitándose un sombrero imaginario.

–Nunca, en efecto –confirmó–. Además de su talento como ajedrecista, que resultó evidente apenas lo vi situarse ante el Van Huys, yo estaba dispuesto a suministrarle, queridísimo, una serie de jugosas claves que, correctamente interpretadas, lo llevarían a desvelar el segundo enigma: el del jugador misterioso –chasqueó la lengua complacido, como si paladease un manjar exquisito–. Reconozco que usted me impresionó. A decir verdad, me impresiona todavía. Esa forma tan deliciosamente suya de analizar todos y cada uno de los movimientos, el método de aproximación a base de ir descartando todas las hipótesis improbables, sólo puede calificarse de magistral.

–Usted me abruma –comentó Muñoz, inexpresivo, y Julia fue incapaz de averiguar si el comentario encerraba sinceridad o ironía. César había echado hacia atrás la cabeza y modulaba una teatral y silenciosa carcajada de placer.

–Debo decirle –apuntó con mueca equívoca, casi coqueta– que sentirme poco a poco acorralado por usted llegó a convertirse en una genuina excitación, se lo aseguro. Algo... casi físico, si me permite el término. Aunque usted no sea exactamente mi tipo –estuvo absorto unos instantes, como si intentase situar a Muñoz en una categoría determinada, y después pareció desistir del intento–. Ya en las últimas jugadas comprendí que me estaba convirtiendo en el único sospechoso posible. Y usted sabía que yo lo sabía... No creo errar si digo que fue a partir de ese momento cuando empezamos a sentirnos más próximos, ¿verdad?... La noche que pasamos sentados en un banco frente a la casa de Julia, velando con ayuda de mi petaca de coñac, mantuvimos una larga conversación sobre los rasgos psicológicos del asesino. Usted ya estaba casi seguro de que su adversario era yo. Lo escuché con suma atención mientras desarrollaba, como respuesta a mis preguntas, la relación de todas las hipótesis conocidas sobre la patología del ajedrez... Salvo una, la correcta. Una que usted no mencionó jamás hasta hoy, y que sin embargo conocía perfectamente. Ya sabe a qué me refiero.

Muñoz movió otra vez la cabeza de arriba abajo, con tranquilo gesto afirmativo. César señaló a Julia.

–Usted y yo lo sabemos, pero ella no. O al menos no del todo. Habría que explicárselo.

La joven miró al jugador de ajedrez.

–Sí –dijo, sintiéndose cansada y llena de una irritación que incluía a Muñoz–. Tal vez debiera usted explicarme de qué están hablando, porque empiezo a estar harta de este maldito compadreo.

El ajedrecista mantenía los ojos fijos en César.

–La índole matemática del ajedrez –respondió, sin inmutarse por el malhumor de Julia– le da a este juego

un carácter peculiar. Algo que los especialistas defini-
rían como sádico-anal... Ya sabe a qué me refiero: el
ajedrez como lucha cerrada entre dos hombres, donde
intervienen palabras como agresión, narcisismo, mas-
turbación... Homosexualidad. Ganar es vencer al padre o a la madre dominantes, situarse arriba. Perder es
caer derrotado, someterse.

César levantó un dedo, reclamando atención.

–Salvo que la victoria –apuntó, cortés– suponga
exactamente eso.

–Sí –convino Muñoz–. Salvo que la victoria consis-
ta precisamente en demostrar la paradoja, infligiéndo-
se a sí mismo la derrota –miró un momento a Julia–.
Belmonte tenía razón, después de todo. La partida,
como el cuadro, se acusaba a sí misma.

El anticuario le dirigió una sonrisa admirada, casi
feliz.

–Bravo –dijo–. Inmortalizarse en la propia derrota,
¿no es cierto?... Como el viejo Sócrates al beber la cicuta –se volvió hacia Julia con aire triunfal–. Nuestro
querido Muñoz, princesa, sabía todo esto hace días, y
sin embargo no dijo una palabra a nadie; ni a ti, ni a
mí. Y yo, modestamente, comprendí que mi adversario estaba en el buen camino al verme aludido por
omisión. En realidad, cuando se entrevistó con los
Belmonte y pudo por fin descartarlos como sospechosos, ya no le cupo duda sobre la identidad del enemigo. ¿Me equivoco?

–No se equivoca.

–¿Me permite una pregunta algo personal?

–Hágala, y sabrá si la contesto o no.

–¿Qué sintió al dar con la jugada correcta?...
¿Cuando supo que era yo?

Muñoz reflexionó un momento.

–Alivio –dijo–. Me habría decepcionado que fuera otro.

–¿Decepcionado por equivocarse respecto a la identidad del jugador misterioso?… No quisiera exagerar mis propios méritos, pero eso tampoco era tan evidente, mi querido amigo. Incluso para usted era muy difícil. A varios de los personajes de esta historia ni siquiera los conocía, y sólo hemos estado juntos un par de semanas. Contaba únicamente con su tablero de ajedrez como instrumento de trabajo…

–No me ha entendido –respondió Muñoz–. Yo deseaba que fuera usted. Me caía bien.

Julia los miraba con la incredulidad pintada en el rostro.

–Celebro veros hacer tan buenas migas –dijo, sarcástica–. Luego, si os apetece, podemos irnos a tomar una copa mientras nos damos palmaditas en el hombro unos a otros, contándonos lo mucho que nos hemos reído con todo esto –movió bruscamente la cabeza, intentando recobrar el sentido de la realidad–. Es increíble, pero tengo la sensación de estar de más aquí.

César le dirigió una mirada de desolado afecto.

–Hay cosas que tú no puedes entender, princesa.

–¡No me llames princesa!… Y te equivocas del todo. Lo entiendo perfectamente. Y ahora soy yo quien va a hacerte una pregunta: ¿Qué habrías hecho aquella mañana, en el Rastro, si yo me hubiera subido al coche para ponerlo en marcha, sin fijarme en el spray y en la tarjeta, con aquel neumático convertido en una bomba?

–Eso es ridículo –César parecía ofendido–. Yo jamás hubiera dejado que tú…

–¿Aun a riesgo de delatarte?

–Sabes que sí. Muñoz lo dijo hace un momento: Jamás corriste peligro… Esa mañana todo estaba calculado: el disfraz listo en un pequeño cuartucho con doble salida que tengo alquilado como almacén, mi cita previa con el proveedor, una cita real, pero que solventé en pocos minutos… Me vestí a toda prisa, anduve hasta el callejón, arreglé el neumático y puse la tarjeta y el envase vacío. Después me detuve ante la vendedora de imágenes para que se fijara en mí, regresé al almacén y, hop, tras el cambio de indumentaria y maquillaje, acudí a mi cita contigo en el café… Convendrás en que todo fue impecable.

–Asquerosamente impecable, en efecto.

El anticuario hizo un gesto de reprobación.

–No seas vulgar, princesa –la miró con una ingenuidad insólita de puro sincera–. Esos horribles adverbios no llevan a ninguna parte.

–¿Por qué tanto trabajo para atemorizarme?

–Se trataba de una aventura, ¿no?… Era necesario que flotara la amenaza. ¿Imaginas una aventura de la que el miedo esté ausente?… Yo no podía ofrecerte ya las historias que te emocionaban cuando niña. Así que inventé para ti la más extraordinaria que pude imaginar. Una aventura que no olvidarás en lo que te queda de vida.

–De eso no te quepa duda.

–Misión cumplida, entonces. Lucha de la razón frente al misterio, destrucción de fantasmas que te encadenaban… ¿Te parece poco? Y a eso añádele el descubrimiento de que el Bien y el Mal no están delimitados como en los cuadros blancos y negros de un tablero –miró a Muñoz antes de sonreír de soslayo, como si se estuviera refiriendo a un secreto que ambos compartían–. Todos los escaques son grises, hija mía, matizados por la conciencia del Mal como resultado de la experiencia; del conocimiento de lo estéril y a menudo pasivamente injusto que puede llegar a ser lo que llamamos Bien. ¿Recuerdas a mi admirado Settembrini, el de *La montaña mágica*?... La maldad, decía, es el arma resplandeciente de la razón contra las potencias de las tinieblas y de la fealdad.

Julia miraba con atención el rostro del anticuario, iluminado a medias por la lámpara. En ciertos momentos parecía que sólo una mitad, la visible o la que estaba en sombra, era la que hablaba, limitándose la otra a asistir como testigo. Y se preguntó cuál de las dos era más real.

—Aquella mañana, cuando asaltamos el Ford azul, yo te amaba, César.

Instintivamente se había dirigido a la mitad iluminada; pero la respuesta vino de la parte oscurecida por las sombras:

—Lo sé. Y eso basta para justificarlo todo... Yo ignoraba qué hacía allí aquel coche; su aparición me intrigaba tanto como a ti. Incluso mucho más, por razones obvias; nadie le había dado vela en el entierro, y valga el dudoso chiste, querida —movió dulcemente la cabeza, evocador—. He de reconocer que esos pocos metros, tú con la pistola y yo con mi patético atizador de chimenea en la mano, y el asalto a aquellos dos imbéciles antes de saber que eran esbirros del inspector-jefe Feijoo... —agitó las manos, como si le faltasen las palabras—. Fue algo maravilloso de verdad. Te miraba caminar en línea recta hacia el enemigo, con el ceño fruncido y los dientes apretados, valerosa y terrible como una furia vengativa, y sentía, te lo juro, junto a mi propia excitación, un orgullo soberbio. «He aquí una mujer de una pieza», pensé, admirado... Si tu carácter hubiera sido otro, inestable o frágil, jamás te habría sometido a esta prueba. Pero te he visto nacer, y te conozco. Tenía la certeza de que ibas a emerger renovada; más dura y fuerte.

–A un precio muy alto, ¿no crees? Álvaro, Menchu... Tú mismo.

–Ah, sí; Menchu –el anticuario hizo memoria, como si le costase recordar a quién se refería Julia–. La pobre Menchu, envuelta en un juego que era demasiado complejo para ella... –pareció recordar por fin y arrugó la frente–. En cierta forma, aquello fue una brillante improvisación, valga la inmodestia. Yo te había telefoneado a primera hora de la mañana, para ver en qué terminaba todo. Fue Menchu quien se puso al teléfono y dijo que no estabas. Parecía tener prisa en colgar, ahora sabemos por qué. Esperaba a Max para realizar el absurdo plan del robo del cuadro. Yo lo ignoraba, naturalmente. Pero apenas dejé el teléfono, vi mi propia jugada: Menchu, el cuadro, tu casa... Media hora después llamaba al timbre, bajo la identidad de la mujer del impermeable.

Al llegar a ese punto, César hizo un gesto divertido, como si animase a Julia a extraer insólitas facetas humorísticas de la situación que narraba.

–Siempre te dije, princesa –continuó enarcando una ceja, y parecía que se hubiera limitado a contar sin éxito un chiste malo– que a tu puerta le hace falta una de esas miras angulares, muy útiles para saber quién llama. Tal vez Menchu no habría abierto a una mujer rubia con gafas de sol. Pero sólo escuchó la voz de César diciendo que traía un mensaje urgente de tu parte. No podía menos que abrir, y así lo hizo –volvió las palmas hacia arriba, y daba la impresión de disculpar a título póstumo el error de Menchu–. Supongo que en ese momento pensó que podía echar a pique su operación con Max, pero la inquietud se convirtió en sorpresa al ver una mujer desconocida en el umbral. Tuve tiempo de observar la expresión de sus ojos, asombrados y muy abiertos, antes de darle un puñetazo en la tráquea. Estoy seguro de que murió sin saber quién la mataba... Cerré la puerta y me dispuse a prepararlo todo cuando, y eso sí que no me lo esperaba, escuché el ruido de una llave en la cerradura.

—Era Max —dijo innecesariamente Julia.

—En efecto. Era ese guapo proxeneta, que subía por segunda vez, eso lo comprendí después, cuando te lo contó todo en la comisaría, para llevarse el cuadro y preparar el incendio de tu casa. Lo que, insisto, era un plan absolutamente ridículo, muy propio, eso sí, de Menchu y de ese imbécil.

—Pude haber sido yo quien abría la puerta. ¿Pensaste en eso?

—Confieso que cuando oí la cerradura no pensé en Max, sino en ti.

—¿Y qué habrías hecho? ¿Pegarme también un puñetazo en la tráquea?

La miró otra vez con la expresión dolorida de alguien maltratado injustamente.

—Ésa es una pregunta —dijo, buscando la respuesta— desproporcionada y cruel.

—No me digas.

—Pues sí te digo. Ignoro cuál habría sido mi reacción exacta, pues lo cierto es que durante un momento me sentí perdido, sin tiempo para pensar en otra cosa que no fuera esconderme... Corrí al cuarto de baño y contuve el aliento, intentando encontrar la forma de salir de allí. Pero a ti no te iba a pasar absolutamente nada. La partida habría terminado antes de tiempo, a la mitad. Eso es todo.

Julia adelantó el labio inferior, incrédula. Sentía escocerle las palabras en la boca.

–No puedo creerte, César. Ya no.

–Que me creas o no, queridísima, no cambia las cosas –hizo un gesto resignado, como si la conversación empezara a fatigarlo–. Y a estas alturas da lo mismo... Lo que cuenta es que no eras tú, sino Max. Lo oí a través de la puerta de baño, diciendo «Menchu, Menchu», aterrado pero sin atreverse a gritar, el infame. Para entonces, yo había recobrado la serenidad. Llevaba en el bolso un estilete que tú conoces, el de Cellini. Y si Max llega a husmear por las habitaciones, se lo habría encontrado de la forma más tonta en mitad del corazón, zas, de golpe y porrazo, apenas abriese la puerta del baño, sin darle tiempo a decir esta boca es mía. Por suerte para él, y también para mí, le faltó valor para fisgonear y prefirió salir corriendo escaleras abajo. Mi héroe.

Se detuvo para suspirar, sin jactancia.

–A eso le debe seguir vivo, el cretino –añadió, levantándose del sillón, y se diría que lamentaba el buen estado de salud de Max. Una vez en pie, miró a Julia y después a Muñoz, que seguían observándolo en silencio, y se movió un poco por la habitación, sobre las alfombras que amortiguaban el sonido de sus pasos:

–Yo habría debido hacer lo que Max: irme de allí a escape, pues ignoraba si estaba a punto de aparecer la policía. Pero se impuso lo que podríamos llamar mi pundonor de artista, así que arrastré a Menchu hasta el dormitorio y... Bueno, ya sabes: arreglé un poco el decorado, seguro de que la factura se la iban a pasar a Max. Apenas me llevó cinco minutos.

–¿Qué necesidad tenías de hacer lo de la botella?... Fue algo innecesario. Asqueroso y horrible.

El anticuario chasqueó la lengua. Se había detenido ante uno de los cuadros colgados en la pared, el *Mar-*

te de Luca Giordano, y lo contemplaba como si el dios, enfundado en los brillantes élitros de su anacrónica armadura medieval, fuera quien debiese dar una respuesta.

—Lo de la botella —murmuró sin volverse hacia ellos— fue un detalle complementario... Una inspiración de última hora.

—Que nada tenía que ver con el ajedrez —apuntó Julia, y su voz sonaba cortante como una navaja de afeitar—. Más bien un ajuste de cuentas. Con todas nosotras.

El anticuario no dijo nada. Seguía mirando el cuadro en silencio.

—No he oído tu respuesta, César. Y solías tener respuestas para todo.

Se volvió despacio hacia ella. Esta vez su mirada no reclamaba indulgencia ni apuntaba ironía, sino que era lejana, inescrutable.

—Después —dijo por fin en tono ausente, y parecía no haber escuchado a Julia— tecleé la jugada en tu máquina de escribir, envolví el cuadro embalado por Max, y salí con él bajo el brazo. Eso es todo.

Había hablado con voz neutra, desprovista de entonación, como si la conversación ya careciese de interés para él. Pero Julia estaba lejos de considerar zanjado el asunto.

—¿Por qué matar a Menchu?... Entrabas y salías de casa con toda libertad. Hubo otras mil formas de robar el cuadro.

Aquello devolvió una chispa de animación a los ojos del anticuario.

—Te veo empeñada, princesa, en darle al robo del Van Huys una importancia desmedida... En realidad no fue sino un detalle más, porque en todo esto unas cosas se complementan con otras. Algo así como rizar el rizo

–reflexionó buscando los términos adecuados–. Menchu debía morir por varias razones: algunas no vienen ahora a cuento y otras sí. Digamos que van desde las puramente estéticas, y ahí nuestro amigo Muñoz descubrió de modo asombroso la relación entre el apellido de Menchu y la torre comida en el tablero, hasta otras causas de índole más profunda... Yo lo había organizado todo para liberarte de ataduras e influencias perniciosas, para cortar todos tus vínculos con el pasado. Menchu, para su desgracia, con su estupidez innata y su vulgaridad, era uno de esos vínculos, como también lo había sido Álvaro.

–¿Y quién te atribuyó el poder de distribuir a tu antojo la vida y la muerte?

Sonrió mefistofélico el anticuario.

–Me lo atribuí yo solo; por mi cuenta. Y disculpa si eso suena a impertinencia... –pareció recordar la presencia del ajedrecista–. En cuanto al resto de la partida, tenía poco tiempo... Muñoz olfateaba como un sabueso tras mi pista. Un par de jugadas más y me señalaría con el dedo. Pero estaba seguro de que nuestro querido amigo no iba a intervenir hasta hallarse absolutamente convencido. Por otra parte, él ya tenía la certeza de que no corrías peligro... También es un artista, a su modo. Por eso me dejó hacer, mientras buscaba pruebas que confirmasen sus conclusiones analíticas... ¿Voy bien, amigo Muñoz?

El jugador movió despacio la cabeza, como única respuesta. César se había acercado a la mesita donde estaba el ajedrez. Después de observar las piezas, cogió la reina blanca delicadamente, como si se tratase de frágil cristal, y la miró largo rato.

–Ayer por la tarde –continuó–, mientras trabajabas en el taller del Prado, llegué al museo diez minutos antes de que cerrasen. Remoloneé un poco por las salas de la planta baja, y puse la tarjeta en el cuadro de Brueghel. Después me fui a tomar un café, hice tiempo y te llamé por teléfono. Nada más. Lo único que no pude prever es que Muñoz desempolvaría esa vieja revista de ajedrez en la biblioteca del club. Ni yo mismo recordaba su existencia.

–Hay algo que no encaja –dijo de pronto Muñoz, y Julia se volvió hacia él, sorprendida. El ajedrecista miraba fijamente a César con la cabeza inclinada sobre un hombro, y en sus ojos brillaba una luz inquisitiva, como cuando se le veía concentrado sobre el tablero en pos de un movimiento que no acababa por convencerlo del todo–. Usted es un jugador brillante; en eso estamos de acuerdo. O más bien tiene condiciones para serlo. Sin embargo, no creo que haya podido jugar esa partida del modo en que lo ha hecho... Sus combinaciones fueron demasiado perfectas, inconcebibles en alguien que ha estado sin tocar un tablero durante cuarenta años. En ajedrez lo que cuenta es la práctica, la experiencia; así que estoy seguro de que nos ha mentido. O durante estos años jugó mucho, a solas, o alguien le ha ayudado en esto. Lamento atentar contra su vanidad, César. Pero usted tiene un cómplice.

Nunca, entre ellos, había surgido un silencio tan largo y denso como el que siguió a esas palabras. Julia los miraba desconcertada, incapaz de dar crédito al jugador. Pero cuando estaba a punto de abrir la boca para gritar que aquello era una gigantesca tontería, vio cómo César, cuyo rostro se había convertido en máscara impenetrable, enarcaba por fin una ceja con ironía. La sonrisa que después apareció en sus labios era una mueca de reconocimiento y admiración. Entonces el anticuario cruzó los brazos antes de suspirar profundamente, mientras hacía un gesto afirmativo con la cabeza.

–Amigo mío... –dijo despacio, arrastrando las palabras–. Usted merece algo más que ser un oscuro jugador de fin de semana en un club de barrio –hizo un movimiento de la mano derecha hacia un lado, como si indicase la presencia de alguien que hubiese estado todo el tiempo junto a ellos, en los rincones en sombras de la habitación–. Tengo un cómplice, en efecto. A decir verdad lo tengo, aunque en este caso él puede considerarse a salvo, lejos de cualquier acción de la Justicia. ¿Quiere saber su nombre?

–Espero que usted me lo diga.

–Claro que se lo diré, pues no creo que mi delación lo perjudique mucho –sonrió de nuevo, más ampliamente esta vez–. Espero que no se ofenda usted por reservarme esa pequeña satisfacción, mi respetado amigo. Constituye, créame, un placer comprobar que usted no ha sido capaz de descubrirlo *todo*. ¿No adivina de quién se trata?

–Confieso que no. Pero estoy seguro de que no es nadie a quien yo conozca.

–En eso tiene razón. Se llama *Alfa PC-1212* y es un ordenador personal que trabaja con un complejo programa de ajedrez de veinte niveles de juego... Lo compré al día siguiente de matar a Álvaro.

Por primera vez desde que lo conocía, Julia vio el asombro pintado en el rostro de Muñoz. El brillo de sus ojos se había apagado y la boca estaba entreabierta en un rictus de estupor.

–¿No dice nada? –preguntó el anticuario, observándolo con divertida curiosidad.

Muñoz le dirigió una larga mirada, sin responder, y al cabo de un instante ladeó la cabeza hacia Julia.

—Déme un cigarrillo —dijo, en tono opaco.

Ella ofreció su paquete, y el ajedrecista le dio vueltas entre los dedos antes de extraer un pitillo y llevárselo a los labios. Julia se le acercó con un fósforo encendido y él inhaló humo despacio y profundamente, llenándose los pulmones. Parecía hallarse a miles de kilómetros de allí.

—Es duro, ¿verdad? —apuntaba César, riendo suavemente—. Durante todo este tiempo, usted ha estado jugando contra un simple ordenador; una máquina desprovista de emoción y sentimientos... Convendrá conmigo en que se trata de una deliciosa paradoja, muy adecuada para simbolizar los tiempos en que vivimos. El prodigioso jugador de Maelzel tenía dentro un hombre oculto, según Allan Poe... ¿Recuerda? Pero las cosas cambian, amigo mío. Ahora es el hombre quien esconde al autómata —levantó la reina de marfil amarillento que tenía en la mano, mostrándosela, burlón—. Y todo su talento, su imaginación, su extraordinaria capacidad para el análisis matemático, querido señor Muñoz, tienen su equivalencia, como el reflejo irónico en un espejo que devolviese la caricatura de lo que somos, en un sencillo disquete de plástico que cabe en la palma de la mano... Mucho me temo que, igual que Julia, después de esto ya no volverá usted a ser el que era. Aunque en su caso —reconoció con una mueca reflexiva— dudo que salga ganando en el cambio.

Muñoz no respondió. Se limitaba a permanecer allí de pie, otra vez con las manos en los bolsillos de la gabardina y colgándole de los labios el cigarrillo, cuyo humo le hacía entornar los ojos inexpresivos; como un desaliñado detective de película en blanco y negro que se parodiase a sí mismo.

—Lo siento —concluyó César, y parecía sincero. Después devolvió la reina al tablero, con el aire de quien está a punto de concluir una grata velada, y miró a Julia.

–Para terminar –dijo– os enseñaré algo.

Se acercó a una arquimesa de caoba y abrió uno de los cajones, sacando un sobre, grueso y lacrado, y las tres figurillas en porcelana de Bustelli.

–Tuyo es el premio, princesa –sonrió a la joven con un brillo de malicia en los ojos–. Una vez más has logrado desenterrar el tesoro. Ahora puedes hacer con él lo que gustes.

Julia miraba las porcelanas y el sobre, suspicaz.

–No comprendo.

–Lo comprenderás enseguida. Porque durante estas semanas he tenido también tiempo para ocuparme de tus intereses… En este momento, *La partida de ajedrez* está en el lugar adecuado: la caja de seguridad de un banco suizo, alquilada por una sociedad anónima que no existe más que sobre el papel y está domiciliada en Panamá… Los abogados y banqueros suizos son gente algo aburrida pero muy formal, que no hace preguntas mientras se respete la legislación de su país y se abonen los debidos honorarios –puso el sobre encima de la mesa, cerca de Julia–. De esa sociedad anónima, cuyos títulos están ahí dentro, tú tienes el setenta y cinco por ciento de las acciones; un abogado suizo de quien alguna vez me has oído hablar, Demetrius Ziegler, viejo amigo mío, se ha encargado de todos los trámites. Y nadie, excepto nosotros y una tercera persona de la que luego hablaremos, sabe que en esa caja de seguridad, durante algún tiempo, permanecerá bien embalado el cuadro de Pieter van Huys… Mientras tanto, la historia de *La partida de ajedrez* se habrá convertido en el mayor acontecimiento artístico. Todo el mundo, medios informativos, revistas especializadas, explotará el escándalo hasta la saciedad. En un primer cálculo podemos prever una cotización internacional que alcanzará varios millones... De dólares, naturalmente.

Julia miró el sobre y después a César, desconcertada e incrédula.

—Dará igual lo que llegue a valer —murmuró, pronunciando con dificultad las palabras—. No puede venderse un cuadro robado. Ni siquiera en el extranjero.

—Depende a quién y cómo —respondió el anticuario—. Cuando todo esté a punto, digamos un par de meses, el cuadro saldrá de su escondite para aparecer, no en una subasta pública, sino en el mercado clandestino de obras de arte... Terminará colgado en secreto en la lujosa mansión de uno de los numerosos coleccionistas millonarios brasileños, griegos o japoneses que se lanzan como tiburones sobre las obras valiosas, para renegociarlas a su vez o para satisfacer íntimas pasiones relacionadas con el lujo, el poder y la belleza. También es una buena inversión a largo plazo, pues en ciertos países la legislación sobre obras de arte robadas hace prescribir el delito a los veinte años de producirse el hecho... Y tú eres aún deliciosamente joven. ¿No es maravilloso? De todas formas, ése ya no será asunto tuyo. Lo que importa es que ahora, en los próximos meses, durante el itinerario secreto del Van Huys, la cuenta bancaria de tu flamante sociedad panameña, abierta hace dos días en otro honorable banco de Zurich, se verá engrosada en algunos millones de dólares... Tú no tendrás que ocuparte de nada, pues alguien realizará todas esas inquietantes transacciones por ti. De eso me he asegurado bien, princesa. Sobre todo de la imprescindible lealtad de esa persona. Una lealtad mercenaria, dicho sea de paso. Pero tan buena como cualquier otra; incluso mejor. Desconfía siempre de las lealtades desinteresadas.

–¿Quién es? ¿Tu amigo suizo?

–No. Ziegler es un abogado metódico y eficiente, pero no domina hasta ese punto el tema. Por eso he recurrido a alguien con los contactos adecuados, con una espléndida ausencia de escrúpulos y lo bastante experto para moverse con soltura en ese complicado mundo subterráneo: Paco Montegrifo.

–Estás de broma.

–Yo no bromeo en cuestiones de dinero. Montegrifo es un curioso personaje que, dicho sea de paso, está un poco enamorado de ti, aunque eso no tenga nada que ver con el asunto. Lo que cuenta es que ese hombre, que es al mismo tiempo un perfecto sinvergüenza y un individuo extraordinariamente hábil, no te jugará jamás una mala pasada.

–No veo por qué. Si tiene el cuadro, adiós muy buenas. Montegrifo es capaz de vender a su madre por una acuarela.

–Sí. Pero a ti *no puede*. En primer lugar, porque entre Demetrius Ziegler y yo le hemos hecho firmar una cantidad de documentos que no tienen valor legal si se hacen públicos, pues todo este asunto constituye un flagrante delito, pero que son suficientes para probar que eres completamente ajena a todo esto. También para involucrarlo a él si se va de la lengua o juega sucio, hasta el punto de que le caiga encima una busca y captura internacional que no lo deje respirar durante el resto de su vida… Por otra parte, estoy en posesión de ciertos secretos cuya publicidad perjudicaría su reputación, creándole gravísimos problemas con la Justicia. Entre otras cosas, que yo sepa, Montegrifo se ha encargado, al menos en dos ocasiones, de sacar del país y vender ilegalmente objetos del Patrimonio Artístico, que llegaron a mis manos y yo puse en las suyas como intermediario: un retablo del siglo quince, atribuido a Pere Oller y robado en Santa María de Cascalls en mil novecientos setenta y ocho, y aquel famoso Juan de Flandes desaparecido hace cuatro años de la colección Olivares, ¿recuerdas?

–Sí. Pero nunca imaginé que tú…

César hizo una mueca indiferente.

–Así es la vida, princesa. En mi negocio, como en todos, la acrisolada honradez es el camino más seguro para morirse de hambre… Pero no estábamos hablando de mí, sino de Montegrifo. Por supuesto, intentará quedarse con todo el dinero que pueda; eso es inevitable. Pero se mantendrá dentro de límites que no perjudiquen el beneficio mínimo garantizado para tu sociedad panameña, cuyos intereses cuidará Ziegler como un doberman. Una vez concluido el negocio, Ziegler trasvasará automáticamente el dinero de la cuenta bancaria de la sociedad anónima a otra cuenta privada cuyo discreto número te pertenece, y disolverá aquélla para borrar los rastros, destruyendo también toda la documentación menos la referente al pasado turbio de Montegrifo. Esa la conservará para garantizarte la lealtad de nuestro amigo el subastador. Aunque estoy seguro de que, a esas alturas, tal precaución será superflua… Por cierto: mi buen Ziegler tiene instrucciones expresas para desviar un tercio de tus beneficios hacia diversos tipos de inversiones seguras y rentables que blanqueen ese dinero y garanticen, aun en el caso de que te dediques a derrochar alegremente, la solvencia económica para el resto de tu vida. Déjate asesorar sin reservas, porque Ziegler es un buen hombre a quien conozco hace más de veinte años:

honrado, calvinista y homosexual. Te descontará escrupulosamente, eso sí, su comisión y los gastos.

Julia, que había escuchado inmóvil, se estremeció. Todo encajaba a la perfección, como las piezas de un increíble rompecabezas. César no había dejado ni un solo cabo suelto. Tras dirigirle al anticuario una larga mirada, dio unos pasos por la habitación, intentando asimilar todo aquello. Demasiado para una sola noche, pensó mientras se detenía ante Muñoz, que la miraba imperturbable, aún con la colilla casi consumida en la boca. Posiblemente, también demasiado para una sola vida.

–Veo –dijo la joven, volviéndose de nuevo hacia el anticuario– que lo has previsto todo... O casi todo. ¿También has pensado en don Manuel Belmonte? Quizá te parezca un detalle sin importancia, pero es el propietario del cuadro.

–También he pensado en eso. Naturalmente, tú puedes tener una loable crisis de conciencia y decidir que no aceptas mi plan. En ese caso no tienes más que decírselo a Ziegler, y el cuadro aparecerá en el lugar adecuado. A Montegrifo le dará un soponcio, pero tendrá que fastidiarse. A fin de cuentas, las cosas quedarían como antes: el cuadro revalorizado con el escándalo y Clymore manteniendo el derecho a la subasta... Pero en caso de que te inclines por el sentido práctico de la vida, tienes argumentos para tranquilizar tu conciencia: Belmonte se desprende del cuadro por dinero; así que, excluido el valor sentimental, queda el económico. Y este se ve cubierto por el seguro. Además, nada te impide, de forma anónima, hacerle llegar la indemnización que juzgues oportuna. Tendrás dinero de sobra para eso. En cuanto a Muñoz...

–Pues sí –dijo el jugador de ajedrez–. La verdad es que tengo curiosidad por saber qué pasa conmigo.

César lo miró, socarrón.

—A usted, queridísimo, le ha tocado la lotería.

—No me diga.

—Pues sí se lo digo. En previsión de que el segundo caballo blanco sobreviviese a la partida, me tomé la libertad de vincularlo documentalmente a la sociedad, con el veinticinco por ciento de las acciones. Lo que, entre otras cosas, le permitirá a usted comprarse camisas limpias y jugar al ajedrez, digamos en las Bahamas, si le apetece.

Muñoz se llevó la mano a la boca y cogió entre los dedos el resto del cigarrillo, que se había apagado. Lo contempló brevemente para dejarlo caer después, con gesto deliberado, sobre la alfombra.

—Lo encuentro muy generoso por su parte —dijo.

César miró la colilla en el suelo y después al ajedrecista.

—Es lo menos que puedo hacer. De algún modo hay que comprar su silencio; y además se lo ha ganado con creces... Digamos que es mi modo de compensar la jugarreta del ordenador.

—¿Y se le ha ocurrido pensar que yo puedo negarme a participar en esto?

—Pues sí. La verdad es que se me ha ocurrido. Es un tipo extraño, considerándolo bien. Pero ése ya no es asunto mío. Usted y Julia son ahora socios, así que arréglenlo solos. Yo tengo otras cosas en qué pensar.

—Quedas tú, César —dijo Julia.

—¿Yo? —el anticuario sonrió. Dolorosamente, creyó ver la joven—. Mi querida princesa, yo tengo muchos pecados que purgar y muy poco tiempo disponible —señaló el sobre lacrado sobre la mesa—. Ahí tienes también una detallada confesión en la que figura toda la historia de cabo a rabo, excepto, naturalmente, nuestra combinación suiza. Tú, Muñoz, y de momento Montegrifo, quedáis limpios como una patena. En cuanto al cuadro, explico con todo detalle su destrucción por razones personales y sentimentales. Estoy seguro de que, tras sesudo examen de esa confesión, los psiquiatras de la policía dictaminarán mi peligrosa esquizofrenia.

–¿Piensas irte al extranjero?

–Ni hablar. Lo único que hace deseable tener un sitio a donde ir, es que eso permite hacer un viaje. Pero yo soy demasiado viejo. Por otra parte, tampoco me seduce la cárcel, o un manicomio. Debe de ser algo incómodo, con todos esos enfermeros corpulentos y atractivos dándole a uno duchas frías y cosas así. Me temo que no, querida. Tengo cincuenta años largos y ya no estoy para ese tipo de emociones. Además, hay otro pequeño detalle.

Julia lo miró, sombría.

–¿Qué detalle?

–¿Has oído hablar –César hizo una mueca irónica– de una cosa que se llama *Síndrome de Nosecuántos Adquirido*, algo que parece estar grotescamente de moda?... Pues lo mío es un caso terminal. Dicen.

–Estás mintiendo.

–En absoluto. Te aseguro que lo llaman así: terminal, como esas lóbregas estaciones del metro.

Julia cerró los ojos. De repente, todo cuanto había alrededor pareció desvanecerse, y en su conciencia sólo quedó un sonido apagado y sordo, como el de una piedra al caer en el centro de un estanque. Cuando volvió a abrirlos, sus párpados estaban llenos de lágrimas.

–Estás mintiendo, César. Tú no. Dime que mientes.

–Ya quisiera yo, princesa. Te aseguro que me encantaría poder decirte que todo ha sido una broma de mal gusto. Pero la vida es muy capaz de gastarle a uno esa clase de faenas.

—¿Desde cuándo lo sabes?

El anticuario desdeñó la pregunta con un lánguido gesto de la mano, como si el tiempo hubiese dejado de importarle.

—Dos meses, más o menos. Empezó con la aparición de un pequeño tumor en el recto. Algo bastante desagradable.

—Nunca me dijiste nada.

—¿Por qué había de hacerlo?... Disculpa si parezco poco delicado, querida, pero mi recto siempre ha sido cosa mía.

—¿Cuánto te queda?

—No demasiado; seis o siete meses, creo. Y dicen que se adelgaza una barbaridad.

—Entonces te mandarán a un hospital. No irás a la cárcel. Ni siquiera al manicomio, como tú dices.

César movió la cabeza, con serena sonrisa.

—No iré a ninguno de esos tres sitios, queridísima. ¿Te imaginas qué horror, morir de semejante vulgaridad?... Ah, no. Ni hablar. Me niego. Ahora a *todo* el mundo le ha dado por irse de lo mismo, así que reivindico, al menos, el derecho a hacer mutis dándole un cierto toque personal al asunto... Debe de ser terrible llevarse como última imagen de este mundo un frasco de suero intravenoso colgado sobre tu cabeza, con las visitas pisándote el tubo de oxígeno o algo por el estilo... —miró a su alrededor, los muebles, tapices y cuadros de la habitación—. Prefiero reservarme un final florentino, entre los objetos que amo. Una salida así, discreta y dulce, va más con mis gustos y mi carácter.

—¿Cuándo?

–Dentro de un rato. Cuando tengáis la bondad de dejarme solo.

Muñoz aguardaba en la calle, apoyado en la pared y con el cuello de la gabardina subido hasta las orejas. Parecía absorto en secretas reflexiones, y cuando Julia salió del umbral y llegó a su lado, tardó en levantar la mirada hacia ella.

–¿Cómo piensa hacerlo? –preguntó.

–Ácido prúsico. Tiene una ampolla guardada desde hace años –sonrió amargamente–. Dice que un pistoletazo es más heroico, pero que le dejaría en la cara una desagradable expresión de sobresalto. Prefiere tener buen aspecto.

–Comprendo.

Julia encendió un cigarrillo. Lo hizo despacio, con deliberada lentitud.

–Hay una cabina telefónica aquí cerca, a la vuelta de la esquina… –miró a Muñoz con expresión ausente–. Me ha pedido que le concedamos diez minutos antes de llamar a la policía.

Echaron a andar por la acera, el uno junto al otro, bajo la luz amarillenta de las farolas. Al final de la calle desierta, un semáforo cambiaba alternativamente del verde al ámbar, y después al rojo. El último destello iluminó a Julia, marcándole sombras irreales y profundas en el rostro.

–¿Qué piensa hacer ahora? –preguntó Muñoz. Había hablado sin mirarla, manteniendo la vista fija en el suelo, ante sí. Ella se encogió de hombros.

–Depende de usted.

Entonces, por primera vez, Julia oyó reír a Muñoz. Era una risa profunda y suave, algo nasal, que parecía brotarle de muy adentro. Durante una fracción de segundo, la joven tuvo la impresión de que era uno de los personajes del cuadro, y no el jugador de ajedrez, quien la hacía sonar junto a ella.

–Su amigo César tiene razón –dijo Muñoz–. Necesito camisas limpias.

Julia acarició con los dedos las tres figuras de porcelana –Octavio, Lucinda y Scaramouche– que llevaba en el bolsillo de la gabardina, junto al sobre lacrado. El frío de la noche le cortaba los labios, helando lágrimas en sus ojos.

–¿Dijo algo más antes de quedarse solo? –preguntó Muñoz.

Ella se encogió otra vez de hombros. «*Nec sum adeo informis*... No soy tan feo... Me he visto últimamente en la orilla, cuando el mar estaba sereno...» Había sido muy propio de César citar a Virgilio cuando ella se volvía por última vez, ya en el umbral, para abarcar con una mirada el salón en penumbra, los tonos oscuros de los viejos cuadros en las paredes, el tenue reflejo tamizado por la pantalla de pergamino sobre la superficie de los muebles, el marfil amarillento, el dorado en los lomos de los libros. Y César en contraluz, de pie en el centro del salón, sin poderse distinguir ya sus facciones; silueta delgada y nítida como el perfil de una medalla o un camafeo antiguo, y su sombra proyectada sobre los arabescos rojos y ocres de la alfombra, casi rozando los pies de Julia. Y el carillón que sonó en el mismo instante en que ella cerraba la puerta como si fuese la losa de una tumba, igual que si todo estuviera previsto de antemano y cada uno hubiese interpretado a conciencia el papel asignado en la obra, que concluía sobre el tablero a la hora exacta, cinco siglos después del primer acto, con la precisión matemática del último movimiento de la dama negra.

–No –murmuró en voz baja, sintiendo que la imagen se alejaba despacio, hundiéndose en la profundidad de su memoria–. En realidad no dijo nada.

Muñoz levantó el rostro, como un perro flaco y desgarbado que husmease el cielo oscuro sobre sus cabezas, y sonrió con retorcido afecto.

–Lástima –dijo–. Habría sido un excelente jugador de ajedrez.

El eco de sus pasos resuena en el claustro vacío, bajo las bóvedas que ya inundan las sombras. Los últimos rayos de sol poniente llegan casi horizontales, amortiguados por las celosías de piedra, tiñendo de resplandor rojizo los muros del convento, las hornacinas vacías, las hojas de hiedra que amarillea el otoño enroscadas en los capiteles –monstruos, guerreros, santos, animales mitológicos– bajo los graves arcos góticos que circundan el jardín invadido por la maleza. El viento, que anuncia los fríos que vienen del norte precediendo al invierno, ulula afuera, al ascender por la ladera de la colina agitando ramas en los árboles, y arranca sonidos de piedra centenaria a las gárgolas y aleros del tejado, balanceando los bronces del campanario, donde una veleta chirriante y oxidada señala contumaz hacia un sur quizá luminoso, lejano e inaccesible.

La mujer enlutada se detiene junto a una pintura mural desconchada por el tiempo y la humedad, de cuyos colores originales apenas quedan algunos restos: el azul de una túnica, el ocre del dibujo. Una mano truncada a la altura de la muñeca cuyo índice señala un cielo inexistente, un Cristo cuyas facciones se confunden con el yeso desmenuzado de la pared; un rayo de sol, o de luz divina, ya sin origen ni destino, suspendido entre cielo y tierra, segmento de claridad amarilla absurdamente congelado en el tiempo y en el espacio, al que los años y la intemperie hacen desvanecerse poco a poco hasta extinguirlo, o borrarlo, como si jamás hubiese estado allí. Y un ángel de boca inexistente y ceño fruncido, como el de un juez o un verdugo, del que sólo se adivinan, entre los restos de pintura, unas alas manchadas de cal, un fragmento de túnica y una espada de contornos imprecisos.

La mujer enlutada aparta las tocas negras que le cubren la parte superior del rostro y mira durante largo rato los ojos del ángel. Desde hace dieciocho años se detiene cada día a la misma hora y observa los estragos con los que el tiempo roe los rasgos de esa pintura. Así ha ido viéndola borrarse poco a poco, como una lepra que arranque la carne a trozos, que haga desvanecerse los contornos del ángel, fundiéndolos con el yeso sucio de la pared, con las manchas de humedad que abolsan los colores, cuartean y desprenden las imágenes. Allí donde ella vive no hay espejos; la regla en que profesó, o tal vez la obligaron a profesar —su memoria tiene cada vez más espacios en blanco, como la pintura de la pared— los prohíbe. Hace dieciocho años que no ve su propio rostro, y para ella es aquel ángel, que sin duda alguna vez poseyó bellos rasgos, la única referencia exterior del paso del tiempo en sus facciones: pintura desconchada en lugar de arrugas, trazos desvaídos en vez de piel marchita. A veces, en momentos de lucidez que llegan como una ola lamiendo la arena de una playa, y a los que se aferra con desesperación intentando fijarlos en su memoria confusa, atormentada por fantasmas, cree recordar que tiene cincuenta y cuatro años.

De la capilla llega, amortiguado por el espesor de los muros, un coro de voces que cantan las alabanzas de Dios antes de dirigirse al refectorio. La mujer enlutada tiene dispensa de asistir a algunos oficios, y a esa hora se la deja pasear sola por el claustro desierto, como sombra oscura y silenciosa. De su cintura pende un largo rosario de madera ennegrecida que hace tiempo no desgrana. El lejano canto religioso se confunde con el silbar del viento.

Cuando reanuda su camino y llega junto a la ventana, el sol agonizante es una mancha de claridad rojiza comprimida en la distancia, bajo las nubes color de plomo que bajan del norte. Al pie de la colina hay un lago ancho y gris, con reflejos de color acero. La mujer apoya las manos, secas y huesudas, en el alféizar de la ventana –una ventana ojival; otra vez, como cada tarde, los recuerdos retornan sin piedad– y siente cómo el frío de la piedra asciende por sus brazos y se le aproxima lenta, peligrosamente, al gastado corazón. La acomete una tos desgarrada que sacude su cuerpo frágil, minado por la humedad de tantos inviernos, atormentado por la reclusión, la soledad y la intermitente memoria. Ya no escucha los cantos de la capilla, ni el sonido del viento. Ahora es la música monótona y triste de una mandolina que emerge entre las brumas del tiempo, y el horizonte hostil y otoñal se desvanece ante sus ojos para dibujar, como en la pintura de un cuadro, otro paisaje: una suave llanura ondulada de la que emerge en la distancia, recortándose en el cielo azul como trazada por delicado pincel, la fina silueta de un campanario. Y de pronto le parece escuchar el rumor de dos hombres sentados a una mesa, el eco de una risa. Y piensa que, si se vuelve a mirar atrás, se verá a sí misma sentada en un escabel con un libro en el regazo, y al levantar los ojos encontrará el destello de un gorjal de acero y de un Toisón de Oro. Y un anciano de barba gris le sonreirá mientras, con un pincel en la mano, traza sobre una tabla de roble, con la parsimonia y la sabiduría de su oficio, la imagen eterna de aquella escena.

Por un instante, el viento desgarra la capa de nubes; y un postrer reflejo de luz, al reverberar en las aguas del lago, ilumina el rostro envejecido de la mujer, deslumbrando sus ojos claros y fríos, casi apagados. Después, al extinguirse, el viento parece aullar con más fuerza y mueve las tocas negras, que se agitan como alas de un cuervo. Entonces vuelve a sentir ese dolor punzante que le roe las entrañas, junto al corazón. Un dolor que paraliza medio cuerpo y ningún remedio consigue aliviar. Que le hiela los miembros, la respiración.

El lago ya no es sino una mancha opaca bajo las sombras. Y la mujer enlutada, que en el mundo se llamó Beatriz de Borgoña, sabe que ése que llega del norte será su último invierno. Y se pregunta si, en el lugar oscuro al que se dirige, habrá misericordia suficiente para borrarle los últimos jirones de la memoria.

La Navata
Abril de 1990

Índice